李婉

"我好想爬上去，按下那个暂停键。"

"等我回完这封邮件再和你分手。"

"我想你了，观之，时时刻刻与你见字如晤，
不管我在哪。"

小时候，李婉有很多想象，她也很喜欢表达自己，自信快乐。她一直相信世上无难事，只怕有心人。意思就是只要自己和自己站在一起，所有的困难总会想到办法。

July.

# 见字如晤

Judy侠

著

北京联合出版公司
Beijing United Publishing Co.,Ltd.

Missed You.

一日三餐，一年四季，
和你在一起是我迫不及待想要实现的愿望。

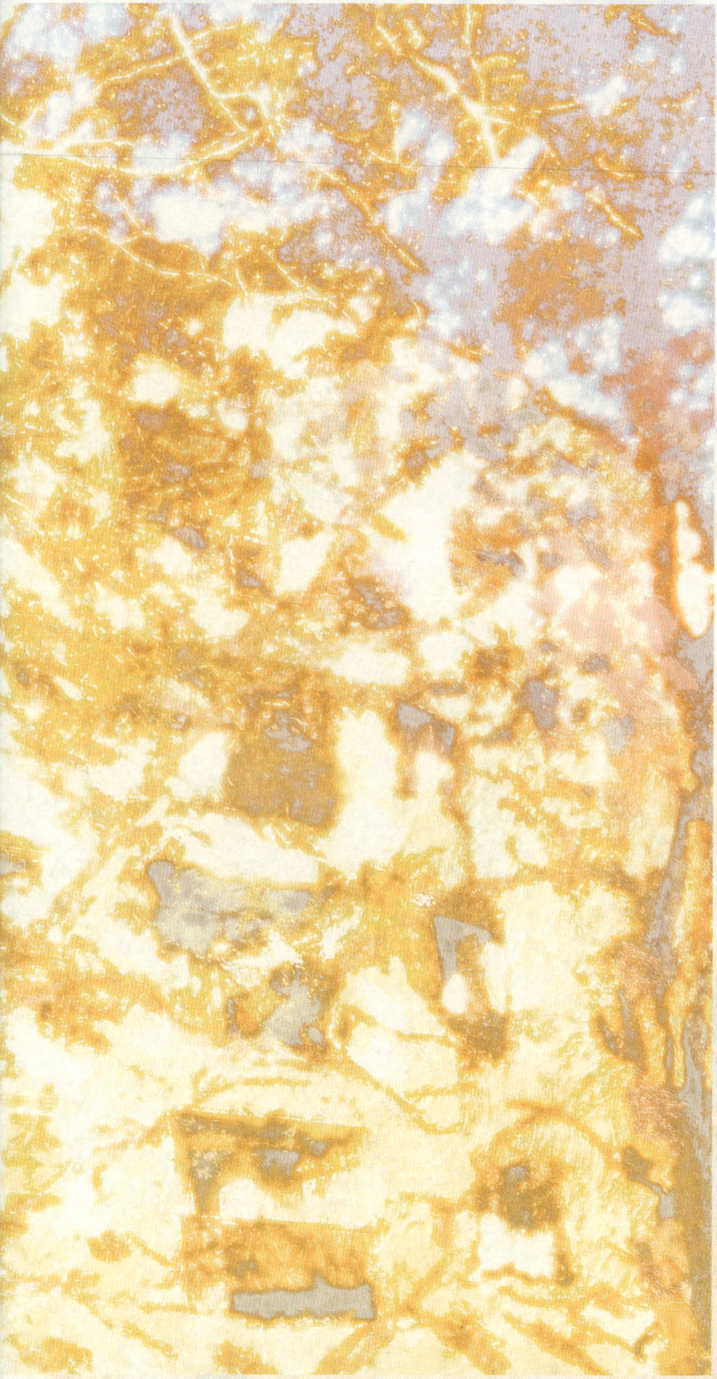

# 目录

# 第一章

“等我回完这封邮件再和你分手。”

2019 年秋，李婉和王观之交往一年多后分手了，心里恨透了对方。

他们分手那天在一场朋友聚会上，当时一群朋友到酒吧看球赛，场面很热闹，大家喝酒聊天，气氛很好。但没一会儿，李婉就从喧闹的人群中挤了出去，找到一个僻静的位子，从包里掏出手提电脑，打开，开始心无旁骛地处理客户邮件。

而王观之在支持的球队进了一个球之后，回头想和李婉一起庆祝，结果发现她不知道什么时候不见了，便站起身环顾酒吧，四下找寻。当他看到她在这么一个嘈杂的环境里都能认真工作时，顿时脸色黑沉，心情很差。

李婉没察觉到身后站了个人，她收到国外客户 Linda 的邮件，是一个非常不好的消息，这让她整个人神经紧绷。

这种情况下，王观之忽然开口阴阳怪气地说：“李婉，你这工作就这么重要，得是在谈几亿美元的项目吧？”

李婉实打实吓了一跳，回了回头，勉强笑了笑，说：“你去看球吧，别管我，我回个邮件，很快。”

王观之听到这话，心里堵了口气，因为他一直觉得对李婉来说，他远不如工作重要。他有时会觉得自己这种想法很幼稚，但人在处于一定弱势的时候，总是自尊心很强。他和李婉的感情一直是场拉锯战，此刻他觉得自己输了，但不能让她知道。

他问："李婉，我们每次约会，你都在看手机处理工作，你有没有尊重过我？"

李婉此刻听到这种质问感到很烦躁，耐心一秒耗尽，她的手稍稍离开键盘，转过脸看着王观之说道："我今天是不是告诉过你，我不想看球，并且还说过你和朋友一起看会更开心，因为我晚上有事，我在等一封很重要的邮件，会没心情看球？"

"我就是因为知道你心情不好，处在很焦虑、紧绷的状态，才拉你来看球，我希望你能稍微放松放松。你这么担忧也解决不了任何事情，而且我觉得这并不是什么大事，只是钱的问题而已。"王观之知道李婉最讨厌什么样的感觉，冷着脸说着关心的话故意刺痛她。

"只是钱的问题？"李婉听笑了，反问，"那你现在能给我一千万吗？"

"我给你，你敢要吗？"王观之似笑非笑，神态忽然很嘲弄。

酒吧里还是很嘈杂，但在这一瞬间，两人之间陷入一种僵持的沉默，眼神交错间火花四溢，炸裂着他们脆弱的情感关系，震耳欲聋。

然后，李婉先开了口："你回去看你的球，我写我的邮件，这事已经没什么好争的。"

"那还不如分手。"王观之冷笑出声。

李婉的火气彻底冲到脑门儿，她转回头继续认真写邮件，沉声说道："好，等我回完这封邮件再和你分手，一件件来。"

王观之内心震撼，再绷不住火气，转身愤然离开。他回到座位拿了外套，不顾朋友的疑惑和阻拦，走出了酒吧。

李婉来不及多看王观之两眼，心思又回到邮件上。但她清静没一会儿，王观之的几个朋友都来围住她问发生了什么事。

李婉感到很烦，合上手提电脑，收进包里，准备回家写邮件，说道："我们分手了。"

所有人都很惊讶，而李婉神色自若地提着包离开了现场。她走出门，看到A市璀璨、繁华的夜景，不由得心生惆怅，迎面吹来冰凉的夜风，瞬间的寒冷让她的惆怅变成一种肃杀的冷酷。她决定在事业稳定前不再谈恋爱了，恋人对她的渴望和要求让她喘不过气。王观之这个男人在这一年多真是快把她的自我磨尽了，他在生活中时而温柔，时而体贴、谅解，时而霸道，在工作上则精明干练，很符合她的审美喜好，他们拉拉扯扯谈着恋爱，有过不少甜蜜，却在这一晚撕掉了所有遮羞布，只剩下丑态的抗争。人和人之间最迷人的吸引力是相抗，但幻想破灭后，相抗其实也就只是一场赤裸裸的战争，一点儿也不唯美。

李婉在路边拦出租车回家，司机问她去哪儿，她出神地说了句："回家。"

司机疑惑地回头看李婉，又一次问道："那你家在哪儿？"

李婉回神，哑然忘言，等终于报出一个地址之后，她感到筋疲力尽，靠在车窗上。窗外掠过繁华，在这人世间锦绣般的生活中，李婉此刻感觉自己是锦绣绸缎上被下针的一块细小地方，虽小，却不能幸免于难。那针就那么精准地落在她身上，穿针引线，疼痛拉扯。

2016年末，李婉带着一笔投资款从家乡Y市跨省奔赴A市；2017年初，她公司落定，在A市落了脚。2017年整整一年，她努力工作，自信进取，产生了一种越来越好、财务自由的错觉，计划未来五年在A市为自己买住房，为公司买一层大厦，但现在生活告诉她，她没有资本玩，根本玩不起有钱人的游戏。

李婉回到一百平方米的出租屋，今天出门前，她还在想一百平方米太小了，要努力买套至少两百平方米的房子，此刻她觉得自己有些奢侈，她的事业摇摇欲坠，她开始像漏气的气球，底气一点点流失。很多年前初入社会进入职场的不安、害怕又涌上她的心头，让她想起其实这样的恐惧不是在她步入社会之后才有的，而是在她从小到大的生活中都一直充斥着。

有些事，李婉觉得这一辈子都不会和别人说，她一直告诉别人，包括所有交往过的男朋友，自己是个独生女，但事实上，她有个亲妹妹住在精神病院，她的父母为了这个妹妹付出所有，心力交瘁。而她从小一直像一抹影子活在家庭里，依靠自己去成长。上学的时候，她都在努力争上游，她比一般人更努力，也因此比一般人更怕失败，比一般人更不相信幸运，而相信信心是对抗恐惧最好的来源，她偏偏就是没有相信生活、相信他人的能力。她经常想倒霉的不会是我吧，恐惧便一直无形地存在着。她极力伪装自己，却一次次走到未知的路口。

“前途未卜”这种感觉已经有两年没拜访李婉了，她缓缓卸下肩头的包，挂在门口的衣架上，拖着沉重的脚步走到沙发上躺下，仿佛忘了回邮件的事。一切好像都不那么重要了。

客厅正中央挂着一盏老旧发黄的水晶灯，这是房东的品位，她出神地望着灯，一个人名——刘松浪出现在她的脑海里。这人不是她的亲人、好友，也不是她某个前男友，而是她的前老板。

她在这时想起他的名字，想起他曾对她的诅咒：“不忠不义的背叛者向来没有好下场。”

刘松浪这句话是在 2016 年的初冬说的，李婉终于从刘松浪的瑞华包装公司离职，她面上依旧感激曾经在她最困难的时候带她入外贸这行的刘松浪，但心理上已经发生了微妙的变化。她春风得意马蹄疾，着急奔赴下一段前程，她理直气壮，心狠刀快。

刘松浪看透了她的谦逊、沉稳背后的嚣张，对她说出了这么一句话。

她当时微微笑了笑，默默记在心里，而直觉上，她觉得自己是在蜕变，终于要告别过去的不安和恐惧了，她拔出了自己的剑，虽然不针对任何人，但任何一个企图靠近她的人都会被她斩杀。她那年抱着残存的感恩之心背弃了刘松浪，情感和理智达到了一种平衡，她显得异常自信，相信自己也有了专属的幸运，毫不犹豫地奔向刘松浪的竞争对手于传，因为对方能给她更大的平台，让她做合伙人。就这样她在 2017 年当上了贸易公司的老板，人生发生了翻天覆地的变化，她对别人说过去已经不算是生活和情感这些琐碎的事，因为她的每一句话仿佛都是奋斗史。她已经很少想起自己刚入职场时的经历，此刻脑海里却开始走马灯。

一个人很安静的时候是可以听到自己的心跳的，扑腾，扑腾，一下一下，这节奏有时候和时钟上的秒针一样，变得很慢。李婉不知道在沙发上躺了多久，感觉自己快睡着了，忽然一激灵从回忆中惊醒，像绷断了一根绳，也像溺水得救。楼上传来搬动家具的声音，沉重、刺耳，她缓过神，看到眼前的生活还像没有剥落的旧墙纸紧紧粘在墙上，于是她想还可以抢救。

这就是李婉。

她在2016年从瑞华包装公司离职的时候带走了一个龙头大客户，她和于传合作，为这个客户扩大生产线，也因此步入了Y市包装行业的核心领域，进入公司真正的领导层，规划做自己的贸易公司。但现在，投资千万的生产线终于搭好了，客户却黄了，她的贸易公司才一年，经不起这种折腾，工厂那边也无法交代。而那些等着看她笑话的人终于等到了机会。

情况很糟糕，但她还是能去抢救。不管怎么样，她都不能彻底消沉、放弃。

李婉坐起来，在手机上买了明天一早去Y市的机票。她起身准备去书房工作，无意间瞄到了茶几上的一块男士手表，是王观之的。这一刻，她才回想晚上他们分手的事。

李婉工作到深夜，她在整理出差行李的时候，顺便把王观之留在她家的衣物也收进一个箱子里，手表则收进某件外套的口袋里。她写了张字条放在纸箱最上面，而后封好，打算明早存放到门卫处代寄给他。

她忙活到快凌晨三点才睡下。早上五点多闹钟响了，她起床洗漱，去赶飞机。她开车去机场的路上，深秋的街道就像她的内心，还有她的为人一般冷清。

Y市的机场不大，只有国内航班。李婉走出机场已经是中午十一点多，她来不及吃饭，打车直奔于传的工厂：诚润包装。

到达工厂正是下午上班的时间点，李婉进了办公楼，坐电梯去了五楼董事长办公室。

于传看到是李婉敲门而入感到很意外，眉宇间的神情充满审视和戒备。于传年过五十，留着一头干练的短发，鬓角发白，岁月的痕迹在她脸上是刀刻般的优雅。她之前用尽方法从刘松浪那儿挖李婉，然后一字不差地兑现承诺，是个心思缜密、有格局的人。李婉的贸易公司就是她给的投资，她用人不疑，很少过问贸易公司的事务，而李婉也很独立自主，只须通过财务数据就能展示自己的成果。所以当李婉像这样忽然赶回来，于传便知道发生什么大事了。不过，于传早两个月也察觉出一些苗头，此刻惊愕之后，指了指办公桌前面的椅子，摘下老花镜，搁下笔，说道："先坐吧。"

李婉深吸一口气，压下心中的焦虑，走上前一面坐下，一面开场，扬声笑道："怎么办呢，于总？"

于传一听李婉说话的语气，心里的坏预感消了一些。她神色微缓地看向李婉，反问道："李总，什么怎么办？你这么突然跑回来，发生什么事了？不会是客户跑了吧？"

李婉见于传心里有数，越发镇定下来，笑了笑，说道："说跑也不是，Linda 他们公司换领导层了，决策方向变了，很多订单流到东南亚去了。而且 Linda 也准备离职了，我现在和他们新的采购经理在对接，估计后面的订单没那么快，而之前谈好的订单也暂时叫停了。"李婉的语气从轻快到慎重，她尽量不让于传看出她的心慌，因为已经看到于传皱起了眉头。而她现在要做的第一件事就是稳住于传。

"叫停是什么意思？怎么之前谈好的也停了？五千万个袋子都取消了？"于传神色震惊。

"不是取消，是数量减少，有可能只会把预付款的部分完成。"李婉尽量平静地说道。

于传闻言坐不住了，倏然站起身瞪着李婉，仿佛不能相信对方说的是真的。很快她又坐回去，皱眉生气道："怎么会有这样的事？是不是你哪里和客户对接得不好？"

李婉一听这话，心里不是滋味，面上没表露什么，笑了笑，说道："于总，这是他们跨国大公司神仙打架死小鬼，跟我们没什么关系。现在事情就是这么一个事情，我本来打算去趟 M 国，但 Linda 说现在是敏感时期，让我还是先不要去他们总部。Linda 问你有没有兴趣到越南或者柬埔寨投厂。"

于传有好几秒没说话，还是不可思议地看着李婉，而后下意识地拿起笔，悬空在桌面上，胡乱地画了个圈，生气地说道："这里一摊子，铺开二十多条生产线，下个月才落成，你现在和我说去国外办厂？真当我们是冤大头，我们这么大一个厂子就跟着他们公司跑？等我去了那边，他们公司又变卦，订单又下给别人，那我搞什么？他们 M 国人觉得我们是傻子是不是？"

李婉想听的就是这话，但面上皱了皱眉，严肃地说道："于总，其实我昨晚也是这么和 Linda 表明了态度，很生气地骂他们太没有契约精神。所以不管怎么样，我要求 Linda 在离职前把我们之前的订单确定履约完成。这点 Linda 答应我去努力，我还在等她的消息。但我们不能坐以待毙，这就是我赶回来和你商量的事。"

于传闻言稍稍冷静，很快她察觉到自己被李婉的话拿捏了，李婉一直先抑后扬，说了最糟糕的情况，又话锋一转，让同样糟糕的事情在最糟糕的衬托下变成一种折中的希望，竟让她心里舒坦了一些。

不过于传心里还是有气，投了千万的成本搭了生产线，客户说跑就跑，她肉疼得很，但做生意这么多年，大风大浪她都见过，心态还稳得住。她倒是担心李婉心态会崩，毕竟合伙虽然她占大头，但李婉本身没多少资本，前期砸进去的估计就是李婉的全部。所以于传再有气，看到李婉这么镇定自若，她也气不太起来，冷哼一声，拍了拍桌子，说道："商量什么？我亏到没底裤了，还商量什么？我看生产线关了转卖，及时止损算了，二十多条生产线，去哪儿一下找个几亿的袋子订单填这个窟窿？眼下工人叫也不是，不叫也不是，等你那边的贸易公司再接几亿订单，我这边工厂都凉透了。我看你那边的公司今年干完也别干了。"

李婉听到了最害怕听到的事情，此刻无法很冷静地判断于传说话时的情绪是不是真的，脑子里只有一个念头，就是她必须稳住于传。

于是，李婉开始舌灿莲花，说了一些自己可能都不太信但有用的话，不让任何一点儿悲观的情绪出现在自己脸上，她说："于总，我们不能这么悲观，虽然一开始我拉你投这个项目，的确是因为我这个客户订单量大，但我们做企业不可能为了一碟醋去包饺子，我们其实是从这个客户身上看到了这个产品的市场前景，你说是不是？所以，我们这步棋绝对是走对了，眼下的亏损都是投资，投资到盈利就是从亏损开始的，钱从口袋里一掏出来就是种亏损。现在我这个客户是情况不乐观，但我还能开发其他客户，不过就是这段时间没有什么订单而已，新办企业头两年遇到这样的事都是正常现象。我们的合作肯定还要继续，于总，我也投了钱，不可能放弃这个项目。你当初是怎么和我说的？你很看好我的业务能力不是吗？你是因为相信我才和我合作的。现在我就在这儿，我在的地方永远没有低谷，抬头就是向上。请你再相信我一次。”

李婉的话让于传紧绷的脸部线条微微松弛。她没打算真为难李婉，只是心里很不爽，想看看李婉的态度，也有些猜忌。

在片刻停顿后，于传严肃地扫了眼李婉，说道：“你这个客户确定是公司内部原因，订单到东南亚去了，而不是因为刘松浪在搞鬼？我听说刘松浪在 A 市也拉了个贸易团队，又在外省投了个工厂，他一下产能扩这么大，和你这个客户没有一点儿关系？”

“我和 Linda 认识很多年了，我还是相信她说的。不过她马上要离职了，估计公司内部一些情况也很难准确地知道，如果订单真的给了在他们供应商名录里的刘松浪也正常。还是那句话，我们不能指着这一个客户，我们拉贸易团队的时候其实已经考虑到这一点了。”李婉说道。

于传打量豁达的李婉，眼里闪过一丝欣赏。她说道：“刘松浪的团队是内贸团队，也是找人合作的，去年投标了两家大型外卖平台，中了一家，还有一家奶茶连锁店，他外省那个工厂都在生产外卖保温袋。”

“我听说了，今年我团队里也招了两个内贸业务员，国内现在外卖袋市场很大，我考虑到了。”李婉微微颔首。

“大公司的投标没门路不好搞，你要是叫普通业务员去投，搞不定。”于传直言，“而且，我觉得你团队成长性不好，我前两天还在看公司财务数据，你要是丢了你这个国外客户，公司今年业绩就很难看，因为你的业务员没成长，支撑点就是你自己。”

李婉想到自己的贸易公司，不由得笑了笑，说道：“我底下几个小姑娘人都挺好的，是比较年轻些，还需要一点儿时间。”

于传见状，严肃地说道：“我们要的是有能力，而不是人好，要是这样的话，与其培养一个团队，我不如培养你一个人。而你也不用那么累，全部精力放在你的个人业务上。有时候好的业务员并不就是一个好的管理者、好的领导。”

李婉这时还没有深刻明白于传的意思，她一手建设公司，手下的业务员都是她自己招的，她就是业务员出身，知道业务员需要什么，也自认为有一套管理方式，公司氛围很好，大家都工作得很开心，总是一起解决问题。李婉认为于传的否定只是因为她不太了解公司的实际情况而已，还有她们之间的管理理念存在分歧。所以她说道：“我不累，我相信我可以管理好。”

于传没再多说什么，把话题转回投标上，说道：“国内市场现在不能不做了，对投标你有没有什么想法？”

李婉思索片刻，说道：“我还没来得及仔细想，大概有个方向，那就是国内投标一定要去做。”

“现在很火的一斗奶茶你知道吧？”于传问道。

李婉听笑了，说道：“这么火怎么会不知道？”而后，她忽然想到什么，倏然站起身，说了句“打个电话”就急忙跑出去了。

李婉走出于传的办公室，忙给今早约的同城快递打电话问：“请问我的快递取走了吗？”

“早取走了，在派送了。怎么了，不会不寄了吧？”电话那头快递小哥敏锐、犯难地问道。

李婉心里很矛盾，最终理智和自尊心战胜了冲动，说道：“没，寄了就算了，我就是问一下。辛苦了。”

挂了电话，李婉低头看着手机，她不是想挽回王观之，而是想起之前王观之提起过他妈投资过一斗奶茶，认识不少人，这样的大投标没有引荐连入场券都很难拿到。所以，李婉有一刻想为了投标和王观之暂时重归于好，但是觉得自己有些过分，她的自尊心也还没有低到这种程度。同时她有一丝异样的别扭和难受，因为她发现自己好像一点儿也不爱自己的男朋友。

李婉回到办公室。于传打量了她一眼，说道："一斗奶茶的投标你想想办法，这边我会着手改设备，做保温袋，我们现在需要这样的大客户。"

"就决定改机台了？"李婉惊讶于于传的行动力。

"原本是打算这里稳定了，扩产新设备，现在只能先改了。"于传认真地点点头。

李婉心里七上八下，她知道于传压力也很大。

办公室里静默了片刻，于传问李婉："难得回来，下午要去看你爸妈吗？"

李婉心不在焉，胡乱地点头说："对。"

"我估计你还没有吃饭，事情已经到这个地步，只能接受了，该吃饭的吃饭，该陪家人的陪家人。"于传一面说，一面重新戴起老花镜，拿起笔，低头继续写字。

李婉起身告辞。她走出办公室的一刻，人如坠下云端，头晕眼花心乱。她没有回家探望父母，而是订机票直接回了A市，一天往返两千多公里。

王观之在这天下午就收到了李婉寄来的一箱东西，她帮他打包让他滚蛋了。所以，对王观之而言，这不是一箱衣物，分明是他的自尊心。

箱子里有张字条，李婉在纸上冰冷地写着："手表在棕色外套左边口袋里。"她欣然接受了他的分手提议。

王观之从箱子里翻出自己的外套找到手表，生气地把外套丢在了沙发上。他拿出手机给李婉拨电话，她却关机了，他便愤愤地发了条微信语音给她："你留在我家的东西，你自己过来收走，不然我全丢了。"

直到这天晚上，李婉才回复了这条信息，很简短的一句话："都丢了吧。"

王观之看到这四个字，下午冷静后消下去的火气又蹿了上来。他头脑一热，立马删除了李婉的联系方式，进房间收拾李婉的衣物。

李婉其实没听王观之的语音，她下了飞机看到语音信息，便把他的语音转成了文字，现在转文字都有情绪，她一看在转文字的过程中都能蹦出一个愤怒的表情，就知道王观之现在脾气很大。她第一反应是先把消息回了，后来出了机场，坐上车，想想觉得不妥，她又补充了一条信息说：“我们这两天找个时间见面谈谈吧。”结果，她的信息没能发出去，还提示被对方删除了好友。

李婉愣了愣，随即也很恼火，脱口而出低声骂了一句。然后她也把王观之删除了好友，捂住忽然一阵抽疼的胃。

李婉此刻心里想起的都是交往期间王观之身上总不经意流露出来的优越感和傲慢，让她越想越气。

而王观之收拾李婉的东西，心里想起的也都是她的不好：高傲、武断。他记起有一次，他一个在上市公司做人事经理的朋友向李婉递橄榄枝，让她去他们公司上班，不要屈才在一家小公司里，前途难料。王观之觉得这是个不错的机会，问了李婉的想法，也想推一把，结果李婉很干脆地对他说：“宁做鸡头，不做凤尾，我已经对给别人打工没有一点儿兴趣。”

王观之则说：“凤尾好歹是凤凰。”

李婉则不紧不慢地回：“那又怎样？凤凰的脑袋里想的东西又不是我想要的东西，那它去的地方肯定也不是我的目的地。”

王观之一时无语，但当时他觉得李婉这个气性真是傲得可爱，当然，现在是可恶。他想着越发生气，给两个要好的朋友发了信息：“我和李婉彻底分手了，之前我在群里提的想求婚的事，你们谁要是说出去，就是和我过不去，以后就不是兄弟！”

在收到朋友的保证和安慰之后，王观之心里得到了一些平衡，但还是看不得李婉的东西，他恼火地关上衣柜门。

李婉今早离开 A 市的时候天是黑的，现在回来也是黑的，她感觉这一天很漫长，而她一天到晚几乎没吃什么，也不觉得饿，此刻更不想回家休息，便开车去了公司。时间是晚上八点半，大厦里还有不少公司亮着灯，李婉出了电梯看到自己公司的灯也还亮着，有些疑惑，但这一刻，她慌乱了一天的心才稍稍平静。

李婉刷脸推门而入，发现留在公司加班的是两个小姑娘，一个叫原彦，一个叫卢冬。两人同期进的公司，跟在李婉身边学习做事，差不多一年了。

今晚加班的是卢冬，而原彦原本已经准备走了，结果卢冬向她请教了一个问题，两人讨论到现在。她们看到李婉来很意外，也很高兴，原彦下意识地就站起身笑问："婉婉姐，你怎么出差一天赶来回，还这么晚到公司来，你不累吗？"

"不累，你们怎么还不下班？"李婉上前笑着问道，看了眼坐在电脑前亮着大眼睛的卢冬。相比活泼、外向、善于表达的原彦，卢冬是个安静又酷的女孩，偶尔笑起来却很腼腆。

"小冬说有个客户想下单，谈了很久，又一直说价格贵，她问我要怎么说服客户，我们就讨论了一下。"原彦笑盈盈地说道。

李婉闻言，拉了把椅子坐到两人身边，问卢冬具体情况。在听完卢冬说客户一直拿之前供应商的价格压她，李婉笑了笑，分析道："随他压吧，你要稳住。他之前的供应商要是产品质量好，价格又低，他干吗找新的供应商？多半是出了些问题。他要真觉得价格高，不能接受，还和你谈这么久？你们付出的时间是对等的。"

一旁的原彦闻言频频点头。

而卢冬听了李婉的分析，变得安心，有了数。她大学才毕业，年纪很小，第一份工作就是外贸销售，短短不到一年的工作时间，很多事情她不懂，也没有底，好在她很幸运，遇到了李婉，李婉一直手把手教她。她在明白后笑着点了点头。

李婉也笑了，说道："你们赶紧下班吧，不用这么坐在电脑前等客户回复，有些客户要让他们知道你也有生活，要有态度，也有原则，反而更好发展谈判。"

两个女孩在李婉的催促下终于下班。她们临走前给李婉拿了不少零食，即便李婉一再说自己吃过了。

等两人离开后，李婉进了自己的办公室，打开灯，打开电脑，她坐下来长长地叹了口气，终于感觉到疲惫。她出神地望着自己的办公室，脑子里一片空白，直到手机振动，一条微信进来，她才惊得回神。

李婉点开微信，发消息的人是乐乐，内容是："姐姐，我这两天出院了，你什么时候回家？”

李婉看到这条信息，心口揪着一疼。乐乐是她的亲妹妹，她们一度亲密无间，但美好的关系止于李婉高考之后。曾经李婉像自己的父母一样深爱着患有精神疾病的妹妹，企图用爱拯救她，也相信爱能改变一切。但李乐乐在李婉高考前一天企图自杀之后，李婉感到累了，绝望了。她因为李乐乐的自杀而高考失利，一度丧失信念，浑浑噩噩地上了一所普通的大学，人生陷入迷茫，远离了家人。这对李婉来说是一个很漫长且难以言说的故事，她对李乐乐和父母的感情非常复杂。

“姐姐这段时间很忙，不过我已经给你买了礼物寄回去，你记得查收啊。”李婉面无表情地给李乐乐回了条信息，随后点开淘宝开始找礼物。

李婉给李乐乐找了一套乐高作为礼物，买完后，不由得想起以前和李乐乐一起拼乐高的场景。李乐乐只比李婉小一岁，身体原因，她在高一就休学了，一直在家和医院之间来回。李婉当时很心疼妹妹，每天放学回来都会抽空陪她，她们玩得最多的就是拼图和乐高，每次完成一个作品，李乐乐都会很高兴，在那一刻她看上去无忧无虑，发自内心地开心。李婉很希望李乐乐一直这样，他们家里的每个人也都是这么希望的，他们都紧紧围绕着李乐乐。李婉曾觉得李乐乐一定会好起来，精神上的痛苦是可以被打败的，所以她每天一放学就跑回家，把学校里发生的事情绘声绘色地讲给李乐乐听。那年他们家住在一栋大厦的十楼，傍晚夕阳都会穿过阳台照射到客厅的沙发上，她们坐在一起，身披着火红的夕阳，一切都很美好。因为讲了太多的事情，编了太多有趣的场景，李婉有段时间梦想去说相声，给人带去欢声笑语，她还把这个想法告诉了一个认识很久的网友：W。

忽然想到 W，让李婉没来由地精神一振，让眼前这个暗沉的时刻莫名地一亮。在初中的时候，李婉刚接触网络，申请了 QQ，那年很流行交网友，仿佛每个陌生人都是美好、善良的人。李婉在那时候加上了同龄人 W 的 QQ，他们经常聊天，十分投缘，后来因为学业繁忙，两人开始用邮箱写信，一直写到李婉高考失利，心态巨变，认知重组，他们之间的联系戛然而止。

想起来这事已经过去快十年了，在这么长的时间里，李婉偶尔会记起网友通信的事情，想起那时候单纯、快乐的分享和交流，但都没有像此刻一样拥有梦回年少想找回网友的冲动。于是不等自己理智、清醒，李婉仗着好奇心和记忆在网页上登录了自己古早的邮箱。这个邮箱她记得很清楚，是她小学的英文名：Phoenix。年少的她很骄傲、上进，觉得自己就像凤凰，耀眼、华丽。现在她早已经改为一个很普通的英文名——Sarah，希望客户好记好写。

邮箱还在，李婉点进收件箱，看到了十多封未读邮件，来自W，来自十多年前。那年高考后，W就给她发了邮件，问她考得怎么样，是不是能上A大。可能是没有收到李婉的回复很着急，后来W又发了几封邮件，有猜测她高考失利的安慰，有说趣事逗她开心的分享，还有最后一封是告白和道别信。

最后一封信写在他上大学后的第二年，在信里，W说：

我想我应该收不到你的回信了，虽然我不知道为什么你再也不给我写信了，但我还是想和你好好道个别。

其实我一直喜欢你，虽然我们从来没有见过面，但我总觉得我们很合适。我有私心，很希望你能上A大，因为我就在A市，我一直在等你。不过现在我对你的感觉越来越虚幻、不真实了，可能是因为一直没有再收到你的回信，我慢慢不确定你是不是真的存在。或者说，通信就是一件不可靠的事，所有的情绪和想法都是凭空捏造的假象，彼此间产生的情感也是假的，所以你就像一滴水永远消失在人海里了。

我写这封信是想告诉你，我以后不会再给你写信了。我准备回到现实生活中去，学习，恋爱，工作。

祝你一切安好。

W

李婉读完信发现自己的眼眶红了，她不知道原来自己错过了一个人。而W的一封封信完全把她拉回过去，她仿佛站在时光的隧道里，看到从前的自己笑着朝她跑来，带着那颗快乐、温暖的心。

李婉这一晚又睡得很晚，她处理了工作，但依旧从客户 Linda 那儿得不到什么好消息。而 W 的信唤起她对过去的回忆，也让她难以入眠，凌晨她躺下睡觉的时候感觉自己的心跳很快，无法平静。

即便是这样，第二天一早五点多，李婉就起床了，她换上跑步服，穿上运动鞋，开车穿过大半个 A 市，到了一个人工湖晨跑聚集地。但她不是来跑步的，是来偶遇王观之的母亲王鹤的。

前段时间，王观之曾提出带李婉回家和王鹤吃饭，李婉笑着问他："你干吗？不是让我去见家长吧？"

"就是吃便饭，说不定对你的工作有帮助。我上次听你说你们这产品就是外卖袋，奶茶店现在用得也很多，我妈认识一斗奶茶里的一些人，可以给你介绍业务。"王观之回答，眼神有片刻闪躲，随即摆出一副戏弄李婉的样子问，"什么见家长，你是不是很想和我结婚？"

李婉惊讶，也被逗笑："我还不想结婚，你放心。以后有需要再说吧，我很少接触国内业务，现在也没有精力去搞大项目投标。"

王观之闻言不以为意地耸了耸肩，说道："行吧，有机会再说。"

李婉笑盈盈，好奇地问道："你妈是不是很厉害、很有能力的一个人，小王？"

"叫谁小王呢？"王观之气笑，抬手拍李婉的后脑勺。

"你可以叫我小李。"李婉笑嘻嘻，拉着王观之问王鹤的一些情况。她当时只是对女企业家都很感兴趣，然后从王观之那儿得知王鹤喜欢晨跑，每天风雨无阻到人工湖跑步。

于是，李婉决定来碰碰运气，偶遇王鹤，看能不能搭上一斗奶茶这条线。李婉做起这事觉得很讽刺，不久前，她完全没想要做国内市场，原本的好机会摆在面前，结果她就让它那么流失了。这件事教育李婉，永远不要太自信。

李婉在湖边一边慢跑一边张望找人，清晨的空气很凉，湖面上还有淡淡的雾气，她每跑一步都感觉自己呼吸沉重、疲惫。她不像平时从容，很快就因为体力透支感到焦躁不安，很担心今天遇不到王鹤。

偌大的人工湖要遇见一个人的确很难，李婉慢跑了两圈，在一个拐角喘不上气。她感到头晕眼花、手脚发抖，是低血糖症状，赶忙找到长椅坐下休息，从口袋里掏出两颗水果糖。

李婉在吃糖的时候看到一直寻觅的王鹤忽然出现，从湖心桥上跑过。虽然隔得有点儿远，但她还是一眼就认出了王鹤，因为她在网上找过王鹤的资料，作为A市的优秀女企业家，网上有王鹤参加活动的照片。

李婉着急地嚼碎嘴里的硬糖，起身去追王鹤。她不想太刻意表现出接近，但距离太远，只能快跑。等她终于追赶上王鹤，还没来得及停下脚步接近，忽地两眼一黑，而在昏倒的瞬间，她的舌头舔到后槽牙上还粘着的硬糖块，依旧是甜甜的。

李婉再醒来的时候，人已经在医院，床边站着王鹤。李婉倒地的响声吓到了王鹤，后者打了120，送她来了医院。李婉觉得自己最近真是祸福相倚，晕倒很糗，但很值。

王鹤见李婉醒了，笑着问道："你醒了，医生替你做了检查，你是低血糖加上休息不好才会晕倒。你现在感觉怎么样？"

李婉大概愣了两秒，脑子彻底恢复了运转，忙坐起来，道："是不是您送我来医院的？实在是太感谢了！我昨晚熬夜工作到凌晨，想着反正睡不着了，就出去跑跑步，真没想到自己会晕倒，实在太不好意思了。"

"现在你们这些年轻人是不是太拼命了？"王鹤微笑着问道。她脸上未施脂粉，眼神温和而有力，岁月的痕迹在她脸上很坦然、很优雅。

李婉笑了笑，抓住机会问王鹤姓名，提出加好友："我加您一下微信吧，阿姨，改天找机会请您吃饭感谢您，以后有机会还可以约着一起晨跑。"

王鹤见李婉表情真诚、简单，想了想，说道："行。"

李婉很高兴地加了王鹤的微信，而她从昨晚计划要来偶遇王鹤开始就设想了这一场面。所以她昨晚就事先在朋友圈久违地发了条和工作相关，和产品相关，还有工厂生产实力的动态。她希望能很自然地假装巧合，增加和王鹤谈工作的机会。

果不其然，王鹤添加了李婉微信之后就看到了她朋友圈的照片，点开看了看，随口问她："你是做保温袋的吗？"

李婉点点头，说道："嗯，我做这个行业快八年了，大学毕业就入行了。"

王鹤闻言眼神微动，微笑着颔首道："在一个行业深耕挺好的。"

"是啊，我从来没想过自己会喜欢做这么一个小小的袋子。王阿姨，您能一下认出这是保温袋蛮难得的，因为我们这个产品很不起眼，几乎每个人都用过或接触过，都知道，但没人会在意。因为它只是一种附属品，就是你买外卖或者点杯奶茶的时候它就应该存在，所以价值感很低。没几个人能说出它到底是什么，最多说是外卖袋吧。"李婉笑着说道。

王鹤对李婉的回答感到很意外，还在李婉眼里看到了热爱，这莫名让她有些动容。

下一秒，王鹤变成一个普通的热心阿姨，笑道："你好好休息，热爱工作也要劳逸结合，不要仗着自己年轻就不把身体当回事。我还有事，先走了，你给家里人打个电话，让人来接你。"

"好，王阿姨，您先忙，今天真的太谢谢您了。"李婉已经加到了微信，达成了第一步，也不再着急，笑盈盈的。李婉心里的计划很简单，也很明了，她只是想先认识王鹤，再通过自己的交际能力让王鹤引荐她进投标的局，拿到入场券之后，再靠于传的工厂实力去投标，去努力。

而做业务对李婉来说就是一半努力，一半运气，这几年摸爬滚打下来，她甚至知道怎样去拥有运气。李婉这天下午就收到了王鹤的消息："小妹，你有没有公司简介和图册？发我一份。我有认识的人正在找保温袋工厂，在招标，我把你的资料先发给他看看。"

李婉看到这条消息很高兴，但很快又有些伤感，她的内心还是很沉重，毕竟这才是刚开始。

晚上，李婉又加班了，公司里的人都走光了，她还坐在电脑前斟酌给Linda的信，虽然Linda离职了，原有的订单遭到了打击，但不意味着她和Linda之间没有其他合作的可能。李婉已经开始向Linda了解她个人的规划，鼓励她继续在这个行业深耕，希望她们还能继续发展合作。

写完信已经是晚上九点多，李婉长长地舒了口气，仿佛在鼓励别人之后也鼓励了自己，她已经完全接受了眼前的变化。她掏出手机给王鹤发了一条消息："王阿姨，我今天听同事推荐了一家米粉店，据说很好吃，我想明天请您去吃，您有没有时间啊？"她精准地知道王鹤喜欢吃什么也是从王观之那儿无意间得知的。那些进入过她大脑的信息必要时都会转成她的资源。

等回复的时候，李婉站起来疏松筋骨。她的办公室不大，但放了一张瑜伽垫，她有空就会关上门直接在办公室做点儿运动。此刻她脱了高跟鞋，盘腿坐在瑜伽垫上，望着城市的夜景出神。她在想要是当年没有负气、冲动，而是去复读，说不定能重新考上 A 大，说不定就能学建筑设计，说不定现在的人生会完全不一样，不用每天忙忙碌碌装腔作势地做业务，赚来的钱还如此来来回回。去年的时候，她卡里存了一百来万，她便和于传谈了点儿生产股份入了股，不想转眼就要亏完了。

"天生我材必有用，千金散尽还复来。"李婉今天脑子里就一直转着李白的《将进酒》，此刻也是，当这句话蹦到脑海里的时候，她有些动容，低头看手机，点开私人邮箱，犹豫了会儿，点开一封新邮件，敲下一行字：

W，

好久没联系，你好吗？

紧接着，她想自己是不是要解释一下那年的消失，但故事太长了，她写了几句话又删除了。最后在这行字后面写了一小段：

希望你一切安好，也希望我迟来的回复不会打扰到你的生活，我只是想和你道个歉。对不起，关于那年的消失，我有些自己难以言说的理由。而我一直没有忘了你这个朋友。

然后她落款 Phoenix，点了发送，抬起头看到这个月十五号的月亮很圆很亮，就像假的一般，挂在对面两栋大厦之间，就像一座桥梁。

第二天中午，李婉和王鹤各自开车到约定的餐厅，吃了一顿很轻松、愉快的午餐。李婉假装自己完全不知道王鹤的身份和工作，待她就像某个长辈阿姨。而在聊天中，王鹤对李婉聊起了自己的家庭，说："我有个儿子和你同龄，要不是他有女朋友了，我会介绍你们俩认识，交个朋友。"

这话把李婉吓了两跳，一跳是于心有愧，她觉得自己对王鹤存在一定的欺瞒；一跳是她惊讶于王观之速度真快，和她才分手就找到新对象了。

李婉心跳完之后，担心王鹤真向王观之提起自己，便忙说道："其实我也有男朋友了，王阿姨。"

王鹤闻言，说道："那真是太可惜了。"

李婉笑了笑，心里尴尬地想成年人真的活得很复杂，很多简单的事情也不是三言两语能坦诚的。

吃过午饭，李婉同王鹤一起走出餐厅。道别的时候，王鹤主动说起业务的事："昨天让你发来的资料，我还没有来得及给我朋友看，不过我看过你的资料了，做得很详细，很精美。今天晚上我请了人到家里吃饭，到时候再把资料给他。如果他看了有兴趣，说不定就会联系你们公司。"

"嗯，太好了，谢谢您，王阿姨。"李婉甜甜地道谢。

王鹤晚上在家宴客，王观之也回来了，他进门的时候还没有开饭，看到王鹤和一个青年正在聊天，她给人递了一份资料。

王观之见状，冲青年笑道："程晋，你今晚是来做客还是被我妈叫来工作的？"

程晋闻声抬起头，笑道："无所谓，鹤姨给我推荐了一家实力工厂，我们公司正在招标，正需要。"

"是吗？"王观之走进客厅，也打算加入谈话。他一面坐下，一面扫了眼程晋手上的资料，然后惊呆了，因为他在资料封面上看到了李婉的公司，还有李婉的联系方式。

# 第二章

“劝我早还家，绿窗人似花。”

王观之感觉自己要气疯了。他坐在沙发上听王鹤和程晋说李婉的公司，程晋好奇地问王鹤和李婉是怎么相识的。

王鹤答：“在人工湖晨跑认识的，就是普通相识，我看这女孩很努力，公司实力也不错，就顺便推荐给你看看。”

王观之脑子里一片空白，他知道李婉住哪儿，她怎么晨跑也不可能跑到人工湖，肯定是故意为之。想到这儿，他不由得冷笑，插话道：“妈，你是不是对人太没防备心了？这才认识多久，你就帮人家拉业务？”

王鹤见王观之阴阳怪气，有些不解，目光扫向他。一旁的程晋笑了笑，说道：“鹤姨只是推荐而已。”

而后王鹤也笑了，说道：“何止拉业务，要不是你有女朋友，她也有男朋友了，我可是还要介绍你们认识呢。”

“她有男朋友了？”王观之一怔。

“你怎么这么意外？你认识这个李婉？”程晋敏锐地问道。

王观之脸色微沉，否认道：“不认识。”

王鹤打量有些反常的王观之，没说什么。隔了会儿，她提起另一个话题，问：“你上次说带女朋友回家吃饭，确定好时间了吗？”

“没有，分手了。”王观之回答。

王鹤皱了皱眉，说道：“你们年轻人谈恋爱分分合合，我没有什么意见，不过这次你提出一起吃饭，我以为你们两人是经过慎重考虑的，原来也只是说着玩。就你这样的办事方法，还来操心我有没有防备心，有点儿多余了。”

王观之吃瘪，语塞一秒，脱口说道：“这是两码事。”

王鹤仿佛没听到王观之说什么，转而冲程晋说道：“他们公司的工厂在Y市，听说在当地规模不小，是个大厂。这女孩看得出来是个务实、肯做事的人，不过我对她了解不多，资料还是交由你们公司内部去审核。”

程晋笑着望了王观之一眼，将资料收下。

王观之心情复杂，内心翻江倒海，吃完晚饭就要离开。

程晋见他行色匆匆，取笑道：“被鹤姨骂醒了，急着要去把女朋友追回来了？”

“狗屁。”王观之不爽，对程晋的说法嗤之以鼻。

程晋微微一笑，说道：“看来真是要去找女朋友了。”

程晋和王观之年龄相近，他比王观之年长两岁，是王鹤资助过的贫困生之一，大学时曾到王鹤的公司学习、实习，跟王家的人往来密切。其间，他和王观之两人意气相投，成了好友。他自认为挺了解王观之的为人，王观之就是个外冷内热、骄傲又心软的人。

而王观之出了门的确是去找李婉，但不是要去把她追回来，是去算账。他感觉被李婉摆了一道，越发觉得李婉对他是真的一点儿都不在乎。他曾好心想给她介绍业务，她拒他于千里之外，结果他们分手了，她却利用从他这儿得知的信息私下找了他妈，简直就是完全无视他的存在。他很恼火，一定要当面质问李婉想做什么。

李婉接到王观之电话的时候，刚从公司下班，路过便利店买了一盒速食米饭。得知王观之要来且一副来者不善的样子，她加热好了米饭，装进袋子里，驱车回家和他见面。

李婉开到小区的时候，王观之已经到了有一会儿。她的车路过他的车边，她降下车窗，冲他说："我到车库停好车，再上去找你。"

王观之冷着脸没回应，缓缓升起了车窗。

李婉见状，心里多少猜到王观之在气什么，他肯定知道她找王鹤的事了。有了这个心理准备，李婉坐上王观之的车之后显得很淡定，开口还先关心地问了他一句："吃过饭了吗？"

王观之闻言，下意识地看了眼李婉手上提着的米饭，皱了皱眉，欲言又止，紧紧抿住唇。

李婉察觉到王观之的反应，想起他内心一直算是个善良、正直的人，这两天对他有过的气愤不由得淡了。她将米饭摆到身侧，用包挡住，问道："你来找我有什么事吗？"

"你自己做过的事，心里没点儿数？"王观之冷声反问。

"嗯，我自己做的事，我心里很有数，但我不知道你是想来听我解释，还是只是要我承认你的想法。"李婉没有在意王观之投来的目光，透过风挡玻璃望着前方笑了笑。

"李婉，你说这话是什么意思？你为了业务背着我找我妈利用我妈，我冤枉你了？"王观之问道。

"那我为了业务假装和你和好，再利用你去找你妈，你会觉得更舒服吗？"李婉缓缓侧过头迎向王观之的目光，在他惊愕的表情下继续说道，"王观之，是你先提出了分手，然后我同意了，这意味着我们双方达成共识分手了，我们有过的感情就是彼此的经历。我利用自己的经历为自己的未来努力，也算是正常的事。你可以对这事表示反感，也可以搅黄我的生意，我们已经没有关系，我不过是在凭自己本事和喜好努力而已。所以，你完全可以做你自己的决定，不需要来试探我的态度。"

王观之来找李婉前以为自己做了充分的心理准备。在这一年多的交往中，他以为自己对李婉很了解，她果断、坚定，在很多事情上都表现出她的个人风格和脾性，她的处事方式和思想都独立、有个性，他知道她一直敢作敢当。但他发现他的心理准备还是一点儿也不充分，她强硬得像块石头，打得他措手不及。他这时想起自己可能有病，他记起第一次在一场商业酒会上见到李婉，她微微抬着下巴端坐在椅子上，样子看上去矜贵、骄傲，他的目光被吸引过去，脑海里闪过征服的欲望，更是一种博弈的欲望。在感情的较量中，他喜欢每次赢了李婉后的满足，更一次次因为被她打败遍体鳞伤而体会到一种快感，越发不可自拔。他真的有病。

此刻，他从李婉的话里听出了决绝无情，他心口一疼，生气地问出这么一句话："李婉，你到底爱不爱我？"气势弱了一大截。

李婉听到这个问题心口也是发酸发疼，微微皱起眉头，说道："为什么这么问？你需要用对方爱不爱你这种事情去衡量你自己的价值？"

"这和价值没有关系，我只想知道你的答案。"王观之冷声说道。

"我喜欢你，但我能给你的爱肯定不是你想要的那种。我们两个其实一点儿也不合适。"李婉深吸一口气，回道。

"我知道你公司出了问题，你告诉我差多少钱。"王观之蹙眉说道。

李婉听到这话没来由地想笑。她微微扬了扬嘴角，目光转回前方，没说话。

"李婉，我很认真地在和你说话，你不想解决问题吗？"王观之不耐烦地追问道。

"我说了不是钱的问题。王观之，不仅仅是解决问题，我想要的是工厂的机台满负荷地运作起来；我想要公司每个业务员成长起来；我想要我的公司自己能赚钱；我想要在四十五岁退休，有钱，有时间，然后去读书，做自己，自由自在。我最终想要的是自己具有很强的抗风险能力。这些都不是你能帮我实现的，我只能靠自己一步步走。我希望你也有你自己抗风险的能力，不会为任何人和事改变。"李婉说道。

"所以你完全知道我为你做的改变，但你不稀罕是吗？"王观之提炼了李婉的话，只有这一个他在意的重点。

李婉摇摇头，垂眼，慢慢说："不是不稀罕，是害怕。害怕不对等，因为我还不想改变。"

王观之算是彻底明白了李婉的想法，她此刻不仅仅是不喜欢他，还不允许他喜欢她。她在感情上的傲慢和自负深深伤害了他的感情。

“李婉，你要记住你自己现在说的话。”王观之咬牙切齿地说道。

李婉没回这句话，只是说道：“我不想和你吵架，王观之。”

对此，王观之则冷笑着说：“两个没关系的人吵什么架？”

李婉愣了愣，随即笑了笑：“也是。那你要是没有其他什么事，我就先走了。”

王观之没说话，伸手按了开门解锁键，冷漠地转头望着车窗外。

李婉拉开车门下了车。她才关上车门，王观之就挂挡，一脚油门飞驰离开，她被吓了一跳，怔在原地。回神后，她看到他渐渐远去的车尾灯，心里觉得分手是对的，她没有那么多时间和精力给一个需要被围着转的男人。

王观之回到家，第一件事就是把李婉的东西都从家里收拾出去。收拾完之后，他想用手机预约第二天上午的快递，但因为心烦意乱，打开手机的一刻，他脑子里忽然空白，短暂地忘了自己想干吗。于是，他习惯性点开邮箱，很快，回了神，皱眉欲退出，却又忽然想起邮箱里绑定的另一个静悄悄的私人邮箱。

鬼使神差，王观之点进了自己很久没有问津的私人邮箱，然后怔住了，因为他收到了一封穿越时光的回信。

王观之在年少的时候认识了一个网友，他们曾书信往来，无话不谈，但有一天她忽然消失了，不再给他回信，他便把曾经的那份美好收藏进心底最深处，就像一场梦。现在他已经彻底要把网友这件事忘了，她却又忽然出现了，向他问候，向他道歉，像一阵柔和的晚风轻轻翻过了轻薄的旧日历，把遗失的时光送回他的肩头。

因为这封信，王观之回头看了自己从前写的信，尤其是那封对网友Phoenix的告白信，使他想起曾经自己对爱的执着。他一度以为这辈子遇到一个合适、灵魂契合的人其实并不难，可是这几年的情感经历告诉他，爱是一件很难很难的事情，不仅要改变自己，也要对方去改变。

王观之读了很多遍这封短短的信，但不知道应该如何回复。时过境迁，他早已不再是意气风发、赤诚、热情的少年，他想她肯定也不再是从前那个幽默、天真的小女孩。或许不再回复就是对往事最好的交代，让他的内心永远保留着一块柔软、纯粹之地。

疲惫是李婉这两天身体的感受，见过王观之之后，她的疲惫感更是莫名达到了顶峰。所以，她回到家吃了几口饭便再也撑不住了，起身去浴室洗漱了一番，换了睡衣，上床倒头就睡着了。李婉知道她惹恼了王观之，他们的沟通已经不在一个频道上，王观之这个骄傲的人说不定真的会报复她，而她现在能做的就是等待结果，做另一手准备。

所以，半夜李婉莫名惊醒之后，再也睡不着，裹着毯子，打开电脑，开始整理开拓国内业务的思路。她现在业务缺口很大，国外开发时间长，她不得已要转部分内销。

李婉把一斗奶茶的对标企业都梳理出来，将各个公司的投标时间和要求也做了整理。除此之外，她去看了刘松浪公司瑞华现在的网站，从他们的商业平台网站到独立站。就这样看着研究着，到天亮的时候，李婉在瑞华一个业务经理的某个社媒上发现了他和 Linda 公司现在的采购经理是互相关注的状态，这让她的脑袋嗡嗡嗡响。这时候闹钟也响了。

李婉这两天睡眠不足，状态不太好，所以一早到公司就给自己泡了一大杯浓茶。

原彦到李婉办公室请教问题，见她狂灌茶，笑着说道：“婉婉姐，我今早买了两杯黑咖啡，买一送一的，你要不要？”

“不用，我喝不来咖啡，越喝越困，茶对我的提神效果比咖啡好。”李婉摆摆手，道，“你说吧，有什么事？”

原彦甜甜一笑，凑上去和李婉说：“有个客户报价我拿不准，想找你商量一下，你听一下我的思路对不对。你现在有时间吧？”

李婉颔首，说道：“你们找，我都有空。”

原彦闻言，翻开自己的笔记本，将列好的思路说给李婉听。她们一聊将近半小时，原彦在结束的时候满心欢喜、信心满满地走了。李婉看了看手机，发现王鹤给她发了条微信，她的右眼皮开始狂跳。

关于眼皮跳有种迷信的说法：左吉右凶。李婉想起上一次眼皮跳得这么厉害是高考前一天，她从学校回来，走到家门口，还没有开门，就莫名感到家里似乎异常安静，然后她的右眼皮开始狂跳，她推门而入看到了李乐乐割腕自杀的场景。想到这事，李婉抬手揉了揉眼皮，冷冷地笑了笑，心想：不会有比李乐乐自杀更坏的事了。于是，她反而平静下来。

李婉点开信息提示，只见王鹤给她发了一个手机号码和一个人名——程晋，和她说："一斗奶茶我们这区域的CEO，你和他直接联系，就说是我介绍的。"

眼皮顿时不跳了，李婉喜上眉梢，也不由得想昨晚自己对王观之是不是小人之心了，她真的以为他会坏她的事。

这天下午，李婉就联系了程晋。电话那头的程晋说话很温和、严谨，又给李婉发了他们采购部负责招标的经理的电话，说："我们黄经理会指导你怎么投标。"

李婉连声道谢，就在她以为这几天的情况会开始好转的时候，她在A市碰到了刘松浪，而和刘松浪一起的是王观之，还有程晋。

因为投标的事情，李婉很想认识一下程晋，她去过一斗奶茶的公司，和黄经理会过面，但一直没有见到程晋。李婉这个人做事有很强的目标性，她初中的时候很喜欢玩一款建设游戏，为了让自己的都城升级，需要跟着游戏的逻辑去满足一个个条件才能达成。而李婉为人做事也有自己的逻辑，升级一座房子需要两块农田、三个农民，这是必须一个个满足的条件，那拿下一个单子也是，有些人必须结识。对李婉来说，王鹤这条线搭得很快也全凭运气，她不能再想着靠王鹤去深挖和一斗奶茶的关系，要把握机会靠自己了。

李婉第一次尝试加程晋的微信，对方没有通过，她便隔几天发送一次好友申请，没有特别的备注，就像不经意。她也时常在聊天中向黄经理侧面打听，试图了解程晋的做事风格。

这天，李婉听黄经理无意中提起晚上要陪程晋去应酬，便问了句在哪儿，得知在一家农家乐时，她扯谎就道："怎么这么巧？我们公司晚上也在那儿团建，听说那里的炖鸡很有名。"菜品也是她临时想的，她想农家乐少不了这些菜。

谁知黄经理信了，笑说："对对对，那里的走地鸡很有名。"

于是，李婉这晚说做就做，组局请人吃饭就是为了偶遇程晋。她先问了公司里的人晚上谁有空，愿不愿意一起去吃饭，结果大部分人都有事，只有卢冬和原彦答应去。李婉知道临时组局为难大家，有两个人就很开心了，于是为了凑一桌，她又打电话约了四五个自己的朋友来凑数。

李婉在A市才两年多，朋友不算多，也不算少，但关系深的没有几个，都是些酒局、商业局认识的人，要说真的能比较随意地聊天、聚会的人，都是通过王观之认识的。所以，她约的人里有两三个也都认识王观之。

两拨人一碰上，王观之一眼就看出李婉笑盈盈地在对黄经理撒谎。他冷眼看着她面不改色地上前说公司团建偶遇，然后自然而然地去认识程晋，说着久仰大名的场面话。她甚至对一旁冷漠的刘松浪也是热情相迎，在听黄经理介绍后，就笑着问候说："刘总好。"

刘松浪则不太礼貌，面无表情，也没肢体动作，彻底无视李婉，后者还是面带微笑。

王观之原本想装不认识李婉，但她的行为让他无法再忍，他出言讥笑道："怎么你们公司团建没几个你们公司的人？"

"团建加朋友聚餐很正常。"李婉立马接话笑道，目光犀利地扫过王观之。她没有想到会这么倒霉遇到王观之。

程晋早就看出了两人的猫腻，从他们遇到李婉一行，王观之认识李婉身边很多人，他和那几个人都打了招呼却不搭理李婉开始。

此刻，程晋打断两人的剑拔弩张，说道："先别聊了，我今天中午都没吃什么，快饿死了，我们进去吧。"说罢，他领头走进了铁皮房改造的包间。

李婉见状，礼貌地向刘松浪颔首道别，领着自己人越过王观之走进了隔壁包间。

王观之脸色骤变，紧抿唇角，眼神微沉。

刘松浪也瞅出了这两人认识，对王观之笑着说道："王总也认识李婉？她以前在我公司工作，我一手带她入行，结果她跳槽，还挖走大客户，坑了我。她可不简单。"

王观之闻言有些意外，但没搭腔，很快恢复了常色，对刘松浪做了一个请的姿势。

酒至半酣，王观之酒桌这边，刘松浪提起了李婉，话语里是在探听李婉是不是也参与这次投标。

程晋闻言，说道："我们今晚不谈工作，刘总，要谈也就谈你们公司的事。"

刘松浪笑了笑，说道："我和李婉是老对手，他们公司要是投标，我肯定会死咬不放，程总。"

"她看上去就是一个小姑娘，刘总较什么劲？"程晋似笑非笑地打趣。

"她以前在我们公司上班，我手把手带她入了行，结果翅膀硬了，挖走我一拨客户，带去了我竞争对手那儿。她这忘恩负义的人品能让我记恨一辈子，估计比初恋还难忘。"刘松浪把恨当笑话说出来。

程晋听到这话夹菜的动作微顿，眼神里闪过一丝复杂。而后他还是一笑，但不置一词。

"程总，就算你们不说她是不是投标，我一会儿也能知道。她那个人要是有利可图，想和你攀交情，肯定会没皮没脸地往上贴，不一会儿准来敬酒，还能说很多好听的话。"刘松浪讥诮地说道。

程晋这时看了眼王观之，只见后者站起身往外走。

"怎么了，王总？"程晋出声笑着问道。

"抽根烟。"王观之回头丢下一句话，拉开门出去。

而王观之才走出门，就看到李婉一手端着酒杯一手拎着一瓶啤酒从隔壁包间出来，看样子她是真的要去敬酒。王观之顿时火冒三丈，迎面走去，不待李婉反应，一把用力拽过她的手往外走。

李婉惊慌失措，奈何手上都拿着东西，一时不知道该先扔哪个，等她打算砸酒杯的时候，人已经被拉到草丛里。

农家乐的包间是一排排铁皮房紧紧挨在一起，环境很寒碜，一盏破路灯亮在草丛间。虽然已经入秋，但蚊虫还在草丛中滋生，李婉被蚊子叮了一下，野草剐伤了她裸露出来的肌肤，她的火气冒出了天灵盖。眼下的环境就像她最近的处境，哪儿哪儿都是问题。

“你发什么神经？你是不是有病，王观之？”李婉先发制人，怒斥道。

“你才有病，上赶着去给人当笑话看，你脑子有什么毛病，李婉？”王观之的火气就像秋老虎，烦闷、燥热。

“看什么笑话？谁看我笑话？”李婉大概猜到王观之是什么意思，她知道刘松浪肯定讲了她不少坏话。因此她更生气了，因为她就是知道肯定会有这样的场景，才一定要去敬酒，她不认为自己当初的抉择真的有错，这里面还有很多复杂的原因。

“李婉，这个订单就对你这么重要？如果真的重要，那你把我当什么了？为什么非要去找我妈？我在你眼里算什么？”王观之生气地质问。

“你把我拉黑了，我怎么找你？！我有时候也很好奇，你把我当什么，王观之？一不合你心意就提分手，分手就拉黑，你幼稚不幼稚？”李婉也很生气，弯身把酒杯丢到草丛里，腾出手甩开王观之拽她的手。

“是你先把我的东西打包寄回来了！我没有真想和你分手。”王观之咬牙切齿。

“滚，提分手就是分手，就你有自尊心，我没有自尊心？你是想拿分手要挟我吗？你觉得我会被你提分手吓到吗？”李婉越说越气，这几天的郁闷、压抑有了突破口，一下大爆发，“你说我没有尊重你，那你有没有尊重过我，考虑过我的处境？我在努力解决遇到的困难，你只想让我不要丢人是不是？你高傲，你有资本，麻烦你滚一边去，不要在这里对我指手画脚！即便在这么困难的时候，我也没有想过利用你的感情，你还希望我怎样？希望我求你，向你服软？你就喜欢在感情中扮演救世主，施舍你的同情心，这样让你特别有成就感是吗？我问你，你是什么时候认识刘松浪的？”

王观之被李婉骂得蒙了一会儿，抓住最后一个问题，硬邦邦生气地回复：“我认识他比你还早！”

“所以刘松浪是你介绍给程总的？”李婉问道。

王观之一下吃瘪，他一开始不知道李婉和刘松浪有过交集，的确有点儿报复心理，想给李婉投标增加难度，想找个有实力的人入场，所以刘松浪主动找他的时候，他就做了个顺水人情。

李婉从王观之脸上的表情中得到了答案，没想到他能做绝到这一步，但她不怪王观之心狠，却不由得感到心灰意冷。她再次弯身捡起杯子，冷声说道："你再找十个刘松浪来，我也不怕，各凭本事。国内也不是一斗奶茶独大，还有很多连锁品牌，也还有很多其他行业的投标，你要想玩就继续玩。我奉陪到底。"

王观之被气得头疼、语塞。他应该是想解释点儿什么的，结果脱口而出的是："这是你说的，李婉，那我们走着瞧。"

李婉冷眼看着王观之，转身欲走，结果看到程晋不知道什么时候站在了草丛外看着他们。他还问："怎么，情侣吵架呢？"

王观之这时转身阔步离开，丢下一句话："我和她没关系。"

李婉气得咬牙，沉着脸转身从另一条小径上穿出去，手脚上又多剐了些细小的口子。她有一瞬间想：毁灭吧，搞不动了。所以，她不勉强自己在这一刻还要去应酬程晋。

这晚，李婉最终没去串包间敬酒，回到自己包间若无其事地等上完菜，吃完后就散了场。

九点多，她回到家感到筋疲力尽，很想找人说点儿什么，却什么也说不出来。她打开电脑看邮件，却没法集中精神，点开了私人邮箱。私人邮箱里静悄悄，没有一封新邮件。这让她有些失落，也莫名松了口气。

她想了想，点开"写邮件"按钮，开始写一封信。

W，

展信佳。

我想你可能已经不用这个邮箱了，我们也不可能像从前一样通信了。想一想这样才正常，我们都快十年没有联系了，不再联系才是现实，毕竟没人能永远像十年前的自己。所以，这封信我只是假装有人在和我聊天。

你今天过得怎么样？我这一天有点儿复杂，发生了不少事情，很难言说。我以为当我在写这封信的时候会对自己诚实点儿，结果我发现我还是充满防备，对自己对人生无形的命运，因为不知道从什么时候开始我已经变得不相信爱。这句话也是不诚实的，因为我完全知道自己的转变是在那一刻，只是难以启齿。而我不相信爱，可能是因为发现自己是个自私的人。

我记得以前和你说过我有个妹妹，我们感情很好，我们不仅仅是亲姐妹，也是彼此最好的朋友。我妹身体不好，常年生病，所以她在年少最该阳光快乐的日子都被困在家里或者医院里。她的生活中除了我们爸妈就只有我。她很依赖我，我曾经也很享受被她需要，甚至这曾让我感觉自己内心充满了爱和力量，让我一度认为自己是个很善良、可爱的人，会爱，会付出，也将会得到爱，因此对未来充满了信心和信任。

但事实并不是如此，一个人没有经历过挫折、悲观、失望、愤怒的时候，其实很难知道自己到底是个什么样的人。我在经历过这些之后，开始怀疑付出爱有没有用，一个人付出再多的爱也救不了、帮不了另一个人，只是不断地内耗而已。没有人是神，有爱的人也不会是神，每个人都只能自救。我妹不可能因为我或者我父母的任何付出而真正好起来，我只能去接受她一辈子不会好起来的事。但我爸妈从来没有放弃，他们依旧无限地包容着她，甚至畏惧着她。而我是自私的，我不愿意再活在对别人的期望当中，所以有了现在的我。这么回头一想，从前那个我也不是真的爱我妹，我只是爱期待，爱想象中的自己，所以做着一件件事情，让现实中的我一点点靠近虚幻的理想。

这几年，我一直很努力工作，想赚钱，其实并不是我多需要钱，而是想证明自己的改变是对的。社会很现实，真的要量化成功，就是“财富”。但应该要怎么彻底扼杀内心的自我质疑和不安？我今天和一个人大吵了一架，心里很不是滋味，其实原本有更好的解决方式，但在情绪之下，每个人都不太像自己。

我这两年总会莫名其妙地想起韦庄写的一句词：“劝我早还家，绿窗人似花。”

家是哪儿？“吾心安处是吾家”。所以有个家异常难。

写得很乱，毕竟是假装，我内心知道对面不会有人回答了，所以，想写什么就写什么吧。此刻我是自由的吧？

Phoenix

李婉点了发送，心情得到了短暂的平复，脑子也渐渐变得更清醒，她合上手提电脑，起身准备去洗澡。她洗澡前看了眼手机信息，发现程晋竟然通过了她的好友申请。但她没有很开心，只感到疲惫，有那么一瞬间对工作失去了兴趣。她放下手机，绾起头发，走进了浴室。

夜已深，王观之还没有上床休息，他从酒局回来后就坐在电脑前加班修改图纸。他是个建筑师，有自己的设计工作室，在 A 市小有名气。前几年他和政府机构合作，设计了几座工业园的厂房，去过 Y 市，认识了刘松浪。

那年，刘松浪殷勤地请他到公司参观，跟他讲公司的企业文化，想请他设计新厂区的办公大楼。他便去了瑞华。

此刻王观之忽然想起那年参观瑞华的事，他记起他其实在那时候就知道了李婉。因为刘松浪提起公司业务部，说自己有个得力干将叫李婉，年纪和王观之相仿，然后就夸他们年轻人真能干。

王观之当时没太留意，只当刘松浪没话找话说场面客气话，在路过业务部的时候顺便看了眼。他记得那时有个穿着浅灰色连衣裙的女孩在复印机旁复印文件，刘松浪指了指女孩，说：“那就是我们李经理。”

李婉正在忙，匆匆抬了抬头，笑了笑，随即桌面上的手机响了，她忙碌地走开，接起电话说起了英语。王观之也移开了眼，脑海里对女孩优雅的气质留下了些许印象。

那时候的李婉在这时候变得很清晰，他确定刘松浪当时百分百说的就是李婉。

于是电脑里的设计图每根线条都变得好像会说话，王观之看着，脑海里都会浮现出今晚李婉说的话，想到他们之间的剑拔弩张。很快，他就想得烦躁，关了工作文件，一时不知道为什么自己放不下已经分手的李婉。

王观之准备关电脑，邮箱忽然蹦出提示，发件人：Phoenix，主题：散话。他停住关机的动作，移动鼠标点开了邮件。

第二天还是工作日，李婉一早醒来就跟没睡一样疲惫。她洗漱、化妆之后，换上一件月白绸面衬衫，别致的斜领上缀着珍珠，袖扣也是珍珠，搭配一条收腰的黑色长包裙，看上去干练又温柔。最后在出门前，她套上黑色风衣，从首饰盒里选了一对珍珠耳环，喷上香水，对着镜子笑了笑，希望自己提起精神。

这一天和往常一样，十来人的公司按部就班，李婉坐在自己的办公室里处理工作。临近中午下班，她接到黄经理的电话，对方通知她准备投标文件，还已经把相关要求发到她的邮箱。

李婉闻言，原本准备吃午饭，又坐了回去，打开邮箱过了一遍文件，看到报价单那份资料，复杂程度让她感到头皮发麻。就这样，她忘了吃午饭，到下午快五点下班，饿得不行，起身提早一会儿下班，开车出去觅食。

李婉忽然很想吃一碗鸭血粉丝，不饿的时候吃什么都可以，越饿越挑，难得有饿的感受，一定要吃最想吃的。所以，她开了快四十五分钟的车，找到那家在老城区的老字号麻辣鸭血粉丝店。

店面狭窄，李婉走得急，入座的时候踩到一个塑料袋，崴了脚，险些撞到隔壁桌，她强作镇定地忙扶住桌子，勉强入了座，低头发现右脚高跟鞋的细鞋跟出现了裂痕，摇摇欲坠。而她的脚踝隐隐作痛，她还要匆忙转过头去和隔壁桌的人说对不起，心里已经有些烦躁了。

隔壁桌的男人穿着白衬衫、黑西裤，他转过头没看李婉，只是淡淡地说了一句“没事”。李婉却愣了愣，因为她认出对方是程晋。

“程总，怎么是你？好巧。”李婉将双脚藏进桌子下，完全侧过身，笑道。

程晋这时抬起眼，看了看一脸热情的李婉，没说什么。

“我是李婉，我们昨晚见过。”李婉笑着提醒了一句。

“我知道。”程晋微微颔首。

李婉见程晋态度礼貌、疏远，想了想，笑道：“我本来想说你一个人我也一个人，不然我们拼桌吧，不过看你好像喜欢安静，我就不打扰了。”

对此，程晋说道：“我不是一个人，朋友还没有来。”

李婉闻言扫了眼程晋面前已经吃了一半的粉丝和半瓶豆奶，笑了笑，转而问道：“我刚刚没有吓到你吧？我还担心会害你洒汤弄脏衣服呢。”

程晋这时又认真打量了一眼李婉，发现她很健谈，有独特的聊天思路。

“没有。你没事吧？”程晋扫了眼李婉的脚。

“鞋跟有点儿断了，估计崴到脚了，不过太饿了，先吃饭吧，一会儿再看脚和鞋。”李婉笑道。

“你们公司离这里挺远的，专门跑来吃，看来是真饿了。”程晋不疾不徐地说道。

李婉有些意外，又笑道：“程总，你知道我们公司在哪儿？你肯定记性超好。”

程晋笑了笑，这一刻觉得王鹤对李婉的评价很准确，她是个聪明、会来事、会做事的人。

而李婉见程晋没接话，只是一笑，转了回去，便可以感受到程晋这个人稳重、有城府。她很好奇程晋会和谁来这么一家小吃店吃饭，一定是关系比较亲密的人，她猜有可能是女朋友。

就在李婉心里盘算着那个人时，人就出现了。

王观之抱着红色安全帽风尘仆仆地走进小店。他一面冲着收银台老板娘点了餐，要加麻加辣，一面就拉开椅子坐到程晋对面，将帽子搁在桌上，没有注意到隔壁桌的李婉。

“怎么想到约我来吃粉丝了？你不是吃不了辣吗？”王观之打量程晋。

“听你说今天在这附近的工地，忽然就想来吃，吃不了辣不代表不爱辣。”程晋说道。

“你从小就是自虐狂。”王观之哼笑一声。

老板娘给隔壁桌上粉丝，王观之侧了侧头，然后怔住了。

李婉感受到王观之惊讶、审视的目光没理会，抬头对老板娘道：“麻烦给我一双筷子。”

老板娘已经转过身，匆匆回头说：“筷子在消毒机里，自己拿一下。”

李婉没动，低头看了看脚，正想再说什么，隔壁程晋忽然站起身，走到消毒机旁边取了两双筷子，一双递给李婉，一双递给惊愕不已的王观之。

李婉接过筷子笑着向程晋道谢。王观之则面色铁青，忘了接筷子，脱口而出质问程晋：“你给她拿什么筷子？”

“她脚扭了。”程晋将筷子塞到王观之手里，坐下解释道。

王观之又震惊，有些搞不清楚眼前的状况，转过头看李婉，目光也落到她脚上：“李婉，你今天又是偶遇？脚扭了还能跑这么远来吃粉丝？”

“身残志坚呗。”李婉夹起一筷子粉丝，侧过头微微一笑，回答王观之。说完，她后悔自己嘴快，因为她太知道怎么激怒王观之了。

果不其然，王观之一下把筷子搁在桌上，努力忍了会儿，没忍住，冷声说道：“李婉，我以前怎么没发现你是这么急功近利的人？为了个投标项目，搞这么多事情。”

李婉冷着脸，没搭理王观之，吹了吹粉丝，低头吃起来。

程晋见状，则解围道：“真的只是偶遇。”

“你不了解她，我了解她。”王观之目光犀利地扫向程晋。

“你前面那句话的意思可是你不了解我，回去学好语文再说话，王观之。”李婉哼声冷笑搭了话。

“我妨碍你拿项目了是不是？”王观之也冷笑道。

“妨碍我吃粉丝了，倒胃口。”李婉翻了个白眼，侧过脸看了眼王观之。

王观之一时气得说不出话。恰好他点的粉丝也上了，他愤愤地找了个台阶，拿起筷子吃粉丝。

程晋忍不住笑了声，说道：“第一次见你像个小孩。”

这让王观之更尴尬了，也让他意识到自己对李婉的失态。他依旧沉着脸，努力调整自己的情绪，只管自己大口嗦粉。他心里想起这家店，当初还是他带李婉来的。

王观之最后一个开吃，最快吃完，然后把碗一推，起身付了自己的钱。

“你不帮我付？”程晋抬起头问道。

王观之拿过桌上的安全帽，冷声说道："我看有人等着请你吃饭。走了，你慢慢吃。"话落，他阔步走出小店。

程晋收回目光，看了眼旁边的李婉，只见后者嗦粉弄脏了白衣服，正皱眉抽过纸巾擦。

"你们交往了多久？"程晋忽然问道。

李婉抖了抖手里的纸巾，又擦了擦衣领，可惜无济于事，一块红色的油渍在白色衣领上十分扎眼。她试图将衣领藏进外套里，漫不经心地说："一年多吧。"

程晋若有所思地点点头，打量着李婉，问道："你脚扭了，还能开车吗？"

"先叫一个代驾到医院，在医院看完脚，再叫个代驾回家。小事，很方便。谢谢程总关心。"李婉侧过头笑了笑。她感觉自己的脚踝已经肿起来了，开始胀痛。

程晋也微微一笑，点了点头。

李婉独自在医院看脚，她的脚扭到了，肿得像馒头。医生让她把高跟鞋脱了，不要再穿，她只能外卖下单买了一双塑料拖鞋。看好脚，等拖鞋送达的时候，李婉坐在诊室外的长椅上刷手机，有一对老头老太太彼此搀扶着也来看病。李婉抬起头看了眼，忽然想起前两个月她妈林素在电话里对她催婚："你要是现在不结婚，老了没人陪你看病。"

她没说什么，只是笑笑，这两年她已经不太和家里人开玩笑、逗趣，能不开口就不开口。

那天晚上她恰好约了王观之来家里吃饭，他最近经常跑工地看项目，回来的时候有点儿狼狈，一身的灰，手上还划了条口子。他一面脱衣服，一面就走进浴室，闷声说道："今天工地上差点儿出事故，一块砖从上面掉下来，就砸在我面前——"

正煮面的李婉听不清下文，关了火，急忙跟着王观之进浴室。她一把拽过他的手，转过他，对着他上下打量，看到他手臂上的伤，不由得柔声问："你还有没有哪里受伤？"

王观之见她紧张自己，停顿了片刻，不禁笑着答：“有。”

“哪里？我看看。”李婉关切道。

王观之抓过李婉的手，抚上自己裸露的胸口，说道：“心里怕怕的，估计小心脏也受伤了。”

李婉见他不正经被气笑，骂道：“说认真的，还有没有哪儿受伤？”

“放心吧，要真在工地上受伤都进医院了，真就是心里怕怕的。”王观之笑道。

“你这么大个人，怎么说话还叠字？真是恶心心。”李婉严肃地说道。

王观之被逗笑，不由得搂住李婉的腰让她贴近自己，暧昧地低头贴了贴她的额头，说：“你怎么跟进来看人家脱衣服？我要洗澡澡了。”

“赶紧洗，一身汗臭，真的臭死了。”李婉有些不好意思，推了推王观之的胸口，硬邦邦，她没推动，反而手上沾了他身上湿黏滑腻的汗水，越发暧昧。

王观之目光火热地盯着李婉，看到她秀丽的鼻尖开始微微出汗，而她的每一滴汗珠都带着她的气息和香味。他光看着都能闻到那香甜的味道。

“就你香，你让我蹭蹭。”王观之用鼻尖蹭了蹭李婉的鼻尖，他们的身体也开始互相磨蹭。

李婉面红耳赤，避之唯恐不及，一把捧住王观之的脸，着急地想寻话缓解眼下快要失控的暧昧场面，说道：“你真没有其他地方受伤是不是？我以后老了还指望你带我去医院看病——”

王观之闻言，嫌弃李婉说话不吉利，笑着说道：“看什么病？我们就不能都健健康康的吗？你看，我又叠字字了，真是棒棒的。”

“没个正经，恶心心——”李婉失笑。

王观之觉得自己的一些话和行为在能逗笑李婉之后就会在他自己心里变得更有趣。他情不自禁地凑上去向李婉索吻，问她：“婉婉，你今天有没有想我？”

“不要这么叫我……”李婉感到肉麻，却忍不住笑，“忙都忙死了，没时间想——”

她的最后一个“你”字淹没在王观之的吻里，他吃掉了她那一刻的口是心非。他们拥吻在一起，最终还是擦枪走火失控了，也是他们在爱里自由自在的表达方式。

李婉觉得和王观之谈恋爱这一年多有些时候是真的很开心，只可惜那些开心的时候都是人不太需要自我的时候，而吵架、争执互不相让仿佛才更真实。

其实，她可能并不需要任何人陪她看病吧。

李婉低下头，不再看那对白发夫妻，继续刷着手机看信息，却又想到王观之把她微信删除的事情。他们有时候很像，都骄傲、冲动。

一封邮件提醒出现，李婉以为是工作邮件，懒懒地扫了一眼，看到发件人是 W，她的指尖快过大脑思考追上那快消失的信息栏，点开了邮箱。

Phoenix，

好久不见。

关于以前的事，你不用道歉了，我从来没有怪过你忽然消失不见。

时隔多年，我们可能已经完全陌生，但从字里行间我似乎可以感受到你不太开心。你一直在说自己自私，我却感觉你应该很爱你妹妹。

人都是很复杂的，爱恨在一念之间，我也有这样的情况。我自认为不是一个计较、暴躁的人，但很多时候在某个特定的人面前，我也显得很刻薄，可那个人应该是我在乎的人。

我这两天也和一个人闹得不愉快，还做了些很小心眼、幼稚的事情。而回头想想事情的起因，只是一件很小的事情，我没有想到事情会发展成现在这样。

可能你并不希望我看到这封信，但我有些莫名的触动，所以给你写了回信，仿佛也只是在自说自话。所以，我不再多写了。

最后，很高兴又一次收到你的来信。希望你一切顺利，能开心一点儿吧。

W

短短一封信，李婉读完不用五分钟，等她再抬起头，却觉得过了很久。因为有一种久违的平和、美好的情绪像一阵风掠过她的心头，这情绪也像一只手，轻轻转了转她现在差不多固化看事情的角度，使她有了片刻的豁达和宽容。她像回到了年少某一个瞬间，内心干净、平静。

只是这一刻很短暂，也很难真实捕捉，下一秒，李婉接到于传的电话，匆忙退出了邮箱。

于传下午就收到了李婉发来的投标资料，也看到了报价表，此刻才得空打电话联系李婉问情况："现在还没有公开投标，这资料是谁发你的？你怎么这么快就找到一斗的门路了？"

李婉闻言，思忖片刻，说道："也不是现在找的，其实之前就有些信息了，只是我一直对投标不感兴趣，这不是我想做的方向。"

"什么意思？"于传听出李婉话里有话，"有单有投标怎么不做？"

"于总，现在的投标我们肯定要去做，但我有个顾虑，今天看了他们资料里的不同标段之后，我就想找时间和你聊一下。"李婉说道。

"可以，我在听。"于传回复。

李婉正要说，另一个电话进来，她估计是外卖，便说道："晚点儿吧，我现在有点儿事。"

于传闻言没说什么，只是在挂电话前多问了两句："这个投标你有多大的把握？内部价格知道吗？"

李婉抿嘴，感到了于传的急迫和期待。她停顿片刻，说道："可能没你想象的那么有把握，于总，也没有你想的那么没把握。要怎么投标，我觉得还是得和你先谈了再决定。"

"嗯，那我等你电话。"于传说道。

李婉挂了电话，接起外卖的电话。等她终于脱下高跟鞋换上拖鞋，脚上的压力轻了些，心头的压力却显得更重，她最后一扭一拐慢慢走出了医院。

李婉回到家，跷着脚艰难又简单地洗了个澡之后，静下心来整理了思路，才给于传打了电话。

李婉在看了一斗的报价结构之后，心里就很清楚这是一个很难做的订单。一斗的体量非常可观，整个投标项目数量能达数亿，但对供应商来说基本上没什么利润，就是跑量。她不打算全标段都投，估计也难投中，一斗至少会选两家供应商去分担风险。所以她想和于传谈一件事，那就是投标的数量最多只能占诚润现在产能的百分之六十，再多不利于他们后期发展，也绝不能再为某个客户扩产能了。

于传在听完李婉说的话之后，沉思着没有立刻接话。

李婉又补充道："我还是打算去一趟 M 国，于总。"

于传这才说道："嗯，投标尽力去投，国外也要去，我们这种产业就是要达到规模效应才有钱赚。"

"我们可以选择产业链升级转型。Linda 公司的事其实让我感到很恐慌，比人工成本低，我们已经比不过东南亚了。国内再和同行这么斗下去，产能无限扩大，我们迟早会生存不下去。这是我这两天忽然想明白的事情，以前听说过这些言论，总觉得自己还不至于在其中，最近深刻感受到这种焦虑。我感觉自己真的还有很多东西要学，如果想发展好公司。"李婉徐徐说道。

"你说的我知道，但眼下的问题先解决吧。"于传似笑非笑地叹了口气，说道。

"我知道，所以投标我会尽全力，于总。"李婉也叹了口气。

"嗯。"于传应声，但她的下一句忽然换了话题，"对了，李婉，我家那小姑娘上个月就回国了，这段时间在家什么事都不干，就是和我吵架，吵着想出去，我让她去 A 市跟在你身边学学吧。"

李婉很惊讶，说道："算了吧，于总，我只会做业务，其他事情都不懂。"

"让她跟在你身边学学责任感。你就别拒绝了，贸易公司我也有份儿，她去学需要的。我让她去面试，你要觉得不行就不要录用。"于传说道。

"你这话说的是让我选择吗？"李婉急道。

"李婉，你就当帮我一个忙吧。你一视同仁，对她该骂就骂，我会很感谢你。"于传忽然严肃地说道。

李婉闻言，想了片刻，说道："那就真让她自己投简历过来，她愿意投，我再看看。”

这倒让于传犯难了。她尴尬地笑了声，说道：“我让她直接去找你。”

说罢，她就挂了电话。

李婉听着忙音微微皱了皱眉，她听说过于传的女儿陆宁，是个叛逆的小姑娘，她们母女关系很差。李婉也隐隐明白于传的用心，于传自己教不了，想借外人之手教孩子，这是于传对她的信任，也是很大的压力。更何况最近她已经面临着很大的工作挑战。

这晚，李婉处理了工作上的事情，睡前又看了遍 W 的来信，然后把古早的邮件都翻出来看了一遍。她发现以前自己真的和 W 聊了很多，那时候年轻、幼稚，他们还聊过理想对象，她在信里说：“风趣、幽默很重要。”

看到这话，李婉不自觉地想起了王观之。她一开始和他接触的时候，就是觉得他这个人很搞笑，很有趣。

王观之晚上从工地回来洗了澡，到书房处理工作到半夜。关电脑准备回卧室前，他总觉得心里还挂着一件事情，犹豫再三，拿过手机给程晋打了一个电话。

# 第三章

我忽然觉得一日三餐，一年四季，
和你在一起是我迫不及待想要实现的愿望。

程晋套上睡衣，听到床头手机在响，他看了眼，见是王观之，脸上先有几分疑惑，很快变成一丝带着趣味的笑意。

程晋接起电话，等着那边王观之先说话。

而王观之在电话那头沉默了片刻，才开口问道："你们投标具体是什么时候开始？"

"就两周左右的时间了，也就是国庆节后一周。"程晋说道。

"好，知道了。"王观之接话。

"你半夜扰人清梦打电话来，就是问我这点儿事？"程晋笑着问道。

"这个点你不可能睡。"

"那也不想谈公事。"

"挂了。"王观之回道。

"等一下。"程晋阻止道。

"你还有什么事？"王观之问。

程晋笑了笑，故意没说话。

王观之听到笑声莫名有些尴尬，冷声道："你要没什么事，我就挂了。"

"是没什么事，就是想再次告诉你，那个李婉的脚的确扭了，就是在鸭血粉丝店里不小心扭的，一切都是巧合。”程晋说道。

“关我什么事？”王观之哼了声，挂了电话。

夜里，王观之睡着忽然醒来，迷糊间，想到李婉扭到脚的事，习惯性有些担心。他拿过手机想给她发条信息，又想起自己已经删除了她的微信，随即想起她决绝地分手退回他东西的行为。

顿时，王观之彻底清醒了，他把手机丢回床头，愤愤地躺回枕头上。他翻来覆去睡不着，感觉一张床空荡荡的。前段时间，李婉住在他家，每天晚上睡觉都要抱着他，因为她看了一部惊悚悬疑片，夜里会害怕。李婉这种人难得有承认害怕和撒娇的时候，他不由得异常怜爱，那两天两人如胶似漆，他可以整夜搂着她，她则依偎在他怀里，有时候像只柔软的小狗，鼻息细柔地洒在他胸口。他半夜醒来，如果发现她转过了身背对他，还会把她搂回怀里，才感觉踏实。

他们分明就是很普通的情侣，拥有甜蜜和依恋，却转身就撕破了脸。人和人之间的关系真奇怪，任何一种关系里都不可能只有一种情感、情绪。王观之辗转反侧。

李婉因为脚疼也一夜没怎么睡，早上醒来第一件事，胡乱吃了止痛药。医生说她虽然没有伤到骨头，但也要静养一周，她说好，早上却照常出门上班。

扭伤了右脚，没法开车，李婉一瘸一拐地出门打车。她出了小区门口，低头给预约的司机师傅打电话确认上车地点。电话还没有接通，她听到有人喊她的名字。她一回头看到了王观之坐在车里。

王观之对李婉说：“上车，我送你去公司。”

李婉有些意外。电话这时接通了，她便匆匆回道：“我已经叫车了，车马上就到，不能取消了。”

王观之见李婉几乎无视他，在她打电话的一分钟里，他从鼓起勇气试探地求和到自尊心再次受挫，生闷气，心情起起伏伏，最后他再也等不了一秒，冷着脸开车离开，就好像自己只是凑巧路过。

李婉挂了电话回头找王观之，却只看到他的汽车尾灯。她郁闷，心想：

他想干吗？

李婉着手投标资料，硬件资料都是小事，头疼的是报价。为了这个报价，她一天给黄经理打很多个电话沟通，试图拿到标价。

黄经理则永远只有一个答案："你的价格一定要很低。"

"那我换个方式问，黄经理，"李婉笑道，"你就说你们公司允许你们的供应商赚钱吗？"

黄经理听笑了，他被李婉问到了点上，有些无奈地笑着说道："竞争很激烈，投标的量这么大，其实保本就是赚，工厂内部的管理很重要。很多供应商和我们合作之后，内部管理变好了，就有利润了，连着其他订单的利润也提高了。而且有广告效益，我们在袋子侧边会印生产商。"

李婉一听明白了，笑道："我懂了，我最好报得比成本价还低一些是吗？你们企业真是仗势欺人啊。"

"这个，没办法，话语权在我们手上，不过也是双向选择。你们根据自己的实际情况合理报价就行。"黄经理有些尴尬地笑道。

"我们也是贱，没利润不想做，可是产能在那儿，没办法，硬着头皮想中标。"李婉语气笑盈盈，但低头瞅了眼又在发热肿胀的脚踝，平时没感觉，受伤了之后才知道坐着脚踝也受力。她坐了一早上，觉得自己没用脚，结果还是扛不住。

"其他参加投标的供应商也是这样的情况，李总。"黄经理说道。

"所以国家这几年一直提企业转型不是没道理，我们这些低端产业链产能扩张得太可怕了，自己害死自己了。"李婉说道。

黄经理又笑了，说道："是的，李总，我个人是很希望你们公司能中标的。"

"谢谢你，黄经理。我后面还会再向你请教，你可别嫌我烦。"李婉笑道。

"这个要的，我们也希望供应商投标前能和我们充分沟通，我们条款的确很多、很复杂，你们不要自己猜，瞎琢磨，直接问我们就行了，免得你们中标了之后发现不对，想要退标，对我们双方都是损失。"黄经理说道。

“嗯，好。再次谢谢你，黄经理。”

李婉挂了电话，将手机丢在桌面上，长长地叹了口气。她转过头看着窗外出神，国外客户跑单的事情还不到一周，她却觉得过了很久。这几天，她时刻感觉到自己被困在某一条没有结果的循环路上，看不到未来的希望，而不久前她还意气风发，对自己从事的行业和拥有的事业信心满满。李婉感觉自己瞬间成长了，像变了一个人，她都暂时没法把控自己眼下的悲观，不由自主已经用完全不同的角度看事情，她看到曾经的自己还是太天真了。

在这种时刻，李婉其实也陷入了迷茫和心慌。当卢冬敲她办公室门进来请教问题的时候，她努力不动声色地和卢冬讨论客户跟进问题。十来分钟之后，卢冬开心地回了工位，她却一时不知道该找谁讨论自己面临的问题和不安。

为了缓解自己的压力，李婉今天准时下班。她还拖着伤脚去超市买了点儿菜，打算好好做一顿自己想吃的晚饭，看一部电影。等她行动缓慢地提着菜拖着脚步回到家，发现王观之等在门口。

李婉的第一反应是：“门锁密码还没有换，你怎么不进去？”

王观之始终冷着脸，说道：“怕你报警抓我，告我私闯民宅。”

李婉闻言被逗乐了，笑道：“也是，我很有可能会这么做，你太机智了，没有直接进去。”

王观之却觉得一点儿都不好笑，他的目光扫向李婉被包起来的右脚脚踝，眉头紧锁，不知道她为什么心情这么好，已经一点儿也看不出分手的难过。

过道狭窄，李婉走上前想开门，见王观之戳着没动，像面墙，才回神问他：“你找我有事？有什么东西忘在我家了？对了，我的东西你是不是还没有帮我寄回来？”

这三个问题听得王观之火气噌噌噌上涨。他不知道李婉是真的看不出来他在求和还是在假装，不管是哪种，他都看出李婉对他根本不上心了。

“李婉，你真的就这么打算和我分手了是不是？”王观之压着怒火问道。

李婉面露疑惑，随即笑了笑，说道：“分手是你先提的，然后我仔细想了想，我们也的确不合适，所以我是就这么打算和你分手了，王观之。”

“你这是在生我的气？”王观之追问。

“你想多了，我忙得根本没时间生你的气。”李婉回答。

王观之听到李婉说“忙”字就上火。他说道：“谁不忙，李婉？忙就是你敷衍感情的借口！”

李婉听到这话，仿佛被戳到了痛处，脸色一沉，抬眼看着王观之问：“你到底想做什么？闲得没事专门跑来找我吵架？”

“你觉得我是来吵架的？”王观之气结。

“难不成这是你要复合的态度？”李婉反讽。

空气忽然安静下来，尴尬在两人之间蔓延。王观之看着李婉，他的眼睛不是很大的双眼皮，但形状好看，眼神明亮，他眼里一直有光，此刻瞪着李婉更是炯炯有神，眼底似有火苗在跳动。但李婉还没有看清他的火苗是什么意思，那火光就熄灭了。

王观之垂眼，咬牙骂自己：“我真是个傻子。”

李婉怔住，等她想说点儿什么的时候，王观之已经大步离开。她再次看着他的背影，心想她不是真的不明白他想做什么，而是他们之间真的不太合适，她不喜欢吵架，也不喜欢迁就，也不希望对方一味地为了她去迁就、改变。

此刻对李婉来说，爱和自由、独立是背道而驰的，她也很难言说自己对王观之的感情到底是怎样的。她走上前开门，按错了两次密码，打开门之后，便改了密码。

一个人吃饭、看电影，即使脚疼，行动不便，李婉也觉得挺好，虽然屋子里也回荡着一种寂寞感。

睡前她照旧查看邮件，又把 W 的信看了一遍。有一个瞬间她觉得还是互相不认识的笔友好，精神上的交流应该就能满足一个人的日常社交，情感并非必需品。

所以，她又给 W 写了一封信，标题为：你喜欢你的工作吗？

W，

你好。希望你已经休息了，而不是像我每晚“沉迷”工作，不可自拔。

我现在从事着一份以前自己不可能去做的工作，并且前两年，我认为自己做得相当好。但最近在某个瞬间，我觉得其实工作的意义并不大，或者说我失去了原来的目标，因为我发现之前自己设定的目标只是一叶扁舟，随时都会在大海上被掀翻。如果一个人要坚持一份事业，那他就要永远承担着风险，而人为什么要选择去承担风险？

我办公室里有两三个小姑娘是我招进来，手把手教会的。我看到她们有时候就会想起以前的自己，每次在教她们的时候，我都会换位思考，自己在不太了解一个问题的情况下最想要得到的答案到底是什么。然后每次给她们解惑，如果我的解答对她们有帮助，我便会觉得自己所做的事情是有意义的。我走过不少弯路，希望别人不要再走。今天，我遇到了让我很迷茫的事，有片刻很想放弃一切，但在解答了一个同事的疑惑，她眼里有光芒，开心且恍然大悟地说“原来如此”的那一刻，我又平静下来。

我有时候在想我其实是讨好型人格或者是一个充满表演欲望的人，我渴望自己拥有巨大的价值，才去努力创造价值，哪怕在一些极小的事情上也寻找着价值，夹藏希望。

当这些小事的价值感不足以支撑我的欲望时，我会看向自己的阴暗面。我依旧想学建筑设计，那年高考我的确失利了，但我原本可以选择复读坚持梦想，可是我没有，因为赌气。其实这几年我内心有过后悔，但我不愿意承认，所以我现在工作很拼命，可能只是为了争一口气，告诉别人我过得很好。

所以，我到底为什么工作？到底是谁发明了工作，让人像在一个齿轮里不停地往复运作。这世界如果还是以物换物，而没有“钱”这么一个概念，一切是不是会更明白？我只是想要你手上那枝花，所以我做了些事，寻找了一些你喜爱、需要的东西和你交换，而我拿到了花，这就足够了。

抱歉，我是不是写得很抽象？因为我虽然很渴望倾诉，却很排斥又说一遍现实中的那些烦心事，有些事我真的不想和人讨论第二遍，只能这么碎碎念。如果你觉得我很无聊，可以直接无视我这封邮件，不需要回复我。

就此落笔，晚安。

Phoenix

李婉写完信，心里的大石头好像轻了些。她给手机充上电，犹豫了会儿要不要去上个厕所，最后还是下床，一瘸一拐地走进浴室。她觉得人的心理作用真的很厉害，她在写邮件前刚上过厕所，按道理不会这么快又要上厕所，但心理上过不去，怕起夜，总觉得睡前最后一件事应该是上厕所，尿意就来了。

李婉时常觉得生理上一些真实的反应其实也只是心理作用的假象而已。

Phoenix，

你好。

我喜欢我的工作。不过我的喜欢和你的感受不太一样，我没有想那么多关于意义和价值的事情，可能是因为我所从事的行业一直是我主动选择了它，它是工作，也是一件浪漫的事情。所以不管它有没有意义，我都会一辈子从事它。

而在我看来，如果一个人一直思考一件事情的意义，那就是持否定态度。

说实话，看到你这封邮件的时候，我的确犹豫过要不要回复，因为我自己的一些经历，我不能理解为什么总有人去思考工作的意义，工作只是生活很正常的一部分，每个人都会经历，它不能完全证明一个人的价值，就如你，你过得好不好只有你自己知道。你开心吗？这个问题才是最重要的，而非一份工作的成就可以去判断和证明的。忙工作到底是因为工作真的重要，还是说这可能只是人们逃避另外一些事情的借口？

不过这是我个人片面的想法，为了糊口的生计就是另外一个层面的问题了，也不会思考意义不意义，就是残酷的生存。

最后，我可以理解你的一些感受，渴望倾诉又排斥说真实、具体的某一件事情，可能我们自己心里都已经有答案，都是带着答案在找问题吧。

就此搁笔。

祝好。

W

王观之在早上出门上班前给 Phoenix 回复了一封简短的信，可他在写信的时候，心里都还在想着李婉的事。

当在信里写到自己的工作，他想起年少的时候选择学建筑设计，其实有一定的原因是年少的 Phoenix 喜欢。但因为他现在对书信里的女孩已经全然陌生，过去的暧昧已经随风而逝，也就不想再提起自己真实的职业。他更多是想起李婉第一次知道他的职业的时候眼神里闪烁着好奇、求知，她乐意讨好一个人的时候，总能摆出一副令对方感到舒适的态度。而真正接触、了解她之后，他总感觉和她隔着一些距离，她有强烈的自我领地意识，不允许任何人踏入，她的工作事业、她的思想是那块领地的护城河，她骄傲、固执、冷漠。可她又像一阵春风，那么温柔、幽默，总是笑盈盈地立在墙头好奇地打量着这个世界。

他曾经以为她会和他一样往他们两地交界处走，结果他走到半路才发现只有他离自己的领地越来越远，她一直站在原地，城池戒备森严。

今天在下雨，气温又降了一些。王观之开车去上班的路上接到刘松浪的电话，后者向他打听投标的情况。聊着聊着，刘松浪摊牌说如果事成给他报酬。

王观之闻言，踩了刹车，停在红灯前，说道：“刘总，投标的事情我没有兴趣，也不想赚报酬。”

而刘松浪理解的意思就是王观之嫌少，他笑着说道：“王总，这事你一定要帮我帮到底，这个投标竞争很强，要是不知道标价很难投。”

“刘总，你这就强人所难了。”王观之回道。

刘松浪沉默片刻，叹了口气，说道：“王总，要换作其他投标，我不会这么求你，因为我这也不完全是为了公司，是我个人咽不下这口气。诚润的李婉，你上次也见过的那个女人，是从我们公司出去的叛徒，她要是参加投标，我就一定要拿下这个投标，不管什么代价。”

王观之有几秒钟没说话，等他开口的时候，有些走神，问道：“她到底怎么背叛你了？”

因为这个问题，后来的半个小时，王观之都在听刘松浪说李婉的事。刘松浪承认李婉是个聪明、上进、很有能力的人，但人心不满，她野心很大。他很信任她，给了她很多资源，就拿她带走的大客户 Linda 举例，要是没有他的平台和资源，她根本就拿不到这么大的客户。而且在和 Linda 合作期间，要不是公司的让利让步，客户也不可能在短时间内拿下更多市场。可这一套下来，功劳全成了客户自己和李婉的，他的公司像隐身了。刘松浪觉得李婉这个人毫无感恩之心，逐利、自私，他一定要给她一点儿教训。

王观之听着刘松浪滔滔不绝，到了公司地下车库停好车，对电话那边说：“刘总，你的心情我很能理解，但真的爱莫能助。你们公司实力很强，公平竞争不会输给诚润。”

“我是很想公平竞争，但很难确保别人不搞小动作。”刘松浪说道。

“我认识程总很多年了，程总为人正直，不可能给任何人开后门。”王观之有口无心应付地说道，心里却想到了李婉和程晋的巧遇。

“英雄难过美人关。”刘松浪冷笑一声道，他的语气带着几分轻蔑。

王观之对这句话思索了两秒，熄了火，说道：“我现在有事，刘总，先挂了。”

而刘松浪的说法一直盘旋在王观之脑海中，最后难免印在他心里。他第一次发现，原来自己也很容易相信流言蜚语，容易偏听。这让他三天后在一家餐厅遇见李婉和程晋一起吃饭时，心里很恼火，于是没有上前打招呼，打算从一旁路过。

李婉没有看到王观之，正低头吃菜，当对面的程晋忽然站起身的时候，她才跟着抬头看到了被程晋喊住的王观之。

“怎么这么巧？”程晋起身扶着椅背笑盈盈的。

王观之余光都不曾看李婉，回答程晋：“是很巧，一次巧合，次次巧合。”

“对，今天一个学妹约我吃饭，不想她也认识李婉。”程晋笑道。

王观之依旧目不斜视，所以没有发现桌上有三套碗筷，但听了程晋说的巧合还是想笑，他也真笑了笑，露出全无兴趣了解的神态，很有修养地说道：“你们慢用，我也约了人。”

说罢，王观之欲走，迎面走来一个很时尚的女孩。女孩经过王观之身侧，在李婉身侧入座，她就是程晋的学妹。

程晋因此又拉住王观之，和他说道：“给你介绍个人，我学妹陆宁。”

陆宁闻言有些茫然，但下意识礼貌地站起身，问道：“学长，这位是？”

“我资助人的儿子，”程晋停顿片刻，又道，“也是我兄弟。”

陆宁闻言颔首，似乎没太明白程晋这种介绍的意思，有几分好奇地打量王观之。

李婉在这时抬头看了眼程晋。她第一次听说程晋有个资助人，她以为他这么年轻做到高职，家境应该不错，不想他是靠人资助读的书。

而王观之看向陆宁时也看到了李婉，见她正盯着程晋看，他不由得烦躁，草草地对陆宁点了点头，转身离开。

雨已经下了好几天，完全没有停的意思。

三人吃完饭从餐厅出来，李婉正欲撑伞，程晋拦住，说道：“你的脚不方便，你们就在这儿等吧，我去把车开过来，送你们回去。”

李婉闻言莞尔一笑，感激道：“谢谢程总。”说着，她把伞递给程晋。

程晋没接，说道：“我不习惯打伞，就几步路，淋一下雨没事。”

话落，他从容阔步快速走进了雨幕里。

陆宁见状，说道：“学长一点儿都没有变。”

李婉侧过脸看了眼陆宁，微笑着没说话。陆宁三天前才到A市找她，女孩很年轻，有些跋扈，但和她想象的还是有些不同，她原以为陆宁只是来混日子，不想陆宁对工作很有热情，来了公司倒是什么事情都愿意做，只要不提于传。不过这三天李婉也看出了一些问题，陆宁是个急于求成的人，做什么事情都想得很简单，听说李婉在搞一斗奶茶投标的事，忽然想起自己在M国读书时通过校友会认识过程晋，便大胆地主动约了程晋出来吃饭。

在吃饭的时候，陆宁也是单刀直入，问程晋能不能把投标项目给他们公司。程晋笑了笑，说道："其实我的权力没有你想象的那么大。"

陆宁半信半疑。

在李婉看来，陆宁和程晋的交情并不深，只是很普通的校友，但陆宁认为一层校友关系应该就能解决这件事情。所以李婉听到陆宁说程晋一点儿都没有变时，怀疑陆宁是不是真的了解过程晋，但她也还不了解陆宁的为人和深浅，毕竟他们说不熟，陆宁还是把他给约出来了。

"我以前就听说学长学习很刻苦，人很好，今天聊下来感觉他很随和。"陆宁继续说着话，"我回去找我一个学姐问问，我那学姐认识学长的前女友，想办法把投标的事情搞定。"

"别问了，陆宁，别麻烦那么多人。"李婉说道。

"没事啊，我和那学姐关系挺好的。"陆宁回道。

"你怎么和谁关系都挺好的？"李婉反问，眼神探究。

"那学姐也是Y市人，同乡嘛，以前在M国，我们经常一起玩。"陆宁说得头头是道。

"先不要麻烦别人了，可能程总并不喜欢自己的私事被人知道太多。"李婉说道。

"反正我先问问呗。"陆宁不以为然。

李婉想了想，说道："你很想帮你妈拿下投标是吗？"

陆宁脸色略微尴尬，眉头轻轻皱了皱，反感地说道："和她没有关系，我就是想把事情做好。"

"那你就不要再去联系麻烦你那个学姐了，这事还不是你的事，是我在负责。”李婉严肃地说道。

“我可是在帮你。”陆宁没料到李婉会这么说，有些不高兴地说道。

“所以我也很感谢你今天约到程总。”李婉忽然又笑了。

陆宁不太懂李婉的态度，又有些好奇，问道：“你觉得学长是个什么样的人？”

李婉想到程晋在介绍王观之的时候忽然刻意提起资助人的事，他应该是意有所指。后来陆宁在席间问投标给他们公司的可能性大不大，他说了一句自己权力没那么大，又补充说道：“我的出身不好，能走到今天这一步，我很感激，也很珍惜，我的资助人给了我很大的帮助，我不想让她失望。”

陆宁一头雾水。李婉看着程晋，见对方也正看着自己，那一刻她敏锐地捕捉到程晋话里有话，似乎在暗示什么。但她还没有完全明白。

于是，李婉此刻回答陆宁：“我也不了解，不过投标还是得靠真本事。”

“我听你和她说价格根本不划算，亏钱去投标就是真本事吗？他们那么大企业，一个袋子差那么两分钱？那还不如拿这两分钱，一分给能决策的人，一分我们赚。”陆宁嘀咕。

“体量大，差两分钱一年可能就是几千万，你以为一分钱是什么概念？为了这个投标，你打算给谁贿赂近千万？还有你说的她是你妈吧？”李婉不紧不慢地说道。

陆宁愣住了，她没有真正算过这笔账，而李婉的最后一个问题让她很不开心。

程晋把车开到餐厅门口，李婉上了副驾驶，陆宁坐在后座。照路程远近，陆宁先下了车，有一段路车上只有李婉和程晋。

一开始两人都没有说话，后来程晋先开了口：“有件事不知道方不方便问你——”

“什么事，程总？”李婉侧过脸笑道。

“私人问题，你为什么和观之分手？”程晋目不斜视地注视前方问道。

李婉听到这个问题转回脸，答：“因为性格不合。”

“只是这么简单吗？”程晋追问。

"程总，谈恋爱分手能有多复杂？"李婉笑盈盈地反问回去。

"你别介意，观之对我来说就像亲弟弟，"程晋解释道，"他之前都打算带你回家见鹤姨了，我想你们感情一定很深。"

"看来程总很关心他。"李婉不痛不痒地接话。

"你为什么没有告诉鹤姨你们交往过的事？"程晋还是看着前方，余光微斜。

"因为没有找到合适的机会说，我和王阿姨也就见了两次面。"李婉对这事小心地措辞回答道。

"你不觉得这是欺骗吗？"程晋忽然犀利地问道。

李婉再次转过头打量程晋，见他脸色严肃，一时拿不准他的态度，思忖片刻，说道："的确有一定的欺骗性。"

而程晋听到李婉这么说却没继续说什么。他脸色微缓，转而问李婉："李总，你是不是真的很想拿下这次的投标？"

李婉有些意外于程晋的态度转变，说道："这是我们第一次参加投标，重在参与吧，毕竟如果投标价格压到成本价，我们就一点儿抗风险的能力都没有了，肯定亏不起。"

"李总很有态度。"程晋笑了笑。

"因为一斗的投标条件实在很苛刻。"李婉不卑不亢。

"很难相信你做了那么多事情只是想要这样一个结果，李总。"程晋似笑非笑。

"不管结果怎么样，当下都要努力去做，我想要的结果不重要，最后真正的结果才是最重要的。而且，在这件事上，我只是执行者，我也得听我们老板的。"李婉说道。

程晋嘴角依旧噙着一抹微笑，但眼神有些冷漠，不再说话。

刚才这么一番话下来，李婉更是感到程晋难以捉摸。等她到家下车的时候，他还对她说："希望我们能有机会合作，李总。"

李婉不知道他说这话是什么意思，但在他漆黑、明亮的眼睛里，她看到了一些难以言说的暗示，让她莫名有些警惕，甚至不安。

李婉打着伞目送程晋的车子离开，听到雨水纷乱地落在雨伞上，想起自己和陆宁说过的话，差一分钱就是上千万。她还想起刘松浪以前教过她一句话：“都是钱的问题，就是钱没给到位。”

李婉的脚好一些了，但在这样的雨天一步步回家还是耗费了她不少体力，她打开家门就觉得累，叹了口气，坐在鞋凳上不禁出神。许久，她从包里掏出手机看了 W 之前写来的信，当看到他那句“你开心吗？”，就像看到了一片小小的净土。她想起年少的时候，人才会执着于开心不开心，她这几年已经接受了焦虑、压力是常态，不再关心自己开心不开心。她潜意识里认为开心这种情绪于成年人是奢望，想想就算了，不应该幼稚地去追逐了，但内心对快乐的渴望其实永远不会熄灭。

于是，李婉此刻忽然很好奇 W 在现实中会是个什么样的人，她觉得从前到现在，他在信里都保持着一种健康向上的朝气，令人愉悦、安心。而在现实中，她很少遇到这样的人，多半都是让人感到郁闷的，比如王观之。

王观之晚上忽然申请重新加回好友，李婉看到提示没拒绝，直接通过了，猜想着对方要做什么。结果，王观之加回了她的好友，什么话都没有说。他曾经在她的置顶栏里，现在连一句正常的聊天都没法进行，她不知道这种情况下他加回她的好友想做什么。

不过第二天，李婉就知道了个大概。王观之很幼稚地挑衅她，一早就给她发了张照片，说：“你不来拿，我就丢了。”

李婉点开图片，看到纸箱里都是自己的衣服，有两件外套还价值不菲。她回复：“帮我寄过来。”

而王观之对这句话没有回复。李婉等到下午，忍不住给他打电话，说：“你帮我把衣服寄过来。”

“你看不懂我的信息？没时间给你寄，今天不来拿，我晚上回去就丢了。”王观之说道。

“你什么意思？”李婉恼火。

“你要是东西不想要了，说一句就是。我在工地还有事，先挂了。”王观之冷冷地说道。

李婉听到电话那头的嘈杂，想到工地的危险，一口气堵在喉咙，生气地挂了电话。她在下班后叫了车去王观之家。

李婉到王观之家门口，先按了门铃，没人应，她就用指纹打开了门，结果看到王观之拿着毛巾一边擦头发，一边下楼走到玄关。

王观之刚洗完澡从浴室出来，他穿着浅灰色家居服，将毛巾挂在脖子上，看了眼李婉，说道："都自己进来了还按什么门铃？"

李婉白了他一眼，没打算走进去，说道："我来取东西，麻烦你帮我拿一下。"

"在楼上。"王观之转身欲往里走。

李婉真火了，呵斥道："王观之！你无聊不无聊？我的脚不方便，你把东西拿下来给我！"

王观之顿住，下一秒转过身走向李婉，趁她不备一把打横抱起她，还抬脚踢上了门。

身体的腾空和关门声都吓到了李婉，她气得扯掉了王观之脖子上的毛巾，骂他："神经病！放我下去！"

王观之没理会李婉的愤怒，把她抱上了楼。

王观之把李婉抱进房间，放她坐在床沿，见她还生气，跷着脚不踩地，便蹲下身给她小心地脱了平底鞋。他提着她的鞋站在床边，居高临下地说道："嚷什么嚷？你自己说脚不方便，我抱你上来，你不谢谢我？"

李婉气得不想说话。她放下脚，一瘸一拐地往更衣间衣柜方向走去。

王观之见状，弯身将鞋摆在地上，然后跟了上去。他在李婉摸到衣柜门要打开的时候从后一把按住了门。

李婉不由得恼了，转身想质问王观之干什么，却发现自己被困在他和衣柜之间。

两人靠得很近，李婉微微仰脸，见王观之正低头直勾勾地看着她，神色不辨喜怒，她有些不自在，抬手想推开他。但王观之一把抓住了她的手，问她："你在生我的气吗？"

“我没有生气。”李婉辩驳，用力抽回手，看了眼王观之。她闪躲的目光落在他的眼里。

这一秒忽然变得暧昧，他们之间的体温像流动的记忆，温暖、潮湿，让人冲动。王观之没多想，忽而冲动地低头想去吻李婉。

而他的唇才触到李婉的唇，李婉就清醒回神了。她惊得别过了脸，他的吻便滑到她的脸颊上。

王观之也回神了。他有些恼，恼自己冲动，也恼李婉闪躲，可嘴唇还贴在她柔软、细腻的脸颊上，他又觉得心头很软，思念缠着无奈化成柔情，他不由得在她的脸上轻啄了一下。下一秒，他为了努力挽回自己失态的尴尬，顺势干脆承认自己㞞，低声说道：“婉婉，我知道错了。说分手是我不对，我以后再也不说了，吵架的事翻篇了，行吗？”

李婉闻言，讶异地蹙眉，眉眼里都是纠结。半晌，她说道：“你还删了我的微信——”

王观之见李婉终于肯指责他，心花怒放，忍着嘴角微扬说道：“你不是也把我的衣服都打包退给我了吗？”

李婉想到那天他们一念之间的不愉快，同时也想到了事业上的挫折，越发觉得世事难料，人事艰难，心里感到难受、疲惫，便不自觉地叹了口气。

王观之此刻听不得李婉叹气，捧过她的脸，看着她的眼，感到失而复得的开心，这能让他一下原谅所有事情。他低头吻李婉的额头，紧紧搂住她的腰身柔声哄道：“别叹气，宝贝。你这一天天的忙什么？脚扭伤了还上班，你都不会心疼你自己。你就别逞强了行吗？”

李婉没作声。她很清醒，又很难拒绝此刻的温暖，没来由的情欲缓缓漫过理智，像一场涨潮，那么自然，又使人措手不及，等她再抬眼看王观之的时候，眼里带了几分委屈。

这委屈对王观之来说就是撒娇，他弯身拥抱住李婉，缠绵地热吻她的唇。这样的拥吻，李婉承受着很大的力，不一会儿就推开王观之说脚疼。王观之见状，打横抱起她，抱到床上，让她躺好，但他不是让她休息，也没有继续亲热，而是双手撑在她身侧，笼罩在她上方端详着她，也限制了她这一刻的自由。

“你干吗呢？”李婉挣扎着要起来，暧昧让她有些不自在。

王观之见李婉一动便压下了身，小心地避开她的右脚，将她整个人搂在怀里，凑过脸又吻她的唇，呢喃着说道：“我会很小心不弄到你的脚，婉婉——”

李婉懂了他的意思，而她其实也很动情，他们在肉体上一直很契合，吵闹分别了几天，忽然和好，最原始的欲望才能释放情感上的压抑。李婉抬手搂住王观之的脖子，启唇回吻他的时候，轻轻应了一个“嗯”字，像按下了某处开关，床上起了翻腾声，将两人卷进欲海之中。

事后，李婉洗了澡，裹着浴袍被王观之抱下楼，安置在客厅的沙发上，他坐在一边抱过她的脚悉心察看，换上新膏药。两人免不了又亲热一番，等李婉说饿了，王观之才起身进厨房准备晚饭。

等晚饭期间，李婉独自抱膝坐在沙发上发呆，她很享受这个无思虑的时刻。她上了大学之后就开始谈恋爱，并且空窗期时间都不长，但她恋爱不是因为渴望长久稳定的关系，反而这样短暂的放松时刻就是爱情对她的治愈意义。李婉有时候觉得人都是不断被拼凑的短暂形象，她对自己有很多想不明白的地方，所以不断地向路过的人借一块拼图，试图搞懂自己。

沙发边的落地灯调到暖黄，李婉换了个姿势窝进沙发角落，正准备闭眼小憩，又听到王观之忽然匆忙地从厨房跑出来的响动。

王观之大步跑上楼梯，下来时也是急匆匆的。李婉笑他：“你做什么满汉全席，还跑书房找食谱吗？”

而王观之迈下最后一级台阶，喘直气，站稳，扶着扶手望着李婉，笑了笑，没搭腔。他的眼神异常温柔，看得李婉也不禁充满柔情，她失笑道：“干吗呢？”

王观之还是笑而不语，朝李婉走去，他的脚步坚定、自信。李婉有些不解，脑海里飞速闪过一个念头，还没来得及确定，她就惊讶又紧张地看到王观之走到沙发边向她单膝缓缓地跪下。

求婚的戒指在裤子口袋里，王观之跪下的时候，口袋便鼓了起来。他伸手掏戒指，动作自然，也笨拙，差点儿失手把盒子摔在地上，好在他眼明手快地换手接住，好像杂耍了一番。

李婉被王观之滑稽的样子逗笑，但笑过更紧张，当他终于打开戒指盒子缓缓举到她面前，她的脑子里竟一片空白。

“李婉，你愿不愿意嫁给我？”王观之笃定地盯着李婉，声音温柔，他的这句话充满了鼓惑。

李婉半晌回不了神。等她回神的时候，好像自己已经点了头，因为她的左手已经被王观之握着，他正往她的无名指上套那枚璀璨的钻石戒指。

王观之戴好戒指，低头亲吻李婉的左手，柔声高兴地诉衷肠：“婉婉，这几天我很难过，你离开我，我才发现自己原来真的很爱你。戒指我在一个月前就买了，一直在想要如何向你求婚，但刚才在做饭的时候，我忽然觉得一日三餐，一年四季，和你在一起是我迫不及待想要实现的愿望。我愿意和你一起过很漫长的日子，不想再浪费分秒去担心和你分离的可能。”

李婉感到自己的眼眶发热，她没有预想过婚姻，却在这一刻真实地体会到感动。她不知道别人是如何走入婚姻的，对她来说更多是一种冲动。她残存的理智在王观之一番话里土崩瓦解，她的软弱也在这一刻流露：“我也不想和你分离，王观之，但我不知道自己适不适合婚姻——”

“你在担心什么？”王观之抬起头笑着问道，眼里充满阳光和耐心。他打心里喜欢李婉依赖他，向他坦承不安。

“我没有和你说过我的家庭情况，你可能不了解真正的我——”李婉说道。

“不管你家是什么情况，我都想和你结婚。”王观之总是很自信，在开心的时候尤其如此。

李婉在王观之脸上看到明亮。她觉得他的乐观积极好笑又动人，忍不住笑着落了泪。

王观之这时哪能见李婉哭，起身坐上沙发搂住她，一面擦她的眼泪，一面逗道：“婉婉，你先别忙着哭，你不要只点头，先说‘你愿意’，把求婚流程走完，不然我没法去继续做饭。”

李婉被逗笑，娇嗔地握拳捶了捶王观之。

王观之笑着低头去吻李婉的唇，他的吻炙热、霸道，热情得想把她融化。

“说你愿意，婉婉——”王观之吻着，喘息间鼓惑李婉。

李婉也在喘息，婉转呻吟间抓住王观之的衣领，问：“观之，我们结婚后会怎么样？”

“有我们自己的家，有我们的小孩，你当妈妈，我当爸爸——”王观之说起这事越发温柔，不由得停下了吻，抬手轻轻拂开李婉额头上凌乱的发丝，仔细端详她的脸，想象着不久的将来他们有个像她一样聪明、可爱的女儿。

而李婉也忘了吻，她听到孩子的事清醒了。

王观之见李婉忽然微微蹙眉，眉眼里闪烁着纠结、不安，笑着问道：“想什么呢？”

“王观之，你很想要小孩吗？”李婉问道。

王观之似乎明白了李婉的顾虑，搂过她的腰身，宽慰地说道：“也不是结婚就要小孩，我们可以等几年，等你愿意了再生。我知道你是工作狂，等你事业稳定些，我们再计划。”

“如果我一直不想要小孩呢？”李婉抿抿嘴，她的余光感受到手上的钻戒此刻闪耀得刺眼。

这个问题让王观之有些沉默。他问：“你很不喜欢小孩吗，婉婉？”

“嗯，我肯定不会是个好妈妈，我不想因为孩子失去自我。”李婉说道。

“为什么有了小孩就会失去自我？这有什么冲突？”王观之不解。

“我……我不知道应该怎么和你说，王观之，但我真的没考虑过小孩。”李婉垂眸。

王观之冷静地想了几秒，说道：“这事我们以后再谈，婉婉，现在这些都不重要。”

李婉缓缓地松开拽着的衣领，轻轻抚平。她纠结了会儿，最终还是抬起眼看着王观之，挑明地说道：“现在不重要，以后总有重要的时候吧，你现在只是不想破坏我们当下的和谐是吗？”

王观之痛苦地闭了闭眼睛。他松开李婉起身，说道：“我去做饭。”

“王观之，你认为婚姻是什么？”李婉戴着戒指的左手拽住了王观之的衣摆。

王观之不得不回身，回答她：“是责任，是幸福，也是磨合、改变。”

“你知道我很难改变的。”李婉一字一顿地说道。

王观之发现李婉每次都能轻而易举地挑起他的火气，她完全知道他在意的是什么，又一次次试图逼退他的底线，可她的神情又是那么坦荡、无辜。王观之知道自己爱李婉，也有恨，恨自己对着她没出息。

“所以你一定要破坏我们之间现在的和谐是吗？”王观之伸手握住李婉拽着他衣服的手，看到他挑选的戒指在她纤秀的手指上正正好，优雅、好看。

“我只是不想逃避。”李婉严肃地回答。

王观之在这时忍着生气丢开李婉的手，看了她一眼，冷声说道：“我去做饭，这事翻篇，不谈了。”

李婉没再说话，收回手，扶了扶滑下肩头的浴袍。

王观之看到春光乍泄，李婉裹在宽大的浴袍里，身姿曼妙。他们方才在床上缠绵，她分明那么柔情似水、柔软、包容，转眼谈事就变了一个人，强硬、冷静。他们都是床上床下判若两人，是理智与情感的真实写照。

# 第四章

“我这个人摔地上都是两半的，
硬邦邦的，才不会撒娇。”

他们的晚饭开餐已经很迟，可以当作夜宵了。王观之赶时间，匆忙简单地做了两菜一汤，还有一碟酸辣凉拌菜。

李婉上楼换了家居服下来吃饭。她最近都没什么胃口，吃了小半碗米饭，坐着一个劲吃酸辣凉拌菜，一小筷一小筷夹着吃。王观之吃完自己的米饭，拿过李婉剩下的半碗米饭继续吃，看了她一眼，问道：“你这段时间是不是都没有好好吃饭？”

“嗯，没什么胃口。”李婉回答。

“因为一斗投标的事？”王观之吃着饭不疾不徐地问道，抬眼扫过李婉。

“不全是。”李婉见王观之吃饭香，忽然又馋米饭，伸过筷子从他碗里夹了一小口米饭。

王观之见状，欲把饭碗推回去，说道：“你多吃点儿。”

“不吃了，你吃吧，我就是馋。”李婉笑盈盈。

王观之见李婉笑得可爱，不由得心软，说：“投标的事，你不用太担心。”

李婉闻言，问道：“你这话是什么意思？你要帮我走后门吗？”

王观之似笑非笑地说道："你什么事都要问得这么清楚吗？我的意思是顺其自然，投不中也要接受结果，不要在一件事情上死磕。"

李婉挑了挑眉："我知道啊，我也没有死磕这事。说实话，一斗投标中了也没有什么意思，价格太低了。"

王观之不怎么相信李婉说的话，打趣地说道："你没有死磕？那我很好奇你死磕一件事的时候会做到什么程度。"

"你这话是什么意思？"李婉停下筷子，打量王观之。

王观之没有直接回答，而是问她："等我带你回家见我妈，你打算怎么和她解释？"

"解释什么？"李婉反问。

短短两句话，两人之间已经隐隐有火药味。

王观之看向李婉，试图从她的脸上看出她内心真实的想法："你骗了我妈不是吗？"

"对，所以没什么可解释的，就实话实说求谅解。"李婉回复。

"你倒是坦荡。"王观之有些语塞，停顿片刻，说道，"你坦荡是因为没有内疚吗？"

"王观之，你想说我做错了就直接说呗，弯弯绕绕跟教育小孩似的引导我做什么？"李婉说道。

"我说你错了，你不生气？我不是怕你生气吗？"王观之无奈，没好气地说道。

"我现在生气了。"李婉干脆道。

王观之再次看向李婉，不知道她说的是真的还是玩笑："真生气了？"

"王观之，你是不是希望我善良、温柔？"李婉放下筷子，问道。

"没有，你怎么样我都喜欢。"王观之说道。他说的是真实的想法，但带着一丝矛盾。

李婉听到这话气笑了，说道："我希望你永远理解我，但你不理解我，我也还是想和你在一起，我们两个都很奇怪。"

"我怎么不理解你？我们哪次吵架，不管对错，不是我先低的头？"王观之说道。

“你觉得都是你低的头？”李婉惊讶于王观之的说法。

“我没有任何真的和你争论对错的意思，李婉，我只是想说我很在乎你。”王观之解释，试图结束这场争论。

李婉本来想列举王观之的种种清高、自我行为，闻言把剩余的话咽了回去，她也懂刹车。

饭后，李婉帮王观之收拾碗筷，将餐具送进洗碗机。王观之在一旁洗擦了桌子的抹布，他一面清洗，一面看李婉在洗碗机里慢慢摆碗筷，好像在做什么艺术品，戒指随着她的动作亮着微光，在油腻腻的碗盘中显得特别扎眼、闪亮。

王观之笑道：“你还是放着，我来吧。”

“干吗？”李婉不解地抬头。

“你才戴上戒指，好歹要珍惜两天，别干家务。”

“夸张，你这么说还不是想以后让我做家务。”李婉哼笑。

“以后也都是我干，行了吧？”王观之笑道。

李婉闻言，忽然想起她的父母，嘀咕着说道：“肯定要你干，我家也都是我爸买菜、做饭、洗碗。”

王观之听笑了，问道：“你什么时候带我回家见你爸妈？”

“等年底吧。”李婉回答。

“拖这么久，你爸妈不会是反对我们在一起吧？”王观之试探地问。

“回Y市太麻烦了，我一般一年也就过年回去一次。”李婉说道。

王观之发现李婉每次提起家人都很冷淡，有时刻意回避，但听她言语里的父母关系，似乎又是很和睦的家庭，他不知道这是为什么。于是，他问：“婉婉，你家是什么情况？”

李婉闻言，想了想，说道：“没什么，还是等年底回去再说吧。”

“又要等啊，我好像被你金屋藏娇了，朋友圈也没有见你发我。”王观之哼了声。

李婉被逗笑，关上洗碗机，扶着台面站起身：“你怎么说话茶里茶气的？”

“哪有？”王观之不满。

李婉挤开他，到洗碗池边，说道：“走开点儿，我要洗手。”

王观之一副被撞伤的样子，伤心地退到一边：“很疼。哭哭。”

“……”李婉匪夷所思地转过脸看王观之，忍不住笑着骂道，“你在说什么？你什么毛病？我都起鸡皮疙瘩了！”

“哭哭，‘颜文字’聊天啊，你怎么什么都不懂？好讨厌。”王观之笑道，把洗干净的抹布放到一边。

“你再哭一个试试看，我要揍你了。”李婉气笑了。

“你吓到我了，哭哭。”王观之继续说道。

李婉再也忍不住，忘了伤脚，抬脚要踹他。

王观之笑着躲开，随即上前扶住脚疼的李婉，从后搂住她，说道：“我也要洗手手。”

李婉哭笑不得，拽过他的手帮他洗。洗手的时候，王观之抓着李婉的手指，转了转她手指上的戒指，低头亲吻她的脖颈，亲昵地说道：“婉婉，我们明年七月份结婚吧。”

李婉轻笑一声，回答的是：“很痒，你别这样——”

“你答应我，我就不这样——”王观之吻到李婉的肩头，下巴蹭开她的衣领，去咬她的内衣肩带。

李婉受不了这种挑逗，关了水，来不及擦手，回身去推王观之，反而被他搂着腰吻上了唇。缠绵的热吻让两人难舍难分，王观之紧紧搂着李婉，在她说不行，抱怨脚疼的时候，沉声说：“婉婉。”

于是，两人不由得一起低头，最后目光都落在李婉刚贴上膏药的右脚上。傍晚亲吻的时候，他们虽然很小心、克制，但在特别紧绷或者特别舒畅的时候，身心每一寸都跟着一起律动，李婉事后觉得还是用脚过度了。他们都感到骑虎难下，这让王观之的目光更像有火，一寸寸烧着李婉的肌肤，最后他把她一把抱起来，坐在台面上，减轻她的脚部负担。

李婉面红耳赤，也情难自禁，这时口袋里的手机响了，惊得她一激灵，别过脸躲开唇间湿漉漉的舌吻，嚷道："手机响了！"

王观之正在兴头上，不耐烦地从口袋里掏出手机，丢在台面上，说："不管它——"

"这么晚，说不定有急事——"李婉趁机抽回手，推搡王观之的脸，笑着继续躲他。她也好奇地顺势侧过头看了看王观之的手机，看到来电显示是刘松浪时，感受到他的吻正落在她的侧颈上，还轻咬她的脖颈。

一瞬间，她仿佛真的被咬住了喉咙，呼吸一窒，因为她想到了王观之请刘松浪、程晋吃饭的事。她一把用力地推开王观之的肩膀，说道："刘松浪给你打电话了。"

王观之听到这个名字也瞬间清醒。他皱了皱眉，抬起脸看了眼娇媚的李婉，脑海里又不自觉地想起刘松浪和他说的那些关于李婉的事。他站直身，不耐烦地拿过手机，柔声飞快地对李婉说："我接个电话，很快。"

李婉微微颔首，抬手扶上内衣肩带，拢了拢凌乱敞开的衣领，抱臂坐在洗手台上没下去，注视着王观之接起电话转过身的背影。

王观之没心情应付刘松浪，简单说了两句就谎称自己有事挂了电话。待他回头，就撞上李婉清醒、审视的目光，他没说什么，把手机塞回口袋，上前把她打横抱起来。

李婉则抬手松松地搂住王观之的脖子，直接问道："刘总找你什么事？"

"没什么事。我已经告诉他，一斗投标的事，我不会参与。"王观之抱着李婉准备回卧室。

李婉闻言，想了想，又问道："他是想让你问程晋底价吧？他也知道程晋和你家关系不一般吧？"

王观之没回答，抱着她出了厨房，上了楼梯。

"你为什么要找刘松浪？"李婉又问道。

"是他先找我的，我只是做顺水人情。"王观之解释道。

李婉没再接话。王观之小心地看了眼李婉，观察她的情绪。

他把李婉抱进卧室，放在床上，见她神色平静，便轻轻地替她揉脚，从大腿到小腿，一直到脚底板，然后说道："我以前应该在刘总公司见过你，婉婉，我要是知道你们之间有过过节，我就不会做这个人情。”

“是吗？”李婉笑了笑，说道，“其实我和刘总之间也不算有过节，只是想法不同，理念不合，走到了分岔口。不过，他都和你说了我什么？”

“没什么，不管他说了什么，对我来说都不重要。”王观之不太想说这事，含混地说道。

而这让原本玩笑的李婉忽然有些不舒服。她打量王观之闪烁的神情，问道：“你不想听我说说我和刘总之间的事吗？”

王观之抬了抬眼，说道：“不就是你带着客户跳槽吗？人各有志，这种事情不稀奇。”

“那你觉得我是背叛了刘总吗？”李婉问道。

王观之则反问：“你在意这事吗？”他听李婉说话的口气，是完全不认为这种事算背叛，她依旧坦荡荡。而对他来说，追究这件事情的是非对他们的感情没有任何帮助。

李婉一时无语。她感到有些别扭，因为她想生气，又觉得自己莫名其妙，过于敏感。

好一会儿，李婉才试图深入解释，起话头说道：“我是背叛了刘总，这是一个事实，不过是站在他的角度的解读，我能理解，但不全认可。”

“嗯，每个人自己能逻辑自洽就可以，对错不重要。”王观之接话。

王观之的这句话彻底让李婉蒙了。她抿嘴说不出话，矛盾、愤怒、纠结在她心里翻滚。理智上，她认为就算王观之听了一面之词觉得她有错，她也是能理解的，因为她也是站在自己的角度去判断事情的对错和利弊。但王观之这种看似偏爱她的行为反而欲盖弥彰了他对她的不信任和揣测，这就让她感到很不舒服。她知道他在努力维持他们之间的和平，但她不需要和平，需要的是真正的尊重。李婉觉得她和王观之还是不合适，短暂炽热的性欲和美好时常让她迷失，又一次次让她厌恶自己如此。

李婉忽然大彻大悟般想到一句话：“我和王观之的情感关系并不健康。”

“王观之，你的意思是哪怕我真的是个忘恩负义的叛徒，你也要和我结婚吗？”李婉问道。

王观之皱了皱眉，揉脚的动作停了停，说道："我什么时候说你是叛徒了？"

李婉笑了笑，神色有几分自嘲。

王观之看到她这副表情，眉头越发紧锁，说道："婉婉，你怎么对这件事这么敏感？我说了没有对错，我相信你的人品和为人。"

"是我敏感还是你敏感？你好像很不想听我说这事的情况。"李婉似笑非笑。

"你如果想说，我很乐意听。"王观之坐直身体，认真地说道。

李婉张了张嘴，彻底失去了沟通的兴趣。她无意识地转动着手指上的戒指，想了想，说道："我们明年肯定没法结婚，王观之。"

"那就后年吧。"王观之也觉察到他们之间氛围的变化，他对自己内心真实的想法也如明镜般洞悉，但他只是不想承认自己被李婉狼狈地看穿。所以他尽可能平和、温柔地掩饰自己。而他很清楚他对李婉的不信任不是真的怀疑，只是内心深处不自信，他在这份感情中不知不觉地处在了下风，他不敢对李婉下定义。

"既然如此，这戒指，"李婉停顿了片刻，说道，"你后年再帮我戴上吧。"

王观之脸色骤沉。他端正、严肃地跪坐在李婉面前，沉声说道："李婉，你现在要是摘下戒指，我们这次就彻底结束了，没有后年了。"

李婉听到这种威胁口吻的话，果断摘下了戒指，轻柔地放在被面上。

换季的雨终于停了。

转眼要到十月一日国庆假期，放假前的班很难熬，调休周日也要上班。

李婉在这个周日坐在电脑前核算一斗的投标价格，死抠运费，快要按烂计算器。之后她把报价做了数据对比发给于传，留言道："于总，一斗的报价还是你复核吧。我已经算不出任何一点儿利润点了，运费都很难保住。"

而于传半天只发来了四个字："规模效应。"她的态度很明显，一斗这块硬骨头就是要死啃。

李婉一口气上不来，她做业务这么多年还没做过这么憋屈的事。她站起身走到窗边，抱臂望着城市出神。

初中和高中时期学历史，李婉记忆中除了不断地背知识点，还有就是四个字“实业救国”让她印象深刻。李婉年少时曾对“实业”两个字不太理解，这几年才逐渐体会到实业对民生的意义，生活中随处可见的东西都是实实在在的产品，带动着经济发展，满足人们的日常所需，各行各业在不断更新换代，或崛起或没落，唯一不变的是发展。李婉曾为拥有实体产业而感到踏实、骄傲，现在却忽然看到自己的产业已经走到产能过剩的困境。她不明白为什么两年前她竟当局者迷，还兴奋于产能扩张。她很久都没有觉得自己错了，也很久没有后悔某一个决定了，这几天，她却一直在深深地懊悔，想穿越时空敲醒两年前的自己。

李婉在窗前站了很久，胸中的闷气怎么也散不去。办公桌上的手机在振动，她才回神，转过身去接。当发现是林素发来的视频邀请，她想也不想就挂了，回复了一条文字信息：“在开会，不方便视频，妈。”

林素则发来了一条语音，李婉点开，发现转成文字乱七八糟，便知道林素说了方言。这一刻，李婉忽然敏感、难受，因为她妈一点儿也不考虑她的情况，她明明说在开会，她妈还说方言，给她看信息造成不便。而当李婉听了林素的语音就更难受了，因为林素让她国庆回家，说一家人一起出去玩，因为李乐乐最近状态很好，很想出去走走，也很想姐姐。她的父母永远只考虑李乐乐的想法，她则一直是去改变、去配合的那个人，她不想再扮演迁就、改变的角色了。

“我很忙，国庆回不去，你们去玩吧。”李婉面无表情地回复了信息。

回完信息，李婉把手机丢在桌上，抱臂皱眉看着屏幕上的报价单，此刻的工作压力压得她越发喘不过气。

陆宁敲门而入。她来追问投标报价情况：“李婉，你价格核算好了吗？”

李婉每次听到陆宁没大没小对她直呼名字都要皱眉，她委婉地提醒过，也纠正过陆宁，但后者依旧坚持这么叫，她便不强求了。

“等于总复核，反正这个价格让我报我报不出去。”李婉徐徐说道。

“我们是不是国庆节后才提交报价？”陆宁问道。

李婉点点头，但说道：“这种价格什么时候报都一样。”

“我国庆再去找找学长呗，我感觉他还是想帮我们的。”陆宁说道。

“什么意思？”李婉看向陆宁。

陆宁转身关上了办公室的门，走近李婉办公桌，神秘地说道：“昨天学长给我打电话问我们报价的情况，我就顺便问他能不能告诉我们底价，他虽然没说，但也没有拒绝。然后我约他放假找一天请他吃饭，他竟然也没有拒绝，说看时间，到时候约。”

李婉闻言心里七上八下。在这一刻，她内心对这种投标项目的厌恶达到了顶点，但面上没有表露。在陆宁充满征求意见的眼神注视下，她说道：“这事要和你妈先商量一下。”

陆宁一听到于传就火冒三丈，皱眉气道：“商量什么？她连亏本都要去投标，我们去给她多搞一两分钱的事干吗和她商量？”

李婉看着陆宁，对她的反感骤增，徐徐说道：“陆宁，你知道这样多搞一两分是贿赂，对吗？”

“这怎么叫贿赂呢？投标不都这样吗？哪个大公司的采购人员不吃回扣啊？”陆宁尴尬，急道。

“总之，这事要做也是我和你妈商量，等她裁夺，你代表不了公司，说白了你在公司里还什么都不是。”李婉不想和陆宁争执，冷声说道。

“没有我这条线，你们都没法认识学长——”陆宁反而对李婉很无语。

“那我们不需要你这条线。”李婉回道。

陆宁吃瘪，不高兴地说道：“这不是很简单的事情吗？你干吗想得那么复杂？”

李婉没说话，拿过手机开始看起来。陆宁被晾着，自觉无趣，有些恼地转身出去。

门关上后，李婉放下手机，忍不住叹了口气。她很羡慕陆宁，因为站在她的角度去理解，看到的是于传很疼爱陆宁，爱之深，责之切，计之深远，但这些对陆宁来说一点儿也不想珍惜。陆宁不知道自己的鲁莽、闯祸都是于传在擦屁股。而李婉也知道人心是偏的，于传要她一定要拿下投标，却不会舍得让陆宁去做不择手段的事。

难熬的班终于结束，李婉对这个假期没有任何安排，就想睡个昏天暗地，但她并不放松，整夜都在做梦。

W，

你好。不知道你的国庆假期有什么安排。

我打算在家看书、睡觉，让这七天完全属于我自己。我昨晚做了一个梦，一个很长很长的梦，梦见了我去世十多年的外婆。

我小时候在上小学前大部分时间都跟着外婆。年幼没有早起的概念，几点睁开眼就是几点，所以我跟着外婆的作息，有很漫长的早晨。我的记忆里外婆早晨能做很多事情，她带孩子（这个孩子就是我）、铺床、做早饭、扫地、洗衣服，我经常坐在板凳上看她在一个大水盆里架起搓衣板，用力搓洗着衣服。冬天水很凉，她就像没知觉，毫不犹豫地伸手下水。而我外公只需要起床吃早饭，发脾气。

后来上小学，我离开了外婆，每次假期回去探望，她都会给我煮一碗面，卧两个鸡蛋，她说自己人也是客人，进门都要招待。外公嫌她麻烦，每次他们都会为这事拌嘴，但外公也给我买糖吃，和我说一定要好好读书，以后做一番事业，他一直都认为我以后会比我家那些男孩有出息。

外婆去世的时候，我很难过，但在接受后，难过和怀念似乎就变成一种摆设。去年清明节扫墓，我都没有回去，前年路过，但最终因为工作上的事，没有上山祭拜。我几乎不怎么想起外婆了。但昨晚我忽然又梦见了她，梦里她和我说话，给我煮面条吃，我又一次感到难过，哭醒了，然后发现自己原来还很想念外婆。

一个人的情感应该有很多层次，也有轻重缓急，为了在世界上好好生存下去，展现出很多面。不过，我以前一度以为自己应该是会爱得很纯粹的那种人，但事实上，我连对我外婆的爱和想念都是在我有空的时候。

写到这儿，李婉按回车键换行，接着她打下一行字：

你有没有爱过一个人，或者被人深爱着？那种爱会让你不安吗？因为对我而言，我对任何人的爱都是有条件的……

打完这行字，李婉看了看，又删除了，她想起了王观之，想到他的求婚。他们之间，她太清醒，似乎不够爱，他似乎够爱，却害怕了解真实的她，让她很难言说这份感情出了问题到底是谁的原因。那天她把戒指还给他，他很生气，竟离家出走，留她一个人在他家里过了一晚。

她给他打了两次电话都被挂断。她便没再打，发了信息给他："你注意安全。"

第二天一早，王观之回来了，肩头仿佛带着露水，他径直走进卧室更衣间，把她的衣物都拿了出来。她被惊醒，坐起身问他："你昨晚去哪儿了？"

他没回答这个问题，只是搬着箱子回头说了一句："李婉，我们以后老死不相往来。"

李婉清醒了，没作声，掀开被子下床，进了浴室。她简单洗漱之后，下楼叫了车，带着行李回家。王观之没送她，在她出门的时候，他转身上了楼。

关于王观之，李婉还是不太想和人说起，最终匆匆落款，结束了这封仓促的信。

国庆长假没有如李婉预想的那样完全属于她自己，第三天，程晋用一个陌生号码联系她，约她明天碰面。这事让李婉很意外，她考虑过后，最终开车出门见程晋，她的脚在和王观之彻底分手的那天好像就不疼了，不知不觉地恢复了。

程晋喜欢钓鱼，每个假期，他都会找一天时间去钓鱼。他约李婉到 A 市一个河岸边会面，李婉到的时候，这个河岸的各个垂钓点都已经有不少人。而今天太阳很大，程晋戴着宽大的遮阳帽和太阳镜，全身包裹严实，李婉找了好一会儿才找到他。

钓鱼需要安静，程晋看到李婉来了，指了指身边已经撑开的折叠椅，对她笑了笑，示意她坐下。李婉便坐下，抬手遮了遮太阳。

程晋余光瞄到她的动作，伸手从自己脚边的包里掏出一顶遮阳帽，递给她，说道："忘了告诉你，过来要晒太阳，要是不嫌弃就戴这顶帽子，是我妹上次陪我钓鱼的时候落在我这儿的。"

李婉闻言，伸手接过，抬手就扣在头上，问道："是您的亲妹妹吗？您家里是兄妹俩吗？"

"是的。"程晋握着鱼竿，注视着水面。

李婉没再说话，等着程晋再度开口。

大概五分钟后，程晋见水面还没有动静，侧过头看向李婉，说道："钓鱼很需要耐心，喜欢的人觉得很有趣，这是一种博弈。不喜欢的则觉得很无聊。"

"是挺无聊的。"李婉微微倾身在自己腿上单手撑着下巴，直接笑着说道。

"假期把你约出来，打扰了。"程晋不以为意，嘴上说道。

李婉笑而不语，看向程晋。她知道程晋亲自下场找她肯定是有事，而不管是什么事，以她多年做业务的经验，越大的合作越要摆好自己的态度，所以她反而不太敬畏程晋了，不打算主动开口问。

于是，程晋先开了口，问："李总，我听黄经理说你们公司的报价单一直都没有提交，是有什么问题吗？"

"截止日期不是还没有到吗？"李婉反问。

"你要是在截止日期那天提交，可就没有第二次提交的机会了。你早点儿交给黄经理，他们内部先审过对你们有好处。"程晋不疾不徐地说道。

"我们的价格已经是最低，要是再低，我们就没有报价的必要了，也不需要第二次机会。"李婉也不紧不慢。

"听起来，你们公司似乎不是特别想中标，李总。"程晋似笑非笑，捏了捏鱼竿。

"一斗条件苛刻，价格又低，我个人的确很犹豫要不要投，况且路很多，我们也在做其他的投标打算。"李婉半真半假笑着说道。

“那你现在投标是被公司逼着在做吗？”程晋笑了笑。

“能和一斗这样的大企业合作，我们当然是积极争取。”李婉的态度模糊不清。

但程晋微笑的表情似乎很满意李婉的回答，他说道：“上次李总说自己只是执行者，背后还有老板，不过我听说李总其实就是半个老板，难怪这么有底气。”

李婉闻言，这才直接说道：“程总，您约我来是什么事？您是希望我们继续投标还是放弃？”

“这我可决定不了，那是你们公司自己的事。”程晋仿佛听到了什么笑话，笑着说道。

“那就是您还有其他的合作想和我谈？”李婉又问道。

“我不过是一斗偌大一个集团里的小小螺丝钉，能有什么大合作和你谈？”程晋笑着说道，目光转回水面，眼里却没有笑意。

“那我就不打扰您钓鱼了，我先走了。”李婉准备起身，抬手摘下帽子。

程晋没回答，不过嘴角的笑意愈深。在李婉递还帽子的时候，他没接，却说道：“我之前听瑞华的刘总说李总是个很有野心、有魄力的人，今天看起来还有点儿酷。”

李婉则道：“刘总对我有知遇之恩，听到他对我有这么高的评价，我很高兴。”

程晋闻言，再次侧了侧头，认真地说道：“李总，我很希望你们公司这次能中标。”

李婉没回答，只是眼神探究、不解地看着程晋。

“你们公司入场之后，你想改变的事才有改变的可能。”程晋微笑着说道。

“我不明白您说的是什么意思，程总。”李婉说道。

“先中标吧，李总，你们这种低端产业的实体工厂没有话语权，你要看清事实，先保生产才有生存下去的可能。李总，你是个聪明人，一定明白我说的是什么意思。”程晋说这话的语气从缓到急，因为他感觉鱼咬钩了，急着抬竿，站起身。

李婉看到一尾鲫鱼被拖出水面，鱼惊慌地扑棱着求生，这画面让她莫名有些不舒服。当程晋收线取钩，将鱼放入脚边的水箱，她说道："谢谢您的指点，程总。"

程晋这会儿回身示意她把帽子递回来，笑道："帮别人就是帮自己，我们两人说白了还是个打工人，都想为自己多挣一点儿自由而已。"

李婉见话已经说到这个份儿上，直接道："那您这次会让我们公司中标吗，程总？条件是什么？"

"没条件，你是鹤姨引荐的，又是观之的朋友，我肯定会帮忙。你们照成本价去报就好，今年只能先这样入场，明年再说。不让人赚钱这生意的确不厚道，这种品类的投标情况董事会其实也有数。"程晋笑着给人埋下明年的希望。

李婉深吸一口气，程晋这番明确的话让她松了口气，又一点儿也开心不起来。因为她在面对程晋的时候仿佛又回到了初入职场被人拿捏的境地，可她现在手里的确没有底牌。

而生活也开始重新拿捏李婉，她在准备转身离开的时候接到了李乐乐的电话。

程晋隐约听到李婉讲电话，听到她因为这通电话变得急躁。他猜李婉的家庭关系不太好，可能和他家一样。说来很奇怪，程晋在第一次见到李婉时就直觉认为他们是同一类人，那类自私、心狠但上进努力的人。

王观之国庆假期一直在加班，他们工作室前段时间洽谈了一个项目，近期刚拿下，他在假期赶方案，节后约了甲方谈事。

而王观之这个项目说起来是李婉搭的线，大概在去年六月份。那时候，王观之刚认识李婉不久，想追求她，常约她吃饭、见面，而李婉也有意，有一次主动约王观之来公司，说要给他介绍项目。

王观之有些意外，赴约而来。李婉带着他去了她公司隔壁的那间大办公室，熟门熟路地给他介绍了那家公司的老板赵总。

那次是王观之第一次看到李婉谈事情，她热情、开朗，很能说笑，几句话就打开了场面，活络了气氛，逗得赵总很开心。她还很会卖乖，对赵总说："您随口和我说的事，我可是都很上心，您不是正在买地，想要建大厦，问我有没有认识的建筑设计师吗？我就当真了，两天没睡给您找了建筑设计师。"

赵总笑道："让李总两天没睡，那可担不起。"

李婉见好就收，转而腼腆地笑了笑，换上认真、诚恳的口气说道："赵总，我真的很佩服您，总在想什么时候我们公司也能建楼就好了，以后得多跟您学学，才能把团队做大做强。"

赵总听李婉说话别提心里有多舒服了，下一秒李婉顺势就自然地给他介绍王观之，让两人交换了联系方式，又自然地开始讲王观之完成的设计作品，把两人都讲得一愣一愣的。

王观之愣主要是因为原来李婉去查过他的作品，还说得头头是道，充满欣赏，当时他真是彻底被她知性、活泼的谈吐给迷住了。

今天，王观之就是去见赵总，来到李婉公司所在的大厦，不免路过她的公司，他不想停留，但里面的说笑声惊扰了他。他不由得顿了顿脚步，透过玻璃门一眼就看到了李婉。她今天穿着干练的西服套装，整个人神采奕奕地站在办公室中心，背对着门，她的同事都围着她，他们在庆祝什么开心的事。他在看到她的一瞬间眼神不由得亮了，但也被唤醒了他们之间不开心的记忆，心里瞬间感到沉重，这使得他也更想看清她，不自觉地转了鞋尖到玻璃门前，他发现她已经穿上了高跟鞋，不知道脚是不是已经完全好了。

转念一想，王观之觉得自己的关心很多余。他听到里面传来她的同事对她的夸赞："婉婉姐，你太厉害了，一斗的投标一次就拿下了。"她则笑如春花般灿烂，大方地开始和大家分享自己的想法。

他看到她始终自信、积极，他们分手对她没有任何影响。对此，他心里有不甘，也有苦涩的安慰，他对她难免有恨意，却还是希望她开心。他想他该恨的应该是自己，没有出息地对她念念不忘。但感情这种事情真的说不清楚，她对他来说就是很特别，好像认识很久的故人，一场来自幼时的风沙眯了他的眼睛，让他看不清自己在感情中到底想要做什么，走向哪里。 他看到她说着话将要侧过身，回过神来，忙冷了脸，转身离开。

李婉的余光看到门外有人经过，熟悉的身影让她不由得转过身去看，只见王观之背影挺拔地阔步经过。

李婉笑容渐失，很快转回头继续听同事说笑。上两周她的公司投了标，今天刚得到通知，他们公司中了最大的标段，数量可观。

这个消息让公司一片欢腾，局外人都觉得这是一件好事，大家与有荣焉。而实操者李婉面上故作高兴，心里却没有任何欣喜。她上午还接到黄经理的电话，对方说开始合作前他们要打一笔六位数的保证金到一斗，她听笑了，调侃道："你们不给我们定金，还要我们给保证金，企业做大了真是爽。"

黄经理呵呵笑，一句"公司要求"把人堵得死死的。

李婉在热闹的片刻喘息中低头看自己的鞋，她讨厌一斗这种投标，却依旧想有一天她也要把自己的公司做到这种程度，要掌握绝对的话语权。但她要怎么做？而去压迫别人是不是就是优胜劣汰，适者生存唯一的法则？其实她怀疑"规模效应"四个字就是实体经济的毒药。

她像个领导者用投标的事激励团队，故作开怀，听着别人的赞扬，回头看到王观之经过，她觉得他像在另一个时空。她能感觉到自己还是会想王观之，但在这段感情中她找不到能让她感到积极、敞亮的地方了。她想去的地方和他们感情要去的地方完全不一样。

李婉在嘱咐了行政部今天要准备下午茶之后，刷着手机回办公室，她这两天总无意识地会刷一刷私人邮箱。国庆假期，她给 W 写了信，她知道他们之间现在的通信没有约定一定要回信，她只是在自说自话，但在心里还是希望能得到一些沟通和回复。

邮箱里很安静，李婉有些失落，跳转到工作邮箱，结果刷到了 Linda 的来信。Linda 在她的深夜时间难过地给李婉写信，告知了一个坏消息，她的公司内部已经不打算把签好的合同执行完成，已打的定金就抵了已经发货的尾款，如果还有余款，再补部分订单。眼下这就是给李婉他们的唯一的选择。

李婉看完这封邮件，急火攻心，直接在邮件里表达愤怒开骂，她骂 Linda

的公司毫无契约精神。Linda收到邮件后立马私聊了李婉，表示很理解李婉的心情，但她让李婉冷静点儿考虑一下，如果李婉真的和她的公司撕破了脸，李婉他们可以拿走那笔定金，不再生产，但以后的订单也就完全不可能了。如果她咽下这口气，后面还是有合作的可能。

而李婉心里也很明白这事，她也很快冷静下来，但信息和邮件都暂时不想回复了。她起身想关办公室的门安静一下，却看见隔壁赵总的助理笑盈盈地走进来，隔老远就冲她喊："李总，您现在有空吗？我们赵总请您过去坐坐。"

李婉犹豫了片刻，若无其事地笑道："好。"

王观之坐着喝茶，余光时不时看向办公室门口。赵总刚才给他泡了壶铁观音，现在他们正要换茶，当听到赵总还是想换绿茶时，他说："换白茶或者普洱吧，赵总。"

赵总闻言，转而去拿了白茶，也就在这时，李婉笑着从外面走进来，朗声问道："赵总，您找我有事？"

赵总忙放下茶，起身相迎，笑道："李总快请坐，今天是要感谢你。"

李婉闻言多半猜到是什么事了，她看了眼端坐着的王观之，想到不久前他还在和她开玩笑说要是赵总的项目谈下来，他要买礼物谢谢她。转眼，这事就和她没有关系了。

赵总请李婉在王观之旁边的茶椅上坐下，客套地问她："喝不喝白茶？"

"只要不是绿茶，其他都可以。"李婉笑道。

"喝不了绿茶是吧？胃寒？"赵总又问，往李婉面前摆了一只精巧的茶杯。

"可能吧，绿茶喝了不太舒服。"李婉回答，这时才看了眼王观之。

王观之也看向她，不动声色地喝着自己的茶。

赵总笑呵呵地打量两人，不慌不忙地泡新茶，问道："你们今天怎么没说话？也是好久不见了吗？"

而王观之还没有开口，李婉就已经轻巧地笑道："我一进来您就这么客气地招呼我，不是没给我时间和王总打招呼嘛。"

赵总大笑着说道："对对对，我的错。"

李婉顺势侧过脸冲王观之笑："好久不见，王总。"

"别来无恙，李总。"王观之放下茶杯，也不痛不痒地回道。

在这样友好的氛围下，赵总今天很自然地控场，他也听闻了李婉公司中标的事，一个劲夸李婉年轻有为。

李婉听闻这样的夸奖，则是趁机说："我们这个投标就是跑量历练历练，我刚刚还在担心我们这个产品做不长久，没什么竞争力，我得早点儿给团队多拓点儿品卖卖。我真羡慕赵总你们公司做的是尖端产品，我还想着这段时间闲下来过来你们公司和您多学学。"

"你要来，随时欢迎啊。"赵总笑道。

"我可是说认真的，赵总。我这个人没皮没脸的，可能明天就搬着电脑过来了。"李婉说道。

赵总还是呵呵笑，颇自得地说道："你来吧，不过我这东西你也学不走，有专利的，研发团队都在国外。"

"嗯，我就想多了解您的模式。"李婉笑盈盈。

"你有这劲，又聪明，团队肯定会做好的。"赵总赞许道。

李婉笑了笑。她在场面上讲的话永远半真半假，试探别人也是表达自己，她从来不会让人知道她的焦虑，也不会忘了危机。而她说完这些话，察觉到王观之正在打量她，她便侧过头，只见他的双眼里闪过冷漠，他一向不理解她对事业的欲望。他以前问过她之所以这么努力工作，是不是就是喜欢听别人夸她一句太厉害了，她则玩笑说是，她就是虚荣，喜欢被人吹捧。但她没有说她更享受这很厉害背后的责任感。

李婉公司里有个四十多岁的女业务员，叫黄雅，是李婉在 A 市的公司招进来的第一个人，一开始李婉只想招年轻的业务员培养，却还是被黄雅的好学打动。黄雅是传统的外贸业务员，对线上营销一窍不通，现在在业务上已经慢慢有了进步和起色。 黄雅前两天和李婉一起吃了个午餐，聊天中，她无意间对李婉说："来我们公司面试前，我已经面试了好几家公司，我之前因为带孩子，有五六年没有工作了，很多公司都怕我之后还会被家里牵绊，做不好事，也觉得我年纪大了，没有上升空间，都不想要我。现在能重新工作真好，找到了自我，感觉在家里说话都硬气了。”

李婉听着一笑，没说什么，心里觉得能有自己的公司，为社会提供更多可能性的就业岗位是件好事。

这些一点点在经营公司的过程中积累下的感触，她很难和别人分享，因为她早早就发现这个社会每个人对价值的衡量不一样。不管是同性还是异性，不管是亲人还是爱人，真正能理解你和你分享深层次价值感的人很少很少。

赵总晚上想请两人一起吃饭。王观之没有异议，李婉却道：“我晚上有约了。”

“看你满面春风，肯定是事业、爱情双丰收。”赵总打趣道。

“我希望事业丰收就好了，现在没有爱情。”李婉立马笑道。

“爱情、事业要兼顾，我改天给你介绍几个好对象。”赵总说道。

“谢过了，赵总，我现在对爱情过敏。”

李婉笑着起身，不想再聊这个话题。她起身的时候，有些慌乱，转错了方向，撞到了王观之的膝盖，四目相对，她又在他的眼睛里看到那种带着隐隐愤怒的火苗。李婉忽然有些无奈，想笑，她之前喜欢王观之的原因就是他身上有股如风般自在的劲，她羡慕他的洒脱，后来发现他的洒脱和她的骄傲很像，都很自我，他们时常会敏感，她一敏感就冷酷，他一敏感就幼稚。说实话，李婉打心里觉得王观之这种男人挺可爱的，但也打心里消受不起他的热情。

这一天对李婉来说是漫长的。当她下班回到家打开门，看到父母刚准备好丰盛的晚餐，妹妹李乐乐笑着迎向她，她努力笑了笑，说：“我回来了。”心里却在想，他们还要待几天？

幸福的家庭是什么样的？李婉有时候会觉得就是他们家这样的，父母都是知性、善良、尊重孩子的人，而孩子本身也努力、上进，家里不管发生什么冲突，总有一方先让步。家里经常能听到说笑声，彼此间也开得起玩笑。

但不幸的家庭是什么样的？估计他们也是其中之一，爱的背后是无限的忍让和承受，每天胆战心惊，怕一个人的情绪爆发和崩溃，苦中作乐说这是相扶相持。

吃过饭，李婉的父亲李利兵提出一家人去散步。一家四口便一起出门，李乐乐挽着李婉，两姐妹一路说笑聊天。她们在说林素的趣事，李乐乐告诉李婉，前段时间林素和她的闺密吵架了，原因是林素直言闺密新买的参加儿子婚礼的衣服不好看，结果闺密听了不怎么高兴，讽刺林素就是因为眼光太好，所以到现在还没给女儿挑下女婿，让家里两个女儿都嫁不出去。

林素听到这话很气，回家和李利兵说自己要和闺密绝交。然后她们绝交了两天，因为讨论一部电视剧骂同一个角色，两人又和好了。李乐乐笑着说林素这把年纪了，还和闺密吵来吵去。

“她们也真是无聊。”李婉笑着说道。

李乐乐点点头，想了想，忽然说道：“姐，你会结婚吧？我们家只有你能结婚了，爸妈也很想让你结婚。”

“我现在没结婚的打算了。”李婉说道。

“为什么呢？你这么好，一直有很多追求者，结婚的话，挑选一个合你心意的应该不难。”李乐乐笑着说道。

李婉笑了笑，没说话。

“我这辈子肯定不会结婚了，我性格古怪，又有病，没人会和我结婚。”李乐乐忽而深沉地说道。

李婉闻言，没接话，要是以前，她一定会安慰李乐乐。

而李乐乐没等到李婉的回答，又接着自言自语一般说道：“姐，你将来要是结婚了，我们两姐妹可能更不会相见了吧。要是爸妈都离开了，我就一个人了。”

“不会，你不要想这些。”李婉回了一句。

“怎么能不想这些？我这样的人活着也没有什么意思，要是活到八九十岁，那还要孤独很久。”李乐乐说道。

李婉忍不住皱眉。她对和李乐乐聊天已经有应激反应了，她知道最终都会讲到这些事情上去。

林素和李利兵走在姐妹俩前面，他们听到李乐乐说这些话也习以为常，林素更是回头笑着说："放心，妈和爸回去报个健身班，锻炼身体，努力活到一百二十岁，陪着你。说不定你过两年找到对象吵着要结婚，还怕我们烦你呢。"

李婉哭笑不得，她总是被林素的幽默感逗笑，又觉得莫名地心酸。她看了眼李乐乐，发现李乐乐还低着头，一点儿也没被逗笑的意思。李婉不知道为什么李乐乐感受不到幸福，她总是因为李乐乐如此而幸福感减半，或者说不敢太幸福。

林素和李利兵也是如此。夫妻俩对视了一眼，默默地转回头，继续散步，努力假装若无其事。

而李乐乐也察觉到了氛围微妙的变化，她咬唇努力让自己闭嘴，控制自己的情绪。但情绪有自己的思想，卡在她心里很难受，她最终忍不住，还是想要转移被痛苦、悲观抓住的感受，好让她深爱、在意的姐姐能完全注意到她。

李乐乐在路过小区最热闹的小游乐园看到欢声笑语的家庭时，对李婉说："姐，我感觉自己很烦人，总是让别人很压抑，我经常觉得这个家里要是没有我就好了。"

多么熟悉的场景，李婉深吸一口气，冷声说道："你如果真的想改变的话，是可以改变的，除非你不想。"

"嗯，是吧？"李乐乐应声，心里越发难受。她知道李婉有时候讨厌她，而她也很讨厌自己。

而李婉说完冷酷的话，见李乐乐难过又于心不忍，她皱眉忍住叹气，又补充了一句："我们家少谁都不行。"

李乐乐没作声，气氛渐渐低沉、压抑。

散完步回到家，林素进门就喊累，一边脱鞋，一边问李乐乐累不累。

李乐乐摇摇头，脱了鞋子径直往里走。

"吃点儿水果吧，乐乐，你爸去切了。"林素忙想喊住她。

李乐乐还是摇头，没停留，进了房间关上门。

林素见状，回头忍不住抱怨李婉，说道："你对你妹说话温柔点儿，医生说了抑郁、躁狂这些精神疾病其实也是生理疾病，你发烧身体温度高是你自己能控制的吗？她最喜欢你了，你对她温柔点儿。"

李婉拧眉，没搭话。

"婉婉，妈和你说话，你在听吗？"林素轻轻推了推在换鞋的李婉，继续道，"你去叫乐乐出来吃水果，她一个人闷在房间里又该胡思乱想了。"

李婉还是不说话。

林素打量李婉，明白她也有情绪了，无奈地叹了口气，说道："你也真是的，还像个孩子——"

林素说这话时，想起那年李乐乐自杀，在医院被抢救回来的时候，李婉原本是喜极而泣，可当她问李乐乐为什么要这么傻想不开自杀，李乐乐回答说怕李婉高考结束去了大学就会离开她时，李婉震惊了。然后，李婉情绪崩溃，她没法忍受李乐乐这种爱，认为李乐乐不管是不是有病，行为都很自私。林素知道李婉和李乐乐都是对彼此爱之深而失望透顶，她为哪一方多说一句都是不公平，但李婉没病，所以很多时候她忍不住会更心疼李乐乐，即便知道李婉也委屈，也压抑。

而李婉也知道父母因为李乐乐的情况永远会偏心，她难过，也理解，所以只想远远离开家，永远独立。

李利兵洗完水果，切盘，端出来，发现两个女儿都各自回了房间。他看了眼情绪松懈下来而面色憔悴的林素，默默地把水果放在桌上，再次进了厨房。

李利兵端了一个碗出来，悉心地将水果分拨到碗里，对林素说道："你去叫乐乐出来吃水果吧。我端给婉婉吃，她工作了一天，肯定累坏了。"

林素欲言又止，最终点了点头。

李婉这几天都睡在小书房。她把自己的主卧让给父母睡，小客卧让李乐乐睡，她则睡书房的沙发床。

这张床白天都折叠起来，不然铺开后连门都开不了。李婉每天很晚才能铺床，早上起来第一件事就是收拾床，对她来说这几天真的有点儿累，一直休息不好。

李利兵敲了敲门，听到房间内李婉喊了一声“进”，才开门进去，只见李婉坐在书桌前，正打开手提电脑。

“这么晚了还工作啊？”李利兵笑着问道。

“嗯，给客户回个邮件。”李婉点头，扫了眼李利兵端着的水果，说道，“我不想吃水果，爸。”

“有你爱吃的莲雾，你吃一点儿。”李利兵慈爱地笑道。

李婉闻言，拗不过，示意他先放着。

李利兵放下水果，没有马上离开，而是问道：“最近你的公司怎么样？”

“正常。”李婉简单地回答道。

“这两年大环境不好，生意不好做，什么行业都难做，爸知道你肯定很辛苦。”李利兵说道。

李婉抿了抿嘴角，对着父亲松了松口道：“是的，贸易战打起来，大家都很难。”

“别给自己太大压力了，人生苦短，要好好享受。”李利兵语重心长。

李婉听笑了，侧头看了眼父亲，伸手拿了块水果往嘴里塞，叹了口气，说道：“爸，有时候仔细想想，真不知道做人有什么意义。”

“你这么努力就是意义，有压力就会有价值。”李利兵安慰道。

李婉笑了笑。她单手撑起下巴，忽然像小时候一样眨巴眼睛，说道：“爸，我要是有一天公司开不下去了怎么办？”

“那以你的个性肯定又会从头再来，你不需要等别人救助，你向来要强，不会认输的。”李利兵很快回答道。

李婉再次被逗笑，心里因被肯定而感到有些温暖。

“失败、成功都是自己去定义的，我们尽人事听天命，你已经很努力了，爸都看得到。相比乐乐还要一直和她自己做斗争，你已经走在很前面，经营一家公司为建设社会出了一份力。”李利兵继续笑着说道。

李婉没想到父亲会这么安慰她，而父亲此刻给她的感受就是家庭一直以来给她的感受：很痛苦，很幸福，很不安，很安心。这种好坏参半的氛围来来回回磨着每个人的脾气和个性，让李婉感受到生活的深邃，以及人和人之间难以言说的渊源和牵绊。

李利兵出去之后，李婉打算继续工作，但她先点开了私人邮箱，又看了一遍自己写的信，感觉此刻看起来那些说出去的情绪已经不需要任何回应了。她关了邮箱，却忍不住稍稍想象了一下 W 的模样，其实这件事她年少的时候就做过，在他们聊得最火热的青春时光，她就在想他一定是个阳光、温柔、有修养又英俊的少年。

王观之和李婉分手之后心里一直不太好受。他早就收到笔友的来信，读完后莫名地更心烦意乱，所以一直没有回信。

今天他见到已经对分手若无其事的李婉，心里更是如猫挠般难受，他觉得自己这样不是在挽回自己的尊严，反而是一败涂地。他发现自己最近做尽蠢事，不过是想证明李婉是不是爱他，结果让他很心寒，也很不甘。

这晚，王观之很想和人说点儿什么，他又读了一遍 Phoenix 的信，点了回信，开了头，忍不住缓缓地写了只言片语关于自己的前女友。

# 第五章

我发现努力和奋斗会让人先变成小丑的模样。

Phoenix，

你好。

我最近刚结束了一段感情，还结束得不太愉快，而在动笔写信的那一秒，我还在怪我的前女友，因为我觉得在我们的感情中她是那个先不爱的人，是她结束了我们的感情。但在片刻之后，我理解了你说的爱有条件。

不管是你对你外婆的想念，还是我对前女友的爱，可能都是出于自己的期望。她是一个非常特别的人，我喜欢她特别的时候，她的特别是独特和可爱，当我不希望她特别的时候，她的特别就成了一根刺。但事实上，不管我怎么看她，她都永远是她自己，改变的只是我的认知而已，所以，我也会想我们的感情到底是因为谁而结束的。所有的事情和情感都有对立面，每个人都很矛盾。

我同意你说的人的情感是有很多层面的，我想这就是因为人的矛盾。说实话，我会在此刻短暂地反思自己，但我认真想起我的前女友，还是会先想她的问题，这次我很难低头去挽回她，即便我还爱她。说到底，我们最终都在过自己的坎儿：欲望、自尊心、自私、自我。

祝好。

W

A 市的秋天很短暂，这周又降温，仿佛转眼就进入了深秋。

王观之这天下班后去了趟书店，买了几本书。相比电子书，他还是更喜欢实体书，纸张上的书香是不可替代的。

这家书店开在商场里，除了书多，文玩和咖啡也很多，于是每天都有不少人，王观之选好了书，排队等结账。在他旁边队伍排队的是个背影纤瘦的女生，女生低头抱着两个拼装八音盒，而他的眼睛扫到那女生的时候不由得多看了两眼，因为他一开始以为是李婉，吓了一跳，等看清后，他松了口气，又有一点儿失望，便又看了眼女生，发觉她侧脸的眉眼和李婉真的有四五分神似。只是这个女生远不如李婉自信，眉眼里没有神采，模样十分稚嫩、胆怯。

王观之心想：她要是有亲妹妹，估计也不像这女生这样。

李乐乐明天就要离开 A 市了，她和父母出来逛街买东西，给自己和李婉都买了拼装音乐盒。等他们在书店逛完买完东西，出来后找不到原来的电梯口下停车场，便问了人。而他们问的人恰好是王观之。

王观之也正要去取车，便给他们指路，也带路，最后同李利兵三人一起搭了电梯，只是他的车在负二层，李利兵他们在负一层就下了。

在电梯里王观之看到林素一直挽着李乐乐，母女俩很亲密，她们走出电梯的时候，还一起回头跟他道谢，李乐乐笑了笑，一瞬间模样像极了李婉。王观之抿了抿嘴，微微颔首说“不客气”，心里却在想他和李婉的感情好像彻底结束了，他开始在这个城市里不断和她错过，不再相遇，又不断遇到像她的人。他还想起李婉说过的话，她说自己和母亲没有那么亲密，她都不会跟母亲撒娇。而李婉当时说这话的原因是他对她撒娇，要她附和，她受不了，笑着说自己不会撒娇，数落他幼稚、丢人。他则说：“那我们换一换，以后你对我撒娇呗。”

李婉翻了个白眼，笑道："我这个人摔地上都是两半的，硬邦邦的，才不会撒娇。"

王观之纠正她："你就是生活中硬邦邦，工作中没见你跟人红脸。"

"要不你付钱给我，我跟你撒娇吧。"李婉笑道。

"多少钱？我付给你。"王观之立马回道。

而李婉仔细想了想，又反悔了，说道："算了，假笑应酬挺累的，我总不能一直工作吧？"

"你也知道累啊？"王观之感叹。

电梯门重新缓缓地关上，王观之收起了回忆，几不可闻地叹了口气。

今天李婉的车让李利兵开走了，她便没车开了，在下班的时候，她原本要打车回家，结果陆宁拉她上车，非要送她回家。

李婉见拒绝不了，便干脆上了车，她知道陆宁肯定有事找她。一斗投标的结果出来之后，陆宁高兴，也不高兴，她去找过李婉，说了一些话，大概意思就是她在这次投标中出了大力，但公司对她没有什么认可，她认为公司对员工的奖励机制不够完善。

当陆宁站在员工的角度提出建议，顺便抱怨自己的不满的时候，李婉对陆宁有点儿刮目相看，甚至有点儿开心，因为她觉得陆宁和她想的有些不一样了，这女孩还是有点儿小聪明，懂圆滑处事的。于是，李婉便和陆宁大概解释了一斗中标的原因，安抚她的情绪，也肯定她的努力，同时让她不要再主动联系程晋。李婉始终认为程晋肯定没那么简单，她和陆宁交了底，希望陆宁能换个角度看这个问题。

结果没两天，李婉就被打脸了。李婉很快发现自己和陆宁说了半天，陆宁还是在一件事情上钻牛角尖，就是一味地觉得她的付出没有得到应有的认可，她内心最想要的不是钱，而是渴望能像李婉一样在工作上被人众星捧月。于是，这两天陆宁上班后兴致都很低，有一天没请假就旷工，李婉就让人事部扣了陆宁的考勤工资，后者便干脆说自己想换个工作环境，不来上班了。

李婉没有刻意挽留心有去意的陆宁，只是先问了陆宁想换什么样的工作环境，可陆宁一直都说不出来。今天她又主动说要送李婉回家，李婉想知道她是不是想通了。

很快，李婉又失望了，因为陆宁还是想换环境，她说要回 Y 市管理实业。

"为什么？"李婉面色不辨喜怒，真诚地发问。

"一斗的订单下来的话，工厂肯定很难立马配合上，我们车间管理太松散了，不重视的话，这订单肯定没钱赚。"陆宁说道。

"工厂现在是你妈的事，你要是真去工厂就很难脱身了。而且车间管理没那么简单，不是你一朝一夕下去一个制度就能好起来的，你面对的是一群文化水平参差不齐的人，方法要是不得当，你会更挫败。你要改变车间管理就一个办法，就是做好业务，用业务去推动车间改变。等一斗订单正式下来了，你要是真担心，就给我跟单，然后我慢慢把一斗的对接都转交给你。"李婉徐徐说道。

陆宁听了李婉一席话，好一会儿没作声，等她开口的时候，还是和之前一个态度，她说："我有我自己的办法。"

李婉没搭腔，转头看向了窗外。

"我打算下周就回去。"陆宁给自己安排了时间。

"随便你吧，只要你回去别和你妈吵架就行。"李婉回复道。

"这是两码事。"陆宁回道。

"一码事，你们要是吵架，就是公司内部闹不和，你们现在私事公事根本分不开。而要是没有你妈，就没有现在的诚润，你爸要是还在，他肯定会感谢你妈。"李婉严肃地说道。

"李婉，你不要提我爸。"陆宁一下火了，她想沉声提醒李婉，语气里却隐藏不住焦躁、难堪。

"我也不想提，但你一定要回去，我只能提醒你，你不可能做到不和你妈吵架。"李婉说道。

陆宁闻言，忍不住冷笑，讽刺道："李婉，你为什么对我妈这么忠诚？她给你什么好处了？"

李婉眼神里闪过复杂的情绪，脑海里掠过她和于传这几年的交集，最后她深深地看了眼陆宁，说道："陆宁，你没经历过职场上的一些事情，你不知道你自己有多幸运，你妈给了你多少自由。"

"我一点儿也不自由。"陆宁哼了声。

李婉再也不想说话，她心里有很不好的预感，总感觉陆宁要坚定地回工厂这事没那么简单。但李婉没有时间多想，一斗的订单开始正式运作之后，她也没有太多的精力去想陆宁的事，也管不了人家母女吵架不吵架的事，她对工厂就剩下一个要求，那就是保证质量，按时出货。

而偏偏怕什么来什么，一斗的订单下来的第一个月，李婉好不容易磨顺了和一斗的对接，磨顺了工厂配套流程，到了合作的第二个月也就是十二月份，她刚想松口气，计划年前去 M 国的事，问题就来了。

收到质量问题反馈的第一时间，李婉就给陆宁打电话了解情况，让她没想到的是陆宁对此轻飘飘地说："应该没什么事，有问题也不可能是批量大问题，都是小概率事件。你要是和黄经理沟通不了，我就和学长说一下，有问题的袋子退回来给我们就是了。"

"你和程总一直有联系？"李婉很震惊。

"是啊，我们工厂什么情况，做的什么货，学长都知道。学长知道这个投标我们没钱赚，他会帮我们的。"陆宁说道。

"你们是不是偷工减料了？"李婉立马领悟了陆宁的意思。

"不然哪来的利润？偷一点儿而已，对质量没有大影响，他们装奶茶，承重完全够的。"陆宁嘀咕。

"装几杯奶茶是够，但你知不知道这些袋子有一批发到超市里去了？一斗有奶茶在超市卖，装在玻璃瓶里，一箱八瓶，非常重，配套袋子一提就断，他们现在让我们赔的不仅是袋子，还有瓶装里面的奶茶和玻璃瓶，也就是生产这个产品的所有费用，你去看看超市里这一箱奶茶卖多少钱。"李婉越气越冷静，不紧不慢地说道。

陆宁显然是知道这事的，毕竟李婉之前就提过了，可她还是很意外地说："学长说尽量帮我们安排不配送超市那条供应链啊，这是不是搞错了？可能不是我们的袋子，我们的袋子就在门店里流通啊。"

李婉气坏了，再也忍不住，要挂电话，还骂了一句："你信他们个鬼。"

挂了电话，李婉越想越气，她觉得这事程晋一定有责任，但没有任何证据，心里憋了一口气。而正在她发愁、生气的时候，忽然收到了王鹤的信息，约她吃米粉。

李婉在中标后没有联系过王鹤，按道理应该道谢，但她不太想和王观之的妈妈再过于亲近了，打算保持距离。可眼下，她趋利避害的风险知觉告诉她不要拒绝，于是，她想了想，便热情地答应了。

王鹤经朋友分享打算去一家新开的越南米粉店，她查了餐厅地址，发现离李婉的公司很近，便给李婉发了信息，约她一起去尝尝。

第二天中午，两人就约在米粉店一起吃午饭。李婉下班的时候耽误了片刻，匆忙赶到的时候，王鹤正在打电话。

王鹤看到李婉来了却没走太近，而是隔远站定给她打电话留私人空间，她便讲着电话示意李婉过来坐，她不介意被人听到电话内容。

李婉见状，微笑着走过去，拉开椅子坐下。她听到王鹤说："我们离婚这么多年了，有些事就不要再提了，你直接说你要借多少钱。"

电话那头说了个数，王鹤则轻飘飘地说："这不是小数目，我考虑后再回复你。"

说罢，王鹤就挂了电话，然后若无其事地笑着看向李婉，说道："你想吃什么？我听说这家的米粉汤底是鸡汤，很地道，牛虾是招牌。"

李婉有些失神，因为她在想王鹤刚才提到的离婚。李婉之前就知道王观之父母离异，且王观之很恨出轨的父亲，而她刻板地以为孩子的仇恨多半会来自父母，所以她以为王鹤也是恨前夫的，不想王鹤的态度轻描淡写，甚至考虑借钱给对方。

"李婉，你怎么了？"王鹤笑着打量李婉，关切地问了一句。

李婉回神，脱口而出："王阿姨，您真的会考虑借钱给前夫吗？"

王鹤闻言，有些疑惑不解，随即笑道："婚姻结束有很多种原因，为什么你好像认定我和前夫是因为关系破裂而离婚？我们不再是夫妻，也能是朋友或者商业合作伙伴。”

李婉闻言，意识到自己的失态，尴尬地笑了笑，在王鹤温和又敏锐的审视目光下，渐渐感到有些不自在。她奇怪地有了种最近亏心事做太多的不安。

好在王鹤没有继续追问，事情就这么揭过了，两人都扫了桌上的点单码开始看菜单。但李婉忽然一下状态就不太好了，一种伪装太久终于累了的感觉袭向她，她的理智告诉自己要平心静气，内在的疲惫却让她失去了某种耐心。

王鹤察觉到李婉今天的沉默，点了单之后，随口问道：“你今天看上去很累，最近工作不顺利？上次投标的事怎么样？你们——”

王鹤的话还没有说完，李婉忽然抬起头笑了笑，打断她说道：“王阿姨，我有件事想和您说，希望您不要生气。”

“什么事？”王鹤不解。

“我认识王观之，我们之前交往过，前段时间分手了。我当初投标找到您其实不是巧合，是我从王观之那儿早就得知了您的一些情况。”李婉努力保持微笑说道。

王鹤显然很吃惊，片刻时间消化之后，神色逐渐严肃，问道：“你和观之交往过？那你们是什么原因分手的？”

“没什么特别的原因，主要是我和他性格不合，而且我现在重心在工作上，对感情有很多忽视，不适合一段长久安定的感情。”李婉徐徐说道，心头的大石头缓缓落下。

王鹤闻言，许久没说话，让人难辨她的喜怒。两人陷入了沉默，直到服务员端上两人的米粉才打破尴尬的局面。

李婉默默地叹了口气，她觉得自己昏头了，才会脑袋发热，忽然诚实。她感觉自己要把事情搞砸了，王鹤的样子肯定是生气了，说不定这会让一斗的质量问题更严重，她今天可真是偷鸡不成蚀把米，没有金刚钻揽了瓷器活儿，低估了自己的底线。

而就在李婉心里开始盘算要怎么圆场的时候，王鹤说了句让她很意外的话：“观之他不太理解你的工作吗？”

李婉抬起头，才夹起的米粉又被放回了汤里。她看着王鹤，一时不知道怎么回答，情绪十分复杂。

王鹤见李婉眼里闪烁着诧异，不禁有些触动，徐徐问道："我和观之他爸离婚的原因，你知道吗？"

李婉忙点点头，说道："知道一些。"

"嗯，我们离婚乍一看是因为我前夫出轨，实际上是我对他失去了期望。"王鹤低头开始吃粉，张嘴漫不经心地说道。

李婉没太理解王鹤的意思，试图搞懂，小心地问道："因为他出轨让您很失望吗？"

"怎么说呢？出轨让我失望只是一个表面原因，更让我不舒服的是他说自己出轨是因为我工作太忙，顾不上他和家庭。而他在我们结婚之前就知道我很忙，他却用这种可笑的理由为自己开脱。于是，我忽然发现原来自己看男人的眼光很差，便和他和平离婚了，毕竟我得为我自己的坏眼光买单。男人都很贪心、不自知，想要这又想要那，仿佛错都在女方，我很怕我自己教的儿子也成为像他爸那样不会从自身找问题的男人，那我的教育就实在太失败了，这会让我很难受。你真的是忙到没有一点儿时间给感情吗？我听到你把分手的原因归结于你自己忙，不由得想到以前的自己，我也这么自责过，后来就都想明白了，我是有过错，但是男方也太贪心了。"王鹤将自己的想法娓娓道来，朴素大方，温和有礼。

李婉从错愕到震惊，随即忍不住笑了，她有些不知所措和感动，因为完全没想到会在王鹤这儿得到谅解。

王鹤又道："不过这是你们俩自己的事情，我也不方便多说什么，但我很欣赏你的诚实，而且换作我，我可能也会像你这么做，我懂生意上的事情。"

李婉彻底放下了筷子，肃然起敬。她其实很容易就服人，也很难服一个人，王鹤简单说了几句话就打动了她，而能说出这番话的人不简单。

王鹤见李婉像个小女孩，神态乖顺，眼神真诚，不由得心生爱怜，打趣地笑着问道："你今天答应来陪我吃米粉是不是也是有什么事？"

李婉哑然失笑，低头重新拿起筷子，说道："其实我还没有想好要怎么办，但就是觉得您可能是我的靠山吧。"

王鹤被李婉这句话逗笑，哈哈大笑起来。

李婉有些尴尬，又很释然。她也笑起来，说道："我真是这么觉得的，一斗投标的事，您只是帮我引荐了一下，我们公司就中标了。"

"不要妄自菲薄，生意中关系固然重要，但你的个人能力也不应该被忽视。"王鹤说道。

李婉似笑非笑，想到了程晋，在这一刻她很想问王鹤有关程晋的事，但她觉得如果这样就是王鹤给她点儿颜色，她就灿烂，得寸进尺了。李婉判断出王鹤很看重工作上的公私分明，聊王观之是朋友之间的私事，王鹤愿意聊，她就可以问，但聊程晋是公事，王鹤就未必会聊了。

于是，这个话题到这儿为止，李婉笑了笑，说道："嗯，谢谢您，王阿姨。"

王鹤脸上笑意满满，眼睛打量到李婉眼神里的迟疑，她知道李婉肯定还有事。李婉的进退有度让王鹤真的很欣赏，她大半生培养过不少人，有人最后独立，和她分道扬镳，有人一辈子扶不起来，更有人背弃了她，她还不知道李婉会是哪一类。但她觉得李婉现在经历的事情很像她年轻的时候，让她想帮李婉。

王鹤提议要和李婉拍照，她说："我今天认识了新朋友，很开心。"

李婉想到王鹤经常发朋友圈分享日常，莞尔一笑，问道："您会发朋友圈吗？要发的话，我补个妆，拍好看些。"

王鹤笑，没回答，举起手机，示意李婉靠过来，而后拍了照，她才说了一句："估计会把我儿子气死。"

李婉怔了怔，随即失笑道："呃，这个可能真的会，把他屏蔽了吧。"

"怎么，你怕他找你算账烦你吗？"王鹤笑着问道。

"应该……应该不会了，王观之也不是那么烦人的人。"李婉轻声说道。

王鹤笑了笑，说道："嗯，他生性骄傲，脾气不太好，但总的来说还是个纯良、正直的人，可惜你们不合适。"

李婉点点头，没再多说什么。

这顿简单的午饭，李婉吃得心情很复杂。道别的时候，她看着王鹤离开，心里空落落的。她分明得到了王鹤的谅解，却莫名地感觉自己是正午阳光下的影子，像个小丑畏缩在脚边，展不开拳脚。

回到公司，李婉刷了王鹤的朋友圈，发现她没发照片，松了口气，却又觉得少了什么。而到了傍晚，王鹤真的发了朋友圈，配字是“今天交到了新朋友”，李婉看到照片里自己和王鹤靠在一起，笑得很甜，很惹眼。

王鹤的照片才发出去，程晋就给她点了赞。程晋还点开照片认真看了看，他的目光在王鹤脸上停留了很久，而后看向旁边的李婉。

程晋记得第一次见到王鹤的时候，她像个救世主资助他完成了学业，但也是因为她的帮助，他仿佛注定这辈子都要仰人鼻息。

想到这儿，程晋给李婉打了一个电话。他问李婉：“李总，你们现在是什么情况？黄经理今天跟我汇报，超市供应链一直投诉你们，这样下去损失可不小。”

李婉正在回家的路上。她刚刚在等红绿灯时看了下手机，朋友圈提示了红点，她点进去，发现程晋和她同时点赞了王鹤的朋友圈。

这一秒，她察觉到程晋一副完全不知情的样子，心里一时拿不准要怎么回复。

“程总，不好意思，这事我这两天还在调查原因，我也奇怪，正常来说，我们袋子的承重是没问题的，怎么到了超市会这样。不过，我也真的没想到我们的袋子会有那么多发去超市供应链那块。”

“发去哪儿都不能出问题，之前你们自己出的检测报告说袋子承重没问题，超市供应链那块也没超重，问题肯定在你们内部。”程晋沉声严肃地说道。

李婉从程晋的话里彻底听出了他的事不关己，而陆宁那个小姑娘实在太不可靠，李婉也没法完全相信她的说辞，若是真信了陆宁，直接撑程晋，李婉知道程晋可以彻底翻脸。

于是，李婉深呼吸，平复了一下心情，说道：“程总，我们内部已经在调查了。等有结果，我第一时间向您汇报，这段时间，我和黄经理申请了，先让我们暂停发货。”

程晋闻言，适时地叹了口气，说道：“李总，我很想帮你，但你们做事真的太不小心了，质量问题是大忌，你赶紧解决内部问题。我也会和黄经理说先不发你们的货到超市供应链，但超市那条供应链是另外有人负责，我们区只负责统筹采购，这问题还是解决不了。我先跟你把话说到。”

李婉感到很憋屈，火气没地方发，忍了忍，笑道：“程总，您怎么也要和我一起解决问题，不然我在公司也做不下去了。”

程晋听到李婉这话，似笑非笑地说道：“这事和我有什么关系，你怎么还赖上我了？”

“也不是赖您，王阿姨和我说有事多找您商量。”李婉一字一顿，拿着鸡毛当令箭，心里有些咬牙切齿。

“知道了，你先把问题的原因找出来再说。”程晋说罢挂了电话。

李婉也挂了电话，心想找个屁原因，不是明摆着的事情嘛，他们都是揣着明白装糊涂。她开始感到烦躁，给陆宁打电话，把她骂了一顿，告诉她：“你把所有的生产资料发我，再做一批新货放仓库，混合起来，新货给我送去做检测，检测报告一定要通过。”

陆宁被李婉一顿骂，心里很不舒服，推三阻四。

李婉一听更火了，说道：“那这事我不管了，你自己解决。”说罢，她挂了电话。

车子又堵在了红灯路口，李婉低头再次看手机，她看到王观之竟也给王鹤的朋友圈点了赞。李婉有些诧异，越发觉得自己今天像那个缩在脚边的影子。

同事说王观之最近脸很臭，王观之自己没发现这事。这种情况在他小时候也经常发生，他爸林众就经常问他是不是在生闷气。而他不说话、不笑的时候，很多人都说他很严肃，很少有人会主动和他说话。他第一次找李婉搭话的时候，李婉也显得很惊讶，他则笑着问：“我吓到你了吗？”

李婉笑了笑，说道："刚才你走过来的时候，有点儿。现在你一笑起来就没事了。"

"你是怎么做到一直面带笑容的？"王观之看着李婉的眼睛问道，她的眼睛里一直有很浅的笑意，看上去总是很开心。

"有吗？我没注意到这事。"李婉回答。

王观之当时想李婉一定很乐观，是个简单、快乐的人，结果她复杂多变，能把人气死。

王观之给王鹤和李婉的合影点赞时心情很复杂。而在他点了赞之后，王鹤有一天还忽然把照片单独发给他，问："你看这个女孩怎么样？"

王观之原本劝自己放下李婉，此时努力平静的心情瞬间炸开了，他又想到了李婉尖锐、强势的那一面，想到她利用他们之间的感情经历去攀王鹤的行为。

"是你的朋友，关我什么事？"王观之冷脸回复王鹤。

王鹤隔了会儿，回复过来："你之前不是说我不会识人吗？妈让你帮我把把关。"

"那我建议你不要和她做朋友。"王观之在对话框里打了这句话，却迟迟点不了发送，因为他又要命地想起了李婉的好和可爱。她其实很善解人意，她的强势也是坚强，从来不给人添麻烦，甚至总是考虑得比别人都周到，和她在一起的时候，如果发生什么问题，她总是积极主动挺身解决问题的那个人。他很生气自己说不出任何诋毁她的话，愤愤地删除了对话框里的话，退出微信，不打算再和王鹤聊。

可王鹤不放过他，隔了会儿，又给他发信息说："最近我听说你是她的前男友。"

王观之彻底炸了。他给王鹤打了电话，单刀直入就问："谁告诉你这事的？"

"所以是真的？"王鹤故作惊讶。

王观之吃瘪，半晌，不爽道："早分手了。"

"什么原因分手的？"王鹤追问。

“谁告诉你这事的？”王观之强调自己的问题。

王鹤不再隐瞒，笑道：“李婉自己跟我坦白的呀，还能是谁？敢情你谈恋爱这事只有我不知道吗？”

“她是怎么说的？”王观之不耐烦地问道。

“就是很诚实地说你是她前男友，她通过你早就认识我了。”王鹤不紧不慢地说道。

“不是，我是说，她有没有说分手的原因？”王观之皱眉。他有时候会烦王鹤逗他，她明知道他想问什么。

“哦，那她没说，就说是性格不合。我看她脾气很好，说话温温柔柔的，而你动不动就没耐心，我估计她跟你在一起也够呛。”王鹤说道。

王观之再也听不下去了，挂电话的时候说了一句：“你什么都不知道。”

王鹤听着电话里的忙音，只觉得好笑，嘀咕道：“还自己委屈上了，真是矫情，活该没女朋友。”

王观之这个人的字典里没有“打脸”两个字，他做事从来不会觉得不好意思，更何况这事涉及李婉，他更是不假思索地去找她。他知道在他的内心深处就是想见李婉，他得有个理由，让自己说服自己。这是一件很奇怪的事，人在自己和自己之间都要架起某种桥梁，让自己看上去符合自己的处事逻辑。

王观之到李婉家楼下等李婉。这周又降温，十二月已经寒风阵阵，他坐在车里，犹豫要不要先打电话。很快，他又自己把自己等生气了，因为他在车里坐到了晚上十点多，李婉都没有回来。他意识到等人这种行为很愚蠢，于是掏出手机，熟练地拨了李婉的号码，结果接电话的人是程晋。

程晋对这事进行解释说：“她下午在我公司谈事，结果人不舒服，我就送她来医院打点滴了，坐车的时候，她不小心把手机落我车上了。我刚回车里拿了手机，正准备给她送去，你的电话就打来了，怕你担心，我就接起来了。”

王观之措手不及，像被人打了一巴掌，还被打蒙了，脑子里一片空白，又闪过很多想法，半天他才知道要问什么：“哪个医院？”

程晋回到医院输液室，把手机递还给李婉，说了和刚才类似的说辞，向李婉解释说王观之在来的路上。

李婉接过手机，微微皱眉打量程晋，说道："程总，如果你不接我的电话，王观之也不用跑一趟。"

"他很在乎你。"程晋毫无愧疚，在李婉旁边的空椅子上坐下。

"我们已经分手了。"李婉侧过脸看着程晋说道。

程晋点点头，没有看李婉，只是注视着前方输液台的护士，这个点，有个护士困了，打了一个大哈欠。

程晋也觉得有些困了，低头看了看手表，说道："李总，你们这次出的问题真的不小，得有人过去K市解决超市供应链端的问题，不然仓库里的那些货不是想退就能退的，货退不了的话，那边仓库还会收你们仓储费。另外，这货不先解决了，你们的整改报告交上来也没有用，没有报告，你们不能正常供货，影响超市供应链端的销售，你们的责任更大。"

"我一直在联系K市那边的负责人，是打算过去一趟。"李婉捂了捂胃部，她这两天有点儿感冒，今天降温，又吹了风，感到胃疼、难受，下午便发烧了。

"嗯，K市供应链的赵总如果愿意帮你，把仓库的货用了，不能用的再退货，不要整批判为不良品，那这事就是常规化，不会那么严重。"程晋往后靠了靠，侧头看同样靠着打点滴的李婉，不疾不徐地说道。

"我现在联系不到赵总，只是那边的一个陈经理在和我沟通，态度很强硬，判我们整批为不良品。"李婉说道。

"陈经理？陈浩是吗？"程晋说到这个名字的时候微妙地笑了笑。

李婉捕捉到程晋的表情，感觉他知道些什么，她也问："程总认识陈经理？"

程晋笑而不语，许久，说道："我只知道陈经理为人严格，那边仓库都是他负责，经常有供应商把货发到仓库被查到货少了。"

"经常？我们的产品都是机器清点分成捆，分箱打包，数量上一般不会错。"李婉说道。

“那很难说。”程晋说道。

李婉懂了，这是拿着鸡毛当令箭，小鬼最难缠。厌恶的感觉再次向李婉袭来，她感到越发反胃，按着胃部，眉头紧锁。

程晋注意到李婉的表情变化，问道：“胃又不舒服？要不要喝点儿水？”

李婉摇摇头，脸上的厌恶仿佛是在嫌弃程晋。

程晋则自顾自站起身，去倒了杯温水给李婉，说道：“鹤姨在一斗其实很说得上话，你要想真正解决问题，还得请她帮忙。”

“真正解决问题？指什么？”李婉接过水没喝，搁在了扶手上。

“你说呢？”程晋笑了笑，看上去非常温润，他说道，“你们出问题是为了利润，说实话，出这种问题的不是你们一家，你们同行供应商都出过类似的问题，大家都说和我们合作没钱赚。我调查过工厂情况，也把问题反映给董事会了，我们投标预算和机制是有点儿问题，一直在压缩工厂的利润，但是我人微言轻，改变不了什么。”

李婉没说话，因为她猜不准程晋的为人。她怀疑他是不是真的那么博爱，想帮供应商解决问题。而她也认为改变这种现状不是她的职责，大不了这事解决后，明年不投了。

程晋看出了李婉的想法，点破道：“以我的职位说这些，难免让人猜疑我有私心，想中饱私囊，李总也是这么想的吧？”

李婉此刻生病，状态很不好，表情出卖了她自己。她有些尴尬，企图掩饰，生硬地说了句：“没有——”

“没事，我习惯了，我进入一斗是鹤姨引荐的，很多双眼睛盯着我，不管我做什么都会被人猜忌。”程晋忽然对李婉交心地说道。

李婉愣了愣，程晋此刻的形象变成了有抱负、郁郁不得志的普通青年，而这仅仅是通过他的只言片语。李婉没法完全相信这事，可一个人语言上的威力足以对另一个人的判断产生影响。

“你打算什么时候去 K 市？”程晋话锋一转，问李婉。

“还没有确定。”李婉回答。

“嗯，有必要，我陪你走一趟。”程晋说道。

李婉很意外地看着程晋，差一点儿被感动。

程晋也看着李婉，眼里有淡淡的笑意，脸上神色柔和，此时无声胜有声。

王观之赶到医院的时候，程晋正准备走，他看到程晋给李婉盖了条毯子，还安抚了她两句。李婉似乎很受用，和顺地点点头。

而程晋起身看到王观之，毫不意外，坦然地笑着说："你来啦。"

李婉越过程晋看到沉着脸的王观之，没说什么，低头继续看手机，她最近给 W 的回信断断续续写了好长一段时间，今晚终于写完了。

王观之和程晋简单地说了两句。待程晋走后，他坐到了李婉旁边，看到她输液的手还架着手机在打字，不由得说道："什么信息差这么一点儿时间一定要处理？这地球没了你还真不会转了？"

李婉皱眉点了邮件发送，把手机反过面搁在胸口，扭开了脸，说道："我自己打完点滴会回去，你回去吧，王观之，免得我们又吵架。"

王观之被李婉这话噎到，又自觉刚才语气是差了些，硬生生地把其他关心的话也都憋了回去。口袋里的手机振动了一下，他掏出来看了眼，发现是 Phoenix 的邮件，他匆匆扫了眼就塞回口袋，然后默默地伸手帮李婉拉了拉毯子。

而他这么做就算是服软了，可李婉还是不大领情，依旧是那句话："你回去吧，王观之，我自己打点滴就可以了，很晚了。"

王观之看着李婉苍白的脸，心想被她气死算了，可就是不走。他干脆靠在椅背上，冷着脸玩起自己的手机。

李婉见王观之难得这么安静，想了想，侧过头问："你给我打电话有什么事吗？"

王观之瞥了眼李婉，目光又回到自己的手机屏幕上，手指还在滑动屏幕，依旧冷言冷语："没什么事，就是想问你又找我妈做什么，你还和我妈说了我们的事，是怎么想的？"

"这次是你妈先找我的，我只是不想再骗你妈，就这样。"李婉回答。

王观之没搭话，想到李婉经王鹤口说出的分手原因，心里很不是滋味。

"你就为了这事来找我吗？你放心吧，我还是有底线的，王阿姨人很好，我不会真利用她做什么。”李婉继续说道。

“我妈不是什么三岁小孩。”王观之冷声说道，他知道自己担心的不是这事。

李婉闻言，抿嘴没继续说，闭目靠了回去。她被程晋搞得有些心烦意乱，工作上这种无法判断一个人的感受让她很有危机感，而王观之坐在她旁边更让她感到情感上有压力，于是几秒后，她又睁眼，说道：“你回去休息吧，我一个人就可以了。”

王观之装聋作哑偏不走，哪怕心里被李婉这话又气到一次。他知道李婉今晚没开车，三更半夜打完点滴还要去打车，他不可能放心。

而王观之一直不走的行为让李婉内心慢慢松动、软化。好一会儿之后，她又主动和王观之搭话，不再是赶他走，而是问：“你和程晋是不是很熟？他是个什么样的人？”

王观之听到这问题心里不太舒服，再次瞥了眼李婉，反问：“你现在对程晋感兴趣了？”

王观之的话没毛病，可从他嘴里说出来阴阳怪气，李婉又开始胃疼，懒得再说什么，又一次转过脸。

王观之见李婉默认，忍不住有醋意，但他们分手了，连朋友都不是，谁也管不到谁，他便也不想再说什么，紧紧抿着唇。下一秒，他烦躁地点开 Phoenix 的来信读了起来，试图转移注意力。

一旁的李婉这时出神地望着自己的输液管，想起 W 信里的那句话：我们最终都在过自己的坎儿：欲望、自尊心、自私、自我。

W，

展信佳。

最近气温骤降，寒冷让人和人之间的关系也容易陷入僵局，也可能两个人相处本身就是磨合、磕碰比较多，毕竟每个人都是独立的个体，而我们大部分人不到最后一刻都不敢做决定，尤其在对待感情上。如果能很快做决定，有些人应该很早就能结束一段注定没有结果的感情。

我近两年对感情的处理也很糟糕，亲情、爱情、友情都停滞不前，我想大部分问题是在我自己，我很贪心，有时候贪恋情感上的温暖，又害怕被束缚，所以我最近开始调整自己，该放手的感情就放手了，不耽误别人，也不为难自己。

前两天，我冒出一个念头，打算忙完这段时间，春节找个地方好好旅游，一个人。这个念头对我来说很突然，因为这两年我的兴趣和重心都在工作上，旅游对我来说可有可无，甚至觉得麻烦，耽误我赚钱。这次旅游的想法冒出来的时候，我竟然有点儿期待，记起被遗忘的快乐，活法又多了一种。我身上最大的优点就是执行力很强，任何事情一旦想开也就想开了，第二天就是全新的我。

这封信我已经写了快一周了。你有没有做过什么亏心事？我曾认为诚实是一种武器，而不是一种品质，人不应该总是很诚实，而是在必要、正确的时候才能诚实，这样对自己对大家都好。但我今天忍不住诚实了，品格教育刻在骨子里，而当我真的诚实的时候，还得到了很温柔的谅解。有那么一刻，我想推翻现在的自己，做回从前的自己，但这也是不可能的，于是有那么一刻，我发现努力和奋斗会让人先变成小丑的模样。

我只能想等到有一天，等我也有一定的主动权，我也要对正在奋斗的人多一点儿善意和包容。

这封信真的写了好久，我这几天因为工作上出了问题，已经不知道自己前面写了些什么，现在心里只有不甘、不满。人真的很复杂，心里、脑子里好像有很多个按钮，不同的模式，时不时在切换。而有些片刻又很真实，觉得平安、健康就好。

暂时搁笔了，祝你一切顺利，身体健康。

Phoenix

李婉打完点滴已经是午夜，护士给她拔了针，嘱咐她注意休息。李婉点点头，道了谢。她欲起身，手边的药袋和包很自然地被王观之抢先提了过去。

王观之一手插在口袋里，一手提着药袋子和李婉的包，阔步走在前面。他穿了夹克外套、牛仔裤，看上去休闲自在，时间于他一点儿也不像午夜。

李婉裹紧自己的外套，走在后面，午夜的寒风仿佛只吹她一个人。

王观之很快走到车边，上车发动了车子，打开空调，还将药袋子系成蝴蝶结绑在李婉包的肩带上，等李婉坐上车，他面无表情地把包递了过去。

李婉接过包，看到肩带上的蝴蝶结哭笑不得，抬起头想骂王观之神经病，但一触到他幽深的眼神，她的话便收了回去。

王观之不知道自己在期待什么，她如果再对他开玩笑，他一定还会想复合，但这一次，他们都更理智、更平静地接受分手的事了。他看到她把话咽回去，说了句“谢谢”，默默地拆掉蝴蝶结，把药袋子装进包里，他便挂挡起步，说道：“我送你回家。”

“好，谢谢你。”李婉回道。

王观之没说什么，车子移出车位，打了方向灯。

李婉实在太累了，靠着座椅靠背没一会儿便忍不住睡着了。王观之侧头看后视镜时，见李婉睡着了，便关了音乐。

音乐戛然而止，车厢里越发安静，但在他脑子里一些事情越发清楚、喧闹。他想起他和李婉相处过的时光，他们好的时候很开心，有一天他们早上刚道别各自去上班，没多久因为出来办公在街上遇到，李婉很惊喜地朝他跑去，扑到他怀里给了他一个大大的拥抱。他也很高兴，李婉当时脸上明媚、天真的笑让他感到整个世界很美好，生活就是在这么一个个瞬间值得被肯定。他很爱这些时刻的李婉，她有趣，热爱生活，在街头拥抱，不在乎别人的眼光，每当这种时刻的她用明亮的眼睛注视着他的时候，他就可以看到一个完整温暖的世界，让他感到无比安心。

所以，他总是想拉住她站在某一个时刻。直到最近他才想通她是流动、丰富的人，他爱的那些时刻只是她身上闪闪发光的碎片，她在意的和他中意的不一样，她想成为的那类人和他所期待她成为的那类人也不一样。她在拼凑自己的碎片，他也在拼凑自己的，他或许也没有为她改变过什么。

王观之在重新收到 Phoenix 的来信之后，总觉得有时候读信也是在读另一个层面的李婉，但他知道那不是李婉。李婉没有妹妹，也没有 Phoenix 的优柔、敏感。他很早就认识 Phoenix，但遇到李婉的时候，可能都记不得那个年少虚幻地喜欢过的女孩，只是觉得李婉符合他的一切想象：知性、幽默、坚强。

王观之和李婉在一起的时候经常感觉幸福可以离他们很近，但真要跨出那一步对他们来说非常难，毕竟每个人都不可能只有一个固定的时刻。他一厢情愿，空有怀抱，他想保护她，她却不愿意，因为她要的不是保护。

车子开到李婉家楼下，李婉没有醒，王观之停好车，看了看表，时间已经深夜两点钟。他想了想，抬手轻轻拨开李婉额头的碎发，而后叫醒她，说道："到家了，赶紧回家睡去。"

李婉惊醒，看向车载屏幕上的时间，抬手揉了揉额头，擦了擦眼睛，慌乱地对王观之又道了谢，解开安全带准备下车。

王观之见李婉一动身怀里的手机就滑落到座位上，便伸手帮她拿起手机，戳了戳她的肩膀，丢回她怀里，皱眉说道："睡觉都抱着手机，到底什么事做不完。"

李婉一听这话真想起了事，她刚才迷糊地睡着都还在想一斗的事，所以回过头看向王观之，问道："我还是想问你一件事，程晋到底是个什么样的人？"

王观之闻言，脸色开始变差，紧紧抿着嘴，好一会儿，他才反问："你工作上又出问题了？投标出事了？"

李婉眨了眨眼睛，没说话，没点头。

"我妈很信任他，他为人很聪明，很有能力。"王观之说道。

"你说的这些，我也知道。我是问，他人品怎么样？"李婉追问。

"人品，怎么说呢？我和他的关系是普通朋友，他就像我妈的干儿子，有时候像我哥，但我们没一起经历过事，我很难告诉你一个准确的答案。"王观之说这话很认真，但语气里多少带着点儿不爽、不情愿。

李婉听着王观之的话，不仅知道他说得有道理，也知道他在吃醋，觉得他有点儿好笑，还有点儿可爱。不过也是他的可爱让她无奈，她微微侧过脸，说道："我明白了，谢谢你。"

王观之很想问李婉是不是会喜欢上程晋那类人，但作为一个成熟的人，他还有理智，只能憋屈地把话咽回去。他抓不住她，正在戒掉她的途中，要是失败，估计只能对她威逼利诱，鱼死网破，两败俱伤了。王观之觉得自己可笑，转过头看车窗外，顺手按了解锁键。

李婉听到车门开锁，回神，该下车了，她忍不住又看了眼王观之，在她收回目光的时候，注意到车上的音乐正停留在一首英文歌上，歌词停在一句：into my arms, oh lord（到我的怀中，哦，上帝）。

李婉下了车，裹紧大衣，站在路边想目送王观之，王观之却降下车窗，让她先回去。四目相对，两人僵持了会儿，最后李婉还是先转过了身。

李婉知道一个人的怀抱很温暖，但那里也只有温暖，而她活这一辈子，更渴望实现更多的价值。她再次裹紧自己的大衣往前走，寒风依然吹着她，也吹得她越发清醒。

一斗的质量问题，在李婉几番斡旋下终于有可以谈的余地。而在经程晋点拨之后，李婉知道在这条供应链上的仓管统筹员陈浩别看职位不大，却很难搞，而且还必须搞定。她已经逐渐知道要怎么拿捏陈浩的想法，可知道了解得越多，对这个人也越反感。

李婉近期和陈浩通过好几次电话，在交流中，陈浩发觉李婉能明白他想吃油水的心思之后，便开始和李婉熟络，认为她也是同类人，开始没边没谱地想撩她。他有一次在电话里夸李婉："李经理，你说话声音可太好听了，长得肯定也很美，每次和你聊完我心情都好了。"

李婉皮笑肉不笑，恶心地挂了电话。她心里不受控制就冒出一个念头：要想办法把陈浩这种人搞下去。

李婉一开始以为只有她有这个想法，没想到隔天她接到了程晋的电话，他说："你打算什么时候去K市？我安排一下手里的工作，和你一起去，你们是我招投标进来的，我也有责任。"

"程总，您真要去？"李婉忙问道。

"真要去，我从来不拿公事开玩笑。而且，那个陈浩你搞不定。"程晋沉吟着说道。

李婉闻言，良久没说话，而后道："程总，恕我直言，这种人在这个岗位是贵司的隐患、祸害。"

程晋笑了笑，说道："谢谢你的提醒，我知道。"

"这种人在我公司早就被我开除了。"李婉冷声说道。

"哟，看来他不知轻重，已经得罪李总了。"程晋似笑非笑。

李婉没回答，默认。她处理公事一向很灵活地运用自己的身份，对陈浩那样的人，她一开始要探他的底，不会说自己就是能决策的半个老板，很多话说出来不是代表公司立场，只是作为职员拿钱办事想解决问题。于是，底是慢慢探到了，人也给她恶心到了，她知道一个女性如果在公司没有很高的职位，有时候基本的尊重都得不到。她想起在刘松浪公司的那几年，想搞陈浩出去的心越来越重。

而程晋见李婉没回应，又补充道："这种人，我也不想留。所以为了公司好，我这次一定会去。"

"那我安排好时间和您说。"李婉回道。

程晋说好，便挂了电话。

李婉也放下手机，她的目光变得冷酷，注视着前方，她就是很渴望权力、能力，还有钱，因为有了这些，才能创造自己想要的世界。可能她依旧改变不了很多事情，但至少能创造出一个令她自己舒适的角落，这就是她心里最渴望的成功。

# 第六章

生活在每个人身上都折过角，
使得每个人看上去多少都有点皱巴巴。

李婉去 K 市处理一斗的问题，陆宁也同行。

陆宁从 Y 市出发，比李婉那班从 A 市出发的飞机早到 K 市。她在机场等了李婉一个多小时，而当她看到李婉和程晋各自推着行李箱一起出来时，感到十分惊讶。

李婉和程晋一边走，一边聊着天，两人看上去相谈甚欢。李婉走了两步站住脚，掏手机要给陆宁打电话的时候，程晋还很自然地帮她推了会儿行李箱。

陆宁手里的手机响了，她没有接，直接挂断，然后快步上前喊了两人。李婉一回头看到陆宁，放下了手机，脸上的表情就变得严肃。陆宁有些不自在地看了眼程晋，才同李婉对视，问道："学长怎么会和你一起来？"

李婉还没有回答，程晋就笑道："我刚好被公司派来出差。"

陆宁笑意勉强，眼神探究地看着李婉。陆宁经常听于传提起李婉，于传还总让她多向李婉学习为人处世，陆宁有不服，也有不解，但她也发现李婉总是很容易和他人建立联系，得到关注。

李婉没太搭理陆宁，见她来了就示意一起去打车。程晋在这时说："我这边有人来接，你们就坐我的车。"

“不用了，程总，我们没有住同一家酒店，不麻烦你们绕路了。”李婉笑着说道。

“学长，你住哪儿？”陆宁问道。

程晋报出酒店名字。陆宁微微颔首，说道：“早知道我们就和你订同一家酒店了。你出差要几天？”

对此，程晋看了眼李婉，仿佛出差的时长在于她。

李婉不由得想起他们在飞机上的谈话，程晋问她未来的职业规划。李婉没和他深聊，只说就打算在诚润好好干。

程晋就问她：“你在诚润有多少股份？”

李婉见程晋问得直接，干脆直接不答，微笑着，不说话。

“网上公开信息显示，诚润的大股东就是于传，明面上并没有你，你拿的是暗股？”程晋又问道。

“工贸分离，我不掺和工厂，我只负责贸易公司。”李婉回答。

“但你贸易公司的实际控股还是在诚润，在于传。我不信你在工厂没有一点儿股份。”程晋微笑着说道。

“程总对我和于总的关系这么好奇吗？”李婉问道。

“我是好奇诚润是家族企业，你和于传还能合作多久？于传的接班人要是没有意外应该是陆宁吧？我看陆宁也有志在此，蛮难得的。”程晋说话总是不紧不慢，语气里总带着一种耐心的味道，说的话却一针见血，像在缓缓地撕纸折磨人。

李婉听到这话没说话，而心里也早就在考虑这事，她在接触过陆宁之后就考虑到和诚润以后的合作了。只是眼下她和诚润紧紧绑在一起，无法脱身，就算脱身也不知道该去哪儿，她心里到底是记着于传这几年的恩情，所以这事她没细想，也暂时不想细想。此刻，李婉看程晋真是有点儿讨厌，讨厌他戳别人的痛点。

她笑盈盈地转开话题，问：“程总，你好像很关心我啊，为什么呢？”

程晋注视着镇定的李婉，目光里闪过一丝狡黠、戏弄的笑意，忽然唤了一声她的名字：“李婉。”

李婉意外地愣了愣，随即故作自如地回望他漆黑的眼眸。

程晋是个长相斯文、白皙的男人，他的眼睛有神、犀利，给他无害、柔和的脸庞平添了一丝掠夺性。李婉第一次见到他，便觉得他身上有种矛盾的气质，却说不出是为什么，此刻她意识到关键在于他的眼睛，他眼神里流露出来的欲望和他清风朗月的气质很不符合，很冲突、矛盾。

两人对视几秒之后，程晋又一次喊李婉的名字，问道："李婉，你还喜欢观之吗？"

"程总，你想说什么能不能直接说？我完全不知道你想说什么。"李婉不是任人拿捏的人，面上依旧笑盈盈，目光警惕地瞅着程晋，无形地和他拉开了距离。

"没什么，只是我要是说我喜欢你，对你来说会不会太突然了？"程晋微微一笑，用一种近乎真诚的语气说道。

李婉大概用了三秒时间去消化程晋突如其来的表白，而后拒绝地说道："是很突然，所以不好意思，我不喜欢你。"

"你这样很不近人情，我来K市多少是为了你。"程晋认真地说道。

"除了多少为我的那部分，你还有其他原因来K市不是吗？"李婉其实并不信程晋喜欢她，她知道自己有外貌优势，也很有能力，所以更知道别人爱慕她的样子是什么样。

程晋在李婉脸上读出了她没有遮掩的想法，笑着说道："我不会害你，李婉，相反我一直很想和你合作。"

"你想怎么合作，程总？"李婉往后靠了靠，物理上再度拉开和程晋的距离。

"你想做自己真正的公司吗？"程晋问道。

李婉听到这个问题，心头微微一颤，不动声色，故意在脸上流转过不解的情绪。

程晋则耐心、理解地笑了笑，再度表白："李婉，我是真的喜欢你。"

李婉这回只能微笑以对，只听程晋又问她："你是不是也有一个妹妹？"

"亲戚很多，有姐妹不奇怪。"李婉含糊其词，不想和别人说家事。

“是亲妹妹吧？”程晋了然地笑了笑，说道，“那天钓鱼无意间听到你讲电话了，那种感情应该是亲妹妹。”

“哪种感情？”李婉皱眉。

“一接到电话就又爱又恨的感情。”程晋说道。

李婉又一次被说中，难得哑口无言，徐徐扭开了脸。

“我有个不争气的妹妹，我对她也是又爱又恨。”程晋继续说道。

李婉没搭这话，只是礼貌地转过脸对程晋笑了笑。

程晋终于不再继续说什么，他知道李婉的戒备心很重，而且独立、强势，这类人很难亲近。而他对李婉的确有喜欢、欣赏的情感，不管是在公事上还是私事上，他喜欢她圆滑处事的皮囊下偶尔流露出劲劲的样子，她更是无意中做了些他想做却不敢做的事。还有一点也很重要，那就是王观之爱她。

李婉能感觉到程晋的目光在她脸上逗留了好一会儿，她不自在了一会儿，后来干脆释然了，心想由着他看吧。她知道入了一斗的坑一时半会儿都免不了和程晋打交道，而和他这种人沟通总有种与虎谋皮的感觉，怕和躲都不是办法。况且，她不是完全不明白程晋想要什么，她知道他要利益，还要这些利益干干净净地到他的口袋。

三人一起走出机场，程晋很快就看到来接他的助理，他上车前跟李婉交代了一句：“我晚上会和他们的赵总赵兴一起吃饭，所以陈浩那边你先晾着他。”

李婉微微颔首，程晋方才上了车。

陆宁在一旁看着两人，心里忍不住有些不舒服，她一直觉得程晋这条线是她搭上的，之前李婉的态度好像还是程晋要害他们，转眼他们却好像成了朋友关系，她反而被忽视。于是，她走上前问李婉：“你不是和我说不要相信学长吗？怎么你自己现在这么听话？”

李婉闻言，看了眼陆宁，反问她：“你应该没有喜欢程总吧？”

陆宁被这个问题搞得措手不及，涨红了脸，矢口否认道：“没有！”

李婉瞅着她的样子不太可信，微微皱了皱眉，说道：“我还是那句话，不要太相信他。”

“那他刚才说什么你都点头？”陆宁没好气地指出李婉的虚伪。

“我不是非黑即白的人，我会判断什么时候能相信他。如果你没法判断，我的建议就是最好不要相信他。你能明白我说的意思吗？”李婉严肃地说道。

陆宁很讨厌李婉这种说话态度，感觉李婉似乎有某种优越感。她气不打一处来，没好气地说道：“不明白，你的话在我理解就是，你承认自己是个虚伪的人。”

“你也有虚伪的一面，陆宁，你想管理好企业，就要好好学学怎么用你自己虚伪的一面。可能把这虚伪的一面称为情商，你会更好接受一点儿。”李婉抬手拍了拍陆宁的肩膀，实在有点儿懒得和她计较，往前走去打车。

陆宁站在原地，她不知道李婉怎么能做到把黑说成白。而她想反驳说这根本不是情商，就是虚伪，李婉的状态完全是被社会征服，不再年轻了，和他们年轻人的做事方式脱轨了。

可陆宁觉得自己也不想和李婉多计较，板着脸跟上去，说道：“其实坐学长的车也没什么麻烦的。”

李婉没搭话，看着手机，静静地排在等车的队伍后面。等她放下手机抬起头的时候，看到前面一溜形形色色的人都在寒风中忍耐、等待，生活在每个人身上都折过角，使得每个人看上去多少都有点儿皱巴巴的。

从机场到住的酒店将近一个小时的路程，一路上李婉和陆宁都没有过多地交谈，她们只简单地交流了公事，然后李婉问了陆宁一句：“你妈最近怎么样？”

陆宁回她：“你们不是一直有联系吗？”

“她之前一直说胃疼，最近忙，也没顾上问她，你每天看到她会更清楚。”李婉说道。

“顾不上问就是不太想问，也就不用问了吧。”陆宁漫不经心地看向车窗外，说道。

李婉看了眼陆宁，惊讶地在她身上看到了一种难以形容的冷漠感，还有一种无形的偏激。这让她对陆宁更不喜欢。

回到酒店，两人各自回房间，李婉放下行李箱，脱了外套，坐在小沙发上回复了一些工作信息。而后她收到程晋的短信，他问："安全到酒店了吧？"

李婉简单地回复了两个字："到了。"退出微信。冷静下来，她还是觉得程晋有点儿危险。

这时，她收到了 W 的回信提示，不假思索赶忙点了进去。

到 K 市的第二天，李婉和陆宁一早就去了趟一斗的仓库，仓库里的仓管看到两人，不大欢迎，后来陈浩来了，仓管才有点儿好脸色。不过他一路带两人去看货的时候，一直贬低诚润的货，抱怨他们的货质量不好，被退货，给仓库造成很大的压力。

李婉一直耐心地听着仓管抱怨，偶尔道个歉。仓管在李婉的一次道歉中情绪达到顶峰，说了些很难听的话："我做仓管这么久，就没有见过比你们家垃圾的货，真的做得太差了，其他人都不会出这样的问题，退回来一堆烂了的袋子和碎玻璃，丢在那儿，还要找人给你们清理。"

李婉知道仓管说话过分了，脸色微沉，没应答，等着对方自己见好就收。陆宁忍不住了，嘀咕道："不可能只有我们家出过问题吧？"

"就你们家出这种问题！"仓管怨气很重，回头对陆宁大声道。

陆宁也火了，脸上挂不住，也觉得对方欺人太甚。

李婉这时看向陈浩，说道："陈经理，质量问题给你们造成很多不便，我们实在很抱歉，所以我们人赶过来了，的确是想来解决问题的。"

陈浩是个人精，个子短小精悍，眼珠滴溜溜转，他放任仓管骂人，也确实知道自己的仓管抱怨过了，这时顺势做好人，制止了仓管继续抱怨，笑着对李婉说道："对对对，我们也想解决问题，你们的货成批退回来，堆在仓库，现在都快放不下了，要不你们早点儿认了质量问题，把这批都先拉回去。"

李婉一听这话笑了笑，说道："陈经理，你真会开玩笑，要是都退回去了，我们不仅这批货都损失了，还要赔上百万，我们工厂哪里吃得消？"

陈浩也笑了，他瞅着李婉，没再说话。他其实就是想听这话，他希望别人都知道只要他操作一下，李婉工厂就能挽回上百万的损失，他们还不得好好感谢他。

李婉则继续道："还得请您帮忙，帮我们找几个工人挑挑货，费用我们来出。"

"哪来的人给你们挑货？要挑你们两个人自己挑！"仓管气呼呼的。

"有什么叫不到人的？只要你们仓库肯让外人进来，我们自己叫人。"陆宁不甘示弱。

"那不行，我们仓库不能让外面的工人随便进来！东西丢了谁负责？"仓管说道。

陆宁还要再说什么，李婉轻轻拉了拉她，笑着对仓管说道："没事，我们再商量商量，李主管。对了，我也姓李，你祖籍、老家在哪儿？"

仓管虽然没接李婉的话，但也没再说话。陈浩却刚好接上话头，给李婉介绍起仓管的情况，说他是哪里人，在一斗这个仓库干了多久，缓了缓气氛。

李婉频频点头，而后笑着对仓管说："李主管，我们是头一回出这么大的问题，心里很没有底，你在这里这么久，见识肯定比我们多，肯定能给我们一点儿处理意见。我们不想再给你们增加工作量，添麻烦，但你让我们两个女孩挑这么多货，也实在办不到，你说是吧？"

仓管闻言，看了眼陈浩，顺势说道："我有什么办法？你问陈经理能不能帮你们！"

李婉闻言，看向陈浩，后者则为难地笑道："不是我不想帮你，李经理，而是你们这事赵总那边已经知道了，我们一点儿办法都没有，只能判为不良品。"

李婉说道："这同一批货没有发完，我们车间仓库还有，你们要我们抽检仓库里的货，报告出来是没有问题的，所以这个只是概率问题。而且我们也出了整改报告，我们车间有生产检测记录，有问题的那些货会在哪些号码，我们也都写明了，可以把那部分的货先找出来再做检测。"

"你们确定就那部分？为了你们这一点儿概率问题，我们公司可是要赔上名誉的，这个损失怎么办？"陈浩说道。

陆宁听到陈浩和仓管唱双簧吓唬人，已经很不耐烦，再看看李婉还好声好气地和他们商量，火气越发上来，她插话道：“只要你们让我们把货先挑了，我们便确保剩余的货没有问题。”

“哦，确保，意思是你们能做到百分百是不是？”陈浩笑着看了眼陆宁，反问道。

陆宁还要说什么，触到李婉冰冷的眼神，把话憋了回去。

李婉收回目光，侧过脸对陈浩笑道：“陈经理，我们也不想为难你，如果你这边实在不方便，我们晚上约了赵总吃饭，只能去找赵总商量了。”

陈浩听到这话，眼里闪过诧异，随即笑了笑，若无其事地问道：“你们都已经约上赵总啦？”

“对，但赵总的意思是还得由你去处理实际的问题，让你这边帮我们找几个人先把货盘了，最终还是得靠你。”李婉不紧不慢地给陈浩台阶下。

“那货肯定是得盘，这么一堆货就这么浪费了，别说是你们，我看着都心疼。”陈浩无缝衔接新态度，笑着说道，“不过，我怎么没听赵总说起这事？”

“赵总让我们直接约你晚上一起吃饭，我还来不及告诉你。”李婉笑道。

“这样啊，那肯定去，肯定去。”陈浩干笑道。

陆宁看到陈浩变化的嘴脸就讨厌，其实内心很排斥来K市处理这事，她觉得大不了赔了就是，应付这些人得意了他们。可于传一定要她跟着李婉来，于传说这事是他们办得不好，一定要解决，也让她跟李婉学学怎么处理问题。陆宁觉得怎么处理问题还没有学到，人已经要吐了。她想就是砸钱的事情，陈浩和仓管那种人明摆着就是要钱。

李婉见陆宁板着张脸毫不掩饰地给人难堪，想了想，也不好再多聊，跟陈浩说道：“那我们晚上一起吃饭，陈经理。我们反正这两天都会在这儿，你这边看什么时候方便安排好人能开始盘货。”

陈浩说着好，皮笑肉不笑。李婉知道让他真去落实做事没那么简单，还得看晚上的局。

几人往外走，李婉和陈浩同排，她向他问起仓库进出货的一些规矩和流程，两人聊了会儿，陈浩忽然问李婉：“李经理，你们公司当时投标是谁负责的？”

“是Y区的程总。”李婉说道。

“程晋是吧？那我知道了，程总手里的供应商到我们这儿多少都会被查出问题，程总是不是对你们都特别宽松？林总那边过来的供应商问题都不大，事情都做得很爽利啊。”陈浩说道。

“你们公司供应商的标准都是统一的，程总也没有权力对我们宽松。陈经理，你这话说得让我们很难堪，因为我们公司的一次意外，反而让程总的整个Y区尴尬了。”李婉声音变冷，说道。

“你们下次投标应该找林总，李经理。”陈浩笑道。

“这也不是我们能选择的，我们老板的朋友好像是在一斗的董事会，当时给的就是程总的联系方式，所以我们也不太知道怎么找林总。”李婉回答。

陈浩这会儿脸色又变了，他开始上下打量李婉，问道：“哦，你们老板认识集团董事会的人？”

李婉微微颔首，说道：“不过我不知道是谁，我们也只是办事的。”

陈浩闻言开始对李婉有点儿犯怵，她这一下一下蹦出一个关系网的样子让他拿不准她的深浅，她的笑容也越看越像笑面虎。这么想着，陈浩不由得把目光投到了陆宁身上，他看得出来陆宁毫无城府，估计套两句就自己往外蹦了。于是，他刻意停了停脚步落后，到了陆宁身边。

李婉也懒得继续应付陈浩，但担心陆宁，竖起耳朵听陈浩要说什么，结果不过三秒钟就发生了意外。

陈浩看出陆宁不想搭理自己，小姑娘心高气傲，一看就是没什么社会经验，他摆出不和她计较的样子，目光在她身上扫视，试图找话聊天，于是他“夸”陆宁：“你看着很年轻，应该还没工作几年，不过人倒是很成熟、漂亮。”

“你这话是什么意思？”陆宁觉得陈浩说的话很难听、恶心，皱眉气道。

陆宁的语气很冲，是陈浩没有想到的，他脸上有些挂不住，觉得尴尬、好笑道："没什么意思啊，我是夸你漂亮、身材好啊。"他的眼睛还刻意瞄了眼陆宁的胸，自以为幽默地稍稍比画了一下。

这下彻底点燃了陆宁，李婉还没有来得及回头，就先听到陆宁扬手给了陈浩一记清脆的耳光，骂道："你这是性骚扰！"

陈浩被打蒙了，李婉和仓管也蒙了。然后李婉最快回了神，在陈浩捂住脸要上前怒骂陆宁的时候，挡到陆宁面前，先骂陆宁道："你怎么打人？他性骚扰你，你不会报警吗？怎么自己动手，像什么话？人家公司现在正在IPO（首次公开募股），所有员工行为都要很规范，你报警不比自己动手有用？真是离谱！做事都不过脑子？"

说罢，她转向陈浩劝道："陈经理，你不要生气，我们现在就报警，让警察来处理她打人的事。"

陈浩一时被搞得头晕，但很快明白李婉根本是在威胁他，他瞪着李婉，咬牙切齿地问她："李经理，你这是什么意思？"

"没什么意思，你出言不逊性骚扰我们陆经理，我们陆经理打了你，我觉得你们两方都有错，不知道怎么处理，就干脆报警吧。"李婉手里捏着手机，强作镇定地说道。

"我……我怎么就性骚扰，怎么就调戏你们陆经理了？我夸她一句让她掉肉了？"陈浩瞪眼，急红了脸。一旁的仓管也是怒瞪两人，气势汹汹。

"是啊，就是说啊，我也不知道要怎么说这事，所以我说报警，让警察来评理嘛。"李婉苦恼地说道。

陈浩吃瘪，栽了个大跟头，指着李婉，气得一时说不出话，最后怒气冲冲地走了。仓管见状，也赶紧跟着离开。

李婉见人走了，松了口气，回头瞪了眼陆宁，一把拽过她往外走。她边走边给程晋打了个电话，说道："程总，你现在有时间吗？有件事我得先和你商量一下。我们现在就过去找你。"

离开仓库，李婉把陆宁塞上车，给司机报了程晋酒店的地址，然后她靠着车窗，没再搭理陆宁。

陆宁委屈、愤怒、不满，见李婉没有对她的行为进行表态，心里就更气，她说道：“这是我一个人的事，你要是觉得我错了，就直接让我妈把我开了就是，这样就和公司没有关系了。反正我也不想干了，像你这么阳奉阴违，我实在做不来，太恶心了。”

李婉没看她，只是望着窗外懒懒地回了她一句：“好的，大小姐。”

“你干吗阴阳怪气的？”陆宁更火了。

李婉这才不得已叹了口气回头看她，脸上有浅浅的笑意，问道：“那你让我说什么？我没有觉得你做错了，我也觉得他恶心，你想让我说什么？你这么慌干吗，多少也觉得自己冲动了是吗？也不看看在谁的地盘就动手，下次换个地方，保护自己的安全最重要。”

大概是从刘松浪开始，李婉发现自己对一个人的看法和情感可以不是单一的。她曾经也疾恶如仇，现在对任何人都没有太多绝对的情感。离开刘松浪的瑞华时，她即便讨厌刘松浪，也依旧对他有感恩和佩服之情。

有了瑞华的经历，李婉看陆宁，讨厌依旧讨厌，但不是陆宁做的任何事情都是错的。反正事情都已经出了，陆宁那一巴掌也让她爽到了，她真不想再怪陆宁。

陆宁没料到李婉会这么说，她以为李婉就是个虚伪、重利之人，一时很尴尬。

李婉转过脸继续看窗外，今天是个阴天，窗外的风景看上去都灰蒙蒙的，她却莫名想起了 W 信里的一句话：“一个人只有一颗真心，真的从心肯定会知道自己应该要做什么。最怕自己骗自己。”

程晋在酒店等李婉，他从李婉的电话里听出了焦急的味道，猜测和陈浩有关，今天她们去仓库肯定发生了什么事。

即便他有心理准备，听了事情经过之后还是有些震惊，难得表现出有些绷不住，坐在那儿一时不知道怎么反应。

陆宁一路过来，情绪已经冷静下来，此刻被程晋皱着眉看得有些不自在，低头看起了手指。

三人中，只有李婉的情绪最好，她的状态很舒展，已经不见一丝焦急。她打破沉默僵局，笑道："程总，我们谈谈这事吧。"

"怎么谈？"程晋心情复杂，收回了目光，改皱眉看李婉，似乎不解她怎么还笑得出来。

李婉又径自笑了会儿才慢慢收敛嘴角，看了眼程晋，侧过脸对陆宁道："你先回酒店吧，晚上的酒局你不要去了，回去好好休息。"

"我又没事，我休息什么？"陆宁嘀咕。

"走吧，我和程总谈点儿事情。事情已经到这个地步了，你是受害者，要有受害者的样子，不然我怎么借题发挥？"李婉说道。

陆宁惊愕于李婉的说法，瞪着她有点儿不知所措。

程晋慢慢领会李婉的意思，看向她，目光正好落进她犀利的眼神里，只听她说："程总，你们那么人一个公司欺负我们两个人是什么意思？我真的要讨要说法。我们想来解决问题，你们仓管让我们自己挑货，还不断地辱骂我们公司，我们公司就算出了什么产品问题，也轮不到你们员工这么骂。我们合作是对等关系，我们说自己不负责任了吗？你们一斗就没有出过一点儿问题？你们公司什么企业文化，这么恶心人，对女性出言不逊、评头论足，就你们这样的公司还打算上市？"

陆宁听李婉忽然开始骂程晋，感到十分不安、尴尬，试图制止她，说道："这和学长有什么关系？他又没有怎么样——"

李婉则打断了她："你回酒店去，他代表他们公司，我代表我们公司，我又不是指责他个人。你刚才打人的劲哪儿去了？"

陆宁被撺得哑口无言，下意识听话地站起了身。

李婉见陆宁终于听话了一次，也站起身，拍了拍她的背，宽慰地说道："这事交给我和程总去解决，你回酒店注意安全，记得先不要和你妈说刚才的事。"

陆宁第一次听到李婉轻声细语地说话，再硬的性子都忍不住软了，蹙眉点了点头，只能弱弱地强调："我没事。"

"那就行了，其他事也别担心了，回去吧，注意安全。"李婉颔首。

陆宁离开之后，李婉坐到陆宁的位子上，看向对面的程晋。酒店大堂的会谈桌是小小的圆形桌，椅子是小巧的沙发椅，李婉靠在椅背上，仪态就像一个王者。

“程总，刚才的情况你也看到了，今晚见到赵总，我也会这样，赵总要是不给我一个说法，我就闹到你们公司董事会去，尽可能把事情闹大。其实对付你们这种大公司难也难，简单也简单。”李婉徐徐说道。

程晋出神地望着李婉许久，终于回神的时候，嘴角忍不住扬起。他伸手端过面前的咖啡，说道：“看来你都想好怎么解决这事了，还找我商量什么？”

“程总，唱戏要有人帮忙搭台，程总费尽心思把我们圈进来，难道真的只想看戏，不想干活儿？”李婉冷声说道。

“你这话是什么意思？”程晋面不改色地看着李婉。

“陆宁是个很单纯的人，涉世不深，她其实做不出偷工减料的事情，如果没有人暗示她的话。于总如果打算这么做，一定会先告知我，而于总最大的弱点就是陆宁，她给她女儿机会，凑巧也是给了你机会。”李婉说着自己的判断，其实她也不能肯定程晋是不是真的起了这么大的作用，更多是激他。

“李婉，你说这话就离谱了，很多事情都是巧合。而偷工减料这事的确不是你们一家供应商在做，这种价格之下，工厂要有利润，这是最快的途径，任何一家工厂都懂。”程晋说道。

“你们公司还有个负责招标的是姓林吗？而陈浩是那个林总的人，你其实很清楚我们的招标负责人是你，发货到这边来会出现什么样的情况是不是？”李婉步步紧逼，神色越发阴沉。

“很多事情都是巧合，不是能安排的。”程晋依旧不动声色。

李婉知道这就是最可怕的地方，很多巧合是可以安排的，却可以不被承认。

“既然是这样，我看程总并不是真的想和我合作，是我天真信了你的话。我先走了。”李婉起身欲走。

程晋没料到李婉忽然就要走，而她几乎完全猜到了他的想法，于是这下换他急了，忙站起身叫住李婉，说道：“你有没有兴趣听我说个故事？”

李婉停下脚步，回头看着程晋，说道：“程总，你如果真的想和我合作，就不要对我耍心眼，我这个人很简单，合适就可以合作，不合适多大的利益我都没兴趣。”

程晋看到李婉这劲想笑，说道：“你一直都是宁做鸡头，不做凤尾的脾气吗？”

李婉觉得这话有点儿耳熟，又觉得很平常，转过身坐回去，说道：“你要说什么故事？”

程晋也重新坐回去，笑着看着李婉。

李婉面无表情地回看程晋。好一会儿之后，她说道：“程总，你不会觉得这样看我很甜吧？”

程晋没理会李婉的攻击性，反而走神了几秒，他其实很早之前就听王观之提起过李婉。那天，他结束了一个漫长的会议，下班后和王观之去打羽毛球。

他那天因为公司的事情心情很差，但看到王观之神采奕奕、满面春风。两人在更衣室换了衣服，一起到球场。上场前，王观之掏出手机给人打了个电话，汇报行程，说道：“我要上场打球了，你要是一会儿发信息我没回，打电话没接，可别生气、着急。”

那头不知道说了什么，逗得王观之大笑，然后他对着电话说了句：“我今天很想你。”

等王观之挂了电话，程晋问他：“交女朋友了？”

王观之笑了笑，说道：“没错。”

“同事吗？”

“不是，在一个酒会上认识的。”王观之笑道。

程晋笑了笑，没打算多问。王观之却忍不住多说了一句：“她很有个性，宁做鸡头，不做凤尾的人，傲气得很。”

程晋无心一听，却记在了心里。他说：“做人就是应该有点儿傲气。”而他的傲气已经在一斗被一点点磨没了。

程晋给李婉讲起他想说的故事："每个人其实都有理想，我认识的这个人刚入职场的时候，很想做点儿什么事。你可以当这个人就是我，因为有点儿像。他入职的公司不小，他的职位也不错，负责公司的采购。采购这个职位很好，可以有不少油水，但那个人一点儿也不想吃，第一，他的个人道德底线不允许；第二，他也不想让推荐他进公司的恩人难堪。那人有个很简单的工作理念，合作应该是共赢的，他做采购的时候会维护公司的利益，也想为供应商在合理范围内争取多一点儿的利润空间。他就这么工作了很多年，但是渐渐地，他发现自己其实没有一点儿话语权，当他对公司的核算方式提出质疑，只是想为供应商争取利润空间，避免他们后期偷工减料造成质量问题，最终影响公司销售市场的时候，其他人却认为他在偷吃油水，毕竟肮脏的人想不到任何一点儿正常的事。后来，他向引荐他入职公司的恩人求助，希望她能帮他说说话，结果那恩人只是觉得他很理想化，她告诉他竞争就是这么残酷，低端的工厂就是通过这种方式一点点被淘汰的。接着，恩人也开始认为执着于此的人肯定是因为利益关系，但她没有说什么，甚至想办法给他更多获利的办法，她说水至清则无鱼。有时候，人的世界观崩塌就在一瞬间，给别人做事，仰仗他人永远都是活在别人的眼光里，你是什么样的人取决于那人今天心情怎么样。所以，那人决定，既然没法为自己辩解，那不如就做他们眼中的那类人，而且他也明白了，自身条件不够硬，没有钱，什么事都做不了。"

程晋说的话，李婉越听越认真，也越听越沉默，她知道换个角度来说，程晋的故事一点儿也站不住脚，但她是他那个角度的人，她有类似的经历。在程晋说完之后，她问道："你说的那个恩人是王鹤吗？"

程晋没有说话，也没有点头，眼神变得坦然，默认。

"这么听起来，其实你不需要跟任何人合作就有油水吃，为什么找我？"李婉问道。

"你想以后在陆宁那样的人手下工作吗？你想公司的主导权在陆宁手上吗？你不想有机会把于传手里的股份都买走吗？而我很好奇如果是观之告诉鹤姨供应商也需要利润，鹤姨会怎么想？我们都是她教导长大的，我很想知道她会怎么看待自己的亲儿子。如果采购的价格能提高，这中间利润我要百分之五十，你应该要百分之二十，剩余是你为工厂争取来的。”程晋说道。

李婉闻言，良久没有说话，而对面的程晋已经把她的动摇看透，笑了笑，说道：“我们是不是非常合适，李婉？都是逐利小人，心狠、自私，事实上，我们却是个彻头彻尾的理想主义者。”

李婉听到自己的心在怦怦跳，太阳穴也在跳动，她不是心动，是强烈的欲望在叫嚣。而程晋刚才说的那些话有片刻让她想起了 W，他在信里也曾说过类似“对方是什么样的人取决于个人认知”的话。

于是，她清晰地想起了 W 的回信：

Phoenix，

你好，不知不觉冬天已经来了。

我当然做过亏心事，而且还做过不少，不过我算是个幸运的人，那些亏心事都没有被人发现，也没有给我的生活造成很大的影响，所以可能只有我自己知道自己是个什么样的人。

我的脑子里还时常闪过很多不太好的想法，冲动、欲望、愤怒时常伴随着我，最近我常常想放纵自己顺着那些不好的念头去做事，人就应该想做什么就做什么，想得到什么就得到什么，毕竟人生苦短，做好人，做理智的人只会让自己煎熬、难受，也失去了自由。

而一个人只有一颗真心，真的从心肯定会知道自己应该要做什么。最怕自己骗自己。从心去做坏事其实也能变成一种对自由的追求。

你看，我的这些想法就很危险。所以，这世界上不是你一个人是小丑，我也是小丑，基本上大家都可能是小丑吧。

我最近也在调整自己，感谢你的来信，在这段时间总是多少能给我片刻安慰。

祝你一切顺利。

W

此刻的李婉有些眩晕，忽然有点儿喘不上气，所以她感到自己的眼睛也有点儿花，一抬头竟然看到王观之就在不远处。

王观之比李婉和程晋都早一天到 K 市，也是来出差。

上一周，王观之回家吃饭，席间接到同事的电话。同事在 K 市的项目出了点儿问题，对方给王观之打电话咨询了些事情。两人聊完挂了电话，一旁的王鹤听到电话里传来的是女声，闲聊地问道："新来的同事？怎么慌里慌张的，是新招的人就负责项目了？"

王观之搁下手机，重新拿起筷子，说道："不是项目负责人，是严明的助理。K 市的项目都已经谈好了，严明放下去让团队跟，自己跑去 M 国了，春节才回来。"

王鹤闻言微微颔首："听起来不是什么大问题，你应该不用跑 K 市。"

"嗯。"王观之漫不经心地应了声，低头吃饭。

"如果你去 K 市，替妈拜访个老朋友，送点儿东西。"王鹤看了眼王观之，继续说道。

王观之皱了皱眉，重复自己的话："不去，我可以帮你寄快递。"

"我自己不会寄快递？"王鹤反问。

"不是给我帮忙的机会吗？"王观之继续和王鹤扯皮。

王鹤见他这样就知道他在抵触她生意上的事。她以前和前夫袁永经常因为工作的事吵架，王观之长大后虽然对她的事业表示理解，但心底还是排斥接触她的生意和项目。

王鹤没再说什么，问了另一件事："你和李婉分手后就真的没有再联系了吗？听说他们家投标项目出问题了。"

王观之听到李婉的名字，夹菜的筷子停顿了片刻，随即说道："没联系，她的工作经常出问题，不奇怪。"

"所以你们交往的时候，你也都没有怎么关心过她工作上的事情是吗？"王鹤继续闲聊。她端起碗给自己舀了碗汤，扫了眼王观之。

这个问题让王观之再度放下了筷子，他认真、严肃地看向王鹤，说道："妈，我觉得生活和工作要分开，你说关心工作怎么样才算关心？两个人一天到晚都是聊工作就是关心？要都是工作，那人生的意义是什么？”

王鹤听着不紧不慢地喝了口汤，说道：“有人喜欢享受生活，有人喜欢创造社会价值。你没想过追求不一样吗？”

“我知道，所以要两个人互相改变，互相平衡，如果都不想改变，很多事情勉强不了。”王观之聊到感情的事就有点儿不耐烦了，他不太想听人评价他和李婉的事，也不需要别人的观点。他已经决定往前走了。

王鹤又喝了口汤，说道：“嗯，你说得很有道理。估计程晋这段时间会去K市，到时候我委托他去办事好了。”

而当王鹤真的不聊李婉了，王观之又觉得有些失落，兴致缺缺地搭腔：“哦，他去K市出差吗？”

“诚润是他负责招标进来的，出了问题，他当然要去解决。他说会和李婉一起去，这事可大可小，他也不想李婉他们公司损失太多。”王鹤说道。

王观之闻言，欲言又止，最后拿起筷子闷头吃饭。

第二天，王鹤接到王观之的电话，他在电话里说：“严明让我替他跑一趟K市，你要有什么事就交代给我，估计程晋会很忙。”

“这样吗？那你出差前回家来拿东西。”王鹤笑了笑，说道。

王观之应下后就立马挂了电话。

王鹤不知道王观之昨天晚上是经过思想斗争改变了主意，还是工作上变动，真的需要出差。不管是出于什么原因，王鹤看得出来他多少还是念着李婉的。王鹤对李婉的印象真的很不错，能干、聪慧、有胆识、有魄力，有心计，又有底线，这样的人很难得，她多少希望这两个年轻人要是彼此还有情，就不要错过对方。

程晋到K市的那天，和王观之入住了同一家酒店，两人便简单碰过面。程晋见王观之没有问起李婉，就主动简单地提了一句自己和李婉是同一航班来的，后面两天都会和她一起工作。

王观之则说：“我没想问她的事。”

程晋见状，笑着说道：“我知道你也是来工作的。你还要待几天？”

“还不确定。”王观之回答。

“那有空再聊。”程晋点点头，转身回房间。

王观之沉默地看着程晋开门进了房间，许久后，才回了自己的房间。

王观之改变主意来 K 市，一部分的确是因为工作，一部分则是因为在他做思想斗争的那天晚上接到了刘松浪的电话。

刘松浪年底想请王观之吃饭，虽然他的公司没中标，但他还是想请一些朋友吃饭，毕竟人脉关系要长久维护。

王观之婉拒了，他表示年底很忙，要出差。

刘松浪坚持盛情邀请，东拉西扯，后来又扯到投标的事上，说：“王总啊，诚润中标我不觉得稀奇，那天一看那程总那么年轻，我就知道诚润让李婉去投标百分百能中。”

“什么意思？”

“男客户都喜欢李婉，这是明摆着的事，会来事，嘴又甜，没有不被她哄开心的，所以说女人做销售就是简单。不过，王总，我看那程总是你好朋友，年轻有为，还是提醒一句，别太认真了，那李婉哪有什么真心，可别把自己的前程赔进去。我听说诚润这几批货都出问题了。”刘松浪说道。

王观之脑子里嗡嗡作响，一面觉得刘松浪的嘴脸和腔调很猥琐、可恶，一面李婉在工作场上巧笑嫣然的样子在他眼前晃过，一时间他也不知道自己应该想什么。这一趟，程晋来解决问题是没有错，但真的有必要同李婉一起来吗？按道理，李婉应该向他汇报跟他交代，他这么亲力亲为也是很少见。

这些复杂的念头在王观之脑子里飞快地闪过，他都不知道要和刘松浪说什么，动作快过脑子，抬脚踢翻了脚边的垃圾桶，制造出声响，和刘松浪说了句有事在忙，挂断了电话。

他缓缓地在掉落出来的垃圾前蹲下身，一点点重新捡起垃圾，丢回桶里，然后深深地感觉自己的行为就像个傻子。

李婉看到王观之西装革履，单手抱着一沓资料，身边站着一个窈窕年轻的女人，正给他递袋子，想帮他把文件装好。

而王观之目光看向大堂吧，忘了接。女人慌忙上前从他怀里掏文件，想帮他减负，不想吓得他往后退了一步，文件散落一地。

女人也受了惊吓，一边道歉，一边慌里慌张地蹲下身要捡文件。王观之见她穿着呢绒短裙，皱眉稍稍挡了挡她俯身的动作，说道："我来吧，我来吧，你起开。"

女人以为惹毛老板了，胆战心惊地站到一边，手足无措，脸色发白。

而王观之捡完文件站起身，看到李婉和程晋已经起身离开座位，走出大堂吧，朝他走来。

程晋率先开口向他打招呼："观之，你出去办事吗？"

"嗯，去见客户。"王观之刻意没看李婉，回答道。

程晋颔首看向王观之身边的女人。

"她叫李艾扬，是严明的助理。"王观之简单地介绍道。

程晋便向李艾扬点头问候了一下。

李艾扬有些受宠若惊，也想搞清楚和王观之打招呼的人是谁，便忙问道："王总，这两位是？"

"这位是程总。"王观之介绍了程晋，而后不得不看向李婉，简单地说道，"这位是李总。"

李婉对上王观之的眼睛，发现他很快躲开了，这有些反常，她很敏锐地察觉到王观之有点儿变了，但说不出哪里不一样。她心里有些难以言喻的不舒服，看向李艾扬，对李艾扬的问候回以微笑时，有点儿皮笑肉不笑。

李艾扬有眼力见，也没有眼力见，看到李婉出了会儿神，脱口而出："李总，你好有气质。"

李婉愣了愣，微微敛了笑意，冷淡地说了句"谢谢"。

王观之脸色一沉，将文件一把递给李艾扬，说道："装好。你先去叫车。"

"好。"李艾扬忙接过，一边往袋子里塞文件，一边就往门口走。

程晋侧头看着李艾扬离开，转过脸笑着说道："严总用人标准真的很有特色。"

"她才毕业，没什么经验。"王观之说道，目光扫过李婉的脸，在她脸上看到用心打扮的痕迹。她的确很知道怎么发挥自己的优势，经常一出场就能先惊艳对方。

李婉再次捕捉到王观之打量的目光，还是坦然望了回去，后者又一次避开，只是看着程晋。

程晋则一直面带微笑，说道：“那你们先去忙吧，我们也要走了。”

王观之没有走，说了一句：“看来你们也很忙。”

“我们晚上和赵总吃饭，你要是有空，要不要一起来？今晚是私人聚会，赵总和鹤姨是朋友，你要是能去，他多少得给面子，李婉他们公司的事会更好谈些。”程晋笑着说道。

王观之听到程晋直呼李婉的名字，太阳穴跳了跳，目光变得幽深，看向两人。

李婉对于程晋的话也是心头一跳，她目光瞥向程晋，徐徐说道：“程总，我觉得这事完全没必要让其他人介入。”

而她的话才落，王观之就立马说道：“我也没兴趣。”

四目相对，李婉在王观之眼神里看到了冰冷的寒意。

程晋笑着看着两人，对李婉说道：“你看，王总一向不好请，我们想请他介入，他也未必同意。”

李婉缓缓地看向程晋，眼神也带着寒意。

王观之没耐心看两人“眉来眼去”，目不斜视，阔步从李婉身边走过，径直往外走。他走到门外，看到李艾扬已经叫到了车，而就这么一会儿工夫，她还和人视频，笑得花枝招展。

王观之走上前看了眼她手机里的严明，冷声说道：“你赶紧滚回来，这些破事你自己搞定。”

“你那么生气干吗？艾扬哪里做得不好，你骂她就是了，我又没不让你骂。而且她也很努力、很上进啊，她很想学啊。”视频里的男人嬉皮笑脸。

李艾扬怯生生，尴尬地看了眼王观之，她进公司完全是因为严明，因为她是严明的女朋友。她也知道自己进公司名不正言不顺，一直很怕不怒自威的王观之，觉得他火起来会把严明都踢出公司。

王观之依旧沉着脸，拉开副驾驶门，坐了进去，一把关上了门。李艾扬不敢再多说，慌忙挂了视频，坐进后座。

李婉和程晋走出酒店的时候，正好看到他们的车扬长而去。李婉转过身对程晋说道："程总，我和你不合适，我们就算合作了，也不会长久。"

程晋微微一笑，说道："没有合作过，怎么知道不合适？"

"我的私心没有你那么重。"李婉一字一顿地说道。

程晋笑意渐失，眼神变得犀利、深沉。

# 第七章

有点孤寂，情感像细雨拂着细柳，
挠着无边的缠绵春季。

晚宴，李婉和程晋一同赴约，比他们早到的是陈浩。

陈浩看到李婉和程晋一起走进包间的时候，停止了和赵总的交谈，登时拉下脸看两人，最后目光阴沉地锁在李婉身上。

李婉面对陈浩这样的目光不甘示弱，更是黑沉着脸，冷冷地望着陈浩。

程晋则来缓和气氛，他上前热情地同赵总问候握手，说道："赵总，我给你介绍个人，这位是诚润的李总李婉。她这次专门代表他们公司而来，李总原本还有另一位同事同行，因为一点儿事情来不了了，实在是不好意思。"

赵总是个五十来岁的中年男人，他在两人到来之前已经听陈浩说了早上发生的事情。而在听陈浩说这事更早之前，他在家里就接到了一个电话，电话来自王观之，也提及了诚润。

赵总知道这个诚润不简单，而他见李婉对陈浩誓不罢休的样子，想了想，还是以和为贵，现在集团准备上市，多一事不如少一事。

于是，赵总看了眼陈浩，笑着对李婉说道："李总，别站着那么拘谨，请坐，请坐。"

李婉这时对赵总笑了笑，说道："我也想坐下，赵总，但是事情还没有说清楚，我没法坐下。"

赵总闻言，故作不解，看向程晋，问道："小程，这是怎么了？"

程晋面露为难，俯身低声和赵总说道："早上李总和同事去仓库，据说和陈经理发生了点儿误会，陈经理说话冒犯了李总的同事，那小姑娘脸上挂不住，一时冲动打了陈经理。因为这事，那小姑娘一整天都没法平静。"

"怎么现在的小姑娘都这么脆弱呢？"赵总呵呵一笑，想要缓解冲突，却在不经意间表明了他真实的立场。

李婉心里有准备，但还是忍不住真的气愤起来。

程晋闻言则在赵总耳边补充了一句："赵总，其实那小姑娘不是李总普通的同事，是诚润老总的女儿。"

赵总一听这话，目光老辣地看向陈浩，尴尬地轻咳了一声，站起身，严厉地说道："陈浩，你这个人平时就是太吊儿郎当了，说话油嘴滑舌，现在的女孩子都很要脸面，脸皮也薄，玩笑是你能随便开的吗？"

陈浩在一边也听到了程晋说陆宁的身份，诚润虽然比不上一斗大、有名气，但一斗再大，也不是他陈浩的，他只是个小职员。而诚润再怎么无名，也是个大实业企业，人家真要闹起来，也不是没资本、没实力。于是，忽然之间，陈浩觉得陆宁打他那一巴掌对他来说也不算太折辱，他尴尬地站着，已经开始不自在，眼神还是忍不住瞪李婉。

李婉早就领教过这个社会的现实，可现场的三个男人又这么活灵活现地表演一次给她看的时候，她明白她是真的很难对不公麻木。所以即便做着违心的事，她也要继续往上爬，直到自己真的足够强大。

李婉冷眼看陈浩，说道："陈经理，我们陆经理从来没有受过那么大的委屈，她一心想来解决问题，你们见我们就两个女人，百般刁难，出言不逊，不仅叫我们自己挑货，还用言语骚扰，我们公司咽不下这口气。一码归一码，质量问题的事，我们照投标流程去解决；今天的事，我们照法律流程去解决。你们仓库里都有监控，你对我们陆经理做了哪些不妥的肢体暗示，都可以看得清清楚楚。"

"你说这话太过分了，我就那么比画了一下，那算什么事？你们现在这些女的这么上纲上线，开不起玩笑是不是？"陈浩怨气冲天，感觉自己就是挡了枪，他很清楚李婉在借题发挥，拿捏谈判局势。

“我们凭什么要让你开玩笑？”李婉冷冷地反问。

程晋在一旁看着戏，适时地帮腔，提醒陈浩：“我们公司的员工行为手册上写明要注意待人接物的分寸，玩笑是要对方也觉得好笑，那才叫玩笑。”

赵总这会儿也看向陈浩，不满道：“你让她们自己挑货？”

陈浩感觉自己有口难辩，说道：“那是仓管老李抱怨的话而已！”

“真是不像话！这大半年公司在 IPO，对每一个基层员工都进行了培训，让你们一言一行都要符合公司要求，就是怕你们言行出差错，被有心之人拿去做文章！还不跟李总他们道歉！”赵总呵斥陈浩，却是说给李婉听。

李婉知道这一刻她要给赵总留面子，但一瞬间的火气上来，让她恨得牙痒，直接道：“赵总，您这是护短，是在说我们公司是有心之人吗？”

气氛一下凝固，程晋有些惊愕地看着忽然火气过头的李婉，因为他不知道她努力压制了多少愤怒、不满，他以为她已经完全消化，真的事事练达。赵总则是被彻底拂了面子，也在恼羞成怒的边缘。陈浩有些暗喜，他感觉到了战局微妙的变化。

所以，下一句话该说什么该由谁说很重要。

就在这时，服务员敲门而入，引进了一个人。李婉一回头，意外地看到了王观之。

王观之一走进包间就察觉到气氛不对，他看到所有人都还站着，并且对他的出现神色各异。他没太在意，先看了眼李婉，然后径直走上前，笑着唤了赵总一声“赵叔”。

程晋最快回神，一副十分惊喜的样子，也笑着迎向王观之说道：“你怎么来了？我叫你来吃饭你不来，现在来肯定是冲着赵总的面子是不是？”

“你没和我说赵叔也在，我下午给赵叔打电话才知道你们请了他。”王观之笑道。

赵总被提醒，想起下午的电话，想到诚润有王鹤背书，顿时胸间的不满缓了缓，摆了摆手，在和王观之寒暄之后，招呼李婉和陈浩都坐下。

李婉深吸一口气，调整自己，理智提醒自己不要忘了此行的目的，她便露出了笑容，在王观之和程晋无形中给她让出的位子上坐下。她坐在两人中间，她右手边的王观之挨着赵总，左手边的程晋靠着陈浩，陈浩则靠着赵总另一边，五个人围着一张精致的小圆桌，晚宴就开始了。

这虽然是场私人宴会，但大家都心知肚明是要解决什么问题。李婉收了棱角就八面玲珑，席间找到合适的机会，主动给赵总敬了酒，话里话外为刚才顶撞他道了歉，又说了自己公司的难处和不易。

赵总是个人精，见李婉说一堆，没有再提陈浩性骚扰的事，也就知道她在让步了，他笑着发表了自己的总结性讲话："小李，其实这个事情不是什么大事，一开始我们之间都不熟悉，而我们食君之禄，担君之忧，发现问题第一时间肯定要严查，这也是对消费者负责。你看你们的袋子，要是破了，里面的玻璃瓶砸碎，割伤了人，那问题才是可大可小，所以你们也别怪我们找你们麻烦，我们也是在帮你们。现在呢，大家都坐在这里，说明大家都是自己人，是朋友了，我也看出你们出问题是无心之失，人无完人，谁也避免不了犯错。你们诚心来解决问题，我手下的人却有冒犯，这是我们的错，你看，这么一来一回，我们双方都有不好的地方，反而彼此更加了解也是好事。所以，这事就都不用提了，你们回去把质量问题认真地、好好地、切实地整改了，脑子里的警钟要时刻敲响，那我们推进你们改进的目的也就达到了，这样大家就都会越来越好，社会也就会进步了。"

赵总一番话，所有人都得捧场，李婉看到事情就这么在这个房间里轻飘飘地解决了，而她也看到有些问题变成无数的尘埃，依旧堆积在他们生活的角落里，越来越多，但大部分人都视而不见。有能力、有条件的人可以往中间走，可以避开远离那些角落，而那些被逼在角落里生活的人经常咳嗽，屋里其他人却嫌他们吵。很多人都忘了每个人行动间都带着灰尘，每个人都是灰尘制造者。

酒局的下半场，李婉有些疲乏了，也渐渐沉默，她喝了不少酒，看到王观之只是坐着就能压住场子，只因为他是王鹤的儿子。李婉真的能理解程晋的感受，这个社会上的问题在努力的人身上总是体现得特别明显，性别、阶层死死压着他们。

李婉不需要敬酒，自己也默默喝了起来。她想起之前在刘松浪的瑞华，在她离职之前，刘松浪都觉得他们之间没有任何问题，所以李婉提出离职对他来说打击很大，他根本意识不到他自己身上的任何问题。他只看到在李婉提出离职的前一周，他还给她介绍了客户资源，她却反水。

而对李婉来说，那些无形的伤害让她不堪重负。刘松浪把李婉定位为 top sales（销冠），她提出升职，想带团队，他告诉她："你以后一定会结婚的，到时候要以家庭为重，女人不要那么拼，你现在就很好了。"当她谈下一个客户，刘松浪说她做得好，回头却和其他男性同事玩笑说他们不是女人，比不过她，暗示着她的得来不正当。种种事情和言语及眼神实在太多了，李婉曾认为是自己过于敏感了，周边其他的女同事似乎都没有什么感觉，后来她实在没法说服自己，最终决定离开瑞华。

王观之余光看到李婉在酒桌上自己给自己灌酒，皱了皱眉，侧过头问她："你还没有喝够吗？"

李婉看了眼王观之，说道："我的酒量我自己心里有数。"

王观之吃瘪，板着脸转回头。

另一边的程晋在酒至半酣的时候和赵总聊起供应商价格问题，说："赵总，我们今天就在这儿说说，其实我们都知道集团给一些供应商的采购预算真的压得太死了，李总他们公司的问题不是个例。"

赵总笑而不语，扫了眼王观之，看向李婉。程晋也笑着看向李婉，说道："李总，这事你最有发言权，可以和赵总聊聊。"

李婉正端起酒杯靠在唇上，闻言缓缓地侧脸看程晋，她知道他不是让她和赵总聊，其实是说给王观之听。他想让她利用王观之对她的感情去施压，他在试图逼退她的底线。

李婉望着程晋一口喝完杯子里的酒，在赵总笑着夸她好酒量的时候，侧过头，一脸醉意，笑盈盈地说道："不好意思，你们刚才在说什么？赵总，我好像喝醉了。"

王观之愣了一下，随即眉头皱成一团，他看到的李婉风情万种，毫无防备。

“我们在说——”

赵总正要复述程晋的话，不想王观之忽然打断他，一把拉起李婉，说道：“赵叔，李总是我朋友，我看她完全喝醉了，我先送她回去。”

赵总受到了惊吓，心想两人一顿饭也没有说几句话，怎么就成朋友了，但很快他领悟了什么，笑着点点头，说好。

李婉被拽着起身，也笑了笑，却有些苦涩，心想她要是不认识王观之，估计在场的男人也不会有一个人拦着他。而王观之这种做法，也根本考虑不到其他人会怎么看轻她。所以，她站起来，打开手机，按出了她和王鹤之前的合照，递给赵总看，笑着说道：“我和王阿姨是好朋友。”

赵总这才真正恍然大悟，有些尴尬地站起身，笑着相送，嘱咐王观之：“观之，你赶紧送小李回去休息，好好照顾她。”

王观之神色复杂地看着李婉的所为，最后沉默地拿过她的包，拉着她出了门。

王观之叫了车，把李婉塞进后座，之后他从另一侧上车，也坐进后座。

司机问：“去哪儿？”

王观之看了眼李婉，后者靠着车窗懒懒地报了酒店名字。出来吹了夜风，李婉发现自己真的有点儿醉，有点儿头晕，有点儿孤寂，情感像细雨拂着细柳，挠着无边的缠绵春季。

回酒店的车程将近半小时，两人都没有说话，车厢里开着暖气，李婉的酒劲越发上头，她开始有些昏昏沉沉。但她的酒品很好，喝醉了只是发呆，想睡觉。

车子到达酒店门口，王观之先下了车，李婉随后下车，一时没站稳踉跄了一下，王观之一把扶住了她。

他低头看她，说道：“我送你上楼回房间。”

“不用，我自己能走。”李婉试图推开王观之。

王观之充耳不闻，干脆一把搂住她，拥着她往里走。李婉走了两步，感觉自己双脚发软，便也不再拒绝，靠着王观之往里走。

走进电梯里，两人相依偎的样子出现在墙面装饰镜上。镜子里，王观之始终注视着前方，一脸严肃，坐怀不乱，反倒是李婉因为头晕靠在他胸膛，十分娇媚、依赖，仿佛是她勉强让他送的。

电梯到达楼层，李婉低声报了房间号，王观之便看着墙上的标志走。到了房间门口，李婉刷了房门卡，往里推，房门很重，她使不上力，推了一半。王观之见状，上前帮李婉推门，便推着她进了房间。

李婉被推得有些踉跄，差点儿摔倒，王观之着急地从后单手捞住她的腰，李婉条件反射地反抗了一下，两人推搡间，房门已经哐的一声自动关上，王观之搂着李婉重重地靠在了门板上。

房间里光线昏暗，空气里弥漫着淡淡的酒气和若有若无的香水味，身体的碰撞像一把剪刀，伴着李婉撞上门吃疼的一声暧昧呻吟，瞬间剪断了两人的理智，一股潮热腾地升起。下一秒，他们不知道谁先吻了谁，随即就是激烈的拥吻，互不相让。王观之情动之下更是用力咬了李婉饱满的下唇瓣，她不满地低声呼疼，有点儿恼火，想推开他，这反而激发了他的征服欲。

他脱了自己的外套，又开始脱她的大衣，扯开她的衣领。她的手此刻得了自由，醉意和情欲让她也情难自禁，她伸手抱住他的脑袋，忍不住长长地呻吟了声，这是一瞬间的沉沦，也是清醒，她想到他们间的吵架不和，喘着气脱口问他："你要留下过夜吗？"

耳边分明是暧昧、娇柔的低语，却让王观之脑子一下清醒了。他忽然觉得恼火，抬手用力夹住李婉的腋下，像抱小孩一样将她托高按在门上，他的额头正好紧紧顶住她的额头，他的目光如星星般明亮，带着寒意，声音暗哑，像卷着危险的风沙，他问她："李婉，我们现在这样算什么关系？"

李婉的双脚微微腾空，吃力地点着足尖去够地，身体大部分靠王观之的力气支撑着，身体间的摩擦让两人的情欲越发高涨难耐，可也剑拔弩张。有根弦紧紧绷住，拉扯得两人的理智生疼，疼得他们呼吸混乱，靠得很近的唇时不时彼此摩挲，渴望着，可从滚烫的唇间滚出来的话像石头，也像尖刀。

李婉回答王观之："王观之，我们就这样好不好？"

"怎样？只做陌生人？"王观之掐向李婉的腰，很生气她的敷衍。

“你要不要？你要是不要就放开我。”李婉感到自己的身体在酒精和方才的热吻作用下非常敏感，浑身一颤，很不耐烦地说道。

王观之的欲望和忍耐力也在临界点，他的自尊心和嫉妒心也在这时爆炸，他狠狠地吻住李婉的唇，含混又冷酷地问她：“今晚要是程晋送你回来，你也会让他进门吗？”

李婉才在亲吻中闭上的眼睛仿佛被一道白光闪到，一下睁开了眼，她的情欲变成了愤怒，抬手一把用力地推开了王观之的脸，生气道：“你怎么这么浑蛋？”

王观之扭开了头，复杂的情绪一点点聚集散开，聚集散开，毕毕剥剥的火星在他脑海里炸开。他咬牙切齿地说：“李婉，是我浑蛋还是你浑蛋？你到底把我当什么了？”

话落，他又一次封堵李婉的唇，他想听她说答案，又很怕她说出答案。她挣扎的呜咽声刺激着他的神经，他贴得更紧，像想把她生吞活剥。

李婉此刻像被架在火上烤，欲望在王观之的挑拨下膨胀，几乎将她吞没，不愉快的谈话像鱼刺卡在她的喉咙，委屈、愤怒令她失控，而失控的感觉又让她越发无能、狂怒。她想反抗，又拒绝不了涌起的情欲，而王观之还在不断地加剧这种痛苦和疯狂。在极度的痛苦和渴望之中挣扎，李婉忍不住哭泣。

李婉的眼泪混入他们唇间的吻，王观之第一次尝到的时候愣了下，昏暗的光线下，他不相信，又吻了李婉的脸颊，而后是她湿漉漉的眼睛。当他彻底听出她的呜咽声是抽泣时，他慌了，他没见过李婉哭。他探进她衣服里拽她内衣扣子的手僵住了，无措着缓缓地松开退出来，他想拉平她的衣摆，笨拙地拢住她的腰，又慌张地去摸她的脸，擦她的眼泪，低头贴着她的额头。他喘着粗重的气，怕惊扰了李婉，张口生硬、难过地说道：“是我浑蛋——”说罢，他紧紧抱住她，他们间的压力也卸去，她的脚落了地，软软地歪在他怀里。

压力卸去，李婉松了口气，无尽的空虚又向她袭来，无处着力的孤寂感使得她忍不住大声哭起来。她已经很多年没有哭过了，仿佛也不知道怎么哭了，哭了几声之后，她就累了，戛然而止，然后一把用力地推开了王观之。

王观之往后退了两步，踩在他自己丢到地上的外套上。两人都很狼狈。

“李婉——”王观之欲言又止。

“你走吧。”李婉低头侧过身，抬手抚平自己凌乱的额发，冷声说道。

王观之没动，许久说道：“看到你和程晋在一起，我已经嫉妒得疯了。”

李婉闻言，心头和眼眶都一酸，压抑着颤抖说道：“王观之，你根本就不懂，从前到现在你都不懂，你说我没有考虑你，你也没有考虑过我。”

“那你教我。”王观之难受地说道。

“你嫉妒就可以恶意揣测我的人格吗？”李婉问道。

王观之对此许久没说话，再开口的时候，他艰涩地说：“我不想让你和那些人打交道，你想要什么资源，我可以给你。”

李婉听着王观之这话，心里苦涩又愤怒，她要挣脱的就是社会无形中对性别和阶层的限制，他却恰恰用这些来束缚她，爱她。

“你永远不会懂，王观之。”李婉无法教一个既得利益者放弃利益。

“我不会懂，程晋就能懂？”王观之也很苦涩、愤怒。

“他比你懂。”李婉回答。

房间里安静得能听到针落地的声音，王观之抬脚把自己的外套踢到一边，又弯身捡起来，拍了拍，啪啪两下，脸色沉重且愤怒。

“你喜欢他？”他问道。

“不喜欢。”她回答。

“他能给你什么是我给不了的？”他又问。

“你以为我为什么会爱一个人？爱对方的资源，爱对方的权势，还是爱利益？”李婉冷笑。

王观之再次沉默，他在李婉面前总是无所遁形，他的修养和他的优势也是他的伪装、他的傲慢。他现在不懂她，也不懂自己，他只想要她，却又做不到不择手段，下不了狠手。他的理智在反省和愤怒中反复横跳，矛盾充斥在他的胸口。

无声地拉扯中，李婉又一次出声，悲观、无力地叹息道：“你没发现理解和尊重真的很难吗，王观之？你走吧。”说罢，李婉靠着墙往房间里走。她蹭掉鞋子，一头倒在床上，好一会儿之后，听到王观之开门离开的声音。

房间里很安静，不知道过了多久，李婉挣扎着爬起来洗漱，她刷牙洗脸的时候没敢照镜子，怕看到镜子里狼狈的自己。洗澡的时候，她脱去衣服，她的内裤上还有些潮湿、黏糊，是方才欲望的痕迹，可她的心已经冰凉。人真的是奇怪的动物，生理的需求和心理的需求是两个极端，矛盾、纠结、挣扎的生命体却可能是这个宇宙里最有生命力的存在。

李婉洗了澡，换了睡衣出来。听到门铃响，她走到门边，透过猫眼见是陆宁，犹豫了会儿，打开门，问陆宁：“这么晚了，什么事？”

陆宁有些尴尬地打量李婉，说道：“我发信息你没回复我，我担心你出什么事，所以过来你房间看看。酒局结束了？”

“嗯，早就结束了。事情解决了，你别担心了，早点儿休息吧。”李婉简单地说道。

陆宁闻言，又忙道：“那你没事吧？你看上去很累。”

“卸了妆而已。”李婉回复，缓缓地关上了门。

李婉躺回床上，没一会儿接到于传的电话。

于传的第一句话就是：“你晚上喝酒了？”

“嗯。”李婉回答。

于传一时沉默，然后说道：“早点儿休息吧。”她知道酒局是什么样的情况，她和李婉一样都经历过，她想安慰、关心李婉，但事实上都是苍白的，因为她们都知道要往前走才有拥有主导权的希望。

“陆宁和你说今天的事了吗？”李婉问道。

于传叹了口气，说道：“说了，谢谢你，李婉。”

“都是为公司做事而已。”李婉说道。这一刻她在犹豫要不要先提一提她想独立贸易公司的事，她想有些话还是要早点儿和于传说清楚。

“培养陆宁是我有私心。”于传说道。

“于总，有件事情，我想回去后和你谈一谈。”李婉咬了咬唇，说道。她的下唇被王观之咬破了些，现在肿胀发痒，让她忍不住想咬想抿。

“嗯，等你回来再说。”于传回复。

挂了电话，李婉睡意全无。她躺了会儿，又下床拿了手提电脑，打开，给W写回信。

K市的事情告一段落，李婉就想早点儿回A市，马上将近春节放假，她要回公司做年终收尾，然后再回Y市过年。每年一到年底，忙碌的节奏让人觉得压迫，也有期待，“回家过年”心里多少会有一丝温暖的情感，不管家里什么样，想起的时候总会记起童年的一些片段，就像李婉在给W的信里写的那样。

李婉给W的这封信写得很简短，没有她自己想象中的那么想说，那些商场上你来我往的灰色地带，她不知道如果她说了，一个陌生人会怎么想她。现在很多人依旧是非黑即白，正义、自由是他们嘴里的口号，实事却一点儿也不干。她暂时不想失去这么一个简单聊天的笔友，一下涉及过多的个人立场问题。所以，她整封信只写了关于过年的事，她在夜里写了一些，心情渐渐平复后便感到困了，然后合上电脑，躺下便睡了。

第二天一早，李婉和陆宁又去了一趟一斗仓库。这次陈浩躲着两人没出现，仓管虽然还是一副不情愿的样子，但工人是给叫到位了，她们两人和工人一起挑了一天的货。而这件事情面上处理过完场，后续的隐患问题还是存在。

李婉本来懒得和陆宁再谈起这个事情，打算回去和于传直接谈，但她看到陆宁今天闷头不喊苦不喊累地干活儿的样子，难免有些心软。结束的时候，她给陆宁买了水，和陆宁说：“偷工减料的事情不能做。投标谈判的时候，我们就已经知道面临的是什么样的问题，既然已经弯腰接单了，事情还是要做漂亮。与其偷工减料，不如狠心点儿反推工厂真的去改制，说不定还真的能从管理环节上挤出利润来。和一斗合作才开始，他们后面带给我们的品牌效益还是会有的，我虽然讨厌这种投标项目，但骂归骂，做事情还是要掂量清楚。”

陆宁点点头，脸色不太好，眼睛里有了不安和歉意。

李婉想了想，又问道："偷工减料这事，你妈知道是吧？"她和程晋说的是一回事，心里明白的是另一回事，她知道陆宁虽然回工厂说要管理，但以于传的个性总把控肯定还是于传。

"嗯，不过是我和她提的，她觉得可行就批了。因为的确其他工厂也有在做的，没想到我们这么倒霉。"陆宁握着瓶盖，却没有使力打开，显得有些无措。昨天她没有去酒局，给于传打电话说了发生的事情，催促于传让李婉直接塞钱解决算了，不要和那些人周旋了。于传生气，骂她没脑子。于传说能直接用钱解决的问题都不是问题，李婉那么聪明，不可能不知道，她不用钱肯定是因为人家要的东西不是她能给的。

陆宁忽然感到很担心，怕陈浩会占李婉便宜。她越想越难过，越坐立不安，她想要是那些男的都同流合污，那李婉一个人赴宴真的太令人难过了。她此刻都还有点儿不敢看李婉，没敢细问在酒局上李婉有没有被为难。

而她自己心里还想不开，李婉却对她说了豁达的话："是倒霉，也不是倒霉，塞翁失马，焉知非福？早出问题比晚出问题好。你是个很幸运的人，陆宁，你要珍惜你自己的机遇。"

陆宁愣愣地看着李婉，傻傻地问道："你不是很气我给你惹了麻烦吗？"

"不是给我，是给公司。我这人在公事上没什么私心，你只要能吸取教训，能成长，事情该过去就让它过去。"李婉平静地说道。

陆宁心里有种说不出的震撼，她看着李婉，一时不知道该说什么。

李婉则又对她提醒了一句："不要太相信别人，除了你妈，没人会真正护着你，你萍水相逢的学长程总更是不会。"

"你不也护着我吗？"陆宁嘀咕。

"我是看在你妈的面子上。"李婉直言。

陆宁闻言有些难堪，不由得面红耳赤，但不想顶撞李婉了。

李婉也没有再说话，低头开始在手机上看机票，她打算连夜赶回A市。这边的事情告一个段落，后面她就是好好跟进赵总，让他把台面上的事情做好，该罚的罚了，该整改的整改了。

深夜回A市的飞机上，李婉才坐好就收到程晋的信息，他问她："你就回去了？”

李婉看到信息皱了皱眉，回复道：“是的。”

“注意安全。”程晋很快又回了过来。

“谢谢。”李婉快速回完就关了机，不打算再看，因为她总觉得程晋还有话要说，她此刻不想应酬了。

飞机到达A市已经是凌晨，李婉下了飞机，重新开机，果不其然收到了程晋的信息，他说：“你真的是够狠心，利用完人就跑。”

李婉看到这句阴阳怪气的话也没打算回复，可程晋猜到了她的航班，关注了她的航班，很快又给她发了条信息：“我很好奇一个问题，李婉，你为什么不和观之复合？”

李婉看到这个问题不由得又咬了咬唇，她想到了王观之，心头有些颤抖。她可以说出王观之很多外在的优点，可以想象到他们在一起能有的快乐、甜蜜，紧接着她也能想象到在依赖他之后，他会慢慢侵占她的空间，一点点抽掉她手里的主动权，她说不出他哪里坏，但他现在于她就像温水煮青蛙。他们如果结婚了，他可能会一直爱她，她也可能最终会为了他妥协生孩子，再过个十来年，她就像做了一场梦。也有可能，他们都撑不到十来年，在结婚后就会因为孩子的问题离婚，互相质疑彼此对人生的追求。不管哪一种，李婉都看不到令她激动的未来。

最后，李婉给程晋回复了一句：“不关你的事。”

程晋则回了个笑脸。

他今天在酒店里遇到了王观之，王观之看上去脸色不太好，他便玩笑地问王观之昨晚是不是和李婉吵架了。谁知王观之却问他：“为什么昨晚你让李婉和赵叔说价格的事情？李婉他们公司偷工减料真的有理吗？你是真的想帮她吗，程晋？”

程晋则笑了笑，回答：“鹤姨很想帮她。”

王观之没接这话，目光深邃如炬地看着程晋说道：“程晋，不要被我发现你们俩私下有什么合作，不然就别怪我不留情面。”

程晋面不改色地笑着，故作不解，佯装不满地说道：“你这是什么意思？连你也不信我的人品？”

王观之似笑非笑。

“而且你说的合作是什么合作？”程晋假装好奇。

“什么合作都不行。”王观之回答。

“那很难。”程晋玩笑道。

王观之抬了抬眉，眼眸变冷，笑意愈深。

程晋解释道：“那个陈浩调戏李婉老板女儿的事情你知道了吗？昨晚你来之前，我们就在说这事，所以气氛很不好。之前估计这小子对李婉也不太规矩，李婉和我提过，陈浩的作风不好，我也早有耳闻，说实话，我们都很想把他搞出去。”

王观之听闻这事略显意外，不由得皱了皱眉，但他的心里也越发不舒服，因为李婉和程晋说的事情比和他说的多。同时他越发难理解李婉，他不知道在这样的环境下，她为什么还要这么坚持努力工作。他的眉头锁得越发深，最后转身走了。

程晋看着王观之的背影觉得有点儿可笑，他认识王观之很久了，知道王观之内在就是个傲慢、自我的人，眼里揉不得沙子，看不上人情往来的虚伪，王观之手里捏着主动权太久了，根本不会懂被动的人应该怎么生活。所以程晋有时候也很奇怪，王观之为什么爱李婉，他们完全就是两类人。在程晋看来，王观之现在对李婉不过是不能轻易得到的不甘而已。

这两个多月对李婉来说是漫长的，因为这两个月的突发情况，公司里原本在十二月末至一月中旬就该做的年终总结，她干脆放在了春节前。而等她回到公司真正做年终总结的时候，发现这一年并没有因为这两个月的破事而完全毁掉。她公司今年的业绩没有明显增长，但是毛利润率提高了，净利润也比去年高，虽然这些利润又亏损在了这两个月，但她也不能否定自己年初改制决策的功劳。整体下来，她没拿到多少分红，但好歹这一年是熬过去了，来年又是新的开始，已经亏损的不能追究，只能在以后慢慢挣回来，想起来还是充满了希望。

于是，李婉在公司年终总结结束后长舒了一口气，带着一种平静的心情，一个人慢慢开车返回 Y 市。而对她来说，每一年回到 Y 市还有一件事很重要，那就是和于传的会面，她们要复盘总结这一年，对来年的规划做出调整。每次这种时候，她们的相聚都让李婉觉得有种期待。

于传是个很有见识也很好学的人，她于李婉亦师亦友，她们平时联系不多，各自忙碌着，一旦坐下来就能聊很多。

关于这件事，李婉在开车到家的那天深夜也写在了给 W 未完成的信里。那晚，李婉到家很晚，林素和李利兵爬起来给她开门。林素还陪李婉收拾了会儿，和她说："你明天早上好好休息一下，下午和你妹一起陪妈去买点儿年货。"

"我去不了，我约了于总见面。"李婉说道。

林素一听，说道："这么着急吗？你工作还没有结束吗？"

李婉点点头。

林素闻言若有所思，然后问李婉："你们这个于总就一直没有再婚吗？她一个人不会很孤单、寂寞吗？你问过她吗？"

李婉听笑了，回头没好气地说道："她才不会孤单、寂寞好不好？你是不是睡迷糊了，妈，我怎么会问她这些事啊？"

"那你们都聊什么啊？就一直讲工作讲工作，不累吗？"林素呵呵笑道。

"能聊的很多。"李婉笑道。她起身把林素赶出去，让林素赶紧继续去睡觉。

而李婉收拾完行李后就越发清醒，想到邮件还没有写完，就拿出电脑写了个结尾。

W，

说起冬天，我就会想起过年，转眼 2019 年也要结束了，时间真的好快。

提到过年，我总会想起小时候我妈带我们两姐妹去买衣服的场景，我妹很喜欢和我买一样的衣服，所以以前很多人都以为我们是双胞胎。

但人总是会分流的，我们上了高中之后，我的衣服就再也不适合她，她的也不适合我了。而我们年幼和妈妈一起逛街买新衣服的场景永远刻在我的脑海里。

我每年回到家都是农历二十八九，算很晚了，但我的工作其实没有完全结束。我的老板也是我的朋友，我们都需要碰一面再聊一聊。我妈时常很好奇我们都在聊什么，她认为我们两个女人之所以有那么多话聊，肯定是因为八卦或者感情上的事情。不得不说女性对女性都有很刻板的印象，更何况男性了。

其实我和我老板很多时候都真的只是在聊公司的未来，聊员工的发展，聊行业前景，聊市场经济情况，还有就是在历史、政治的得失间学习对我们有帮助的。我有时候真的很佩服我现在的老板，她是个很厉害的女人。

不过，我觉得我妈这样的女人也很可爱。这样很好，我们中有人关心爱情、婚姻，关心家庭，也有人关心政治、民生、经济，还有社会的未来。

就此落笔了，这封信我又写了好久。

最后，提前祝你新年快乐，越来越好，平平安安。

Phoenix

于传爱喝茶，家里有个茶室，日常会客用。每次李婉来，她都会提早买些时令水果、坚果和小零食让她喝茶时吃。

李婉走进茶室，看到这满桌的零食时，笑道：“于总，我以前就觉得当你女儿肯定很幸福，这次我是真的知道了，不是我觉得，是当你女儿真的很幸福。”

于传听出了李婉话里有话，笑了笑，没搭话，只问她：“想喝什么茶？”

“我只爱喝普洱，你不是知道吗？”李婉说道。

“人是会变的，我怎么知道你有没有变？”于传四两拨千斤地回复道。

李婉拉开椅子坐下，笑道：“那倒是，人的确是会变的。”

于传闻言，深深地看了眼李婉，不紧不慢地开始泡茶。

等茶的空当，李婉吃了点儿草莓，夸赞好吃。

于传道："这是陆宁买的。"

"那你夸她了吗？"李婉笑着问道。

于传闻言哑然失笑，泡好第一壶茶，公道杯把茶分到杯子，第一杯她端起来，说："以茶代酒敬你，李婉。"

"为什么敬我？"李婉问道。

"一斗的事情让你辛苦了。"于传说道。

"都是公事。"李婉举杯碰了碰于传的杯子，淡淡地说道。

两人相对，慢慢地喝了第一杯茶。于传继续倒上，说道："你说你开年要去M国，确定好了吗？"

李婉点点头，说道："投标不是我擅长的，我也不喜欢，我还是想开发我自己的市场。一斗的投标已经有了，后面其他的投标就是依样画葫芦，你找其他人来接手吧，爱投几家投几家。"

"我整个贸易团队都交给你了，我找谁去做？"于传反问。

李婉闻言，想了想，认真地说道："你还是大老板，于总。"

于传笑了笑，其实心里能猜到李婉说的要和她商量的事是什么。

"你说交给谁去做？"于传问李婉。

"我想过了，交给黄雅吧。黄雅年长，有阅历，人情世故也懂，她虽然一直做外贸，但是是非常传统的业务员，很适合面谈客户。别看她平时话不多，但情商很高，知道怎么说话、做事，她做的事情会让我感到很舒服。"李婉说道。

而于传听到黄雅的名字时微微皱了皱眉，说道："黄雅的精明的确在你之上。"

李婉听到这话有些意外，笑道："黄雅很精明吗？我觉得她蛮实在的。"

"她知道怎么让你觉得舒服，就是在你之上。"于传说道。

"那太好了，我就多个帮手了。"李婉笑道。

"也未必是帮手。你还很嫩，李婉，你对手下的人很好，但还没有学会用人，所以你自己做得很辛苦。这事我一直在和你说。”于传说道。

李婉莞尔一笑，说道：“我带团队的理念和你不太一样，于总，你认为要排除异己，进来的人都要和我们差不多，但我真的觉得，客户千百种，我们应该有千百种的业务员去应对。只要公司制度没有问题，就应该放开了让人去做。”

“你的前提是每个人都有一定的道德品格，而且足够聪明。但事实上，大部分人都很平庸，而且自私，给他们空间，他们会感到不知所措，因为不敢承担责任；不给他们空间吧，他们又感觉压抑。谁能持中，对自我有个精准的定位？我见过那么多人，就你最好，你是万里挑一。”于传说道。

“天哪，于总，你为什么这么夸我？”李婉笑盈盈。

于传继续道：“投标的事不适合交给黄雅。”

“你顾虑的点是什么？”李婉问道。

“我不用不可信之人。”于传说道。

李婉闻言颔首，没反驳，笑道：“所以我说你才是大老板。”

“你手下那个小姑娘原彦比她好。”于传道。

“原彦太年轻了。”

“我对她印象不错。你记得有一次我有个客户要转交给你，那天估计你在忙，直接让我推给原彦，我就拉了个群，她对接得不错。我在群里，她也对接得很自然，有一次我扫了眼，看到她说错了一个点，私信提醒了她一句，她的回复让我想到了你。她没有任何的紧张、不满，而是很高兴我提醒了她，然后她说‘于总，我去想办法圆回来’。”于传徐徐说道。

李婉听得哈哈笑，说道：“这真的是我会说的话。”

“她可以好好培养，投标让她去做更合适。”于传说道。

但李婉还是不同意，说道：“那我就更不想让她困在投标里面，她那么年轻，干吗让她经历那些灰色的事？她可以有更好的方向。”

于传没回复，继续泡茶。

两人之间一时很安静，李婉开始吃坚果，隔了好一会儿，她说道：“于总，我们去年谈过，明年有合适的人，我就把团队的管理交下去。你不喜欢黄雅，但她的能力是有的，她的经历也很不容易。而且我给到她手里的资源，她基本上都会出单，她很有谈判的技巧，我觉得让她带几个小的没有问题。如果是这样，我就可以去做其他真正属于管理布局的事情，要真正做贸易公司，我们的品太单一了，我应该去寻找更多的合作模式，不能一直被困在业务岗位上。你之前说我的团队没有成长，问题在于我没有真的放手。”

“你不觉得你着急了吗？”于传问道。

“你这么看吗？”李婉笑道。

“你一向很有忧患意识，Linda 他们公司的事给你的冲击很大，我知道，但这事还急不来。”于传说道。

“我自己觉得不是急，总要试试看。你不是也在让陆宁试吗？”李婉笑着说道。

于传笑了笑，她知道李婉说的也不是没有道理，沉默良久，笑着说了一件事：“你知道吗？刘备应该是真心想传位给诸葛亮。若嗣子可辅，辅之；如其不才，君可自取。”

李婉听到这事哭笑不得，说道：“他根本不是真心的，要是真心就直接传位了，让人后面再当反贼的器重好虚假。”

于传笑而不语。

李婉想话都说到这个份儿上了，她也直接道：“诸葛亮的定位就是二把手，但我不是，我只想当一把手。”

“我也不知道还能干几年，李婉，我可以把诚润的生产股份再多给你一些。”于传说道。

“我不要，于总，我只想小工厂大贸易，贸易才是我想做的。你可以把贸易公司的股份再分我一些。”李婉说道。

“我知道你看不上陆宁，贸易公司是你的心血，你有担忧很正常。”于传理解地点点头。

“你不要怪我。”李婉垂眸看着深色的茶水，说道。

“你再给我一点儿时间考虑考虑。”于传抿了抿嘴角，严肃地说道。

“嗯，这些事情早点儿说清楚，我们双方都早做打算。”李婉说道。

“你已经找下一家了？”

“那没有，但我知道人都很难过亲情那关，血浓于水。我可以理解你。”李婉微笑着说道。

“所以你不想生孩子也挺好的，孩子不用痛苦，你也不用痛苦。”于传笑着说道，“不用看到自己的小孩眼高手低，瞧不起家里的产业，自己又做不出任何事来，没有担当，没有责任，却还在依赖家里的产业生活。”

“那是你自己宠的，于总。”李婉喝了口茶，想到了李乐乐。

于传哑口无言，有些出神。半晌，她站起来，从身后的柜子里拿了一盒茶叶递给李婉，说道：“给你爸妈的，这个茶叶很好，我托人从 N 市带来的，那里盛产茶叶。”

李婉接过道了谢。

于传想了想，又道：“你要是真的觉得黄雅行，就提升她做个小主管试试看吧。女性高层不多，是因为做上中层的就很少，她能从家庭里重新出来是很不容易的，如果有能力，有抱负，那就让她试试看。人的黄金时期是二十五到三十五岁，但他们都对女人说这是女人的最佳生育年纪，很多女孩子初入职场二十出头，好不容易到二十五岁要发力了，又结婚生子了。等生了孩子再想出来就难了，有些人是自己不愿意出来了，有些人想出来也出不来了，家里都是反对声。连你自己的孩子在大环境衬托下，都会觉得别人的妈妈都陪在身边，为什么就我的妈妈那么失职。”

“嗯，是的，我有时候想想觉得很有趣，生育的能力其实在女性身上，那正常来说主动权就是在女性手上，想不想生应该是别人看你脸色。为什么现在好像不生还对不起别人，对不起家庭？”李婉似笑非笑，抚摸着精致绸面的茶盒。

“因为很多女性就很习惯交出自己的主动权。”于传说道。

李婉对这句话感触很深，正想和于传继续深谈，她的手机就响了。林素火急火燎地给她打电话，催她回家，让她别要过年了还在外面飘荡。

于传也听到了电话，待李婉挂断，她也不打算多留李婉，说道：“你早点儿回去吧，马上要过年了，我们还在谈工作。”

李婉微笑着起身，临走前，问了于传一个问题："于总，你后悔做了诚润吗？"

于传被问得有些措手不及，她当初和丈夫陆恒一起创业，做些小本买卖，后来她想做大，陆恒却怕事，两人就发生了意见分歧，最后她还是执意买地建了厂。就因为这事，后来陆恒生病去世，陆家都觉得是于传害的，因为她让他背负了太多的压力才会生病,就这样连带着陆宁也开始恨自己的妈。

于传回答："这个很难说吧。"

"我个人很感谢你，幸好有你这个女老板，让我看到了其他可能。"李婉笑着说道。

于传笑而不语，其实她一开始做事的时候没有想那么多，只想赚钱，后来走得越远，接触得越多，才渐渐有了一种责任感。至少，现在的她可以选择不要为富不仁，不需要等着别人去改变世界，她可以在看到谁受困的时候在能力范围内帮一把。她这么活着，怨气少了很多，每天都是往前走。

李婉从于传家离开，心情很好，对未来又多了很多期望。她想做好公司后的成就感，想象着明年人事变动后每个人的成长，想着公司稳定，大家赚钱之后，世界广阔，可以有很多种活法。

她想了很多，短暂地忘了人生总是事与愿违这事。

# 第八章

爱一个人要为对方放弃一切，甚至自己，
我觉得这是一个骗局。

除夕夜，李婉一家人围坐在灯火下吃年夜饭。饭桌上话最多的就是林素，她一会儿问李乐乐清蒸鲈鱼味道怎么样，一会儿问李婉喝不喝酒，一会儿数落李利兵丢三落四，少买了菜，害她年夜饭少做一道菜。

李婉起身从身后的酒柜里抱出今年夏季泡的杨梅酒，她用罐子里的大勺给自己舀了一杯，问李利兵："爸，你要喝杨梅酒吗？"

"哎呀，冬天怎么喝杨梅酒？"林素吐槽了一句。

"因为我想让夏天快点儿来。"李婉笑道。

李利兵递酒杯给李婉，说道："满上。"

李婉接了李利兵的杯子，倒满，还给他舀了两颗杨梅。

李乐乐见状，也递上自己的碗，忽然说道："姐，我也要吃杨梅。"

李婉笑了笑，说道："我给你舀一口酒尝尝，这个杨梅里的酒劲可比酒还大，你吃了肯定会醉。"

"哎呀，你别让她喝酒，她不能喝酒。"林素忙制止。

李婉闻言动作稍顿，随即干脆舀了颗大杨梅放在李乐乐碗里，末了还给她补了小半勺酒。她把碗递还给李乐乐，说道："慢慢吃，不要一口把杨梅吃了。"

李乐乐喜笑颜开地接过。林素则气笑，说道：“哪有你这么当姐姐的，她根本没有喝过酒。”

“所以，难得她想尝试点儿新东西，挺好的。”李婉笑道。

林素没法，瞪着眼半晌，最后把自己的酒杯也递过去，说道：“给我也来一杯。”

“你这杯要收钱。”李婉笑道。

林素没好气，嘀咕道：“凭什么就收我的钱？”

“因为你刚才嫌弃它。”李婉笑盈盈，接过杯子，给林素倒酒。

林素失笑，说道：“你就是废话特别多。”

李乐乐很开心，插话道：“就姐最好了。”

李婉笑了笑，封好酒罐，抱回酒柜里。她重新坐下的时候，手机振动，收到信息，她点开，不由得笑了，因为她竟然收到王鹤的群发祝福短信。李婉感觉这很不符合王鹤的气质，李婉以为像王鹤这样的人应该是别人给她发祝福短信的多，她发不发都有人惦记着她。李婉每一年最烦的就是发祝福短信，但有时候为了维持简单的人际关系，她也会编辑一条简单的短信群发，刷一下存在感。她在想什么时候能不发这些短信，结果看到王鹤都还在发，真是一山更比一山高，人生有时候真是没有尽头。

李婉立马给王鹤回了信息：“王阿姨，祝您新年快乐，阖家幸福、平安！过去一年感谢您的帮助和关爱！”

李乐乐见李婉在看手机，笑得开心，忍不住凑过去问：“姐，你在和谁聊天？”

李婉点了发送，立马锁了屏，避开李乐乐，说道：“你不要随便看别人手机。”

李乐乐靠后，抿抿嘴，说道：“我没有看到。”

林素见状，下意识地就偏向李乐乐，说李婉道：“你每天捧着个手机，天天说自己忙工作，工作不能看吗？”

“工作当然不能看，有商业机密的。”李婉翻白眼。

“神神秘秘，我看你是谈恋爱了，看个信息笑得那么开心，”林素笑着转移话题，说道，“你怎么一年到头连个男朋友都没有？”

“干吗，有罪吗？”李婉哼了声。

林素气笑，说道：“妈这是在关心你，怕你以后老了孤身一人，很可怜。”

而林素这话说完，立马觉得不妥，闭了嘴，因为她的话可能根本不会让李婉反省、害怕，反倒会刺激李乐乐的神经。

果不其然，李乐乐渐渐没了笑脸，低头夹起碗里的杨梅咬了一口，立马又吐了出来，皱眉说道：“好难吃。”

李利兵笑着说道：“杨梅酒里的杨梅没点儿酒量吃不来，你真的要小心，肯定会醉。”

李婉笑了声，夹起杨梅吃了一颗，点点头，附和李利兵。

李乐乐瞅着李婉享受地吃着一颗夹杂着浓重酒味的杨梅，说道：“为什么东西在姐那儿和在我这儿就是不一样？”

“我也体会不到你的感受，我也是羡慕你的。”李婉淡淡地说道。

“我有什么值得你羡慕的？”李乐乐追问。

李婉倒没有料到李乐乐会这么刨根问底，一时被问住，尴尬地喝了口酒。

李乐乐心里明白李婉的心思，她也知道家里每个人都对她小心翼翼，看似对她好，但心里多少都有点儿烦了。李婉之前还会对她生气，骂她，现在都不怎么管她了，什么都顺着她，这是因为李婉不想和她有太多的沟通，放弃让她变好了。李乐乐很多时候都知道问题出在自己身上，却感到自己没有任何力量，她总是希望别人能再帮自己一把，但又不喜欢别人的那种帮忙方式。她极其厌恶和自己相处，相信别人也是，这个世界上没有人会无条件无怨无悔地爱着另一个人。爱都是有条件的，被爱的那个人必须有一些优点，哪怕是一点点。

餐桌上的气氛骤降，李婉端起酒杯和李利兵碰了碰，祝他新年快乐，她开始在家里的餐桌上喝酒，敬酒，缓解这种尴尬。这一刻，她想起王观之，想起他的求婚，她想还好他没有和她回家见父母，不然这种尴尬会像鞋子里的沙子让她很难受、无力。

王观之曾经问过她家里的情况，他问她："你是独生女吧？"

那时候他们才开始交往，她笑了笑，反问："为什么问这个问题？"

"好奇，看你的性格这么独立，又说一不二，肯定习惯在家作威作福了。"王观之笑道。

李婉道："那你说是就是。习惯在家作威作福，你也是说你自己吧？"

王观之笑道："我感觉要是比性格，你比我还强一些，看来我以后得好好听话。"说罢，他还冲李婉眨了眨眼。

李婉当时被王观之的行为可爱到，被逗笑，微微红了脸，说道："你知不知道你这个样子蛮欠的？"

"我不是在说让你对我好一点儿吗？"王观之笑得灿烂，热诚地注视着李婉。

李婉笑着扭开了脸，不搭理他。

年夜饭结束，八点的春晚开始了，李婉和李乐乐坐到沙发上，打开电视。李利兵夫妻俩开始收拾餐桌，后来李婉坐了会儿，起身去帮忙。等他们收拾完，打算和李乐乐一起看电视的时候，却发现李乐乐抱膝坐在沙发上默默流泪。电视里的主持人喜气洋洋，外头开始放烟火，李婉看着悲观、痛苦的李乐乐，觉得家人关系真是人生没的选择的泥潭。她暗自打算初三就离家。

李婉在父母安慰李乐乐的时候，悄悄回了房间。每当这种时候，她缓解自己心情最快的办法就是学习和工作。李婉打开电脑，给几个重要的客户发去中国的新年问候，之后开始梳理开年的工作计划。

到零点的时候，林素来敲门，屋外已经恢复了平静，她让李婉出来一起跨年。李婉点点头，合上电脑，起身出去。一家人一起坐在沙发上等着新年降临，电视里也在倒计时，李婉低头看手机，每次在家里的这种时刻，她都很想忽然大声呐喊一声，但不知道是要为了什么而呼喊。

等零点一到，林素忽然站起来，笑着说道："新年了，新年了，大家都要开心点儿！一会儿我和你爸要去烧香，你们两个今年去不去？"

李婉看到母亲的努力、积极只觉得疲惫，她说道："这段时间都睡不好，我要睡觉了。早上不要叫我，中午要是我没有醒，也不要叫我。”

林素想说她真不像话，但一想到已经是初一，不宜骂孩子，就忍了，笑着看向李乐乐。

李乐乐也摇头说不去。

于是，林素和李利兵收拾了一下，准备出门。出门前，林素进了李婉房间，和她说：“我和你爸一个小时左右就回来，你别真睡了，看着点儿你妹。”

李婉感到烦躁，翻个身面朝里，说道：“能不能不要那么神经，她多大的人了，你不是说她最近都很好吗？”

林素可以对着李乐乐没有任何脾气，对着李婉就全无耐心，立马觉得女儿不够贴心、懂事，她生气地隔着被子拍了拍李婉的屁股，说道：“你怎么这么自私？就一点儿耐心都没有？”

李婉深呼吸，她很懂恶语伤人六月寒的意思，经常被林素一句话毁了一整天，甚至一整年。

林素见李婉还躺着，一动不动，她有委屈，也有歉意，出口的话却是：“我每天都在忍，不忍的话，你让妈怎么办？你妹怎么办，你爸怎么办？你一年到头总不回家，就这几天你也忍不了吗？”

李婉这时翻坐起来，生气地说道：“就是因为你们这么忍，她才会一直这样，我早就说了让她出去工作工作，不管做什么都好！”

“她怎么工作？连个像样的文凭都没有，去哪儿找好的工作，你说怎么办？你给她介绍工作吗？”林素问道。

“什么工作不能做？只要她肯学。”李婉说道。

“那让她明年去你那儿上班，你带她行不行？”林素立马说道。

这句话让李婉胆怯了，她震惊地瞪着林素，半晌说道：“我不带她。”

“你看你就是这个样子！”林素说道。

“妈，你出去，我不想和你吵架，出去。”李婉气道。

林素愤愤地起身离开。门关上后，李婉倒回枕头上，望着天花板，她有时候真的很讨厌家，不管幸福还是痛苦，这个地方都像个坚硬的鸟笼，总是把人生的可能性缩到最小。

李婉在床上翻来覆去睡不着，窗外的烟花爆竹声吵得她心烦，热闹都是别人的，和她没有一点儿关系，她此刻和新年格格不入。实在睡不着，李婉坐起身，打开灯，想找本书看看，看到手机提示有新邮件，她点开一看，是W的回信。

Phoenix,

新年快乐。

我不知道应该怎么和你说，你的上一封信对我有很大的触动，我应该要感谢你的这些来信，又不知道该从何说起。

我最近面临着很大的问题，可能是工作上的，可能是生活、情感上的，可能也只是我个人内在的问题，但不管哪一方面，你的信都给我很大的触动和安慰。从前到现在，你始终是一个积极乐观、对生活充满热情的人。真的很感谢你在信里的分享，带给我很多思考。可惜，我这段时间理不清楚自己的感情，也不知道应该怎么和别人分享有趣的事，只能祝你新年快乐。

和你说了两次新年快乐，算了，就当去年的新年快乐吧，因为去年我没有和你说新年快乐。

最后，再祝你阖家幸福、平安。

W

这封信让李婉翻回去看了自己写的信，这一秒，她感觉坚硬的鸟笼忽然变软了，她好像是自己把自己安慰了，又像是被W的信安慰了。但最终她这一秒的开朗可能只是因为他们之间有一种无形的互相理解，还有一种难以言喻的相同的触动。

李婉拿着手机又看了一遍W的回信，心想他的感情问题是不是因为他的前女友。她忽然有点儿好奇他这几年有什么样的经历，是不是也站在了某一个十字路口。

王观之除夕夜陪王鹤一起过，年夜饭之后，他就准备回家。

外面正热闹，王鹤送他到门口，问他："你假期有什么安排吗？"

"没什么特别的安排。你呢？"王观之穿着鞋，和王鹤闲聊。

"我不是告诉过你了吗？我初三约了朋友出国旅游，回来的时间还没有定下来。"王鹤说道，"你好像从 K 市回来就心不在焉，遇到什么事了？"

"没有，事有点儿多，一时忘了你说过的话。"王观之回头笑着说道。

"程晋初二会来拜年，你要是没什么事，可以来坐一坐。"王鹤说道。

"他给你拜年，又不是给我拜年，我来做什么？"王观之穿好鞋，转身拿外套。

"人际关系总要搞一搞，他现在在集团里正是上升期，以后说不定你们也会有工作上的往来。"王鹤拉了拉肩头的披肩，说道。

王观之皱了皱眉。他套上外套，犹豫了片刻，说："好。"

王鹤有些意外，微微笑着道："人在世上走，没几个人可靠，你们有这样像兄弟的关系在，应该更亲近点儿。妈知道你没什么野心，但人总有向上走的时候。当初给程晋安排一斗的工作，没想到他能成长这么快。"

王观之没说话，但心里清楚程晋很懂得借势，就像李婉一样。他想起李婉那天离开酒桌时忽然向赵总表明自己和王鹤关系的样子，眉头锁得越发紧，低头拉好拉链。

"初二有空就过来。"王鹤又多提醒了一句。

王观之点头拉开门，说道："好，我知道了。"

王鹤看到王观之离开的背影，看着门关上，笑意渐失，叹了口气。她心里能猜到王观之最近情绪不好的原因，她年前接到了 K 市赵总的电话，赵总说他见到了王观之。然后赵总笑着向她试探李婉是谁，说了酒局的事。当王鹤告知和李婉是朋友时，赵总便开始对李婉赞不绝口，说她工作能力强，很是优秀，还调侃说："我看观之对她很着急，对她有意，那天他们是一起离开的。你要多留意，给他们撮合撮合，他们真是郎才女貌，很般配。"

王鹤笑呵呵，没说什么。后来王观之出差回来回了趟家，她原本想问他 K 市的情况，结果他闭口不谈，她便知道那天估计他和李婉又吵架闹崩了。

王鹤一点儿也不奇怪，她虽然和李婉接触不多，但很清楚李婉是个什么样的人：奋进、野心勃勃，还特立独行。最难得的是王鹤在李婉身上看到一种坚忍和耐心，她渴望成功，却不急于求成，这让她很难向任何人任何事妥协，她会坚定地用自己的方式慢慢成事。王鹤感觉自己的儿子王观之不是李婉的对手，要是李婉不爱他，他很难得到她。

看到自己儿子吃爱情的苦，王鹤有些心疼，又觉得好笑，她希望王观之能早点儿觉悟，要么成长，能跟上李婉的脚步，要么就放弃李婉，不要再自我困扰。不管哪一种觉悟，她都爱莫能助。

王观之驱车回家，路上遇到不少一起跨年的年轻人，成群结队。他们中有些是朋友，有些是情侣，不管是哪种关系，他们身上都充满热情和希望。

王观之经过他们，越发感到心里有巨大的空虚，难以形容。他还在想他和李婉之间的问题，为什么她离开他毫不犹豫，他却对她念念不忘，他这段时间总在想李婉那天对他说的话："你没发现理解和尊重真的很难吗，王观之？"

他一直认为自己对李婉很好，也很珍惜她，甚至想和她结婚，给她遮风挡雨，但她说他不懂她。而他仔细想想，他真的不知道她想要什么。他只知道她工作很努力，想赚很多钱，他以前笑她财迷，有时候逗她，想让她放下工作来陪他，他会和她说："你放下工作一个小时损失多少钱，我补给你，你来陪我。"

李婉会被气笑，骂他神经病，说道："我的工作是无价的。"

他觉得她真逗，有一次便跑到她公司抓要加班的她，硬把她带回家。然后他们一起吃饭，看了电影，之后缠绵欢爱。事后，他睡着了，半夜起来发现李婉裹着条毯子坐在地板上，腿上摆着手提电脑，处理工作的事。

他迷迷糊糊地翻到她那侧床沿，伸手搂住她，亲了亲她的脸颊，问她："宝贝，你怎么工作这么拼命？"

她回头也亲了亲他的脸，说道："不好意思，吵醒你了，我马上就结束了。因为我不是为我自己工作。"

"不是为你自己？为别人工作还这么拼？"王观之笑了笑，捏了捏李婉的脸。

“也不是为别人，就是为了一个美好的未来而工作。”李婉望着电脑屏幕，笑道。

他又一次听笑了，趴在床上陪了她一会儿，又睡着了。第二天，他睡醒的时候，李婉已经不在身边，她早早起了床，收拾停当，准备上班。

王观之没有问过李婉的美好未来是什么，因为他认为的美好未来就是当时他们眼下的延续。他想她肯定和他一样，也必须和他一样。

而他的笔友 Phoenix 的信无意间触动了他的一些点，他一时很难说清楚是哪些点，但会让他不断地想起之前他和李婉相处的点滴。比如他想起了她说的美好未来，就意识到其实他从未真正问过她什么是她的美好未来。

可他还有去了解李婉的必要吗？王观之问自己。理智的答案是他应该放手和忘记，然后继续往前走。因为他看到了她那么多的心计和功利，她在他心里的形象越来越模糊、复杂，她应该不是他喜欢的那类人。只是感情是另一回事，她对他始终有种致命的吸引力，她就是一团燃烧着的火，他则是对光毫无理智本能渴望的飞蛾。

大年初二，王观之中午时分到王鹤家，程晋已经来了，和他一起的还有他的妹妹程灵霄。

程晋给王鹤送了两瓶昂贵难得的白酒，程灵霄则空着手，游离在拜年喜庆的氛围之外，显然是被程晋硬拉着来拜年的。

王观之和程晋相熟，但和程灵霄一点儿也不熟悉，他记得上一次见她还是她初中的时候，她还是个小姑娘，沉默寡言，见人就躲。这次看起来人是长大了，但还是内向、怕生，她见到忽然走进来的王观之一下涨红了脸，一副不知所措的样子，四下看了看，然后拘谨地正襟危坐。

程晋看到王观之，笑着站起身，玩笑地说道：“每年拜年都很难碰到你，今年真是巧了，竟然在同一天。”

“我妈明天要出门了，今天不来年就过完了，只能年后了。”王观之也笑道。

“你也讲究这些了？”程晋笑道。

“一直都讲究，你以为我是什么样的人？自我、乖张，做事没谱，全凭心情？”王观之似笑非笑。

“你要真这样，我会很羡慕你。”程晋接了话，也立马转开了话题，向王观之介绍自己的妹妹，说道，“不知道你是不是还记得，这是我妹妹程灵霄。”

王观之闻言望向程灵霄，说道：“你好。”

“她去年大学毕业，准备步入社会了，我带她出来多走走，多认识些人。”程晋笑着说道。

王观之微微颔首，没说什么，又看了眼程灵霄，说道：“以前见你还是个小孩，转眼就这么大了。已经上班了吗？”

“没，还没。”程灵霄不大敢看王观之，转过脸，丢下三个字。

王观之没介意程灵霄的态度，走到沙发边坐下。

王鹤笑着注视了会儿王观之，对他说道：“你来得正好，我们刚刚在商量灵霄工作的事。灵霄是学画画的，大学学了室内设计，你那边要是有合适的工作，可以给她介绍介绍。”

“嗯，我想想看。”王观之回答，但很难对这事上心。因为A市设计工作室那么多，他想程灵霄要是态度积极点儿，努力点儿，找份工作不难，怎么会毕业大半年还等着人介绍工作？

程晋也打量王观之，笑着说道：“那就靠你了，观之。”

王观之这才道：“不过这也很难，我只能推荐几家好的工作室和公司给灵霄参考，投简历和面试还得靠她自己努力。”

“这是当然。”程晋笑道，他很清楚王观之的意思，王观之多少看不上这种蹭资源的行为。

“回头我把公司信息和介绍发你，你转给灵霄参考。”王观之说道。

程晋略微颔首，看了眼身边局促不安的程灵霄，说道：“观之虽然不是做室内设计，但在A市的设计行业认识不少人，他推荐的公司肯定是家好公司。”

程灵霄没作声，低头，脸越发红。

王鹤笑而不语，一直听着他们聊这事，这时插话对程晋笑道："是的，你让灵霄面试好好准备，肯定会有适合她的公司。另外，你妹妹也大学毕业了，你这个当哥哥的负担也能轻一些，是时候考虑你的个人问题，找个对象了。"

程晋对此的回答是："鹤姨，您放心，我有喜欢的人了。"

王鹤很惊讶，笑道："是吗？是公司同事吗？"

"不是，不过您也认识她。"程晋笑着说道。

"我也认识她？"

"对，您还挺喜欢和欣赏她的。"程晋继续道。

程晋的答案还没有出来，王观之的眼皮就跳了跳，他正欲说什么，坐在他对面的王鹤已经说出了答案："不会是李婉吧？"

程晋笑着，没有正面回答，解释道："我们之间现在有点儿尴尬，碍于投标的事，我不好和她接触太多。所以这事只是我一厢情愿。"

王鹤抬了抬眉，下意识地看了眼王观之，只见他脸色黑沉。她接着笑着对程晋说道："李婉是个很聪明的人，你要追她，就要花点儿心思和工夫，不过眼下的机会的确不是很好。"

程晋顺着王鹤的目光也看了看王观之，不疾不徐地笑道："对，的确机会不太好。不过有志者事竟成，我相信诚心可以打动一个人。"

王观之紧抿着唇，实在听不下去了，站起身，冷声说道："我去倒杯水，你们继续聊。"

王鹤笑了笑，没阻拦。她低头看了看手臂上的披肩花纹，那是花枝缠绕的水印，而她心如明镜，猜测这两个青年或许早已经暗暗较上了劲。她眼眸微沉，面上却不动声色。

李婉初三一早从 Y 市出发，开了十来个小时的车，在傍晚时分到达 A 市。她在车库停好车，下车取行李的时候收到了程晋的信息。

程晋问："你什么时候回 A 市？"

李婉想了想，回复他："新年快乐，程总。可能初七、初八。"

程晋则又问："坐飞机？"

李婉打开后备厢，扫了眼信息，随便回了一句真话："自己开车。"

之后，她把手机塞进口袋，弯身取行李。她离家前，林素一直抱怨她来回匆忙，给她准备了一堆干货，硬塞进她的后备厢。

程晋坐在车里看着李婉回复过来的信息，忍不住笑了笑。他今天路过李婉家附近，便转过来买包烟，他在路边停好车，就凑巧看到李婉的车，但看不清车里是谁，便给李婉发了信息。现在他能判断出车里应该就是李婉。

程晋觉得李婉这个人真是有意思，和她说话有时候都很难判断真假。而他完全懂她的这些行为是一种自我保护，在极度不自由中挤压一点儿完全属于自己的空间和时间。他原本想拆穿李婉的谎话，说自己看到她的车了，但字打完发送前，想起自己曾经被领导想起而不得不去应酬被毁掉的一个个假期和周末，他缓缓地删除了，转而问李婉："假期过得怎么样？"

然后，他等了十来分钟，下车抽了一根烟，也没有等到李婉的回复。他灭了烟，将烟头丢进垃圾桶，上车离开了。在 K 市和李婉交过手之后，他知道自己对李婉判断有误，他给过李婉机会，递出合作的诚意，但她拒绝了。他曾想就此放弃她，寻求新的合作，但也因此越发好奇李婉是不是真的那么清高，能一次次把控住她自己的方向。

李婉回到家，收拾完行李，洗了澡，就舒服地躺在床上享受独处的时间。她开心地看书、刷剧，然后在长途驾驶的疲惫中满意地睡去。

第二天，李婉睡到自然醒，吃了午饭，开车出去转了一圈，到市内的公园散步、晒太阳，再到商场购物，最后她一个人去看了一场电影，心满意足地吃了简单的晚餐，回到家。

临睡前，她给 W 写了回信。

W，

展信佳。

你的春节假期过得怎么样？我初三就离家了，我和我家人的相处时间现在最长不能超过一周，一旦待在一起的时间久了，我们就会吵架，闹不愉快。假期剩余的时间，我都想一个人待着，好好享受时间。

我今天过得很开心，逛了公园，逛了商场，在公园附近的小店里买了一个很漂亮的南天竹盆栽。我一开始并不知道那是南天竹，问了老板才知道原来叫南天竹，还叫火焰南天竹，因为它的叶子在冬天受温度影响会泛红，越冷越红，越要燃烧，真的像一把小小的火焰，生机盎然，坚韧挺拔。我可太喜欢了。

在商场的书店，我买了一本书，是意大利作家卡尔维诺的《树上的男爵》，今晚已经开始读，看到男爵因为和父亲的一次争执而爬上了树，便不打算再下来了。如果换作以前，我看到这样的故事只会当作故事，故事的讲述总会夸张、渲染，本身的趣味性大于真实性，而故事的内核是作者创作的基点而已。但现在，我与男爵产生了共鸣，他爬上了他的树，我也在生活中爬上了我的树，并且也准备不管发生什么事，我都不会下树。那棵树是我的理想、原则，还有未来的方向，我相信每个人都有那么一棵树，它会不断地延伸生长，带人去很远的地方。是很有意思的一本书，不知道你有没有看过，如果没有，我推荐你去看看。

我和我的家人，还有前男友，很多时候就是因为这棵树而吵架。不知道你的感情问题是什么，还是我问这样的私人问题不太好，如果有冒犯，可以不用回答。

我最近也结束了一段感情，其实我在感情中一直不太诚实，没法完全信任一个人，也很难长久地坚持一份感情。在我心里有个天平，爱情很难是第一位。他们经常说真爱很重要，爱一个人要为对方放弃一切，甚至自己，我觉得这是一个骗局，真爱不应该只是爱情。而一个人没有自己，他肯定也不知道怎么去爱。我前男友觉得我不够爱他，因为我不会因为他在一些事情上做出妥协和改变，所以我也不知道什么样才叫够爱，有可能两个人对够爱的标准天生就不一样吧。

好了，我要就此搁笔了。

祝你一切顺利。

Phoenix

王观之在初三那天送王鹤去了机场，之后他回到家，也收拾了行李，初四一早和朋友出发去山里徒步。他在山里待了两三天，一直没什么信号，便干脆丢开手机，等出了山，他才整理了一些照片，发到朋友圈。

也是在出山之后，他收到了 Phoenix 的来信，读完他感觉她和他一样也在山里徒步了这么些天，亲近着自然和自己。于是，他忍不住给 Phoenix 发了一张照片，一张他私藏没有发朋友圈的照片，是伸手不见五指的深夜山野里，远远的有一簇小小的火光，令人向往。这张照片拍得不够好，不够清晰，但在他心里有自我映射。

他附上照片，简单地写了一封回信：

对我来说，爱是一种很奇妙的东西，没有任何特别的缘由，也没有所谓的意义，想追求就去追求，就像飞蛾看到火光那样，是人的一种本能吧。

这是春节假期的最后一天，李婉在电脑前准备明天上班的会议内容，她看到右下角提示邮箱收到新邮件，点开读了 W 简短的回信，看了照片。她有些震撼，震撼于邮件背后那个人的热度。那种热度是一种将理智痛快烧成灰烬的快感，但在灰烬之后，野风一吹，理智还会死灰复燃的矛盾情感。

李婉笑了笑，退出邮件，自言自语："我怎么觉得他还是个少年，我却已经老了。"

正月初八正式开工，李婉一早起来，化了妆，穿上新套装，打扮得优雅、漂亮，容光焕发地去上班。经历过去年的变动，今年她对自己更是充满自信，也相信低谷之后就是向上。

李婉到办公室很高兴地和所有人道新年好，让行政人员给大家发了开工红包。在开年会议之后，她一一和今年可能会有工作上变动的员工谈了话，第一个就跟黄雅聊天。

李婉心里已经决定要提升黄雅为主管，但在决策上还是考虑了于传的意见，于是，她打算给黄雅一点儿时间去尝试主管这个岗位，在她三月中旬去

M 国的时候让黄雅先代理主管职位。

而黄雅很能明白李婉的用意，说道："李总，你放心吧，原彦他们要是有什么问题找我，我一定会教他们。"

李婉闻言笑了笑，没说什么。

黄雅在李婉脸上看到了一丝探究，不由自主地转了转眼珠，笑着问道："李总，你要是有什么不放心的，可以直接交代给我，我一定会尽心尽力去做。"

李婉微微点头，说道："没什么，我相信你会去做的，我只是在想，一下要让你去承担责任，你是不是会有压力？"

"压力肯定有，不过从我进公司到现在，你一直很用心地教我，所以我知道教人应该怎么做。"黄雅微笑着说道。

这句话让李婉有些触动，她看着黄雅说道："嗯，只有大家都成长起来，公司才会越来越稳定，我不一味地追求做大，做强、做稳、做精更重要。现在付出一点儿精力和时间给别人，以后才能得到稳定的回报。"

"我明白，李总，你人很好，我们都很喜欢你和你的理念。我记得那年我第一天到公司报到，我也是第一个入职 A 市新公司的业务员，我和你说很感谢你给我机会，我还跟你说其实很久没上班了，心里还是有点儿紧张，毕竟职场很不容易，要处理很多事情，而我家里还一直反对。你当时看着我说，希望以后职场不是战场。"黄雅也有些动容，认真地说道。

李婉已经有些忘了自己说过什么话，被黄雅提醒之后，不由得笑道："嗯，职场不应该是战场。我以前就想要是我自己当老板，就可以制定我自己的职场规则。"

"李总，我真的很佩服你的业务能力，还有格局，跟着你做，我们业绩都不会太差。"黄雅笑着说道。

李婉听到这话微微陷入沉思，最后说了一句："谢谢你们对我的信任。"

黄雅离开后，李婉想起她初入职场的时候。那时，她只是一个新人，横冲直撞，性格原因，一直敢作敢当，敢争。刘松浪的瑞华是工贸一体的企业，职场人际关系说复杂也不复杂，说简单也很难简单，但凡重要岗位都是和刘松浪这个老板多少有点儿裙带关系的人担任。她进去后没多久，像个刺儿头，得罪了不少人，那些人都不太喜欢据理力争的她，但刘松浪看到了她的优点，一直鼓励她好好干业务，还把资源倾斜给她。她一度真的很认可刘松浪这个老板，感谢他的知遇之恩，所以她很清楚一个员工对老板有期待的心情，也更加知道当老板令人失望是多么让人难受，甚至恶心的事。

职场利益交织，她希望大家能并肩前行，但也知道分道扬镳可能就在下一秒。现在换作她的员工对她期待了，她才真正知道背的是什么样的责任。

李婉想了会儿事情，及时调整了心情，掏出手机刷了刷。她已经很少刷朋友圈，偶尔想到才会去看，她此刻打开第一条就看到了王观之的动态，他拍了上班堵在高架上的照片，配字：一群羊。

李婉看到立马知道他在说什么，王观之喜欢的歌手中有一个是陈奕迅，他有段时间疯狂安利李婉听陈奕迅的一首歌《任我行》，他说大家都是一群羊。李婉也喜欢那首歌，现在歌单里也还保留着，她也觉得人群无非就是从众的羊群。而她那时候还和王观之说："王观之，你这样的搞笑男再加点儿文艺，正常来说应该很难有女朋友。"

王观之则说："你这个人很讨厌啊，直接说别人，也不怕伤害别人，我哪里搞笑了？我一直很正经好吗？"

"你现在这个样子就很搞笑。"李婉一字一顿地说道。

然后，他们两人都笑了。

李婉现在想到这事也还是会笑，她最近很久没看到王观之的动态了，以为他把她屏蔽了，结果点进去看到并没有，只是她的信息和好友实在太多了，将近三千个好友，很容易就错过他的动态。

李婉在王观之的动态里看到了他去徒步的照片和风景，而他把之前关于她的一些动态都清除了。李婉看到新的一年大家似乎都有新的开始，脸上便不自觉地挂着淡淡的笑意，但心里还是有对过去的惆怅和对未知的不安。

三月中旬，李婉按计划出国拜访客户，她在出发前准备了很多新品样品，准备寻求新的合作。她一去一个月，回国已经是四月份，而在这一个月里，她全身心都在和客户谈合作上，也看到了很多新的可能。

但有些事情不是努力就能马上改变的，李婉从客户那儿谈下了一些订单，但在和东南亚一些供应商的价格差之下，有些订单她真的就再也拿不回来了。李婉又一次看到他们工厂生产线已经尾大不掉，这个品被国内同行卷得完全不能动了。

出国一个月，李婉越发坚定了要和工厂做切割的想法。她在一个晚上越洋给于传打视频，希望今年贸易公司的投入要进行调整，不能再一味地围绕工厂的品，他们要开始选品，搭建真正的贸易平台。她再次反思觉得自己前两年对贸易公司的布局还是小了，也过于依赖自己熟悉的产品和领域。

于传明白李婉的意思，但她不同意，她和李婉有很多理念相同，但最终决策的点始终有分歧。于传工厂经营出身，保守、求稳，而且对她来说实在无法割舍生产线，因为这就是她的最前线。再加上生产压力过大，银行近两年都在频频压贷抽贷，尤其这一年的实体经济面临更大的挑战，她感觉目前没有能力转型。

李婉也不是不知道公司面临很大的资金压力，于传今年因为资金周转开始向外借钱，但当断不断，必受其乱，不破也难立。两人对这事没有谈妥，而现在公司最终的决策权还是在于传手上，李婉最后挂断了视频，只能先遵照于传的意思去做。但她心里感到很无力。

从 M 国回来，第二天李婉就去公司上班了。出差一个月让她堆积了很多工作，不过这些工作只是让李婉加班身累，还不至于心累头疼，让她心累头疼的是她一回来，黄雅就和她说一斗上半年的新投标他们估计上不了。

李婉听到这件事情的时候正对着电脑处理工作，想到一斗的那个鬼价格，冷笑一声，说道：“上不了就上不了吧，谁爱做谁做。”

黄雅知道李婉这个状态是不太在线，有情绪，李婉这几天刚回来，整个人都比较虚弱，妆容都难掩憔悴。于是，黄雅没说什么，原地站了会儿。

李婉余光看到黄雅没动，想了想，抬头示意她先坐下，然后继续处理完手上的工作，也给自己冷静、缓冲的时间。

等她把手上的工作告一段落，她的双手离开了键盘，往后靠了靠，看向黄雅，问道：“我们的价格保不住吗？”

“现在不是价格的问题，黄经理那边的意思是上半年这个标如果想中，我们还需要扩生产线。这次的标是两款不同的袋子，保温袋是一款，还有一款是背心袋。我们去年因为改生产线产能没有全满，他们知道我们有部分保温袋外包了，虽然合同里写明不能外包，但他们没有计较。所以今年不能再这样了，而且他们今年会返厂实地考察。”黄雅说道。

“我们只投一款。”李婉说道。

“他们要求是绑定的。”黄雅又说道。

李婉听完，深吸一口气，说道：“那我们真不投了。”

“李总，我听说瑞华今年都加投了生产线。我们不投吗？你要不要和于总商量一下？”黄雅试探地问道。

李婉没说话，半晌才道：“你把资料发我，我研究一下。”

李婉在看了投标资料后标注了重点发给于传。于传很快回电话给她，而她还没接起来就知道于传要说什么。

于传解决问题的方式很简单，她对李婉说：“这个问题好解决，只要你能搞定他们验厂时接受两个厂区。”

李婉陷入沉默，良久说道：“我让黄雅去沟通。”

“嗯，她能沟通下来就好，其他的交给我去处理。”于传说道。

第二天，在李婉的授意下，黄雅去和一斗的黄经理进行了沟通，结果是两个没有任何决策权的人都很为难，事情还是推到李婉这儿。

黄雅说：“黄经理说这要和他们程总沟通，我给他们程总打电话，他没接，微信也加不上。”

李婉心里很清楚事情最终会变成这样，但真的发生的时候，她还是很恼火。这种原本不针对任何人的条款仿佛忽然针对了她。

最后，李婉挥了挥手，说道：“我知道了，黄雅，你去忙吧，我来和他们程总沟通。”

这天上班时间，李婉给程晋打了一个电话，对方接了，但没给她说话的机会，说自己在忙，便挂断了。李婉等到了下午，又给程晋发了微信，约他面谈，但在上班时间点，程晋一直没有回复，直到这天晚上九点多，他才回复她，约她到酒吧喝酒。

李婉极其反感程晋这种行为，她能接受水至清则无鱼，能接受任何人有私心，但像程晋这种不断拿鸡毛当令箭拿捏别人，还人心不满，疯狂地试探别人底线的行为，已经彻底压到她的容忍底线了。

于是，李婉没有回复程晋，假装自己没有看到信息。第二天早上，她若无其事地给程晋打了电话，道歉说："程总，不好意思，最近从国外回来，时差很混乱，昨晚很早就睡了，没看到你的信息。要不我今晚请你吃饭？"

程晋似笑非笑，说道："不敢当，不敢劳动李总。"

"就今晚吧，程总，请你赏个脸。我昨晚是真的没有看到信息，程总。"李婉叹了口气，格外认真地说道，"我有些事真的想和你谈谈，去年我们谈的事，我想再谈谈。去年我没有想太明白，今年到国外走了一遭，发现我还是乐观了。"

程晋听到这话有些意外，但很快他笑了笑，他知道李婉迟早会低头，只是没想到这么快。

"我考虑一下，确定好时间通知你。"程晋说道。

李婉闻言，忙感谢道："谢谢程总，那我等你消息。"

这天临下班，李婉才收到程晋的信息，他答应了她的吃饭邀请。

两人约在一家餐厅见面，餐厅是程晋选的，在老城区一座未拆的老房子里，半新半旧的红漆门，屋檐角下挂着红灯笼，夜里亮着灯笼，映照着墙上两个字：吃饭。这家餐厅很小，李婉走进去才发现，小小的院子里面只有一张桌子。一张室外的方桌让她想起幼时在乡下的外婆家，每到夏季炎热的时候，外婆在傍晚都会把桌子搬到院子里吃饭，好纳凉。只是现在天气还没有转热，院子里显得有些冷清。

这家餐厅只有老板、厨师和一个上菜的阿姨，也不用人点菜，有什么吃什么。程晋和老板相熟，进门招呼了一声，便带着李婉落座。很快阿姨上了茶水和小食，让两人稍坐片刻，便进去厨房帮忙了。于是，这家所谓的餐厅只剩下李婉和程晋两人。

这看起来是个很适合谈事的地方，程晋显然对这个地方也很放心，他给李婉倒了杯茶，主动起了话头，问李婉："你和观之最近还有联系吗？"

李婉很敏锐，说道："今晚谈的事情和他有什么关系？"

"你觉得没有关系？"程晋笑着反问。

李婉则严肃地说道："我觉得我们最好不要惹他。"

程晋闻言笑了笑，他对李婉还有点儿戒心，此刻见她态度里又掺杂着清高，稍稍放心，说道："但这事没他帮忙，我们也很难成事。我们需要董事会里有人帮我们说话。"

"我还是不太懂这是怎么回事，你能不能和我讲讲？"李婉说道。

"其实也都是很正常的事情。"程晋笑着说道。而后他和李婉说起了一斗里的内斗内耗，营销部和采购部每年都会为了预算争，预算就那么多，投在哪儿，怎么投，大家都有自己的想法。一斗这两年扩张很快，营销部势头很强劲，而采购部的预算一直被缩减，造成后端一些供应链很多问题。程晋曾经想做事，但被人泼脏水，有私心，现在便也不想做了，他厌倦了一斗里的斗争，想在离开前好好捞一笔。

"虽然我是要从中捞一笔离开后创业的本金，但这的确是件好事，后面的供应商能够得利。"程晋慢条斯理地说道。

李婉听着，点点头，然后微微抬眼望着院子里的灯笼，一直没说话。

程晋打量她的样子，不知道她在想什么，便又继续说道："去年我也和你说了，只要我们合作，你也可以真正从诚润独立。你们公司任何人找我谈，我都不会和他们谈，只有你可以，这就是你和于传谈判的资本。而你还要做的就是和观之打好关系，他能劝动鹤姨，鹤姨在一斗董事会很有话语权，她要是愿意说句话，对我们会有很大的帮助。偌大的集团，看着事事有章法，但说白了，最终不过是大老板通过个人喜好在判断、决策而已。我们的努力不过是小丑做戏。"

李婉越发沉默，垂下眼，神色矛盾、纠结。良久，她问道："如果我们合作的话，是不是投标里的其他问题就都不是问题了？"

"你说呢？"程晋觉得好笑地反问。

“我和王观之已经彻底分手，再和好是不可能了。”李婉说道。

“我也不希望你们和好。”程晋说道。

李婉有些诧异地抬起头，当对上程晋深邃的目光，她有些反感，努力不让自己皱眉。而他后面的话更让她感到胆战、心寒。

“观之是个正人君子，你真的有求于他，他也不会不管不问。你知道陈浩离职的事了吗？是他搞的，他肯定对你还有情。而你那么聪明，肯定知道怎么说服一个人，我们只需要他帮个小忙。”程晋徐徐说道。

“程总，你不怕王阿姨发现这事对你失望吗？”李婉再也忍不住，问道。

程晋听到这话，停顿了片刻，说道：“他们是制定规则的人，不会对任何人失望，如果他们失望了，他们就会改变规则。我也想成为制定规则的人，成为那些帮助别人的人。你也是这样的，不是吗？你怕刘松浪对你失望了吗？”

李婉震惊于程晋的说辞，感觉他这个人真是很邪乎，他才是真正的野心勃勃。

“李婉，我们只有一年的时间，你会去找观之吗？”程晋看向李婉，问道。

李婉很轻地点了点头，说道：“嗯，我试试看。”

在他们说话的时候，菜陆陆续续上着，此刻阿姨跑出来说菜齐了。而李婉看着桌上的各色佳肴，还没有认真开始吃就觉得饱了。她这顿饭吃得有些胃疼。

晚饭结束后，李婉也真的有些难受、反胃，吐了，程晋见状，就让她回家休息。李婉坐上自己的车，见程晋也上车之后，她才放心。而后她偷偷从包里掏出一支录音笔，关掉，靠在椅背上，长长地舒了口气。

李婉还没有想好要怎么利用这支录音笔，她原本想以此反要挟程晋消停点儿，她可以给他点儿利益，送点儿礼，让他不要得寸进尺。现在看起来，这人比她想象中的还可怕，她不想长久地和他在投标的事情上共利。

李婉有一刻很想把录音笔交给王鹤，但也是在这一刻，想到了人心难测，她其实并不了解王鹤，可能对王鹤来说这半个儿子程晋会更重要，她不知道自己会不会因此真的像一个小丑。而且录音笔一旦交出去，她和诚润的利益也会随之没有。

纠结、矛盾中，李婉发动车子回家，但开着开着就到了王观之家楼下。她在小区外把车停好，没有下车，而是坐在驾驶座上，捏着录音笔，望着大楼的灯火，久久难以抉择。

# 第九章

但行好事，莫问前程，斜风细雨不须归。

夜色温柔，马上要五月了，五月和九月是李婉最喜欢的月份，因为这是温度适中最舒适的两个月份。李婉小时候经常想季节到底是怎么过渡的，它们彼此之间握手了吗？所以，有段时间，李婉觉得雨很温柔，因为它可能就是两个季节交替间的握手。

小时候，李婉有很多想象，也很喜欢表达自己，自信、快乐。她一直相信世上无难事，只怕有心人，意思就是只要自己和自己站在一起，所有的困难总会有办法。

李婉坐在车上想了很久，也想了很多，紧紧握着录音笔的手逐渐放松，最后她平静地把笔放回包里，掏出手机给于传打了电话。

李婉在等于传接电话的时候神色很坚定，但当电话那头真的传来于传的声音，她的心又七上八下，她不知道自己这么做到底对不对。

于传见李婉那头没有出声，有些奇怪地问道："李婉，怎么了，有什么事？"

李婉回神，深吸一口气，开口说道："于总，我晚上见了一斗的一个领导。"

"嗯，怎么说？"于传耐心道。

李婉握了握拳，说道："于总，你有没有想过和一斗合作？我是说不仅仅是投标的那种合作关系。"

"什么意思？"于传不解，但心里隐隐猜出了几分李婉的意思，眼神微亮。

"一斗一直这么压价下去，最终的结果是他们会有自己的加工厂，他们基本上已经收集了所有的工厂信息。与其这样，不如我们工厂让他们入股，与他们合作，这样工厂的资金压力能缓解，我们也不用每天求着他们的投标订单。对他们来说这是种资源整合，虽然以他们的财力、物力、人力办工厂不是难事，但有更好的办法，双方都能获利，我觉得可以尝试。"李婉徐徐说道。

"李婉，你这是让我卖厂？"于传沉声问道。

"于总，我们现在一直被人牵着鼻子走，没有任何主动权，和卖厂有什么区别？当断不断，反受其乱，舍一部分对我们来说沉重的工厂不是什么坏事。回笼的资金，我们可以做其他事。工厂的资源共享是不可避免的趋势，我们的生产线不是不可替代、不可复制的。而现在去谈，我们还有一些谈判的空间，可以争取到利益，等以后工厂真的做不下去，那就是真正等着任人宰割了。"李婉也沉声严肃地说道。她思来想去，她现在所面临的困境也是工厂所面临的困境，繁重的生产任务、短缺的资金链，这些都成了他们发展的绊脚石，也成了别人拿捏他们的痛点。李婉不想和程晋那样的人合作，与其和他虚与委蛇换取工厂订单的一线生机，不如他们自己积极主动地寻求其他更健康的合作方式。而拿着录音笔去告状，期待他人的判断、怜惜带来一丝可能根本维持不了多久的正义，也不是她想要的结果。

于传良久没有说话。

李婉则继续道："于总，要疏通一斗一个采购经理一年要多少钱？明年换人了，我们再继续去找关系？我觉得这不是事，我很厌恶这种环境和风气，这也绝对不是长久、健康的合作。一斗现在是在压榨、利用我们这些工厂，等他们自己要起生产线的时候，我们大家都要一起死，与其这样，不如我们的资源就让他们整合。"

于传感到很心痛，但很清楚李婉说得很对，她也很震惊于李婉的魄力和她说出这些话。又隔了好一会儿，于传冷静下来，开始思考，问道："你晚上见的一斗领导是谁？你说的这些是他们那边透露出来的想法吗？"

李婉闻言，抬头看着皎洁的月亮，虔诚地撒谎道："是一斗董事会的人，是她和我说一斗内部有这样的想法。"

"这事你能谈到什么程度？"于传又问道。

"我听了你的想法和意见再去谈，晚上我没有深入谈，对方也只是提了一嘴。"李婉缓缓地垂眼，说道。

"你得给我时间考虑这事，李婉，这是一件大事。"于传沉重地说道。

"我知道，于总。我再去探探那边的口风，我们再商量。"李婉也感到难过，但内心想法坚定。她要促成这件事情，这是救诚润最好的办法。很多老板宁愿工厂死在自己手里，也不愿意被其他公司整合，他们享受当老板的假象，实际业务上永远被人牵着鼻子走，个人的虚荣贪欲都会毁了一个实业。

挂了于传的电话，李婉又平复了会儿心情，点开通讯录输入"小王宝"，跳出了王观之的电话号码。这个备注是他们热恋的时候她给他取的，后来一直没有改，她觉得他一直就是小王，有时候可爱得像个宝。现在，她点击编辑改成了"王观之"，然后拨出号码。

王观之在接了李婉的电话之后，关了电脑，走出书房，慢慢下了楼。他走到玄关边不由得站了会儿，盯着门，很快他意识到自己这样好像是专门在等李婉，便冷着脸转进了客厅，坐在沙发上，伸手拿过遥控器，打开了电视。电视画面在闪动，他根本看不进去，心里在想李婉找他会是什么事，越想越有点儿烦躁，短短几分钟，他脑子里闪过无数念头，最后耐心那根弦在还没有见到李婉时就先快绷断了。他想李婉真的是可恶，过去一两个月他们都没有联系，他已经快习惯了，她却又出现，当他看到来电显示是"婉婉宝"时，有一瞬间产生错觉，觉得回到了他们热恋期。接起电话的瞬间，他就回到了现实，她的声音遥远、冷漠，折磨着他的神经。

李婉站在王观之家门口也做了会儿心理建设，她很怕看到他还是之前那种冷脸，他眼神里总有淡淡的轻视和质疑，还有他不自知的居高临下。即便她问心无愧，也依旧受到了一些伤害。她的顽强成了固执和自我，无形地攻击着她的自我认知。但她依旧不会妥协，所以他们互相伤害。

站了几分钟之后，李婉抬手按了门铃，等待着门打开。当王观之打开门的时候，她抬眼看向他，说道：“不好意思，这么晚打扰你。”

这话在王观之听来没毛病，但很不顺耳。他面无表情，侧开了身，示意李婉进屋。

李婉进屋看到自己的拖鞋还在，忐忑的心情不由得有一丝被安抚。她换着鞋又开口聊道：“你最近忙吗？王阿姨最近好像都在外旅游，不知道她什么时候会回来。”

王观之转身的动作微滞，他听到李婉进门就提起王鹤，立马就猜到了她的来意，肯定是和她的工作有关。他冷冷地看了眼李婉，说道：“你想知道她什么时候回来就自己问她。”

李婉碰了个软钉子，低头，没有说话，换好鞋往里走。

王观之没打算主动开口说话，他走进客厅就弯身拿起茶几上的电视遥控器，不是关电视，而是开始换台。李婉枯站了会儿，见他半天选不好节目，上前说道：“我们可以谈一下吗？”

“我在听，你说。”王观之看了眼李婉，继续换台。

“可以把电视关了吗？你又不爱看电视。”李婉又说道。

“说得好像你很了解我。”王观之似笑非笑。

“王观之，我有很重要的事情想找你谈。”李婉抿抿嘴，说道。

“是吗？是对你重要还是对我重要？”王观之终于停止换台，侧过头看李婉，微笑着问道。

李婉莫名有些心虚，放低声音说道：“我不知道对你重不重要，但对我来说的确是很重要的事情。”

“干吗，有求于我？”王观之漫不经心地说出了这句话。

李婉一下被扎心，良久没说话。她是求人的人，他是被求的人，他仿佛在提醒她，她在打自己的脸。李婉感到心里有什么被戳破了，很难受，但也在这一瞬间，她意识到门口那双拖鞋给她的是安抚，原来也是软弱。她再度深呼吸，转换思路，伸手夺过王观之手里的遥控器，关了电视，说道：“是，我有求于你，你不就是想这样吗？所以麻烦你坐下，好好听我求你。”

王观之被抢走了遥控器，愣了愣，他一向很容易就被李婉激怒，此刻也是。他看向李婉，眼神里有薄怒，而后怒极反笑，转身坐到沙发上，冷笑一声，说道：“我想让你求我？李婉，你太把自己当回事了吧？”

李婉努力压制自己的情绪，弯身轻轻把遥控器放回茶几台面上，不理会王观之的讽刺，说道：“我就占用你半个小时。”

王观之闻言掏出手机，按了计时，丢在茶几上，冷冷地说道：“行，开始计时了，超时我就送客了。”

李婉被王观之的行为震惊了，又一时不知道该怎么骂他的贱兮兮，慌忙开口说道：“我来是因为一斗的事情，我想让一斗收购诚润的部分生产线。”

这下换王观之意外了，他皱眉惊讶地看向李婉：“你什么意思？”

“就是你听到的意思，一斗的价格一直很低，再这么下去，除非他们自己生产，没有工厂吃得消。他们既然需要工厂，我们有现成的，为什么不资源整合去合作？”李婉说道。

“谁和你说一斗需要工厂？”王观之一字一顿严肃地问道。他怀疑是程晋。

“我自己推测判断出来的。”李婉回答。

王观之不怎么相信，他嘴角微微扯了扯，带了点儿嘲弄的味道，说道：“一斗就算需要工厂，也不需要你们的工厂。”

“是，我知道，所以这就是我来找你的原因。”李婉暗自握了握拳，看向王观之，说道。

王观之坐在单人沙发上，抬头看李婉，她站在他面前低头看着他，脸上依旧是那种清傲和固执。他感觉她是遇到困难了，他不应该落井下石，却不由得享受她的服软。所以，他看着她，没有马上说话。

“这事对我来说很重要，我想知道王阿姨帮我的可能性大不大。”李婉在和王鹤为数不多的几次接触中知道王鹤是个很有领域意识的人，她可以很包容，也可以很决绝。如果这事直接找王鹤，李婉很担心被拒绝后就彻底完了，没有多一点儿的把握，她不敢也不能直接找王鹤。

王观之的神色很复杂，他看着李婉，眼神里掠过矛盾、烦躁、愤怒，还有心软，她看似来找他，其实根本不是。所以，他还是板着张脸，没有说话。

“她是你妈，你比我了解她，我只是想从你这儿多了解一些王阿姨的想法。”李婉垂眼说道。

王观之彻底坐不住了，倏然站起身说道：“我为什么要帮你去试探我妈？程晋不是已经给你安排好路了吗？”

李婉听到这种话，忽然觉得很可笑。她苦涩地笑了笑，抬起脸说道：“我最不喜欢的事情就是走别人安排好的路，王观之，你一点儿也不了解我。”

王观之看着李婉，在她眼睛里读到了冷酷和决绝，他有些失神。回神后，他皱眉看着她，两人之间的气氛陷入胶着状态。

王观之看着李婉，这不是她第一次说他不了解她，而他也的确不了解她。他不知道她要什么，在他看来，她想要的只要她向他服软说复合就能得到，但她没有。他不知道她为什么会这样，他能想到的是她真的不爱他。

李婉也在看着王观之，在他脸上读到了冷酷。他们僵持了会儿，最后她听到他说：“那你了解我吗？你为什么来找我，你凭什么认为我会帮你？”

李婉想说她来找他是因为她眼下完全没选择，但很清楚这话肯定会激怒王观之，所以没回答这个问题，选择性回答了第二个问题，她说：“这对一斗来说也能获利。”一旦一斗和工厂真正实现资源整合，一斗内部像程晋这样的采购行为便能得到有效遏制。

王观之说：“一斗不关我的事。”

李婉听到这话沉默了。这一刻，她觉得王观之和陆宁有些像，他们都有背景和基础，很多事情对他们来说就是理所当然。王观之有自己的事业，但他起初敢创业的底气就是来自他的家庭。李婉不认为一斗和他没有任何关系，但人各有志，她也能理解王观之的想法。而她偶尔还是会想她要是有陆宁或者王观之的背景，一定能做得更好更大。

许久，李婉干巴巴地说道："你也可以从中获利。"

"我不缺钱。"王观之冷冷地说道。

谈判再次陷入僵局。李婉开始有些走神，她把目光从王观之脸上移开，出神地望着沙发某一角，开口问道："那你想要什么，王观之？"

王观之没回答，感觉自己也被某种自尊心卡住了。好一会儿，他冷眼看着李婉说道："你来求我之前没有想过我要什么吗？"

这话在李婉听来振聋发聩。她越发出神，而后想笑，因为她很不合时宜地想起了她少女时期读过的那些言情小说。在那些言情小说里，爱情总是被美化，类似王观之这样的男人，可能会冠上深情的名，让人感觉他真的好爱她。她也曾为这样的爱情感动，后来步入了社会开始真正的打拼，越来越爱自己之后，发现这样的爱对女性来说是毫无价值的。因为在那个男人眼里，"她"只是个具备某种可爱特质的女人，他不在乎"她"的能力，不会欣赏"她"的理想、追求，他只考虑他自己短暂的情感需求。现实和小说真的不一样。

最后，李婉也真的笑了笑，回神，再次看向王观之，说道："王观之，玩笑地说求就算了，但我不是来求你的，事实上我是想来谈合作的。但很显然，你没把我当回事，可能你本身对这些事就不感兴趣，我就不勉强了。我很想促成一斗和诚润的事，因为我看到这对双方都有利，而诚润现在很困难，工厂尾大不掉，这个企业因为我们前两年短浅的目光和错误的决定，可能会被困死在这个浅水滩。我想救诚润，这个企业发展快二十年了，很不容易。不过这个企业和一斗的确都和你没有关系。你想要什么？是想让我求你复合吗？"

王观之脸色开始铁青，说道："李总不是为了工作什么都可以做吗？"

李婉听到这话惊愕地张了张嘴，欲言又止，随即苦涩地笑了笑，说道："看来王总是真的要我献身啊。"

王观之见李婉自己把话说到这种程度又气又恨，伸手拽过她的手，激她道："是啊，那你愿意吗？"

而李婉此刻已经是笑盈盈地注视着王观之，眼神很明亮、精神，亮得很湿润，她笑道："要是我对你没有一点儿感情，我觉得这事可能真行。不过我很好奇，你这么做是真的还爱我吗，还是因为我们之间闹得很不愉快，你耿耿于怀，心有不甘？你要是还爱我，打算爱多久？"

"上次是你先说要和我就保持床伴关系的，李婉。"王观之咬牙切齿道。

李婉听笑了，说道："是啊，一时意乱情迷，让你误会了。"

"你什么意思，李婉？"王观之被李婉的态度彻底弄生气了，问道。

李婉用力挣开王观之对她手腕的桎梏，说道："没什么意思，只是觉得我可能一直看错了你。其实这两个月我多少对你还有些暧昧的想念，我以前喜欢你的为人、品格，还有工作能力，你热爱你的专业，并为之努力，我很欣赏你。我们在一起的时候，你很幽默、风趣，你有时候很体贴，也会尊重我的意愿，所以我对你总有些期待，但没想到你也像刘松浪他们那样看我和我的工作，只因为我是女人吗？我们今天要是复合了，你出于眼下这种爱帮助了我，你希望我怎么回馈你的爱和帮助？要我和你结婚，给你生孩子吗？我要是不同意，我们又要吵架、分手吧？然后你觉得你对我那么好，我还不知好歹吧？但是，王观之，你不缺钱，我不缺爱，我不需要你这种爱。我爱我自己的能力、魄力，欣赏我自己的品格，更骄傲于我自己的野心。我步入社会打拼这么久，不是为了和哪个男人有个家，我想要实现自己的价值。我喜欢的都是我自己身上这些品质，你喜欢我什么？你要是喜欢我另一些不是我自己所看重的品质，那你的爱对我来说就是可有可无，我们的确不合适。我们今天彻底把话说明白了，你要是真的还爱我，我给你指条明路，看看我另一面。如果你接受不了我这些，就放弃吧。我们就做普通朋友，能不能有机会在事业上合作？"

王观之被李婉一通话说得哑口无言，甚至有点儿被打得措手不及的感觉。他仿佛被李婉打开了新视角，一时不知道她在说什么，又隐隐能明白她的意思。这种感受让王观之心情很复杂，他又恨又爱，见李婉要走，气急，又一把拽住她的手。

李婉被拽得险些摔倒，回身一头栽到王观之怀里。她急忙想挣脱出来，他却将她搂抱起来，说道：“你把话说清楚，我怎么看你了？我怎么就和刘松浪一样了？他和我说你做业务靠姿色，你以为我听了这种话会高兴？我也很努力地相信你，但你给我什么回应了？”

“你要我自证吗？”李婉使劲推了推王观之，他这一抱，她一挣扎，肩头的包没背住，摔在了地上。

王观之则因为李婉的话又一次哑口无言。

李婉挣脱不开王观之，见他的样子不由得觉得好笑，但她是怒极反笑，说道：“我在瑞华那么多年问心无愧，你知道我那时候做业务多努力吗？我可以一天只睡三个小时，没日没夜地工作。我一开始也以为自己只是想赚钱，但后来我发现是因为我忍受不了不公平、不公正，我想要主动权、选择权。而我现在努力工作是为了让其他和我一样的人也能有主动权、选择权。我培养我的业务员，他们也都是普通人，有些人和我一样勤奋，有追求，我想我能给他们机会。我希望实现自己的社会价值，王观之，我以后还要去读书学习，我想要我们两个人真的都能尊重彼此的追求，而不是一言不合就吵架。对于刘松浪说我靠姿色做业务的事，你想要我给你什么回应？”

“我没有让你回应这事，我从来没有不相信你！”王观之气道。

“你心里不舒服不是吗？你忍不住和他们一样想不是吗？”李婉又一次用力挣了挣王观之的怀抱，但没挣开，她很生气，干脆拽住了他的领口。

“我上次说了，我希望你不要和那些人打交道，我就是想保护你。”王观之急道。

“真感人，我为什么要你的保护？我是手断了还是脚断了？你有这心，为什么不和我一起改变这些不公平的事，或者支持我去做？你明明比我拥有更多，能做更多啊，还是这么做会损害你的利益？”李婉也提高了声音。

王观之瞪着李婉，莫名地感觉自己被她骂得狗血淋头、无地自容。可她明明是嚣张、功利、绝情的一方，而他是苦苦爱而不得在爱里卑微的一方，现在反而错的都是他了。她那么强势、果敢，像一把剑，伤了他无数次，可他依旧在内心深处觉得她纯真、美好。而此刻，整个世界的纯真也因为她有了迷惑性。她带给他的矛盾最终成了他自己内在的矛盾和斗争。他怕失去什么利益？他走到今天靠自己，也靠家里，他出来做事从来没有遇到什么挫折，大家都对他和颜悦色，他不觉得这个世界有什么不好、不妥，直到此刻李婉仿佛问了他凭什么。

李婉看到王观之脸上闪过痛苦和愤怒，她也感到心痛，她的愤怒忽然戛然而止，只剩下无力和无奈。

最后，两人在彼此眼里都再也看不到彼此。王观之在混乱中自始至终只是想问李婉这一句："李婉，你到底有没有爱过我？"

"爱啊，我当然爱过你。"李婉回答。

"现在呢？"王观之又问道。

李婉没说话，只是坚定地摇了摇头。

"为什么？"王观之感到很受伤，紧紧搂着李婉，生气又无辜地问她。

李婉看着此刻的王观之，也觉得他有点儿可怜，她很难过，忍不住红了眼眶，说道："不是你的错，王观之，是我的错，我要是蠢一点儿，傻一点儿，不要那么轴，那么清醒，我一定会很幸福，一定会一直爱着你。我们也会按照这个社会对幸福的定义结婚生子，好好过下去。"

王观之听着李婉这话，心底最深处那种难过的情绪也慢慢涌起，他问道："这样不好吗？"

"对你好，对我不好。我就是不想要。"李婉眼里微微含泪，一字一顿地说道。

时间一点一滴在两人之间流逝，他们又一次望着对方说不出话，他们之间好像隔着一大片海。在这一刻，他们谁也无法为对方再做任何一丝妥协，心里的爱意却因此达到了最顶峰。

最后，李婉感到眼眶里的泪就这么干了，徐徐说道："放手吧，王观之，你要真的对我还有一丝感情，好好考虑我说的收购的事情，这对我来说真的很重要。"

"为什么就那么重要？"王观之的心里又泛起了不甘。

李婉没说话，她感到王观之的怀抱松了松，便立马趁机挣脱出来，往后退了两步，才说道："如果你愿意帮我，我会很感激；如果你不愿意，我也能理解。”

她话落，见王观之瞪着她，并没有打算做回应。而在这时，他刚才设定的闹钟适时地响了，吓得两人都更清醒了。

李婉在王观之关闹钟的时候说道：“我走了，王观之。你记得我之前问过你程晋的为人吗？你说你也不确定，那我现在告诉你，我要是你，我不会信他。”

王观之微怔，等他回神时，李婉已经弯身捡起包，转身快步离开了。关门声惊得他心头一跳。

李婉离开王观之家便驱车回家，她开到半路感到很累，前所未有地困，她这段时间一直处于倒时差的状态，疲惫感时不时地向她袭来。这一刻，她感觉自己到了生理极限，脑子也开始停止运转，好不容易熬到家，进门简单地洗漱后，倒在床上就睡了。今晚发生的一切就像一场梦，她想明天再考虑下一步吧。

王观之则整夜没睡，他因为李婉产生的自我怀疑，变成沉甸甸的矛盾、痛苦压在他的胸口。他睡不着，脑子里总想起今晚的一件小事，他在抱住李婉的时候无意间在她的头顶看到了两根白发。那两根白发像两根刺深深地扎在他心里。她不应该有白发，她总是充满朝气和勇气，但还是有了白发。他闭上眼睛就想起她的白发，心里的爱和恨搅和在一起，让他根本分不清楚自己现在对她到底是什么样的感情。

第二天一早，李婉被闹钟叫醒，她已经很久没有醒得比闹钟迟了，她的闹钟一向是摆设，正常的生物钟和第二天的工作都会自动叫醒她。她醒来看了眼手机，想起昨晚的事，点开了王鹤的朋友圈，看到王鹤昨天半夜发了动态，最近还在 Y 国。王鹤在 Y 国有度假别墅，她在动态里表示还要待上半个月，不想离开。李婉便忽然冒出一个念头——去 Y 国找王鹤，她去 Y 国的签证还在有效期内，可以说走就走。于是，李婉翻坐起来看机票，任何想达成的事情，她没有穷尽最后的办法，都很难放弃。

李婉订了下周一去 Y 国的机票，而后起床，洗漱，收拾好之后就匆忙赶去上班。李婉一到公司就接到一斗黄经理的电话，他通知她验厂的时间，说："程总交代了，下周先去你们家。我和你们黄经理也说了，她没有回复，我就想直接和你说一下。"

"好的，谢谢你，黄经理。我们黄经理早上送孩子，有时候会晚半小时。"李婉说道。

挂了电话，李婉看了眼黄雅空着的位子，心里一闪而过一丝异样。黄雅来上班的时间一直不准时，李婉是默许的，因为她有家庭，要送孩子，况且做外贸靠最终结果，夜里都回复客户，早上迟点儿没关系。但黄雅最近越来越迟，有时候会迟一个多小时，说堵车，下午会提早下班去接孩子，行政部找她了解情况，她就会把深夜和客户聊天的截图发出来。而不等行政部向李婉汇报情况，她也会主动找李婉说明情况，说自己很努力地在平衡家庭和工作。李婉说不出黄雅哪里做得不好，黄雅的业绩是团队里除她以外增长最快的，她也不想把黄雅管得太死，让行政部简单地处理迟到问题就好。

而李婉不在的那一个月，她听汇报说是黄雅教人很仔细，尤其卢冬现在也很依赖黄雅，她回来这几天经常听到卢冬喊"黄雅姐"。现在时间还太短，数据上看不出明显的效果，但李婉心想这应该是个好势头。

黄雅今天最终迟了一个半小时才到公司，但她一来就向李婉汇报了情况，说道："下周一验厂，李总。"

"嗯，黄经理也通知我了，下周一你要安排去一趟工厂。验厂我们得去一个人。"李婉颔首说道。

"好，我先安排一下。"黄雅说道。

李婉笑了笑。

"李总，你不去吗？"黄雅多问了一句，打量着李婉。

"不去，我下周要出差两天。"李婉微笑着说道。

"好，那我就安排自己的时间。"黄雅回道。

李婉闻言，想了想，问了一句："你出差，家里小孩有人带吗？"

"嗯，我老公安排一天应该没问题。"黄雅笑了笑。

李婉闻言，也笑了笑，低头回到案上继续工作。

王观之这一天工作状态不太好，而更让他心烦的是另一件事。他年初给程灵霄介绍了一家设计公司，程灵霄面试上了，到现在实习期还没有过，就闯了祸，昨晚和同事闹不和，把人给打了，还闹到了派出所。

这家公司的老板一开始让程灵霄来上班多少就是看在王观之的面子上，出了这事，对方也很无语，打电话跟王观之说实在没法留程灵霄了。对方还忍不住吐槽王观之怎么给他介绍了一个这样的人。

王观之也很无语，挂了电话就给程晋打电话，让程晋去派出所接程灵霄。

程晋在电话里沉默很久，最后冷冷地说了一句“谢谢”，挂了电话，这和往常的他很不一样。

王观之有点儿不爽，他本来就心情很差，对程晋这人已经多少有点儿芥蒂，现在他的感受更不好了。王观之和程晋在大学时期认识，那时候两人的关系很不错，是好友，但真正成为兄弟总觉得差了点儿什么。程晋为人滴水不漏，谦卑且合群，从来不会说任何人的坏话，对人都是持中肯态度，一开始王观之觉得他挺好的，直到有一次，撞见他把和前女友一起养的猫直接丢进垃圾桶。

当时程晋转身看到王观之，有些意外、尴尬，而后笑着解释道：“猫不乖，教训一下。”说着，他转身打开了垃圾桶盖，里面的猫蹿了出来，往外跑，飞快地钻进了草丛里。

“它玩累了，晚上就会自己回来。”程晋没有追，淡淡地说道。

王观之愣了两秒，说道：“你还是赶紧把猫追回来吧，很少有猫能找到回家的路。”他听说程晋和前女友分手的原因是女友家里不同意，对方嫌弃程晋家境贫困。

程晋闻言笑了笑，走进了草丛，说道：“好吧，我去找猫。”

王观之见状，也和他一起走进草丛找猫。最后，他们找到了猫，但第二天程晋就把猫送人了。

就因为这件事，王观之和程晋之间的交情没有再深入下去，只是维持着表层的好友关系，后来他看到程晋在商场上的一些周旋手段，便越发知道这个人不简单。而这个人一直对王鹤很敬重，张口闭口都是她对他的恩情。但在王观之心里，程晋总是戴着一副面具，刚才他那一句冰冷的“谢谢”就像是他面具下真实的感情。

王观之回想李婉昨晚的那句话，心里有些犯怵，因为他不知道李婉为什么会这么说，猜想程晋和李婉之间肯定发生了什么。想到这事，王观之又有些坐不住，这时李艾扬敲门，走进他的办公室，急匆匆地说道：“王总，你上回让我介绍去设计公司上班的程灵霄出事了，她之前和我说办公室有男同事摸她的手，我叫她离那人远点儿，昨天不知道怎么的，他们又去喝酒了，然后就出事了。她好像拿酒瓶把人给打了。”

王观之听到这事很是意外，皱眉生气地说道：“还有这种事？”

李艾扬不知道王观之说的“还有这种事”是对这件事本身感到惊讶，还是对这种现象感到惊讶，便解释道：“可能原本就是同事间的玩笑，但过火了，就容易误会吧。”

王观之依旧皱眉看着李艾杨，不知道她在解释什么，他生气的是有这种事情她都没有早点儿和他说。于是，他冷着脸起身，拿上车钥匙，也去了派出所。

王观之到派出所的时候，程晋早已经到了，一脸的愤怒，正在和程灵霄说话。而程灵霄披散着头发，穿着一件 oversize（超大号）的外套，里面穿着性感的紧身背心和短裤，一脸的疲倦。

王观之走近时，听到程晋正在质问程灵霄：“你分明知道他是什么样的人，为什么还要和他去酒吧？”

程灵霄对这话的回复是沉默。

王观之不由得站住了脚，沉声说道：“这事你怎么怪她？”

程晋听到王观之的声音，难堪升至极点。他缓缓地转过身看向王观之，仿佛王观之成了一个陌生人，徐徐说道：“不怪她不自爱吃了亏怪谁？难道要等真出事，等着法律给她正义和公正？”

王观之闻言脸色黑沉，他和程晋之间的关系是在这一刻忽然破裂的，但又好像是很早之前就破裂了。程晋的这句话像扎在某一条缝隙的裂口，从一个点慢慢撬开了裂缝，然后全线开始快速裂开。

“程晋，她是你亲妹妹。”王观之一字一顿地说道。

“观之，你是想教我怎么教育妹妹吗？”程晋则冷笑着说道。

“我只知道这件事情你不能怪她。”王观之也冷声说道。

“那是因为你是王观之，你有权力怪任何人。”程晋说道。

这句话让王观之脸上莫名火辣辣的，他看向程灵霄，只见后者此刻也正抬起头张皇地看向他，他忽然觉得她很像那年被程晋丢掉的猫。于是，王观之黑沉着脸对程灵霄说道：“起来，我送你回家。”

程灵霄闻言，缓缓地站起身，却不敢上前，担心、害怕地看向自己的哥哥程晋。

程晋的脸色也越发难看，他挡在了程灵霄面前，对王观之说道：“她是我妹妹，我知道怎么照顾她，不需要你在这儿做好人。观之，你这是让我难堪。”

王观之闻言没理会程晋，而是目光越过他，依旧对程灵霄说道：“走。”说罢，他就转身出去了。

王观之走到车边拉开车门，抬头看派出所门口方向，只见程灵霄跟着跑出来了，但她身后跟着程晋。程灵霄跑到门口就站住脚步，往他车的方向看了看，但最后还是跟着程晋走了。

王观之枯站了会儿，最后上了车，发动车子，感到从未有过的心烦，好像内在的一种固有的平衡被人打破了，怎样都不太舒服。

就在这时，他的手机响了，来电显示是刘松浪。他不耐烦地接起了电话，只听电话那头说：“王总啊，忙不忙呢？有件事必须请你帮忙。”

“刘总，你有什么事就直说吧。”王观之说道。

“王总，还是一斗投标的事，你帮我再约约程总吧，这次投标诚润根本没有资格，程总要是再让诚润上，可就太难看了，他要是和诚润的李婉没什么关系，怎么也说不过去。这事要是闹大了，程总在集团里就很难混了，这不是也打你家的脸吗？再说，投标也不是只能招一家，李婉的诚润都能上的话，我们怎么不行？”刘松浪的八卦口气里带着一丝好意的提醒和威胁，还有不满。

王观之正憋着火，没处发，此刻被点燃了，冷冷地说道："刘总，你把给李婉到处造谣泼脏水的时间真正花在企业经营上，也不至于闲得蛋疼。"

刘松浪蒙了，以为自己听错了，正要问王观之什么意思，对方已经毫不客气地挂了电话。

王观之愤怒地挂挡，驱车离开，但还没能真的踩油门飙车，拐出派出所就遇到了红灯，只能一脚刹住了车，不由得更恼火了。手机上跳出邮件提示，他不耐烦地扫了眼，发现是 Phoenix 发来的，主题是：斜风细雨不须归。

王观之迟疑了一秒，拿过手机，点开邮件开始扫读，而后，他莫名地在她的字里行间如沐春风，怒火竟缓缓地冷却下来。

W，

展信佳。

前段时间，我刚出差回来，很快下周又要出国出差了。说来很奇怪，我一点儿也不害怕出差，相反，有时候我很享受出差，只要工作上允许，时间越久越好。因为每次在出差途中，人和人之间目的明确的短暂相处反而是愉悦、简单的。而经常在出差途中遇到一些小意外，总是能以情有可原解释，然后自我接纳、原谅，不会苛求自己要多圆满地解决一个问题。

上面这一段话也解释了我为什么这么久没有回信，因为出差了。其实几次在出差途中都想写点儿什么，却总会被什么事情打断，然后回头看看自己写的信，觉得自己很无趣，便干脆不写了，直到今天早上，工作之余翻看了我们以前写的信。

以前的我们都很有趣，我高中那会儿上学吃了什么好吃的早餐都会写在信里，而你回信也告诉我近期吃了什么好吃的东西，那时候连这样的分享都是有趣的。哈哈哈，以前的信件给了我写信的欲望。有一封信，你告诉我赢了高中最后一场篮球赛，一整封信都在讲比赛的事情，我仿佛就回到了怀揣热烈的梦想和期望在压力和热爱中前进的高三。我最近在想一个问题：我是不是变了？在读完我们以前的信之后，我有了答案，我没有变，从前的快乐依旧让我快乐，而我依旧在为自己的未来努力。我也依旧热爱在路上的感觉，不要停留，一直一直朝前走的感觉。

这几年细想一下，困难、烦恼远远多过幸福、快乐，我以为自己已经变得悲观，但自己还是能让自己惊喜，在极度疲惫，好好睡了一夜之后的今早，我忽然想明白了一件事，既然困难会常态化，说明烦恼、痛苦也没有用，那就常态化解决问题。但行好事，莫问前程，斜风细雨不须归。

最后，祝你好运，能够如你自己所愿，爱得勇敢。而我也能如自己所愿，展翅翱翔。我最近已经开始长白发了，这些白发也不可怕，它们只是催促着我继续前进。

Phoenix

隔着信件，王观之很难想象她是个什么样的女人，但能感受到一种很熟悉的韧劲。原来她们不怕老，不怕长白发。而这个"她们"这时让王观之猛然想到了他的母亲王鹤鬓角的白发。

也在这时，王观之一瞬间看到了自己身上无形的枷锁，他一直敬重自己的母亲，以前在他心里她是一种超越性别的形象，能干、精明、豁达。此刻他意识到，他对母亲超越性别的看法事实上是一种性别偏向，因为社会上"能干、精明、豁达"的形象始终是形容男性群体，这让他潜意识里认可了这件事。而"精明、能干"用在男性身上褒义多于贬义，用在女性身上，大部分人都有敬而远之的贬义感觉，所以他也想忽视母亲的性别。

王观之读完信有瞬间的开朗，但没多久，也因为这时的明白，他想到李婉昨晚的那些话，心里感到更难受。他想停在下一个红灯路口再看一眼 Phoenix 的信，结果一路绿灯回到公司。

停好车，王观之觉得自己还下不了车，因为推开门，外面仿佛就是一个新世界，他看到地面扬起了灰尘，可以眯人眼。他坐在车里看了很久 Phoenix 的信，最后，退出邮箱，迟疑、纠结又果断地买了一张去 Y 国的机票。

买完机票，王观之给 Phoenix 回了一封信。

Phoenix，

可能你不会知道，你的信又一次帮了我，在收到你的信的前一秒，我的人生正陷入一种不知名也难以言喻的自我混乱中，你的信帮我打开了一扇门。虽然这依旧有可能是一扇通往痛苦的门，它会改变我根深蒂固的认知，但对我来说是一个思考的方向。

感谢你。

我不知道我爱得勇敢不勇敢，我爱的人现在很烦我，或许一个人总按自己所愿去做事并不完全是一件好事吧。我曾经想不明白为什么我的前女友不爱我了，现在我可能明白了。这和爱不爱没有关系，这只是自己的战争吧。

不过，我还是祝你能如你自己所愿，展翅翱翔。

说来很奇怪，我对你说愿你能如愿，却对我的前女友有太多的“我希望”，我想我是太爱她了，最终爱到只有我自己了，我希望她来填满我所有的空虚。人和人之间，不管爱情、亲情、友情，原来都是有尺度的。

谢谢你，Phoenix。

W

李婉在午休后收到 W 的回信，她忍不住看笑了。她真的很难想象 W 是个什么样的男人，她的生活中很少看到有自省能力的男人，唯一一个这种能力很明显的是她爸。

李婉记得她上初一的时候，有个男生暗恋她，假期往她家里打电话表白。那时候是春节，家里正好坐满了亲戚，男生忽然在电话里大喊什么“我喜欢你”，李婉措手不及，尴尬得破口大骂对方神经病。

亲戚们哄堂大笑，李婉更觉得尴尬、羞耻，因为有人开始开玩笑起哄问她是不是谈恋爱了，是不是很多人追。李婉着急说没有，甚至有人开始用一种异样的目光打量她，告诫她女孩子不要早恋。李婉当时觉得自己仿佛是个毫无隐私的物品，日记本还能有锁，她什么都没有。

李利兵那时候站出来，让大家不要笑话李婉，他说现在男生女生之间有点儿暧昧很正常，还试图安慰生气的李婉，和她说：“别人喜欢你说明你优秀，你不要那么生气，骂人很不礼貌。”

而当时李婉不仅没被安慰到，反而被彻底点燃了，她把火气撒在李利兵身上，生气地冲他喊：“我优秀不优秀，不需要他的喜欢来证明！他才不礼貌！”

说罢，她哭着跑回了房间。她关上门，把外面议论她脾气不好、难相处的话挡在门后。

后来，李婉哭停了，反思自己是不是对父亲过分了。结果李利兵这时进来跟她道歉说：“对不起，婉婉，爸爸不会说话，你的优秀当然不需要别人的喜欢来证明，爸爸没有伤你自尊心的意思。”

李婉闻言，忍不住又哭了。她第一次深刻地感受到父亲的理解和保护，而这也让她更勇敢、包容，她说：“我也不应该骂人，我也有不对的地方，爸爸。”

李利兵笑了笑，上前说道：“没事，我们都知道很多事情站高点儿看的确有很多更优的解决办法，但在眼前的时候，有时候就只有一个办法，你不用苛责自己。”

听到父亲包容的话，李婉更不解：“为什么他们都只说我脾气不好、难相处？”

李利兵想了想，抬眼看了看天花板，说道：“他们也没有错，大家的生活环境就是这样的，大家都要合群，不停地前进，不管前面的路是对还是错，只要一群人都一样，就没有对错。你有选择离群的权利，但那会很辛苦。”

“就不能暂停一下，想想对错吗？”李婉那时候是个哲学家。

李利兵听笑了，指了指天花板，说道：“暂停键可是在很高很高的地方，没几个人能按到。”

李婉闻言，缓缓地抬起头看向天花板，说道：“我好想爬上去按下那个暂停键。”

后来，李婉步入社会，看到暂停键越来越高，人群越来越拥挤。

下午下班，李婉没有按点下班，最后办公室里只剩下她一个人。她打开手机打算叫份外卖，餐还没有选好，程晋的电话就进来了。

李婉忍不住翻了个白眼，接起电话，直接问道：“什么事，程总？”

“你去找过观之了吗？”程晋也单刀直入。

“没有，我们很久没联系了，我总要想个比较好的方式和他沟通，不然照他的脾气肯定要炸。”李婉不紧不慢地说道。

程晋闻言，知道李婉说得没错，是他心急了。电话里陷入沉默。

李婉微妙地察觉到程晋今天情绪不对，她心里打起了鼓，心想，他不会察觉到她要做什么了吧？

正在她想要怎么试探出程晋的想法的时候，程晋忽然又开口说话，问：“你吃过晚饭了没有？今天还吐吗？胃怎么样？”

李婉缓缓地松了口气，睁眼说瞎话：“吃过了，今天还有点儿不舒服，不过已经吃药了。”

程晋闻言，说道：“那你好好休息，本来还想请你喝酒呢。”

“改天吧。”李婉不紧不慢地把手机从耳朵上拿下来，一边继续选晚餐，一边说道。手机其实很漏音，就算不开免提，在安静的环境里也能听到对方说什么，而有些人的电话不需要听得太清楚。

“下周一我会去 Y 市，你们什么时候去？”程晋问道。

“下周我去不了，已经交代我们黄经理和工厂了。”李婉说道。

“你不去？”程晋有些质疑。

“我去干吗？于总那边会把面上的事做漂亮，你会把控最终审核的度，不需要我做什么了。我下周本来就要出差见个客户，何必把大家的时间都耗在这件事情上？”李婉说着话选了个麻辣香锅。

程晋气笑了，说道：“你可真会安排人做事。”

李婉笑了笑，没说话。

程晋笑完之后，长舒一口气，说道：“李婉，祝我们合作愉快。”

“好。”李婉应道，下单付了款。

程晋在那头挂了电话。他想起早上和王观之的冲突有些不冷静，便又给王观之打了个电话，说道：“早上的事你不要太介意，观之，灵霄的情况你不太了解。还有，这次给你添麻烦了。”

王观之对接到程晋的电话一点儿也不意外，他正换了运动服，准备出门跑步，说道：“没事，我也是多管闲事了。”

程晋笑着说道：“可别，你要这么说就还是怪我。”

王观之到客厅拿运动手表，抬着单肩夹着手机戴手表，说道：“真没什么好怪的这事，灵霄没事就行了。行了，我先不说了，正准备出门跑步呢。”

程晋笑了笑，说好。

王观之听到那头挂了电话，也想挂电话，下意识地松肩膀，手机险些滑落。于是他赶忙抬手扶手机，腕上的表还没有戴好，掉在了地上，他便蹲下身去捡手表，心里有些恼自己最近做事急躁。而当他在沙发边捡起手表的时候，无意间看到沙发底下有个小小的粉色的好像U盘的东西，他不知道是什么，便趴在地上伸手进去掏。

李婉发现包里的录音笔不见，是在晚餐送达她准备边吃边把录音拷到电脑上备份的时候。她顿时没了胃口，急匆匆地收拾了东西，回家找录音笔。

# 第十章

他彻底失去了存在感，
这是一场一厢情愿的爱恋。

季节交替，全世界的天气情况都不太稳定。李婉的这班航班没有直达，延误了，她在中转站国家没赶上转机的航班，滞留在机场快十个小时，等改签的航班。

等李婉经历漫长的将近三十个小时的旅程终于到达 Y 国王鹤所在的城市时，感觉自己像被分裂成了两个人，一个记挂、紧张着收购的事情，一个已经全然不知道自己是谁。

李婉到酒店办理入住是中午时分，她简单吃了点儿东西后，稍作休整就出了门。外面多云转雨，李婉让前台人员帮忙叫了出租车，等了快一个小时才上车。

她到达王鹤家已经是下午三点多，下车前问出租车司机要了电话号码，因为看到周围远离闹市炊烟的环境，估计到了晚上很难叫车。

李婉打着一把黑色的伞穿过庭前花圃，雨幕里，她看着近在咫尺的白色房子，感到心跳和砸在伞上的雨珠一样喧闹，而余光里那些不知名的花一团团不断地掠过，画面都挤在她肿胀的脑袋里，令她越来越紧张。她缓缓地走到门前檐下收了伞，深呼吸，鼓起勇气按响了门铃。

隔了会儿，门内传出声响，下一秒门把手转动，门缓缓地打开。李婉准备好微笑，抬起头，却看到了神色清冷的王观之。

四目相对，李婉的脑袋一下“当机”。出发来Y国的三四天前，李婉一直处于焦虑状态，只是没有表露出来，因为她回家到处找不到录音笔，便开始猜测是掉在了王观之家。这个想法让她很焦虑，她一直在想王观之要是听了录音会怎么样。后来实在焦虑得不行，她才干脆躺平，努力让自己不要再因为担心这事耽误其他工作，与其惶惶不安不如等事情来找她。

可一直等到这一天，她也没有收到王观之那边任何一点儿动静，程晋那边也是，于是她稍稍放了心，但没想到王观之比她先来了Y国。这一刻，李婉也有些侥幸地心想或许他不在家，根本没有捡到录音笔。

王观之在李婉下车的时候就透过二楼的窗户看到了她。他比李婉早一天到，而比他更早的是程晋。程晋人没来Y国，但比王观之还早地联系王鹤说了收购的事，这是完全出乎王观之意料的事，为此，他的内心也很矛盾、纠结，看到李婉心情很复杂。

王观之在捡到粉色录音笔的时候就想到可能是那晚李婉不小心落在这儿的。他第一反应是还给李婉，但就在准备拨打电话的时候，一念之差，他犹豫了。因为他很不解，为什么李婉随身带着录音笔，难道她晚上来找他也要录音？他很想知道李婉想做什么。在一番思想斗争下，他听了李婉的录音笔，然后在李婉和程晋的对话中听到他们的勾结，还有程晋言语里对李婉的关心和暧昧。更重要的是他听到他们谈论起他就像说起一颗棋子。

第一次听这样的录音对王观之冲击很大，愤怒当先，他恨不得找两人对质。但很快他冷静下来，第二次又听了一遍，他想，既然两人都已经商量好路，为什么李婉来找他时却提出了收购的方案，还告诉他程晋不可信？第三次听录音，王观之已经不再是愤怒，而是悲伤、难受，录音里的李婉和他所知道的李婉很不一样。他能从她的语调里听出应付和周旋，最后这顿饭结束，她还吐了。

第三次之后，王观之按下关闭键，没有再打开，那晚他正搭飞机前往Y国，整个旅途都没有闭眼。他想起李婉和他说的话，她让他看看她的另一面。现在他看到了，他们之间有什么彻底被割裂了。让他此刻很难接受的是，曾经在他们之间的感情中，他所想象的李婉多少是在他所能控制的范围，她是个可爱的女人，聪明、上进，但现在她在无限放大，她作为一个独立的个体，变幻莫测，让人难以把握。他仿佛第一次触摸到她的内心，那是一片广阔的天地，他完全不知道自己在她心灵的哪一处。他彻底失去了存在感，这是一场一厢情愿的爱恋。

录音笔的内容让王观之消化了很久，他到达王鹤的别墅后异常疲惫，第一件事是睡觉。等他终于睡到清醒些，到餐厅吃饭时，王鹤和他说："李婉现在在转机，可能明天中午会到。程晋刚才给我打电话，提了一件事，他建议一斗收购诚润的生产线，我估计李婉就是为这事来。你为什么而来？你们三个现在是什么情况？"

王鹤说话的语气轻描淡写，她吃着饭，手边放着一本书，翻看着。她看书戴着眼镜，问到最后一个问题时，目光如炬，透过镜片扫向王观之。

王观之看到母亲威严的眼神，听到她说的话，心里震惊之余，一激灵更清醒了，他知道王鹤在给他机会解释。王鹤在生活中是个豁达、随性的人，那是因为她的强势、果敢已经为她筑起了城池，在她的城池内，她是规则的制定者，她维护她的平衡，不会容许任何人打破。王观之此刻透彻、清醒，很能明白李婉不敢直接找王鹤而先找他的原因。但他已经失去机会，因为程晋已经先开口了。王观之不知道为什么程晋会先开口，他心情复杂，忍不住又开始猜测李婉，他想是不是在他没有给回复之后李婉和程晋又有了新的合作。

"我就是来度假的，分手了，心情不太好。"王观之端起手边的酒杯喝了一口，徐徐说道。

王鹤闻言似笑非笑，这时合上了书，抬起头，将眼镜推到头顶，看向儿子，说道："是吗？那我是不是可以理解为你是来探望我的？知道我的别墅在翻修，过来监工帮忙是吗？"

王观之没点头，没说话，还是喝了口酒，情绪不佳。

王鹤见状，又笑了笑，说道："分手是很正常的事，你和李婉的生活态度完全不一样，仔细想想，你们的确不合适，都应该往前看。李婉嘛，很聪明，但人太聪明不一定是好事。收购这事其实对集团来说是有好处，但如果因为这一件事情牵扯进太多的人和关系，是我很不喜欢的，那她就是过度卖弄聪明了。我看她和程晋相处得挺好，两人的思想也合拍，他们商量这事的确是想做点儿实事，让双方受益。程晋说很欣赏李婉，他们要是合作的话，彼此都会更精进。”

王观之默默听着，端起酒杯一口饮尽，而后将酒杯摆回桌上，轻轻转动了一圈，抬眼看母亲，问道：“您觉得程晋真的可信吗？”

王鹤听到这个问题，目光一瞬间变得犀利，但很快她滑下了头顶的眼镜，低头翻过一页书，徐徐说道：“观之，妈之前和你说过，没有人是完全可信的，在工作上用人，你要努力让你用的那个人达到一个善恶平衡点就可以。至于其他的，你只能信你自己。”

王观之转酒杯的手停住了，他望着母亲心情复杂。他和王鹤的母子关系不差，因为王鹤是个很有智慧的人，会对他进行引导，偶尔袖手旁观给他发挥的机会，但他成年后最终没有接手母亲任何产业，是因为他隐隐知道自己从母亲手里很难拿到主动权。他以前聪明地避开了母亲的锋芒，现在却感觉那锋芒还是扎入了他心里。

“人是用出来、相处出来的，不要听别人怎么说。”王鹤一目十行，垂眼看到这页的最后一行，说话的语气依旧缓慢，手上果断地翻过了新的一页。

王观之知道王鹤眼下要的平衡是他和程晋之间的平衡，她在提醒他不要被感情蒙蔽了，总的来说，李婉才是外人，即便她欣赏李婉。王鹤心如明镜，他们之间的钩心斗角对她来说是儿戏，一旦他们闹大，她下手就会快、狠、准，而第一个要解决的就是现在被程晋推到肇事者位子上的李婉。王观之现在能看到李婉处事有多拎得清，她一直小心翼翼地对着他们这些“上位者”。

王观之再也吃不下饭，站起身，说道：“我吃饱了，去休息了。”

王鹤闻言扫了眼王观之没怎么动的饭菜，抬起头，对他说道：“观之，一个人想过什么样的生活必然要付出什么样的代价。你这么多年享受着生活的自由，必然会失去其他的自由，有些事，妈不希望你现在参与太多。说到底都是些小事，只是为了一些蝇头小利，你没必要感情用事。”

“我不明白你在说什么，妈。”王观之笑了笑。

王鹤也笑了，说道：“不明白就算了。”

王观之转过身要走，听到王鹤在他身后又喊道：“对了，你明天会帮我接待李婉吗？带她去周边逛逛，我这边忙得脱不开身。”

“看情况吧。”王观之漫不经心地抬了抬手，说道。

王鹤闻言，看着王观之的背影，抬手摸了摸手边的茶，发现凉了，转头让保姆换了一杯新的热茶上来。

屋外的雨越下越大，不过几秒钟的时间，屋檐渐渐挡不住。李婉抬手擦了擦脸上的雨水，她的动作打破了两人之间的僵局。

王观之仿佛才回神，侧过身说道：“先进来。”

李婉见王观之态度自如、平静，心里的紧张稍缓，也换上了自如的态度道了谢，问道：“王阿姨在吗？”

“她知道你要来，已经在客厅等你。”王观之说着话转身径直往里走，没有停留等李婉的意思，好像他们再见已经是陌生人。

李婉进屋后才发现门内站着一个保姆模样的亚洲人，她一进屋，保姆就热情地上来接过她的雨伞，请她脱外套，给她递了一条毛巾。

李婉着急忙慌地擦好脸，递还毛巾给保姆，道了谢，抬头发现王观之已经转入客厅的门内看不见了，她便忙跟了上去。她不知道在客厅等待她的是什么。

王鹤坐在自己的椅子上看手机，王观之回来的时候，她没有抬头。李婉进屋后，她才放下手机，站起身，笑着热情地迎接李婉，还拥抱了李婉，说道：“你来 Y 国看我，我可太高兴了，李婉。”

李婉也开心地笑道：“我也很高兴，王阿姨，我还怕打扰你，没想到你竟然同意让我来。”

“打扰什么？我这是在度假休息，欢迎所有的朋友来玩。”王鹤笑着说道。

李婉听到这话，心里咯噔了一下，面上不动声色地说道：“我可真羡慕你，王阿姨，我现在出国都是因为工作，已经不知道怎么玩了。”

“那你这两天就抛开工作，好好在这儿休息，陪我喝喝茶。”王鹤笑盈盈。

李婉笑着点点头。

王鹤回头喊了王观之，说道：“观之，你和李婉打招呼了吗？怎么站那儿不搭理人？”

王观之正靠在壁炉边看手机，闻言抬起头看向两人，最后目光落在李婉脸上，说道：“打什么招呼？再见，李婉？”

李婉微怔。她看到他眼神里有一种难辨的情绪，好像冷漠，也像讽刺，而他的话似乎就是不欢迎的态度，这让她心里又打起了鼓。

王鹤打圆场，笑道：“再见就是再次见到喽，他真的是很幼稚。还好你和他分手了。”

李婉哭笑不得，掩饰尴尬、不安，由着王鹤拉她在一张皮质沙发上坐下。

客厅里有个时钟。王鹤在和李婉说这套房子的历史，以及她买房的契机、原因。时间一分一秒地走过，外面的雨还在下，天气阴沉，室内弥漫着淡雅、舒适的香熏气息，温度适宜，李婉强打精神和王鹤聊天，但还是越来越困。她喝了很多茶，最后实在忍不住，起身说去洗手间，用冷水洗了把脸。

她抬起头看着镜子里的自己，眼睛有点儿泛红，黑眼圈很重。于是，她拿出化妆包补妆，心里想着应该怎么切入谈话，她明显能感觉到王鹤知道她的来意，但王鹤还没有给她机会说话。不过，王鹤既然同意让她来访，那这事还是有的谈。

李婉给自己擦了口红，气色顿时提亮不少，她是浓颜长相，一点儿红色就能显出精气神。她拍了拍自己的脸，让自己振作起来。而就在这时，她放在洗手台上的手机振动了一下，她拿过手机看信息，眉头紧锁。这条信息是陆宁发来的。

现在国内已经是深夜，陆宁半夜睡不着给李婉发了一条长信息。昨天是一斗验厂的日子，她收到黄雅的汇报说一切正常，便没有想太多，不想陆宁那边有情况，有话要说。陆宁所说的事情让她又气又欣慰。

陆宁不知道自己是不是又做错事情了，前两天程晋因为验厂的事情给她打过电话，一副学长关心的样子提醒她验厂注意事项。后来程晋随口问陆宁：“你们李总是不是出国出差了？”

陆宁闻言就答：“是啊，她去 Y 国了。我听见她和我妈打电话，说要去两天。”

“去 Y 国？”程晋的声音忽然提高了一度，失态地惊讶。

陆宁吓了一跳，不由得小心地“嗯”了一声。

程晋忙追问：“你知道她是去做什么吗？”

“她们没和我说，可能是拜访客户吧，我就听到我妈打电话。”陆宁小声说道。

电话那头，程晋陷入沉默。好一会儿，他恢复了常态，笑道：“我估计她也是因为一斗的事情吧。”

“这个，这个，我真不知道，我问过我妈，她没说。”陆宁说完这话，莫名地想咬自己的舌头，仿佛恨自己快过脑子的诚实反应。

“没事，那我明天见到于总，和于总聊。”程晋笑着说道。

这件事像根倒刺扎在陆宁心里，今天她跟在于传身边更是看到了一些端倪。她发现于传对于程晋问李婉的事警惕又尴尬，于是酒桌上应酬起来也很吃力，她便知道李婉这次去哪儿的事情是个“秘密”。

李婉从陆宁的信息中读到了有用的信息，估计以程晋的城府多半猜到她的目的了，她也读到陆宁终于开始长脑袋了。她给陆宁回了条信息：“知道了，你早点儿休息，我这边现在还是顺利的。”

陆宁则很快给李婉又回复过来：“你和我妈要卖厂吗？”

“不是卖厂，是寻求合作投资。你妈这两年资金压力很大，你在工厂肯定也看到情况了，我们公司内部的事情不要和外人透露太多。你睡觉吧，我现在有事。”李婉飞快地打字回道。

“好。你注意安全。”陆宁打了几行字又删除，觉得自己言语有些苍白。去年让李婉帮她善后独自上酒桌的事，她心里一直很难受。

李婉把手机放回口袋，确定了可能会腹背受敌，她的心反而安定下来了。

李婉回到客厅，见王鹤给她换上了一杯新茶，便笑道："王阿姨，我已经喝饱了。"

王鹤闻言，失笑道："要不给你换咖啡？"

李婉一听，笑着说道："咖啡可以，我现在是感觉有点儿困。"

"我看你是很累，还大老远先跑来看我，太有心了。"王鹤笑盈盈。

李婉闻言先是笑，而后开始出击，说道："王阿姨，我的确是有心的，我有事想请你帮忙，希望你帮我分析分析。"

王鹤依旧微笑着看着李婉，耐心地说道："是什么事？"

李婉便将诚润的困境及她想和一斗合作生产线的想法告诉了王鹤。

王鹤一副第一次听说这事的样子，细细品了品，而后笑着说道："你们于总是从哪儿找到你这么好的左膀右臂的？这种事情做得好是老板有眼光，做不好背锅的可是来求人的你。"

"在这件事情上我没有私心，坦荡荡，好坏让别人说吧，我只想让诚润早点儿解困。"李婉似笑非笑，她看透了王鹤的心如明镜，反而再没有畏惧。

王鹤微微一笑，端起茶杯作势要喝，但她忽然又放下，看向李婉，问道："这事你是直接找到了我，还是找人商量过了？"

这个问题让原本就安静的客厅更安静，而对李婉来说，她有些措手不及，没预料到王鹤这么直接。

就在这时，一直坐在旁边沙发上看似百无聊赖玩着手机陪客的王观之忽然发出声音，他误点了哪个视频。于是李婉不由得看向他，他也抬起头看了李婉一眼，解释道："点错了。"而后，他又深深地看了眼李婉，微微摇了摇头。

李婉愣了愣，没料到王观之会给她提示。很快她回神，想了想，说道："没有找人商量过，直接找的你，王阿姨，不过，程总估计知道我的想法。我觉得这事不适合和程总商量，他知道也只是让他为难。"

王鹤喝了口茶，看了眼换了个动作跷起二郎腿继续看手机的王观之，又笑着看向李婉，说道：“我看程晋的确是知道你的想法，在你来之前，他就给我打过电话了，他说诚润是个不错的供应商，如果能深度合作，不失为一件好事。”

“程总真是有心了。”李婉淡然笑了笑。

王鹤颔首没说话，侧头看向王观之，和他说：“你要是坐着没事做，就替我去看看晚上的菜谱，今晚请李婉吃饭，看看加些什么菜。”

王观之闻言，不紧不慢地回复：“不去。”

王鹤皱眉，正欲说什么。这时，李婉说道：“王阿姨，我晚上不在这儿打扰你们，我约了客户，晚点儿回城里。”

王观之则又吊儿郎当道：“你和李婉说什么话，我不能听？”

“既然知道我是要支开你，你还没点儿眼力见？”王鹤佯怒说道。

王观之笑了笑，放下腿，说道：“真没必要，妈，我又不会把你们的谈话往外传。我累得很，坐着舒服，你们聊你们的，别管我。”

王鹤看向李婉，只见她依旧神色淡然，两个年轻人仿佛已经毫无关系，处理好了感情上的事。

王鹤见赶不走王观之，只能无奈地说道：“随便你吧。”

王观之点点头，从口袋里掏出了无线耳机，往耳朵里塞，说道：“嗯，我戴耳机。”

王鹤见他一副无赖的样子，忍不住气笑，骂道：“行了，别装模作样了，看着心烦。”

王观之没再说话，真认真地靠着沙发继续看自己的手机。

李婉看着眼前的母子俩，再想想于传母女俩，她知道人内心最柔软的那块多半都是亲情。

王鹤回头看李婉，继续方才的谈话，说道：“李婉，你说的事我会认真考虑，你不远万里跑来找我，这份努力让我很感动。这样，我下周回国，有机会先见见你们于总。”

“没问题，我来安排，王阿姨。”李婉笑着说道。

“你们于总真的好福气，有你这样聪明、能干的帮手。”王鹤微笑。

“是我们于总有魄力。我要学的还有很多，王阿姨，我还得多学学。”李婉说道。

王鹤打量李婉，屋子里又安静下来，直到保姆进来给李婉换上了咖啡，才又有了点儿响动。王鹤注视着李婉喝咖啡的样子，她看得出李婉很累了，难免有些于心不忍，开口问道：“李婉，我一直很想问你，你这么努力工作是为什么？你的理想是什么？”

李婉没料到王鹤会问她这种问题，竟鲜少有地红了脸，有些局促、害羞。

“可以和我说说吗？”王鹤笑着又问道。

李婉这时瞅了眼王观之，见他还戴着耳机，眼睛根本没离开过手机，她才稍稍放心。理想这种东西早就被李婉埋藏在心里，而藏得越深，欲望越强，欲望越强，伪装也越强，所以久而久之她也不知道值不值得去说这些，甚至怕人听了会笑话，因为她比任何人都知道理想之所以被称为理想，就是因为它的理想化。而一个务实的人不应该理想化。

“说不上什么理想，不过是做好眼前的事，在能力范围内尽可能公平地对待每个人。”李婉端着咖啡，轻描淡写地说道。

“你这样会很累，你知道吗？”王鹤说道。

李婉想了想，说道：“去年年末因为客户跑单，一直到今年都挺累的。前两年我很顺利，以为自己很有能力了，结果一遇事就看到了自己的不足。王阿姨，这几个月我再回头看前两年的自己，能看到自己的局限了，这也是成长，所以累的背后，我实际也在享受这个过程。”

王鹤闻言不由得叹息，说道：“你现在这么忙的节奏，虽然看到了自身的局限性，但要靠你自己去突破还是很难。”

“我有去读书学习的打算。”李婉说道。

王鹤点点头，沉思片刻，说道：“李婉，我这次是因为你和收购的利才愿意帮忙，并不是因为程晋，所以你对他的感谢，我会带到。这点你放心。”

李婉闻言愣了神，不确定王鹤的意思是不是要替她敲打程晋，但还是真的感谢，所以，她许久没说话，目光闪烁地看着王鹤。

王鹤在李婉的注视下神色逐渐严肃，说道：“不过，我下次也不知道会不会帮你，你有你的理想国，我也有我的，而每个人的理想国不一定会产生共鸣。”

“我懂，王阿姨，君子和而不同。”李婉难掩激动，努力镇定地说道。

李婉知道王鹤的精明在她之上，她能看懂程晋的小动作，王鹤肯定也明白。同时，李婉也知道，程晋于王鹤是多年的学生和半子，王鹤就算对他看不惯，也不会因为这件事就对程晋改变看法，舍弃他。所以，她从来没有期冀王鹤会替她“伸张正义”，但王鹤主动这么说，说明王鹤还是明理、通达的。她们之间存在着间隙、猜疑，也存在着共鸣和帮助。

王鹤欣赏地望着李婉，之后扭头看了眼还歪在沙发上看手机的王观之，忽然觉得越发嫌弃，不耐烦地说道：“观之，你要真闲得无聊，趁这会儿离晚饭还有时间，带李婉去湖边转转，放松放松。”

王观之闻言取下耳机，瞥了眼窗外，说道：“下着雨去什么湖边？”

“不用了，王阿姨，我也该回去了，晚上真约了客户。”李婉说道。

王鹤闻言还欲再挽留李婉吃晚饭，结果王观之抢先道：“那我送你回去好了。”

李婉看向王观之，微微点了点头，道了声谢。

于是，王鹤也没再说什么，最终同意道：“你也累了，那你早点儿回去休息。”

王观之开车送李婉回她住的酒店，一路上两人都没谈及下午的事情。他问了她酒店地址，她回答了，还打开手机给他看地址。

回酒店的路很长，李婉来时坐了一个多小时的车才到，现在回去也是如此漫长。但不知道为什么，此刻李婉没有感到和王观之相处的压力，她出神放松地望着窗外的雨幕。虽然天气不好，但Y国正在进入夏季，白天的时间开始变长，快傍晚的时间，依旧有明亮的光线努力透过乌云射向灰蒙的大地。李婉知道一切都会慢慢变好。

而王观之专注地开着车，在快到酒店的红灯路口，他打开了车里的音乐，播放了一首歌。

I know,I know I've let you down
I've been a fool to myself
I thought that I could live for no one else
but now through all the hurt and pain
it's time for me to respect
the ones you love mean more than anything
so with sadness in my heart
I feel the best thing I could do
is end it all and leave forever
what's done is done it feels so bad
what once was happy now is sad
I'll never love again my world is ending
I wish that I could turn back time
cause now the guilt is all mine
can't live without the trust from those you love
I know we can't forget the past
you can't forget love and pride
because of that,it's killing me inside
it all returns to nothing
it all comes
tumbling down,tumbling down,tumbling down
it all returns to nothing
…………

陌生的曲子，应景的歌词，李婉听得心头一震，她感觉她懂此刻王观之的诉说，而他们之间已经没有必要再用任何言语去说过去或者未来了，所有的期望也都停留在眼前刚逝去的前一秒。下一秒，他们就该说再见了。

王观之把车停在酒店门口。在李婉下车后，他降下车窗，叫住了她，从口袋里掏出粉色的录音笔递给她，平静地说道："物归原主。"

李婉看清录音笔，弯身缓缓地把手伸进窗口接过，说道："谢谢。"

王观之目光深邃地望着李婉，说道："李婉，祝你成功，越来越好。"

歌曲将近尾声，李婉在听清王观之的话之后站直了身板，展颜认真地说道："谢谢你，王观之。"

王观之又看了李婉一眼，而后转回头，升起车窗，驱车离开。他从来没有这么爱过一个人，以后可能也很难再这么爱。

2020 年，李婉和诚润一起破釜沉舟，在行业内卷中断尾求生，与一斗达成了收购合作，回笼资金，开辟新局。

李婉大概是在这一年十月份忽然感觉熬过来了，不再为工厂的压力感到焦虑，她的精神和心态随着收购合作的推进，真正开始从心理上去突破自己以往认知的局限性，变得更有激情和勇气。

因为收购合作项目，李婉这一年大部分时间都在 Y 市，陆宁不知不觉成了她的小跟班，她去哪儿陆宁跟到哪儿。李婉因为想明后年去国外读书，便已经着手准备语言考试，她每天工作之余见缝插针地背单词，学习，这对陆宁触动很大，以前只知道李婉工作能力强，现在才真正看到她的自律和高效。

陆宁有一回和李婉一起去车间，等货梯的时候，看到李婉在查单词，便好奇地问："你在回复客户吗？"

李婉没抬头，依旧看着手机，笑了笑，说道："不是，我最近路过的地方看到任何一样东西，如果用英语一下说不出来，我就会查查字典。这种情况下，我感觉记单词的效果很好。"

这件小事让陆宁深受震撼，她从小跟着于传耳濡目染，虽然一直抵触自己的母亲，但内心认为作为女性应该就是很有担当的形象，要在职场上发光发亮。她也发自内心地渴望成为独当一面的人。所以，她总是迫不及待要展示自己的能力，但在李婉身边待久了，她发现另一种向往，独立的思考、强硬的手腕也可以通过和风细雨去展示。所以，李婉去哪儿，她都想要跟。

之前因为一斗质量问题的事情，于传心知李婉不太想和陆宁共事，有意将两人分开。而陆宁当时给自己的定位也是回归工厂从基础开始，所以李婉认为陆宁已经和她没什么关系，对于陆宁一直跟着她的行为很防备。在工厂，她经常偷偷跑外勤，不会告知任何人去哪儿，生怕陆宁知道要一起去。

但有些事情躲不了，到了2020年末，李婉准备回A市贸易公司处理年终收尾，陆宁得知这件事就提出要和李婉一起回去，她还说明年要正式去贸易公司入职，要学做管理，带团队。

陆宁这话是当着李婉和于传的面说的，当时她们两人正在商量年终事宜。陆宁的话一出，李婉脸色微变，抿嘴，低了低头，而后看了眼于传。

于传在李婉眼神里读到了一丝猜疑，李婉已经很明确地表态想要贸易公司更多的自主权，今年因为和一斗合作，已经把贸易公司和诚润工厂做了分离，但资金、实力的原因，于传还是在贸易公司占大股，但她许诺李婉今年增加李婉的股份。所以，陆宁这么敏感的身份，忽然不经商量提出要再次空降贸易公司的想法，李婉心里肯定多少有些不自在。说实话，于传也有点儿尴尬，她看到陆宁看似成长了，但还是没有成长，做一个决定都考虑不到立场，还是随心所欲。陆宁现在还不会懂于传今年最担心的事已经不是工厂，而是李婉撒手要走。

于传轻咳了一声，对陆宁说道："你要去A市学习可以，和之前一样先从业务做起。"

"我做业务浪费时间呀。"陆宁急道。

李婉闻言端起面前精巧的小茶杯喝了一口，说道："陆宁，你要是真想做企业管理，要不先去读书吧，你读完回来换我去读书。"

"我想和你一样，先有实战经验，再去读书。"陆宁说道。

李婉没再说话，又看了眼于传，等她表态。

"明年再说吧，年底工厂事情多，你不要去A市了。"于传皱眉说道。

"我去两天就回来。"陆宁很坚持。

"去什么去？"于传开始不耐烦，训斥道，"怎么和你说话就是听不懂？”

陆宁感到莫名其妙，说道：“干吗不让我去？没道理啊！”

李婉沉默半晌，看向陆宁，问道：“陆宁，你知道贸易公司现在的实际责任人是谁吗？”

陆宁闻言看向李婉，说道：“你啊。”

“你既然知道，为什么做决定前没有和我商量？你完全越过我就自己做决定，你说我怎么同意让你去？”李婉徐徐反问道。

陆宁被说得面红耳赤。

“照于总说的，你的事我们明年再商量，年终你没什么好去的。”李婉放下茶杯，掷地有声。

陆宁尴尬地坐着，最后沉着脸生气地起身离开了于传的办公室。

李婉“赶跑”了陆宁，又看了眼于传，见后者也沉着脸，她便没再说什么，又喝了两杯茶，也起身离开回家了。

李婉这大半年有不少时间住在家里，好在工作忙，每天早出晚归，但在家的时间还是比之前多，和家里的冲突不断增多。

李乐乐在这半年里找了一份文员的工作，开始上班，但她做得不是很开心，林素心疼她，就想让她离职。李乐乐又不肯离职，因为她在意李婉的看法，李婉没开口劝她，她感觉要是自己放弃了，一定会让李婉失望。

林素便一直让李婉去劝李乐乐，李婉被林素催烦了，去劝了李乐乐几次，不想李乐乐反而更来劲。于是李婉放弃了，等林素再来劝她的时候，她就免不了要和林素吵架。

这些生活中的琐碎事和工作上的人情复杂交错在事业的成就感里，让李婉有时真的觉得人生是一场难以言喻的修炼。她更珍惜独处的时间，用于学习和工作。

这半年，对李婉来说最好的自我开解方式是写信。她和笔友 W 从十月份开始每周都会写信，他们的节奏好像很同频，之前两人的通信断断续续，各自有烦恼，这段时间仿佛都空闲下来，给彼此回信的速度都快起来了。他们的通信从一些深刻的话题慢慢变得轻松，聊些很日常、简单的事情。两人都很有自我保护意识，尽量不涉及对方的隐私，哪怕无意间知道他们现在都在A市生活，也不会提及任何更进一步的了解方式。他们都受过伤，小心翼翼地保持着和现实的距离。

这种写信交友方式让李婉感到轻松、快乐，她觉得所有的人、事都在改变前进，只有W在她的青春里，没有太大的变化。她不想破坏这种特殊又难得的情谊。

年底，李婉回到A市贸易公司处理年终工作，这一年，公司的业绩增长了不少。尤其在最后一个季度，她这一年的努力有了效果，她和M国大客户拓了新品，跟了大半年，终于给她下大单。她很快乐，打完这个新品阵的前锋，打算明年交接下去，让其他业务员跟上。这样她明年也可以把重心都转回贸易公司经营上来，她看得到明年想走的每一步。

这一年，李婉虽然在贸易公司的时间不多，但从结果来看，她是满意的。她和于传在开设公司之初设立的组织框架没有大的变动，她可以看到现在框架稳定，保护着公司的发展，而里面人事的微调则在她用人的一念之间。

年终盘点人才情况，对李婉来说是最难、最艺术的一个点。在这个点上，李婉又不得不面对黄雅的问题。黄雅这一年在投标项目的加持下，业绩大幅度增长，自身进步很大，收入也大大增加，她自身有了很大的成长和进步，完成了跨越式蜕变。对此，黄雅很感激李婉，在年会上对李婉表忠心，表示自己愿意一直跟着李婉干。

李婉能在黄雅身上看到自己理想实现的一个小点，但不管公司人事部还是于传都对黄雅保留了看法，于传更是点了李婉一句："黄雅是认你还是认公司？"

对李婉来说，眼下黄雅很难抉择，她正在用人之际，明年想要实现团队的复制、裂变，她需要黄雅这样从公司里成长起来的人。她和于传作为领导，都有各自的弱点。

于是，李婉对公司一些制度重新进行了明确和调整，她找黄雅谈了，希望黄雅明年以身作则。黄雅认真地听着，表示理解，说回去和家里人协调一下时间。

李婉每次在和黄雅谈完话，内心对她的疑虑都会打消。

于是，这一年对李婉来说暂时圆满结束了。她在过年的时候给 W 写了一封问候的信，和他说：

W，

又一年，祝你新年快乐，越来越好。

明年肯定是个好年，对我来说最难的一年已经过去了。不管明年有什么挑战，都会是一个去买花的过程。白居易有句诗，说的可能就是我现在的心情：共道牡丹时，相随买花去。

希望你的明年也是个花开的好年。

Phoenix

王观之这一年也在学习，因为他的事业陷入了停滞期。他的热爱在减退，偶尔倦怠，他避免让自己去思考太多有关人生的意义，但很快发现很多思考来自思维本身，而非人的理智所能控制的。他有时候还会想起李婉，不过到了下半年，更多是想起她的坚持和理想，那是他自己身上所没有的。他或许也有理想，但要么就是想得太深，万物归于宇宙而虚无缥缈，要么就是转化成个人的热爱，后继无力。他想李婉找到了一个点去平衡理想和现实，所以她不会放弃努力。而他骨子里对世界充满冷眼旁观。

所幸，在这段时间，他和 Phoenix 保持着通信，她积极的态度温暖了他。

在收到 Phoenix 新年问候的信时，王观之不由得笑了笑，他也回信说：

Phoenix，

新年快乐，我们都会越来越好。

W

“越来越好”他也祝福李婉，他听说她这一年事业越来越顺利，想来她肯定会越来越好。

王观之没有想过会不会再遇见李婉，他在这一年其实刻意避开了他们可能会相遇的地方，让自己的感情也进入了一段休眠期。

所以，当他差不多时隔一年，在 2021 年的五月份再次遇见李婉时，感觉他们都有很多的改变。

2021 年开年二月初，李婉团队扩张，搬了办公室，从原先的大厦搬到了隔壁大厦更大的办公室。她搬走的时候，公司隔壁的赵总给她的新公司送了一尊牛雕像，和她说："今年是牛年，勤勤恳恳收获的一年，祝小李总更上一层楼。"

李婉听笑了，当时和赵总说："好，我加油，希望来年和赵总一样买地，建我们公司自己的大楼，不再搬来搬去。"

"就你这劲肯定可以，到时候你也让王总给你设计。我们那楼，王总设计得很棒。"赵总笑道。

李婉闻言想起了王观之，微微笑道："可以，没问题。"不过，她想他们应该不会再见面了，Y 国一别，他们便没再有任何联系。她偶尔听认识的朋友说起王观之的生活一切正常，他过得很好。

搬到新办公室，李婉把赵总送的那尊牛雕像放进了办公桌后的书架上，应景这一年即将开始的辛勤努力。

陆宁这一年照她自己所愿正式入职了贸易公司，她被于传安排在人事部，具体工作职责在行政和李婉的特助之间微妙地转换。

李婉很明白于传依旧想让她带陆宁的用意，而她也看到了陆宁想改变的努力，最终默认了这样的安排。

公司里的人事变动都会掀起一些风波。李婉知道陆宁脾气大、性格直，很容易得罪人，但她认为陆宁应该不会和黄雅直接起冲突，毕竟黄雅情商高，一向很知道进退。结果一些事和她想象的不一样，陆宁和黄雅很不对付。她们俩让李婉看到了另一番人性姿态，在李婉的判断力上撕开了第一道口子。

李婉低估了黄雅的膨胀，高估了陆宁的身份加持，两个人在第一周就发生了摩擦。黄雅说自己今年努力调整了上下班时间，但效果不尽如人意，她一周五天班依旧迟到了四天，陆宁毫不犹豫地按规定扣了她的绩效，还给她的绩效打了很低的分，在周会上把她的末尾名次挂了出来。

这让黄雅很难堪，那个周会上，她沉着脸，没发表任何意见，只是望着投影仪，神色不悦。

李婉一直认为员工遵守公司制度很重要，但也认为制度是手段，不是目的，所以希望人事部、行政部更人性化地去执行制度。但人性化管理需要管理者和人员都有很高的自我约束能力，执行得好，大家皆大欢喜；执行得不好，就是一盘散沙。在意识到这个问题之后，李婉在这一年团队扩大的关键时刻也有意调整管理手段，所以对于陆宁的强势介入先持观望的态度。

黄雅面对陆宁有意无意在行为规范上的针对，没有找陆宁沟通，而是每次都找李婉。黄雅的态度很坚决，她一直向李婉诉说自己家庭的难处和职场困境，丈夫工作繁忙，公婆和她自己的父母都没法帮忙带孩子，即便在这种情况下，她每晚都工作到深夜去协调工作和生活。她认为公司应该人性化一些，之前李婉那种管理就非常好。所以，她希望李婉能去和陆宁沟通管理方式的问题。

李婉则问她："你知道公司还有其他同事和你一样有孩子有家庭吗？"

黄雅闻言，沉默片刻，说道："我知道，但他们的情况和我不一样，他们的孩子有人帮忙带。说实话，李总，我不管别人怎么样，我只希望公司能考虑一下我的情况，我是出了成绩的。而且，我不是偷懒，我一直很努力，你知道我是实心实意给你干的。"

李婉听到这话想起了于传说的话，徐徐说道："我也是在公司上班，就算公司完全是我的，我和公司也是两个概念，你对我实心实意和对公司实心实意是两回事。"

"如果公司要这么管理，我相信没有人会服气。"

"大家都没有迟到早退的情况。"

"我觉得作为一家贸易公司，业务员的时间应该自由点儿，业绩结果是我们自己要去负责的。"黄雅掷地有声。

“但不是每个人都能这么自律。”李婉说道。

“别人我管不了，我可以做到，希望公司酌情处理。”黄雅强势地说道。

李婉望着黄雅，问道：“你说你的家庭里有协调不了的事情，那你有没有考虑过公司也有协调不了的事情？”

黄雅一时没说话，许久，她说：“我认为公司这么大是可以协调的，只是我被人针对而已。我迟到早退，其他同事也都很理解，因为他们要是也有这样的情况，我也会理解，不会觉得公司不公平。”

李婉听笑了，不由得重新审视自己对黄雅的判断，感到有种说不出的悲伤。

就这么一件事情，最后愈演愈烈。三月份，李婉发现了黄雅接私单赚差价，还是从李婉转交给她的一个客户那里。这件事情刚发生就被李婉发现，因为这个客户和李婉关系不错，从黄雅那儿得知李婉公司搬迁了，便给李婉发去了祝贺。

李婉和他聊起来，问他最近订单情况，对方说下了几个单子给黄雅，李婉一点儿印象都没有，心里便有数了。

知道这事的晚上，李婉异常冷静。她给黄雅发了信息，让黄雅不要再继续跟进这个客户，把客户现在的资料转回来给她。

黄雅也不傻，一听李婉说话的口吻就知道事情败露了，立马给李婉发了客户订单资料，和她解释说：“之前工厂那边报价太高了，我就自己在外面找了另一家工厂做，我是想先把客户维护住再跟你汇报。明天我把具体的采购价和合同发你，那家供应商的情况，我也会发给你。这样我们也可以多一个供应商。”

对此，李婉懒得回复，打算晚上先晾着黄雅，让她自己好好想清楚。

核对完客户订单资料，李婉去洗了澡，回来坐在电脑前擦着头发出神。类似黄雅的事情，她做业务多年，不是没听过、没见过，但偏偏发生在黄雅身上，李婉感觉很难过，说不出地悲哀。

李婉思索良久，很多情绪、想法无处可说，便点开邮箱给 W 写了一封信：

W，

展信佳。

你有没有被人背叛过？有些事情、有些人真奇怪，而我也真奇怪，我一直很清楚地知道人是自私、趋利的，但直到今天我才发现自己一直更相信人积极、好的一面。我以为自己是悲观主义者，结果当我意识到自己是乐观主义者的时候，正是我的乐观消亡的时候。

我没有和你提起过我的工作，我这几年一直很受老板器重，现在已经是公司合伙人。我现在的工作目标是帮公司培养更多像我一样的合伙人，把贸易做大。所以我带了团队，一直在自己的领域深耕。

我有个员工，能力很不错，我在很多人不看好她的时候培养了她，这让我很有成就感，说明我有独到的眼光。去年在我很困难，精力有限不在公司的时候，她在团队里给了我很多支持。其实我觉得我们挺有默契的，也是战友了。她在去年年终会上和我分享了她这几年的经历，她说在公司得到了很大的成长，收入提高，家庭生活都跟着改善，也越来越自信，她用自己的案例鼓励其他人要努力、上进，相信公司。在她身上，我看到自己理想的实现。

我以前工作的时候，公司团队和氛围没法自主选择，我很讨厌那种所谓的狼性文化，也讨厌“996”内卷加班，讨厌公司对员工行为上过度地控制。所以，在公司遇到问题的时候，我愿意花更多的时间去和员工交流沟通，试图让他们明白我做事的原因和出发点。说实话，我以前认为有效的沟通能解决大部分事情，现在我才明白其实很多事情是永远解决不了的。有些时候，不管是同事间的冲突还是爱人、亲人、朋友之间的冲突，都是解决不了的。因为每个人私欲的点永远不一样，而且每个人的惰性很可怕。有时一个人的包容和理解都会成为别人蹬鼻子上脸的梯子。

我所说的那个员工把公司的订单偷出去了，我本来应该骂她，在客户面前拆穿她，但还是于心不忍，打算冷静一下再处理。毁掉一个人真的很容易，不管是我毁她，还是她毁我，信任和认知崩塌就在一瞬间。

我现在更要想的是以后要怎么管理其他人，要像拧紧的发条一样不停歇吗？

这件事，我很难和身边的人去谈，因为我知道应该要怎么处理，和人聊也只是情感上需要发泄，但对我身边的人来说，这不太适合我。软弱、纠结、矛盾是我最讨厌的情绪，我在尽量避免。

有时候，我也不知道自己做的事情是否有意义，但我还是想坚持。

明天，我又要做一个新的人了。这些事情和情绪丢在这封信里，抱歉，你好像我的垃圾桶，或者说另一个平行宇宙吧。

Phoenix

黄雅的事在李婉公司纠缠了快两个月，四月份，李婉给了黄雅最后的宽容，让她自己主动提离职。五月初，黄雅彻底从公司离职，李婉发现这不是结束，很多事情和问题可能才刚开始。

五月中旬，李婉受邀去参加一个朋友的婚礼，那个人也是王观之的朋友，王观之还是伴郎。

婚礼那天，李婉准点去酒店观礼。这是一场豪华的婚礼，新郎和新娘在游轮上举行仪式，那艘游轮在日落时分载着新人和亲友团从远处的海平面驶进酒店的小港湾。

游轮上的人带着热闹和幸福欢呼着向岸边的人打招呼，烟花在光明和黑暗交接之际燃起，上一秒灿烂的烟花和夕阳一样火红，下一秒它成了夜空中最热情的星火。

整场仪式活泼生动，新郎和新娘都是开朗、外向的人，他们自己给自己当司仪，又唱又跳。后来草坪的大屏幕上滚动播放着他们今天接亲的照片，一看就是很快乐的一天，不管是新郎新娘，还是伴娘伴郎，都很开心、尽兴。

夜幕彻底降临的时候，婚礼的草坪上亮起星星点点的浪漫灯光，新郎和新娘在伴娘和伴郎的簇拥下走下游轮。新娘脱了高跟鞋，她的礼服经过设计，一把拽掉累赘的拖尾长裙，变成了性感的小礼服，她给自己松了绑，拽着新郎到草地上跳舞。气氛燃到了最高点。伴郎和伴娘都在为他们呐喊、鼓掌，后来也纷纷走进这个幸福的舞池。

李婉站在人群里看着加入的人越来越多，怕挡着后面的人加入舞池，便往后退了退。在她要转过身想去取餐吃点儿东西的时候，看到有个伴娘跑去拉王观之的手，想拽他走进舞池。

李婉到自助台取食物，最近天气很好，夜风微凉，气氛热闹得让人感到有种靠近生活的安心。她不由得也轻轻哼着歌给自己倒了一杯红酒。

她一手拿着盘子，一手拿着红酒杯，一边喝了口酒，一边转过身，不期然看到不远处的王观之没有走进舞池，正向她投来目光。

遥遥地四目相对，她对他微微一笑，颔首问候。而他迟疑了片刻，举步穿越过人群朝她走来。

# 第十一章

她是个有力量的人，所以很伤人，也很迷人。

王观之下了游轮就在人群里看到了李婉。她来参加婚礼特意打扮了一番，长发绾在脑后，露出修长、秀挺的脖颈，一袭红色连衣裙衬得她肤白胜雪，她像一枚冰冷易化的雪花，又是软绵绵、坚韧的红色飘絮，在人群中若隐若现，吸引他的注意。

在看到李婉的一瞬间，王观之觉得人生真有如初见的时刻，他才知道一年未见，他没有遗忘，而是一直在等她再次出现。他迫不及待想走向她，又怕打扰她，直到她对他微笑。

李婉见王观之走近，放下手里的盘子和酒杯，向他问好："好久不见。"

王观之微微颔首，问她："最近好吗？"

"好啊，很好。"李婉笑道，回答得很爽快、肯定。

但不知道为什么，王观之从她的回答中看出她的改变，她比从前更坚忍了。

为了不冷场，李婉随即反问王观之："你好吗？"

王观之望着李婉，说道："就是正常生活。"

"这个回答很特别。正常应该是好吧。"李婉笑道。

王观之没解释，见李婉侧过身重新去拿盘子，忙上前想帮忙，但李婉轻轻挡开了他的手，笑着说道：“我自己来吧。”

王观之收回手，下意识地退了半步，目光落在她的头发上，发质有光泽、细腻、柔顺。她往前走，他紧紧跟着，一时也不知道聊什么。

李婉走了两步，见王观之默默跟着，便回头问他：“你要拿点儿东西吃吗？”

王观之闻言，伸手也拿了个餐盘，若无其事地应道：“嗯。”

李婉笑了笑，见他取食物还要一会儿，便道：“我先去找位子坐了。”

王观之还没来得及回答，李婉已经丢下他往餐桌那边去了。他见状，赶紧随便往盘子里夹了一些沙拉，就跟了过去。但他还是迟了一步，有人已经坐到李婉旁边，而且是她认识的人。

李婉没想到会在别人的婚礼上遇到她最近一直想见的人，她最近想挖人合作，经过几番了解，就盯上了眼前这个男人——A 市某家大型贸易公司的业务经理罗酬勤。

前不久，李婉通过猎头公司挖过罗酬勤，被婉拒了，显然罗酬勤看不上李婉公司现在的平台，他现在也是公司的合伙人，没有更大的利益，不会跳槽。不过，罗酬勤还是去了解了一番李婉的公司，得知他们有工厂，便找方式加了李婉的微信，保持着一定的联系。

罗酬勤今晚认出李婉是无意间听到有人和她打招呼，叫她李婉，他见她漂亮，便也随口搭讪说自己也认识一个人叫李婉。李婉一开始没当回事，笑了笑，没想搭腔，结果罗酬勤真的点开了微信给她，她才发现对方是罗酬勤。他们之间的气氛就不一样了，顿时热络起来，像朋友。

罗酬勤一坐下来就和李婉聊上天，他问她最近生意怎么样，两人聊起了市场行情。

桌子是小圆桌，王观之在两人对面坐下。罗酬勤见有人来，抬了抬头就笑道：“你是伴郎，你好，我是晓慧的表哥。”

王观之见对方是新娘的亲戚，也礼貌地问候了一句。

“你怎么没去跳舞？”罗酬勤笑着道。

王观之下意识地看了眼李婉，说道：“我不会跳舞。”

罗酬勤闻言一笑，没再继续说，回过头和李婉继续聊天。然后没聊两句他便进入了自己的正题，问李婉：“我先问一句，你单身吗，李婉？”

李婉一下就明白罗酬勤的意思，她低头吃了口餐盘里的虾球，再抬眼的时候，无意间瞅见对面王观之的餐盘里除了沙拉什么都没有，她有片刻不解，随即看了眼罗酬勤，回答：“我有喜欢的人了。”

她说话的时候余光感觉到王观之也在看她。于是，她微微侧过头，看了他一眼，只见他神色平静地坐着，手上握着一把叉子，餐盘里的食物一动不动。

而王观之看似平静，在听到李婉的话之后内心起了波澜。

“这是什么意思？有喜欢的人不一定就是有男朋友，我也可以追你不是吗？”罗酬勤笑道。

“追就算了，有空到我们公司坐坐。”李婉不紧不慢地笑道。

“那我去你们公司是不是追你的机会会更多？”罗酬勤又笑道。

李婉听到这话，神色微沉，说道：“那你就不要来了，我也不是很着急马上要找到人，合作还是要看是不是合适。”

罗酬勤见李婉忽然严肃、较真，失笑道：“你怎么这么可爱？我逗你玩的，李婉。”

李婉没说话，她现在越发觉得人和人之间合适太难了，不管是工作还是生活，她原本挺看好罗酬勤的，不想他几句话就打消了她挖人的念头。她用人的想法发生了改变，不再着急，不再过于期盼，也不由得更保守一些。她知道自己到了另一个瓶颈期。

罗酬勤见李婉忽然态度变冷，不再说话，便意识到自己真的说错了话，太过轻浮了，一时有点儿尴尬。他正想要再说点儿什么，对面的王观之忽然站起身，走到李婉身边，弯身问她：“我能不能请你跳舞，李婉？”

李婉很惊讶地看着王观之，不知道他的意图。但他表情柔和、诚恳，让她想起他在 Y 国的帮忙和过往的情意，她不忍拒绝他，便放下手里的餐具，缓缓地把手放在王观之手里，由着他轻轻一拽站起了身。

两人牵着手走进人群融入舞池，王观之轻轻搂住李婉的腰，带着她随音乐缓缓起舞，彼此眉眼间有了他们自己的小世界。他们以前一起跳过舞，此刻一时不知道在哪儿。夜风徐徐吹着，不远处潮来潮往，就像人生。

王观之从李婉眼神里看到不解、探究，他说道："我看你既不想得罪他，搞得太僵，又不想继续应酬他，所以带你过来跳舞。"

李婉略微错愕，随即尴尬一笑，说道："有这么明显吗？"

"嗯，很明显，很不像你。"王观之慢条斯理地说道。

"是吗？"李婉抿了抿嘴。

"嗯，你以前说谁都能是你的好朋友。"王观之笑道。

李婉听笑了，说道："嗯，现在不太想应酬了。"

王观之闻言，停顿了片刻，垂眼认真地看着李婉问道："为什么？"

李婉抬眼望进王观之明亮的眼底，看到了自己，说道："进入下一个阶段了吧。"

"是个什么样的阶段？"王观之好奇地问道。

"可能……就是当老板上瘾，要摆架子的阶段吧。"李婉笑着说道。

王观之也笑了，说道："嗯，听起来可以理解。"

李婉也再次笑了，她感觉王观之变了，变得耐心、柔和。

之后，两人有一会儿都没有说话，王观之脚步跟着音乐，眼睛时不时偷看李婉，心里一直在想应该说什么。而李婉大部分时间都在看远处的海，内心有点儿寂寥，她想起自己心境改变的原因，也想起 W 的信。

关于她说的黄雅的事，W 回信安慰了她。

Phoenix，

展信佳。

或许很多事情就不需要意义，你想要坚持本身就不需要任何意义去支撑，仅仅因为这就是你，这是你想做的事。

你身边发生的事情一定让你很煎熬，而你选择自己承受，我想不仅仅是因为在生活中你可能是别人的依赖，也很可能以前你在诉说时受到了很多不理解。就像我以前不能理解我的前女友，我总问她工作上的事情有那么重要吗，对她不理解、不耐烦，现在想想，蛮伤人的，工作也是她生活的一部分，她的认知和坚持也会因此受挫，就像你现在一样，开始怀疑自己。

我不知道你和你同事之间具体是什么样的感情，但我可以感受到你对她的真心实意，这件事不是你的错，希望你不要难过、自责。

明天如果你还纠结、矛盾，甚至心软，也不必勉强你自己立马就去改变。来日方长，要珍重。我很乐意继续当你的垃圾桶。

祝你好梦，Phoenix。

W

在这封信之后，李婉在处理黄雅事情的这一两个月里，也一直和W通信。她诉说自己工作上的反思，他倾听，也偶尔提起他的前女友。在W的字里行间，李婉能感受到对方是一个温柔、细腻、深情的男人。她开始很习惯期待他的来信，她的心里有一颗感情的种子，所以可以在应付罗酬勤的时候说出“有喜欢的人了”这句话。

此时此刻，置身喧闹中，她也老是想起他的信。想着想着，她忽然能肯定自己是爱上邮件里那个素未谋面的男人了。

王观之不知道李婉在想什么，她的神色清冷、疏离，他感觉她很遥远。

新郎和新娘相拥着摇到两人身边，新郎一眼就看出王观之拥着的女人是李婉，他惊喜地冲兄弟挤眉弄眼，靠过去问道：“天哪，你们两个是复合了吗？要不今天一起把婚礼办了吧？”

新郎的话让原本就各怀心事的两人很尴尬，李婉下意识地站直身体，轻轻推开王观之。于是，王观之不得不松手放开李婉，他有些恼地看着破坏气氛的新郎，说道：“你酒还没有喝就已经开始醉了？胡说八道什么？”

新郎一副了然的样子看着王观之，然后瞅了眼李婉，故作不满地说道：“今天是我的大喜日子，你怎么敢骂我？How dare you（你怎么敢）！我现在命令你们俩抱一晚上！”

王观之彻底被气笑了，骂了声“滚”，还抬脚作势要踹新郎。新郎拥着新娘赶紧跑了，还不忘回头冲李婉喊："我说真的，李婉，今天是个好日子，你就把小王娶了吧！"

李婉也被气笑了，抬起脸不期然撞进王观之深邃的眼眸里，一时间，两人看着对方更尴尬了。

好在夜风习习，吹得人头脑清醒，发冷，李婉适时地捂住鼻子打了个喷嚏。王观之见状，忙脱下西装外套披在她肩上，说道："海边晚上很冷，小心感冒。"

带着余温和淡淡木质香味的外套让李婉有些不自在，她想脱下来还给王观之。王观之轻轻按住了她的手，认真地说道："我没别的意思，李婉。"

话说到这个份儿上，她再拒绝，两人都很难堪。于是，李婉松了手，拉紧了身上的西装外套，笑着向王观之道了一声谢。

王观之微微颔首，张了张嘴，欲言又止。

李婉见状，问他："你是不是有什么话要说？"

王观之思索片刻，低了低头，最终说道："算了，没什么，现在不好说。"

"你在婚礼上都敢骂新郎，还有什么不好说的？"李婉玩笑道。

王观之也笑了，半晌，叹息道："真没什么了。"他其实想问的是，李婉刚才和罗酬勤说的有喜欢的人了是像以前一样应付别人的假话还是真话。但他不敢问太多，因为怕听到他不想听到的答案。

不远处，新郎在喊王观之进行下一个婚礼环节，舞池里的音乐变了调，两人便在舞池里分开了。

李婉裹着外套回到座位，罗酬勤已经不在了，她安静地吃着晚餐，环视周围的热闹。等她要离场的时候，新人那边还在喝酒，玩闹。

李婉想过去还王观之的外套，在半路遇上了另一个伴郎，她想请对方帮忙转交。结果对方避之唯恐不及，说道："李婉，你这不是害我吗？王观之那么讲究，你这外套要是哪里蹭脏了不知道，他发现了肯定要骂我念叨我，说是我给他弄脏了。你要不还是带回去洗了还给他吧。"

李婉闻言，看了眼人群里正和人说笑喝酒的王观之，抱着外套便转身走了。

而那伴郎跑回去，很得意地和王观之说：“李婉回去了，但我保证她明后天绝对主动找你。”

王观之听得心头微动，面上故作淡定地白了眼伴郎，说道：“你少给我胡说八道。”

伴郎用手肘撞了撞王观之的胸口，笑道：“你就别装了，你一看到李婉眼睛都直了，还喜欢就追回来呗！骄傲个什么劲？她要找你，你就别犹豫，赶紧上！”

王观之嫌弃地揉了揉被撞疼的胸口，觉得朋友的话好气又好笑，同时他心里有些苦涩、压抑，但已经抑制不住蠢蠢欲动的冲动。

王观之信了朋友的话，这两天都期待着李婉联系他。结果第三天，他收到了李婉寄过来的外套快递，里面还夹了一张小卡片，她写道：“观之，谢谢你，物归原主。”

王观之第一反应是给那伴郎朋友打了个电话，气得骂道：“你没告诉她不能寄快递吗？！”

电话那头沉默了半晌，而后爆发出放肆的笑声。

王观之气愤地挂了电话，再看李婉寄回来的快递，心情很复杂。他把外套收起来，挂回衣柜，心里觉得自己这两天的期待很傻，他站在衣柜前慢慢冷静下来，思索要怎么给李婉发信息。

大概十分钟之后，他最终给她发了一条微信：“最近有空吗？”

信息发出后，他就开始等回复。

李婉坐在餐桌前，桌上摆放着吃了一半的晚餐，她正在手机上回复信息，处理卢冬一个国外客户弃货的问题。

这件事情大概发生在一周前，李婉听卢冬说客户的情况，越说越不对劲，她感觉这客户是要弃货或者就是耍流氓。

因为这事，李婉上周介入了卢冬和客户的谈判，这周已经坐实了李婉的猜想。

这是卢冬在公司发展的第一个大客户，第一次出货量就不小。卢冬谈这个客户是从去年四月份开始，谈了大半年，才在今年年初谈下来，那段时间一直是黄雅在带她。而弃货事情有苗头就在黄雅离职的那个月。

这批货如果被弃，李婉预计会损失七八十万的货款和海运费，而后续接踵而至的还有目的地港口一系列费用。这对卢冬这样的年轻业务员来说不是小事。

李婉在这件事发生后第一时间找了卢冬，和卢冬说："事情已经发生了，只能去解决，你心态要稳住，不要影响你对其他客户的跟进。我知道这事多少会把人吓得畏手畏脚，没自信，所以，你自己一定要调整。我会和你一起处理这事。"

卢冬认真地点头说好。

李婉见她还是比较镇定就稍稍放心了，让她去把关于这个订单的所有聊天记录和邮件都整理出来，一场海运官司已经避免不了了。

在和卢冬一起整理资料的过程中，李婉看到了很多黄雅留下的问题。卢冬他们一直说黄雅好，李婉也终于知道他们所谓的好好在哪儿了。

李婉仔细看过卢冬和客户的聊天记录，关于产品讨论的点都没有太大的问题，但在大宗生意中，比价格和产品细节更重要的是一来一往的立场表达，而卢冬整体上表现得非常拘谨，一直被客户压一头，该据理力争的点没有讲透彻。

卢冬和客户协商好的定金比例在客户实际打款中变更了，卢冬问了一下原因，客户找了个理由搪塞，卢冬便不敢再多问，安排了订单。而这个操作当时在黄雅那儿审批通过了，理由是定金比例也在公司要求的范围内。卢冬当时很多事情拿不准都问黄雅，黄雅都会快速给她答案，甚至编辑了大概内容给她。当时这件事，黄雅没有和卢冬说明客户这种行为是对公司的轻视，也是试探公司的底线。这事要搁李婉身上，她肯定按着，不会安排生产，分明主动权在自己手上，不可能卑躬屈膝，还得骂客户一顿没有契约精神。

李婉听了卢冬解释这些事，怔了很久。授人以鱼不如授人以渔，从表面上来说授人以鱼没有任何问题，但很快就能让一个人产生依赖，让人失去独立的能力。李婉不知道黄雅为什么这么教人，她不敢细想这是人性的可怕还是当事人的无心。

黄雅通过这种方式在所有人心里都留下了很好的印象，她离职时简单地煽动大家说："公司李总说了不算，其实还是于总用工厂模式在管理，做不长久的。"所有人都认为很对，以至这些话连李婉都听说了，整个公司议论纷纷，大家看李婉的眼神都不太一样了。李婉苦心经营的一切，一朝就被挑起对立面。

这些人、事让李婉筋疲力尽，也重新审视了自己在管理上的问题，同时她也忍不住有些悲悯。她看到大部分人是很难独立的，不管是在工作上还是生活上，只要有个点可以依赖，都会忍不住一直去依赖，很少有人会意识到这种依赖是种危险，更不会有人在舒适的时候逼自己一把去成长。黄雅的教授方式，如果保持清醒，几次答案之下总结归纳，人也能学到东西，但李婉在卢冬身上看不到这些。卢冬和她说："黄雅姐离职后，我不知道应该去问谁，客户一直说会付款，我就想等等看，所以事情就拖到了现在。"

李婉看着这些信息，长长地叹息。桌上的饭菜都凉了，李婉也彻底没了胃口，她放下手机，收拾了残羹，明天还能吃的就放进冰箱。

擦完桌子，李婉洗了手，检查其他遗漏信息，这才看到王观之的信息。李婉想了想，回复他："有事吗？"

王观之则很快回复过来："没什么事，就是想你要是有空的话，我们找时间一起吃个饭。"

李婉读了信息，不由得猜想王观之的用意。最后，她决定以平常心对待，回复道："最近可能比较忙。"

那头王观之收到回复，有些按捺不住了，但他想了想，最终没有逼李婉，回复道："没事，那等你有空的时候。"

李婉看着信息，则莫名地松了口气，毕竟她对王观之以前霸道、强势的做事风格还记忆深刻。

第二天，王观之在中午吃饭的时间"巧合"地路过了李婉公司，他约了赵总吃饭，赵总则热情地想约李婉一起，顺便去她的新公司好好看看。

李婉早上和律师开完会，到中午时分正在复盘资料，抬头听见外面有响动，而后是赵总爽朗的笑声。

李婉忙起身出去相迎，结果看到了和赵总一起的王观之。

赵总看到李婉就笑道："李总啊，你这里一看就是好风水，今年多了这么多人啊，你很行啊，团队发展很快。你们之前那个黄经理是不是坐主管办公室去了？我进来还没看到她。"

李婉笑盈盈地说道："黄经理离职了。"

赵总闻言有些惊讶，随即笑道："哦，这样啊，那她是去了更适合她的地方，你也会找到更好的人。"

李婉被逗笑，说道："赵总，您太会说话了。"

"你忙完没有？忙完一起吃个便饭去。"赵总笑着邀请李婉。

李婉犹豫了片刻，说道："还没，我正在整理重要的资料。"

"那也得吃午饭了，今天王总刚好在，一起吃个饭，耽误不了多少时间。"赵总笑呵呵的。

王观之见状，则道："李总要是忙就算了，我们去吃吧，赵总。"

李婉打量王观之，微微笑着，然后看到王观之真把赵总拉走了，还了她一份清静。

王观之这种行为让李婉感觉自己好像想多了，误解了他。

午休时间后，当王观之提着一袋外卖又到她公司的时候，她便请他到办公室坐。

王观之给李婉买了一份蜜枣甜粥，她高强度工作的时候总爱吃点儿甜食。他把粥递给她，说道："我不确定你是不是吃过午饭了，如果吃过了，这粥就当甜品吧。"

李婉接过，笑着道了声谢，说道："还没吃，打算事情忙完再吃。"

王观之抬手看了看表，快两点了，他说道："嗯，你这样小心胃出毛病，要做事业，身体是本钱。"

李婉发觉王观之连说话方式都变了，忍不住笑着问道："你和赵总中午吃了什么？项目什么时候结束？”

王观之见李婉走到办公桌边收拾了一沓资料，一边和他闲聊，坐下，一边拆开粥准备吃，样子轻松、愉悦，他也不由得开心地说道：“简单吃了便饭而已，项目预计年底收尾，到时候再请你吃饭。”

“别客气，无功不受禄。”李婉笑道。

“你可是介绍人。”王观之说道。

李婉笑而不语，低头吃了口粥，满足地点了点头。

王观之看着李婉快乐、放松的一刻，心里也异常满足，他忽然想他以前怎么没有想到和她这样相处，到她的公司看看她，陪她聊聊工作，看她吃点儿东西。这些都是很简单的事，那时候她就在身边，他们可以拥有很温馨、温暖的相处时光。

“最近这么忙吗？”王观之关切地问道。

“嗯，出了点儿小问题。”李婉说这话的时候看了眼开着的办公室门，她不是很想让卢冬听到她和别人讨论这事，就像揭人伤疤。

“有什么我可以帮忙的吗？”王观之问道。

李婉听到这话，缓缓地抬眼看王观之，轻轻摇了摇头，说道：“已经在解决了，没事。”

王观之微微颔首，目光离不开李婉，直到她不解地看他，他才自觉失态，微微扭开了脸。而后，他注意到李婉的办公桌上摆着一盆火焰南天竹，没来由地怔了两秒，脱口而出：“你的火焰南天竹养得很好。”

“嗯，你好像也很喜欢的样子。”李婉笑道，不由得想起了W。她今年把竹子搬到了办公室，给这里增添一些生机。

“听一个朋友说起过而已。”王观之淡淡地笑了笑。

李婉也一笑，没太在意，伸手拿过手机，下意识地刷了刷邮箱，W这两天都没有给她回信，她莫名地感觉他会像之前一样要很长时间才会回信。李婉不禁有些失落，她感觉自己对W的感情越来越真实，这几天会忍不住回头看他以前写的表白信，心想以前他们要是没有错过会怎么样。

王观之见李婉时不时看手机，似乎很忙，便逼自己识趣地站起身，说道："你慢慢吃，李婉，我不打扰了，先走了。"

李婉忙放下手机和勺子站起来，说道："好，真的谢谢你的粥，观之。"

王观之听到这话，不由自主地上前走到她的办公桌前，认真地问道："李婉，我们还算是朋友吗？"

李婉在王观之脸上看到了一种无形的执着，一时不敢说话。

"不管是什么关系都好，我们能继续联系吗？我以后约你吃饭，你不忙的时候可以答应吗？"王观之问道。

李婉许久没说话，最后在王观之灼热的眼神注视下，忍不住低头，难过地轻声说道："观之，我们还是不要联系了，我现在有喜欢的人了，我不想再伤害到你。"

王观之一下清醒，被刺痛的清醒，李婉之于他原来像毒药，会上瘾，会依赖，会痛。

"你喜欢的人是谁？"王观之努力镇定地问道。

李婉没说话，用沉默保护自己心底的秘密和隐私。

"那个人我认识吗？"王观之不死心地又问了一句。

"你不认识。"李婉终于回答，抬起眼飞快地看了眼王观之。

王观之没有得到答案，又像得到了答案一样忽然心死。他默默地站了会儿，又默默地转过身走了。

李婉看到王观之受伤的背影，心里也很难受，她真的没有想到他还会回头追求她。她心情很复杂，也失了神，枯站了好一会儿，直到原彦敲门喊她"李婉姐"，她才回神。

原彦进来汇报工作，见李婉才吃饭，心疼道："你先吃吧，李婉姐，我晚点儿再进来。"

"没事，你先说吧。"李婉笑道。

原彦抿了抿嘴，却道："我真心疼你，李婉姐。"

"不要心疼老板，会变得不幸。"李婉玩笑道。

原彦没怎么笑出来，又觉得自己这样好像会让气氛很尴尬，她调整了一下情绪，笑道："刚才看到那个大帅哥走了，我以为你忙完了。"

“我可以一边吃饭，一边听你说，行了吧？”李婉笑道。

“我不，我一会儿再进来。你要是需要我帮忙，你就喊我。我可以帮卢冬一起对接客户，不行我就陪她飞过去找客户。”原彦认真地说道。

李婉愣了愣，最后莞尔一笑，说道：“没事，我们已经在解决了。这不是你该操的心。”

原彦欲言又止，最后皱了皱眉，叹了口气，说道：“我等会儿再来找你。”

李婉点点头，在原彦出去后，她又吃了两口粥，就再也吃不下，看看办公室外面埋头工作的员工，感觉心头沉甸甸的，那种育人的责任让她很难受。

李婉靠在椅背上稍作休息，她看了会儿手机，给 W 写了一封短如信息的邮件：“你最近好吗？”她想自己可能在渴望能和他即时联系。

王观之在回公司的路上收到邮件，他看了眼，没有回复，沉默地把手机塞回了口袋，此刻心是冰凉的。希望短暂又热烈，破灭得那么快，快得他忘了过去一年是怎么熬过来的。

从五月到十月，李婉一直和海运官司做斗争，还没有最终的结果。在这段时间，卢冬都表现得很镇定，镇定得原彦看不下去。原彦有一天见李婉和律师进会议室开会，路过卢冬身边，李婉欲言又止，最终没喊卢冬，走进了会议室。原彦便着急地问卢冬：“处理你客户的事情，你怎么不进去听啊？学习学习海运知识也好啊！”

卢冬没吱声，看了眼会议室，又低下头，半晌才说道：“李婉姐说她会解决的。”

原彦听到这话有些生气，说道：“怎么也是你的客户，你就想让李婉姐一个人处理？”

卢冬眼神里闪过不安、纠结，随即很快平静下来，说道：“黄雅姐和我说不要参与太多，本来这事发生是不可控的，公司没说什么，如果我积极主动地揽责任，后面可能会很麻烦。我该交的资料都交给李婉姐了。”

“黄雅姐说什么你都听？李婉姐对我们这么好，发生这么大的事情第一时间先安慰你，你一点儿心都没有啊？”原彦真生气了，忍不住提高声音说道。

卢冬还是不为所动，但她的眼睛有点儿发红，可她一直在想黄雅教她的事："李总是对你们好，但公司又不是她一个人说了算，李总自己和我说过，公司是公司，她是她。她主动要帮你解决，你就让她解决吧，她和公司之间好协调。这不是自私，你总要为你自己多考虑点儿，要是后面追究你的责任，你承担得起吗？李总如果说过类似不能怪你的话，你要保留下来。你也不是不帮忙，有这时间多开发几个客户也是给公司帮忙。"

面对客户弃货的重大损失，卢冬内心十分惶恐不安，不敢表露，黄雅的话虽然不能安慰她，但能让她往一种自处的态度上靠。好歹能让她最近维持体面，继续上班，所以她希望黄雅说的话都是正确的。

李婉多少能猜到卢冬的心态，也因此越发感到心寒，她从一开始耐心，愿意教，愿意带，渐渐变得平静、冷眼。她不再主动喊卢冬参与事件处理，想看看人的懦弱和自私能到什么点。而当她变成这样的心态，她也看到了自己的狠心和自私。

十月一号国庆放假前，这个官司要正式开庭一审，李婉以为这个时候卢冬总要了解一下事情的进展，结果她跑来请假，说自己国庆假期想和朋友出去玩，为了避开高峰，她想提早两天离开。

李婉闻言，二话没说给她批了请假条。陆宁看到这个请假条，生气地来她办公室理论，说她太纵容下属了。

李婉看着陆宁没争辩，只说道："等假期后再处理这事，我心里有数。"

"你就是对他们太好了，一个个蹬鼻子上脸，根本没把你当回事。"陆宁心急地说道。

"如果你和他们不一样，还把我当老板，那我现在说话你听一听，陆宁，不要和我争。卢冬的事情，我会在节后好好处理。"李婉冷静地说道。

陆宁被李婉冷硬的态度唬住，最后愤愤地走了。

国庆假期过后，李婉就把卢冬叫来办公室，通知她离职。

卢冬听到这个消息有些张皇地站在那儿，但也不是很意外，仿佛知道自己会被开除。

李婉见状，问她："你知道我为什么开除你吗？"

卢冬想了会儿，低声说道："因为客户弃货的事吧。"

李婉听到这个回答心里更觉悲哀，她应该什么都不要再说，但想来想去，还是把话跟卢冬说破，她看卢冬就像被蒙在鼓里的人，对世事还一窍不通，却先去学习自私。

"我从来没有想过因为客户弃货的事就开除你，卢冬，这种事情发生不能怪你，谁也不希望发生。我开除你是因为后面你的态度，国庆假期前，你跟我请假出去玩，把我的心弄寒了。我看不到你一点儿责任心，你一点儿也不关心事情后续的处理。"李婉说道。

卢冬怔怔地听着，而后看着李婉忽然哭了。

"我有责任心，李婉姐，我其实心里觉得很对不起你，我一直很难过，我一直很崩溃，感觉每天上班都很压抑。所以我就想国庆出去玩两天，放松一下，可能能调整过来。我想问你情况，但又很怕听到情况。"

李婉看着卢冬哭着说出她自己的不知所措，内心又软又硬。她等卢冬哭完，发泄完情绪，问道："你自己也想离职是吗？"

卢冬点点头，说道："但我怕我提离职公司会追责，也觉得自己现在离职很没担当。"

李婉沉默地听着，她看到"人"就是这样的"人"，很简单的两画，要是没有任何一点儿理想和勇气，就没有任何一点儿支点。他们想这样，他们想那样，但绝不会勇敢地去做任何一件事，走向任何一个方向，永远活在模棱两可的对错里。

许久，李婉说道："你走吧，我已经教不了你了，卢冬，你已经很难信任我或者公司，可能换个环境对你会有好处。我还是相信每个人都会成才，只是不一定在我们公司而已。如果你想长进，去找一家管理严格的公司，流程化、制度化的环境更适合你，可能对你的成长有帮助。"

卢冬听到李婉这么说，不禁又哭了，她说道："李婉姐，我没有不信任你，不管是我还是其他人，包括黄雅姐，我们都很信任你，一直都说你很好。没有一个人觉得你不好。"

李婉听到这种话，一点儿也不感动，她越过卢冬的肩膀看到外面的大办公室，暗下决心要重新审视自己，哪怕现在团队里的人都是和卢冬一样的想法，她原地解散从头开始也在所不惜。

“你们不是信任我，只是利用我对你们的好而已，你要是真的信任我，应该会和我一起解决问题。我不是很优秀，但尽可能在自己能力范围内为你们营造我认为适合人发展的环境，不过我错了。不是每个人都是我。”李婉苦涩地笑了笑，说道。

卢冬忍不住哭得更伤心，说：“李婉姐，黄雅姐说你很好，但是公司不行，你也应该值得更好的平台。”

“哦，所以她会给我平台，给我投资？”李婉笑了笑，说道，“你离开后，她也会给你介绍工作吗？”

黄雅走的时候，找过李婉，向李婉道歉，希望李婉不要把她做的事情说出去，不然她的职业生涯会很难看，也可能就毁了。李婉只把这事告诉过于传，于传一开始很愤怒，说要追究，但真的在落实的时候，两人都心软了。只是心软没有换来任何一点儿好结果和感激。所有的对立面都很难消除，胆怯、懦弱的人，即便你原谅他们，他们依旧会因为自己的恐惧而不断攻击你。

李婉不想再多教卢冬一句话，她安静地抱臂坐在椅子上看着卢冬在自己的思维里打转。她知道以后社会上其他人和事迟早会教卢冬，也有可能有些人这辈子就是朝向另一面生活，永远往私欲里深扎而不自知。

卢冬最后哭完也释然了，松了口气，尤其在确定李婉不会追究她责任，让她自己离职的时候。她在离开李婉办公室前和李婉动情地说：“李婉姐，我可以抱抱你吗？”

李婉闻言，站起身给了她一个拥抱，说道：“往前走吧，祝你越来越好。”

卢冬感动地离开了，把李婉这三四年的心血一并抽干带走了。

李婉看着桌子上的火焰南天竹，告诉自己需要一个全新的开始。

这四五个月，李婉很少收到 W 的信，可能她写两三封，他会回一封，一个月可能就一封。而 W 的上一封信让李婉很在意，他和她说：

Phoenix，

很抱歉，最近没法好好给你写信，因为我一直在调整我自己的生活。

说实话，我有时候很羡慕你的状态，因为你总是积极乐观，在逆境中也不屈不挠，坚持自己，无畏前进。而我总像被困在一个点里，很难豁达、放手。

我想你应该知道我在说什么，我的上一份感情其实结束一年多了，但我发现自己其实一直没有走出来。前段时间，我不是没有收到你的信而迟迟不回复，而是我重逢了前女友，我想和她复合，但我知道她不可能再爱我。只有我一个人留恋过去的感情，想象如果在某一个时间节点改变，我们可能就会走向完全不同的结局。我感觉我们是错过了，但于她而言这或许就是本来的结果。

每次读到你的信，我都会想起她，我知道你不是她，但你对人对事的角度偶尔会让我想起她，你仿佛在提醒着我错失了她的某些部分。这让我反省，一会儿让我对我们的感情有新的希望，一会儿是更深的无缘、失望。所以，我不知道应该怎么继续回你的信。她内在和你一样是个比我坚强很多的人，我不得不承认自己的软弱。我想她永远不会需要我，也不可能会爱我了。

很抱歉和你说这些话，我现在越发理解以前我不理解她时她的痛苦。我总在说爱不爱，她总在说工作，看似不同，但我们最终都是想让对方看到自己的某一种价值，然后画出生活的意义。我们都尝试在别人身上找过意义，后来她先明白了这事是无果的，就转身离开了。等我明白的时候，她已经往前走很远了。她不会再听我说这些，她可能以前给过我机会去说这些，但我当时只想牢牢抓住她。

我不知道爱是什么了，如果那是尊重和理解，那我感觉它真的是很痛苦又让人着迷的东西，要是我不明白就好了。我就让自私扩大，让欲望膨胀，让我霸占她。

我想你在工作中的痛苦也是和我一样的，原来当人看重某一种价值，想去实现任何一种价值的时候，感受都是一样的。只是我们总是觉得自己是对的，无法理解别人的热爱。

再次抱歉，这封信像在胡言乱语，我很感谢你给我写信，分享工作和生活，不过我需要好好调整自己才能继续给你写信。因为有时候，我怕会把对她的感情转移到通信这种更虚无缥缈的事情上去。我应该好好去面对现实的生活，正视自己，找到新的价值。

祝你一切顺利，我的朋友。

W

李婉想，W 这封信是在和她道别吗？因为她的上一封信隐隐透露了她对他的想象和倾慕，她说她没想过会和一个人说出那么多的事情，他于她是很特别的存在。所以他坦白地说他现在对她的理解和关心多少都是情感转移。

这让李婉心里难受又纠结，她知道应该就这样结束，可就这么结束，她又有些不甘。所以这封信，李婉一直没有回复，到了今天，她忽然想明白了，与其纠结、矛盾、猜测，不如坦然重新开始。她想见一见 W，可能见一面就可以释然结束了，也可能对他们都是重新开始。

于是，李婉给 W 发出了邀请：

我想，我们是不是见一面？

Phoenix 的信像一支利箭，穿过云雾，正中靶心，射在王观之心头。他看到这封信之前完全没想到他和 Phoenix 之间会有这样的选项。

王观之沉默良久，关了邮件，收拾了桌面的文件，关了电脑，下班。

这天晚霞满天，王观之约了那个新郎朋友打球，之后一起吃了晚饭。在吃饭途中，朋友接到家里电话催他回家，挂了电话之后，朋友对王观之笑着说："真羡慕你没有结婚，没人管。"

王观之没说话，只管自己吃饭。

朋友瞧出了他心情不佳，思索片刻，问道："你和李婉还有联系吗？"

王观之没回答，抬了抬眼，答案无声，了然。

朋友见状，笑道："忘记一个人最好的方式就是开始一段新的感情，你要不找个新对象，处两天就好了。你看我遇到晓慧前还不是因为之前的感情放不开，遇到她之后就好了。"

王观之默默听着朋友的劝说，吃着饭。

"你呢，应该找个懂事、温柔的女孩子，你性格那么要强，就喜欢别人听你的，李婉虽然好，但你们真不合适。李婉那个性，不是我说，面上笑盈盈，骨子里有一股不服输的劲，真吓人。她自己的主意那么大，你们在一起也没少吵架，以后要真结婚了，家里是听你的还是听她的？我看你是拗不过她的，我上次听你说求婚因为孩子的事闹掰了，她以后要是真不给你生孩子，你怎么办？难道你这辈子都不要孩子？"朋友扒开血淋淋的事实说给王观之听。

王观之听得皱眉，倏然放下了筷子，说道："你怎么还不回家？"

"我这不是担心你吗？"朋友笑道。

"你家是听你的还是听晓慧的？说得头头是道，你们也没少吵架。我是要强，但我不需要别人听我的。我之前是很想要小孩，但真要说起结婚，也不可能只是奔着孩子去。还有，李婉怎么吓人了？"王观之说道，语气开始有些不耐烦。

"你看看你，说点儿李婉不好，你就来劲，活该你被她吃得死死的。你对她好，她珍惜过吗？"朋友翻白眼，说道。

王观之却问道："我怎么对她好了？"

"你自己不知道？"朋友又翻白眼。

王观之很较真地说道："你说说看。"

朋友也不由得较劲，但他认真地想了一圈，忽然想不到任何事情，脑子里一片空白。

"我给晓慧可是买了不少东西，她喜欢的我都买了，李婉喜欢什么？"朋友试探地问了句。

王观之忽然觉得胸口十分酸涩，他和李婉在一起，是她知道他的喜好比较多，其实她那个人总是把自己隐藏在后面，不会在生活中过度表达自己的需求。他们出去玩什么吃什么，她都不挑剔，很捧场，相反，他在生活中很讲究，吃穿用度都是好的，她在他们同居的时候，为了照顾他的生活习惯，润物细无声般为他改变着自己的一些生活习惯，迁就他的喜好。而她唯一的愿望就是她需要独处需要工作的时候他能理解。李婉是个坚毅又柔软的人，很能兼容别人，但一旦触到她的原则、底线，她就会果断地出手。他和她之间的确是她的心胸远远胜过他。她不是一个普通或者社会上定义的那种温柔、贤惠的女人，她是个有力量的人，所以很伤人，也很迷人。

王观之的朋友想了半天也想不出王观之真正对李婉的好，半晌，他说道："你以前每次带她出来，我看她都挺高兴的，什么都可以，说明你对她好，都知道她要什么，所以她就让你很有面子。说起来，我没当面见过你们吵架，每次都是你心情不好，黑着张脸，多半就是和李婉闹别扭了。"

王观之听得越发心烦，冷声说道："别说了。"

朋友这回识趣地闭了嘴，但还是丢了一句话出来："观之，说真的，找女人找笨一点儿的，她们不会想那么多，我们就不用去改变，挺好的。"

"你说这话听起来我们都像个混账。你在说晓慧很笨？"王观之感觉胸口真的闷了口气。

"不是，晓慧很聪明、很可爱啊，但她也很简单，很容易满足，很讨喜，和她一起生活一点儿都不累。"

朋友忙解释，在王观之听来却真的有点儿越抹越黑。

以前，王观之和兄弟朋友之间聊到类似这些话都觉得没有任何问题，他们谈天的时候，身边的女人也会听。大部分人都觉得就是玩笑，没什么，李婉很少参与，只是每次他们说笑的时候，她就会低头看手机处理工作。然后他们就会开李婉玩笑："李婉，你那么努力干吗，反正你们结婚后，观之有钱，会养你，搞得你自己那么累干吗？你都当老板了，已经很好了，行了，事业有成，可以放心地结婚生孩子去了。"

李婉则抬头笑了笑，没说什么，只管自己继续回复工作信息。王观之则包容地笑着看看李婉，对他朋友说："别打扰我们家李总工作。"他心里却是默认朋友的玩笑话的，那时候他也觉得李婉要强归要强，但迟早还是会回归家庭，她的多半精力总要给他和未来的孩子，所以现在追求一下自己的事业也挺好的，况且她也没反驳。

现在他终于知道了，李婉是懒得和他们任何一个人争辩。他们是既得利益者，社会设置好了婚姻的走向，给了一种所谓的平衡，他们稳稳地坐着，根本不用担心，他们不会也不想懂李婉拼了命在做什么。这个社会就是看到公平的人觉得就是公平、平衡的，看到不公平的人永远会感受到压迫。或许没有对错，但李婉有自己的选择。

王观之觉得和朋友聊不下去了，反而比对方先站起身，说道："你赶紧回你温暖的家去，我回我家了。"

朋友不解王观之的忽然离场，站起来，说道："我跟你说别跟自己较劲，生活那么美好，给你自己去多找点儿乐子。"

王观之闻言忽然很想笑，甚至想大笑，因为他好像找到了"新乐子"，彻底站到另一个角度，看到了一个新世界。只是短暂地想笑之后，王观之感到内心有一阵悲怆，他上了车，掏出手机给 Phoenix 回了一封邮件："好，我们在哪里见？"

他想现在见见 Phoenix 那样的女孩，比找他那些兄弟朋友聊天要好些。

两人约见面的那天是个周末，大晴天，地点在 A 市最大最繁华的书店。Phoenix 会带着一本《树上的男爵》等 W，这不是一个很明显的相认标志，他们不知道那天会不会有其他人也买这本书。

李婉在见面的那天早早出了门，她难得有些紧张，在商场地下停车库停好车，下车前先把书放进一个精致的牛皮纸袋里，因为她有点儿担心还没有到书店做好准备就被 W 认出来。

书店很大，周末门庭若市，但在喧闹的商场里，里面还算安静。李婉到书店里的咖啡厅买了一杯果汁，在大厅中间找了个位子，然后从袋子里拿出书，端正地摆在桌上。她无心喝果汁，紧张地抬起头看着来来往往的人，看谁在注意看桌上的书。她没有想象过 W 高矮胖瘦，是美是丑，她只想到他是个干净、明朗的人，和外表无关。所以，当她等了快二十分钟，第三次调整书的位置，而后抬起头看到王观之的时候，她从惊讶到不解，到震惊、尴尬。

王观之更是一副见了鬼的样子。

王观之到书店有一会儿了，他转了一大圈，还在收银台认错了一个人，那女孩手上拿着一本《树上的男爵》，他上前喊了声“Phoenix”，人家不解地看了他一眼，伸手接过收银员递来的票据。他尴尬地说了声“抱歉”，继续往里走。

而后，他逛到咖啡厅，看到了李婉，看到她认真地在等人，心头不由得一阵酸涩，心想她是不是已经在约会，有了新的男朋友。于是，他不由得停下找人的脚步，远远地小心翼翼地看了她一会儿，说实话，他很好奇她现在喜欢的人是谁。而他看了没一会儿，就看到她抬手调整摆放在桌上的书，他脑袋嗡了一下，忽然空白，等他回神的时候，人已经走过去试图看清她桌上的书。

在看清桌上的书之后，王观之感觉自己整个人傻了，他的心情翻江倒海，完全不知道应该怎么应对。他怕这是真的，他是 W 会让李婉失望；他也怕这是假的，她等来另一个男人会让他心碎。而她要是 Phoenix，他们之间的羁绊、纠缠就深得让他无奈，他想起他年少时就热烈地喜欢过 Phoenix，他可能一直都在寻找 Phoenix 的影子，直到李婉出现，给了他一个无比真实的具象。有一刻，王观之想转身就走，可李婉看见了他，她惊愕着缓缓地站起身，试探地对他喊出“W”，他感觉自己彻底无处可逃。

李婉在意识到王观之是 W 的这一刻也无处可逃。她从怎么也想不到王观之是 W，到她领悟到他在信里的很多思考都是因为她，心里震惊、感动又难过、尴尬。

两人站着足足有一分钟都没有说话，看着对方感觉陌生又熟悉，最后在所有复杂情绪过后，他们都觉得眼前的景象无比讽刺。他们就这么毫无防备、无遮无拦地站在了彼此面前，赤裸、坦诚到见骨见心。

最后，李婉先鼓起勇气上前向王观之确认，她问他：“你就是 W？”

王观之听到这话像遭受了一拳重击，尤其他还在她眼里看到闪烁着类似失望的情绪，不由得回复：“你说你喜欢的人就是 W？”

他的话落，两人又同时陷入沉默。然后王观之越想越气，越想越难受，忍不住质问眼前的李婉：“我哪里比不上 W？”问完，他感觉自己太傻了，傻得让他想逃。

李婉一怔，一眨眼间，王观之已经愤然转身离开，这让她十分错愕，不知所措。周围有人向这个方向投来目光，李婉跌坐回椅子上，久久不能回神。在她回神后，赶忙收起了桌上的书，起身快步往外走，去追王观之。

她在电梯口追上了王观之，喊住了他，说道：“王观之，我们谈一谈。”

王观之缓缓地转过身，目光犀利地看向李婉，他什么都没说，在电梯门打开的时候，毫不犹豫地走了进去。他站在电梯里，沉默地注视着李婉，其他人也陆续走进电梯，他们之间的人越来越多，交错的视线也越来越少。

电梯门即将缓缓关上，李婉还没有上电梯。而在最后一秒，王观之控制不住，挤过人堆伸手一把按住了开门键。李婉回神，最终快步挤进了电梯。

# 第十二章

我希望这一生能永远坦荡无畏，
无畏外物，无畏自己。

商场的电梯从上往下，这趟电梯到一楼时，里面的人出去了大半，剩下三四人各站一角，等着下到地下停车场。李婉和王观之就在其中，站在自己的角落。

李婉的车停在地下负一层，巧的是这趟电梯没人下负一层，于是李婉想王观之的车在负二层。等电梯到达负二层，两人都没有动，等其他人出去后，李婉才率先跟出去，她回了回头，看到王观之迟疑片刻才不情不愿地板着脸跨出来。李婉见他那样子真是受到委屈了，像个小媳妇，恨不得长电梯里，她难免于心不忍，回身站住脚等他。李婉设身处地地换位思考，觉得今天这次短暂尴尬的见面，比起她，王观之受的打击会更大。

王观之看到李婉忽然站住脚看着他，又绷不住了，皱了皱眉，扭开头，想越过她继续往前走。但李婉伸手拦住了他。

李婉努力平静，柔声道："王观之，我们谈谈吧。"

"站在这里怎么谈？"王观之没好气地说道。

"那你想去哪儿谈？你的车停在哪儿？你说个地方，要是近的话，我坐你的车过去，回来再开车。或者，我们不用舍近求远，到商场里找个地方坐坐。"李婉说道。

“我的车不在负二，在负一。”王观之依旧负气。

李婉听到这话也绷不住了，再也忍不住，笑了起来。

王观之见李婉笑，更破防了，他那复杂、尴尬、不甘的情绪逼着他转身又要走。

李婉见状，忙伸手拽住了他的手，解释道：“王观之，你别走，我不是笑你，也不是笑我们这事，我就是……我也不知道从哪儿说起。是这样，我的车也在负一，我以为你的车在负二层，就跟着下来了，你怎么没按电梯键？”

“那你按了？”王观之回头反驳李婉，忍不住看了眼她握住他手腕的手，心头不由得一软，那些乱七八糟复杂的情绪开始慢慢消散。

“行吧，我也没按，我们两个都傻了。”李婉哭笑不得，缓缓地松开了手。

王观之慢慢平静下来，依旧板着脸望着一处，硬邦邦、冷酷地说委屈话：“回家谈，没法在外面待着了。”

“嗯，行，那是去你家还是我家？”李婉问道。

这话又莫名地踩了王观之的尾巴，他说：“你为什么不决定？”

李婉闻言觉得有道理，同时立马能领会王观之的心情，他是不想被当成小孩一样安抚、谦让，可他这样子怎么能让人忍心不安抚？

李婉又无奈地想笑，但忍住了，认真地说道：“那去我家吧。”

王观之没说话，让人不知道他是什么意思。

李婉便试探地问了句：“不敢吗？”

王观之彻底炸了，回头瞪着李婉说道：“李婉，你挑衅我吗？”

李婉哭笑不得，说道：“因为你有一句没一句的。”

“去你家。”王观之生气地说出三个字，拿了自己的主意。

李婉忙点头说好，她看到王观之又走去按电梯键，便跟上去，想了想，问道：“你真的是 W 吗？”

王观之所有复杂的心情彻底被李婉搅得只有火气了，他说道：“你到底要问几次？”

李婉就是想让他先发发火，怕他会得内伤，她侧过头避开他的视线，忍不住要偷笑，觉得他们两个真的太戏剧化了。冷静地想一下，这真是她这几年遇到的最尴尬、最好笑的事情了。她完全没想到会有这么戏剧化的事情发生在自己身上。

王观之见李婉忽然转过头，以为自己说话语气重了，一下有点儿紧张。他觉得他们之间现在的气氛应该是很敏感的，他们对彼此都有两个身份，这双重身份能不能合成一个都不知道。这么想着，王观之有些苦闷，又闷声闷气地说道："你希不希望我是？"

王观之这句话是李婉没有想到的，她忍笑的痛苦一下被治好了，她回过头，心疼地看了眼王观之。虽然这次见面是她提的，她对 W 这个虚幻的人有过暧昧的情感和期待，但原本如果不出意外，不管见面时来个什么样的人，事实上都打击不到她。她很清楚人心隔肚皮，人在文字上或者倾诉时都会进行自我修饰、美化，所以王观之的出现反而于她是尴尬后一种无形的惊喜，她看到了他的另一面，W 和王观之在她心里很快就是一个人了。可王观之担心他自己对她来说不是一个人。

"你不就是吗？"李婉认真地回答。

王观之怔了怔，一惊一喜一迷惑，最终还是对她没有十足的把握。他沉默地看着电梯的数字跳动。

他们坐电梯上了负一层，分开各自去取车的时候，李婉叫住了王观之，和他说道："不要胡思乱想，小心开车，我们到家再聊。"

王观之望着李婉，慢慢地点了点头。

两人的车一前一后从地下车库离开，天气半阴半晴，薄薄的阳光照在淋过小雨的潮湿地面，他们都各怀心事，这一段独自驾驶的路给了彼此思考的空间。当他们站在家门口的时候，都已经从今天的尴尬中平静下来。

李婉低头开门，王观之在一旁等着。当她打开门和他说"进来吧"，他没动，立在门外又问她："你能接受我是 W 吗？"

李婉站在门内，忽然心软得一塌糊涂，她默默地伸手拉王观之进了门，关上门之后，微微仰脸看着他，认真地说道："我能接受，对我来说有点儿惊喜。”

下一秒，王观之用力一把抱住了李婉。李婉在片刻惊愕之后，也伸手紧紧地回抱了王观之。他们站在那儿，久久相拥，所有的言语都悄无声息地融入这个拥抱中。

拥抱过后，他们热吻，难舍纠缠着到卧室，衣物褪下，交欢缠绵。王观之情难自禁，结束之后还不餍足，像小狗似的往李婉身上拱，和她温存。李婉有些累了，轻轻搂住王观之在她胸前蹭着的头，温柔地吻了吻他的头顶，和他说：“别弄了，我想睡一会儿。”

王观之闻言，抬起头，眼神又黏又湿，凑过去吻李婉的唇，说道：“你睡你的，我不影响你。”

李婉被逗笑，伸手逮住他乱摸的手，抓着他的手指说道：“你这样我睡不着。”

王观之也笑了，抽出手干脆搂抱住李婉的腰，低头疯狂地吻李婉，试着重新撩拨她。李婉很快又渐渐沉溺，而对她来说最撩人的一击是王观之忽然凑到她耳边暧昧地说：“婉婉，我现在叫你 Phoenix 好吗？”

一瞬间，李婉感觉心跳很快，某个奇妙的性癖被踩中。她羞涩又激动，侧过头封吻住王观之撩人的唇，他们之间的气息潮湿、滚烫，让她又开始渴望他。

房间里的气氛越发疯狂、凌乱，欲望像个无底洞，消磨不尽，李婉感觉自己轻飘飘，像要飞走了，所以紧紧抓着王观之，睡着了也无意识地抓着他的手。

王观之睡醒了，抬手看了看表，发现时间已经是傍晚，他想起来做晚饭，结果另一只手被李婉拽着。王观之尝试抽出手，李婉一个转身干脆抱住他的手臂。于是，他又等了会儿，等到李婉再翻身的时候赶紧抽出手。

王观之坐在床沿穿衣服，心里想着不知道李婉家冰箱里有没有食材，正想得入神，忽然听到身后李婉醒了，问他：“你要走了吗？”声音带着不舍。

王观之缓缓回头，一本正经地说道：“嗯，要走了。”

李婉刚睡醒，还没有完全清醒，侧躺在枕头上，长发凌乱，神态毫不设防。而她听到王观之的回答，一时难受、委屈地看着他没说话，模样楚楚可怜、风情万种。好一会儿，她才柔声说："那你回家慢点儿开车，注意安全。"

王观之点点头，问道："你会想我吗？"

李婉点点头，说道："嗯，会很想你。"

王观之忍不住笑了，回身扑过去隔着被子抱住李婉，说道："骗你的，我是去做饭，晚点儿回去拿点儿换洗的衣服再过来。"

李婉这下清醒了，也笑了，伸手拍了拍王观之，说道："你逗我玩是吧？"

王观之笑，搂着李婉，抬脚锁住她，低头吻了吻她的脸颊，心满意足地抱了好一会儿。

李婉靠在王观之怀里也很安心，她从被子里伸手抱住他，和他说："吃过饭，我陪你回去拿东西。"

王观之点点头，想了想，问道："你是舍不得我，还是舍不得 W？"

李婉闷闷地发笑，没回答。

王观之原本是开玩笑，可李婉忽然不说话，他感觉搬起石头砸了自己的脚，低头看了看李婉，说道："婉婉，你还没回答我。"

李婉抬眼瞅了眼王观之，抬手捏了捏他的脸，笑道："你真是什么旷世大傻子，王观之，一直自己吃自己的醋。"

王观之脸疼，低头报复般用力吻咬李婉的唇瓣，他齿间的力度总在欲咬破时化成吻。李婉感觉唇瓣又疼又痒，令人着迷、上瘾。

"我就吃自己醋怎么了？他是比我了解你，认识你比较久，知道的事情多，你有妹妹我都不知道。"王观之吻着李婉，喘息间愤愤地说道。

李婉绷不住了，捧住王观之的脸躲开他的吻，就这件事和他说："对不起，观之，我也不是想骗你，只是我想要是我们能走到最后，你到时候总会知道。要是走不到最后，我就不想让别人知道太多我妹的事，说实话，我不想和人说我妹有精神病，一听这话，很多人想她就是个病人，真的要见到她，每个人都会小心翼翼。"

王观之闻言，想起他们之间甜蜜交往背后的互相不理解，胸口闷闷的，说道：“你之前从来没想过我们会走到最后吗？”

李婉亲亲王观之的脸颊，安抚他道：“我想过，只是那时候觉得会很难。”

王观之明白李婉的意思，他想要是那时候走下去，他们真的也会离婚。一旦结婚，照他当时的脾气和对李婉的理解，不磨到她答应生孩子，他不会罢休，她却绝不会屈服。可能到了那个时候，生不生孩子已经不是真正的问题和分歧，而是他们最终要用这件事的态度让对方去证明爱不爱自己。当爱需要对方不断地去证明，这份爱就已经变了味。现在他只想能真正好好去爱她这个人，然后感受她对他的爱。

王观之侧过头又让李婉亲他另一边的脸颊，说道：“你再亲亲我，我就把这事情翻篇了。”

李婉被逗笑，凑上去深情、温柔地吻了他的脸庞，说道：“我爱你，宝贝，对不起，让你伤心了。”

王观之很受用，低头又缠绵地吻住李婉的唇。情感没法沟通的那部分就是缘分，要是他和李婉不是一路人，或许有些点他痛了也不会明白，也不会领悟。此刻，他们对彼此来说都很珍贵，无声的信任是新展开的画卷，给他们的生活和爱情铺上了新的未来。

他对爱情还是会飞蛾扑火，她对爱情还是会冷静、理智，但只要是对方，彼此间都会留余地，让对方去了解。

王观之再次起身要去做晚饭的时候，李婉也跟着起床，她收到客户邮件，要处理工作。王观之做完饭，用 W 的邮箱给她发了封邮件：“出来吃饭，Phoenix。”

李婉收到邮件忍不住就对着电脑笑，也回了一封：“马上去。”

第二天是周一，李婉一早醒来看到身侧睡着的王观之，心里感到很平静、幸福，这是她很久没有过的感受，她不由得亲了亲王观之的脸。王观之也醒了，还没有睁眼，抬手亲昵地搂住她的脖子，也亲了亲她的脸颊。

“你上班比我迟，再睡会儿，我收拾收拾就先出门了。”李婉笑着轻声说道。

王观之点点头，迷迷糊糊地睁了睁眼，问：“中午一起吃饭吗？”

“我今天会很忙，中午就简单吃了。”李婉说道。

“嗯，那晚上一起吃饭吗？”王观之又问道。

“晚上也得再说，我下午看情况早点儿和你说，好吗？”李婉坐起身前又趴到王观之身上抱了会儿。

“嗯，我要是下班早就去买点儿菜，你回来吃夜宵也行。”王观之笑了笑。

李婉又吻了吻王观之，笑着说：“谢谢小王宝。”

王观之一听这称呼来劲了，睁开眼一把拉住要起身的李婉，重新抱住，揉揉她的脸，说道：“想我的时候给我写信。”

李婉被逗笑，说道：“嗯。”

两人又抱了会儿才松开，好像是要从彼此身上汲取这一天的养分。

李婉到达公司的时候还在上班点之前，而她到的时候，原彦已经在了。因为卢冬近期会离职，李婉让她把重点客户都转交给原彦，所以原彦最近特别忙。

而让卢冬把客户交给原彦，李婉其实犹豫过，因为原彦和卢冬是同期，两人关系一直比较好，李婉不知道原彦是不是也和卢冬一样对公司有了其他想法，会离职。信任一旦破裂，一旦开始重新审视人和人之间的关系，一眼看到的都是风险。所以，李婉考虑了很多天，最后促使她做决定的是于传，于传问她防人是用心防还是靠制度。李婉仔细想了想，她对原彦的考量其实是个人情感上的受挫，她要是因此改变对所有人的看法，手下的人只会越来越难用。于是，她还是让卢冬把客户转交给眼下最适合的原彦。

用人信人，对李婉来说是她后面最重要的课程。

原彦看到李婉今天打扮得很漂亮，神采奕奕，很高兴，不由得站起身热情地跟她打招呼：“李婉姐，你今天好漂亮，好久没看到你这么高兴了。”

“有这么明显吗？我每天都很漂亮好吗？”李婉笑道。

原彦笑嘻嘻，很高兴李婉又开始说笑。这段时间办公室里的氛围都很压抑，李婉总是皱着眉，很少说话，大家都在互相审视，人事部就像猎鹰，盯着所有人的一举一动。而陆宁最近还私下找过她问卢冬的情况，还问黄雅是不是还在挖公司客户之类的事情，也试探她对公司的想法。原彦感觉挺烦的，她觉得这不是她喜欢的工作氛围，直到李婉让她对接卢冬的客户，原彦才感觉到还是被公司信任着。

办公室陆陆续续来了人，李婉拿着水杯到茶水间泡茶，顺手打开咖啡机，给大家泡了壶咖啡。端着茶回办公室的时候，她对所有人笑着说："我已经泡了咖啡，有需要的自己去倒。"

这种事情，李婉以前也会做，在黄雅和卢冬的事情之后，就很少做了，她也很难勉强自己再像之前那样待人，也因此在公司里不开心、压抑，但和卢冬谈完让她离职之后，她想通了，环境还是要靠自己去创造，一个人的理想不能因为两个人的不好而改变。她的心应该永远是打开的，为了以后会遇到的好人。

李婉经过自我调整，打算今天找陆宁谈一谈，陆宁的工作方式实在是太激进了，她要是不改，李婉只能再把她送回于传那儿去。而李婉还没有找陆宁，一大早陆宁就火急火燎地先来找李婉了。她一进来就关上了门，很生气地对李婉说："那个黄雅太可恶了，我听卢冬说她要离职，黄雅知道了，问她有没有可以带走的客户。"

李婉看着电脑屏幕假装在工作，没回答，等着她继续说。

陆宁没有让李婉失望，自己气哼哼地骂了半天。等她骂完，李婉才说道："你那么气干吗？这种事情不是很正常吗？"

陆宁愣了愣："说是这么说，但她就是太过分了——"

"我也算做过这种事情，如果有些客户认可她，要跟她走，谁也拦不住。做业务这种事情见怪不怪。你没必要那么激动，她已经离职了，有什么手段是她自己的本事，我们后面怎么发展也是我们自己的本事，你整天盯着这一个人，还怎么做其他事情？"李婉不紧不慢地继续说道，"卢冬手上的客户如果这周能对接好，就可以让她早点儿离开，两相不耽误。她没心在这儿工作了，为几天工资死留她没有意义，让她开心点儿离职吧。”

陆宁觉得每次任何大事一到了李婉这儿就成了很简单的事，而她听李婉一说心里也莫名地受用，一时没了话，半晌才道：“后面不能对他们太好了。”

李婉听笑了，说道：“什么是好，什么是不好？公司花钱请人干活儿，他们出脑力、体力赚钱，不亏不欠的，哪有什么好坏。”

陆宁又不吱声了，她还是咽不下这口气。

李婉看出陆宁的不服气，想了想，说道：“陆宁，你以后真想把公司做好就好好去学习吧，像你现在这样，是拖着整个公司和一个人一件事较劲，搞得大家都太紧张了。”

“公司不是你在管吗？”陆宁说道。

李婉微微一笑，她从去年开始就一直在考虑自己未来的发展，到现在没有和任何人说，但心里已经做了离开的决定。只是她还没有想好什么时候离开合适，现在又是瓶颈期，公司很多问题亟须解决。

中午，李婉带着陆宁和律师吃了饭，聊了官司，一审情况不乐观，他们准备上诉。下午的时候，李婉抽空给她的 W 写了封信。

W，

展信佳。

你今天过得好吗？我今天过得很开心，早上和爱人拥抱过，和他道别后带着愉快的心情来上班。忽然之间，之前公司人事变动的荫翳在我自己这儿消散了。愿意相信自己和世界真是积极的良药。早上工作之余，我还背了二十个单词，非常高效。

我今天做了一个决定，那就是我打算离职了，时间还不确定，但我知道我早晚要离开。说实话，我舍不得我现在的老板，她是个非常优秀的女性，心胸宽广，也有魄力、能力，可惜我和她的女儿处不来。所以，我不知道未来会怎么样，毕竟亲情是最难过的关，在我和公司以及她女儿之间做选择，对她来说太残忍了。况且公司也不是离了我就不行，这两年，我也看到了自己很多管理上的不足，需要时间去学习了，所以我应该主动体面地离开。

我上一份工作离开得不是很体面，我之前那个老板到现在还恨我，还在我男朋友面前说过我的坏话，要不是我男朋友足够爱我，我估计都百口莫辩。不过，我男朋友其实不知道我当初为什么离职，原因说起来很简单，我在那家公司受到了太多有意无意的玩笑诋毁，还有不公。我很难受，就走了。当时很多人都觉得我敏感、爱钻牛角尖，但我还是坚持我自己的想法。

现在，我也在坚持自己的想法，我的管理方式是有问题，但我也不能太急于改变，走另一个极端，毕竟这两年公司也是有成绩的，肯定还有可取的地方。那个让我失望的员工在我给的机会下的确也成长了，所以我做的事情不是错的，更不是没有意义的，要做的只是把机会留给好人。我希望这一生能永远坦荡无畏，无畏外物，无畏自己。

我很想你，希望你今天过得很开心，一切顺利。希望我男朋友不要因为我想你而吃醋。

Phoenix

王观之的办公室里养了一条小金鱼，这是他前两天心情苦闷路过花鸟市场的时候买的，那时候他觉得这条小金鱼很可怜，成日困在一个小小的玻璃鱼缸里。他把鱼带回来后，给它换了个稍大的鱼缸，惆怅地看了半天，有一会儿感觉大多数人和这条小金鱼一样，也都活在鱼缸里，穿越不了无形的桎梏。

现在他正在给金鱼喂食，收到 Phoenix 的邮件，他看完嘴角微扬，瞅着这鱼自得其乐。他喂完鱼回到办公座位上，在继续下午的工作前，用手机给李婉发了条信息："我很吃醋。"

王观之觉得和李婉在一起真的很好，很多人都容易受环境影响陷入自我怀疑和困惑，像李婉这样积极要去改变环境、创造环境的人真的很难得。他现在回想她的信件，想起她经历过的不公和背叛，心疼也佩服。所以，他打算忙完手上的工作，下班前给他的 Phoenix 回信，不想其间，他的办公室来了一位不速之客——他父亲袁永。

关于父亲，王观之的记忆停留在厨房，他记得小时候他找爸爸的第一个地方永远是厨房，而袁永那时候也很喜欢下厨，给家人准备丰盛的餐食，经常说人活着就是为了三餐，不好好吃饭不行。王观之年幼时很喜欢耐心、平和的父亲，父亲在家里话不多，总是默默地处理着事情，早上去上班前会把他送到幼儿园，下班陪他玩，还有完成幼儿园的任务。相反，那时候王鹤总是缺席他的成长。所以，在王观之初中的时候，发现父亲出轨对家庭不忠，这对他是很大的打击，他几乎和父亲断了联系。但在他成年前，每一年还是会收到父亲的生日礼物，直到父亲再婚，有了新家庭，那个家庭里还有个他所谓的异父异母的弟弟。

对于袁永的来访，王观之很惊愕，他站起身，一声“爸”喊不出来，奇怪地脱口问道：“你怎么来了？”

袁永笑了笑，他的笑容里也有不自在和尴尬，左右环顾，似乎在找一个正确的地方站立。

王观之见状，绕出办公桌，请他在会客沙发上坐下，沉声道：“请坐吧。”

袁永走到沙发边缓缓落座。王观之弯身拿过茶几上的玻璃水杯给他倒了杯水，递过去。

“你怎么忽然来找我？”王观之也在沙发上坐下，看向许久未见两鬓泛白的父亲，他不想尴尬地寒暄，单刀直入。

袁永来前就知道不可能会有父慈子孝的场面，犹疑片刻，也直接说出了来意：“我……我之前借了你妈一笔钱做投资，本来是这个月要还的，现在公司发展不是很顺利，可能暂时还不上了……但还需要一笔钱让公司先运转起来……我想你是不是能帮忙——”

王观之听到这话脸色铁青，气氛降到了冰点。这不是他第一次听说袁永向王鹤借钱了。

李婉觉得有时候事情很凑巧、好笑，她今天下定决心要做离职规划，就有人谈这事了。她下午接到一个电话，是许久未联系的程晋打来的，程晋今年年初从一斗离职，带走了一些人，还拉了投资，打算另起炉灶，他现在需要一个人合作，就想到了李婉，想约她面谈。

李婉在电话里进行婉拒，说道："感谢青睐，程总，但我没有离职的打算。"

程晋笑了笑，说道："李婉，我们是交过手的人，也算知根知底，你就不要用这些话搪塞我了。现在情况和之前不一样，这次我们真的可以敞开心扉去谈合作，你何必拒人于千里之外？你应该也给你自己一个机会。"

李婉没回话，等着程晋继续说。

电话陷入冷场，程晋不慌，又笑了笑，问道："你最近怎么样？"

"挺好的。"李婉淡淡地答道。

"我前几天去看鹤姨遇到了观之，他看上去也挺好的，看来你们两人都走出来了。"程晋笑着说道。

李婉闻言，说道："你为什么这么关注王观之，程总？"

"你这是什么意思？"程晋笑着反问。

"就是我问的意思。"李婉说道。

"看来你还是挺在乎前男友的。"程晋调侃道。

李婉很讨厌程晋这种口气，冷声说道："我们俩复合了，程总。另外，我真的不会离职和你合作。"

电话那头程晋愣住了，他实在有点儿想不到李婉会和王观之复合，忽然感觉自己像个傻子，还打电话给李婉递橄榄枝。而这种感觉实在太熟悉了，他永远很努力地想靠自己去争取一些认可，可王观之一出现，局面就不一样了，他就成了一场场无声的笑话。他回神，挂了电话。

李婉皱眉听着电话里的忙音，心里有些不舒服和不安。

王观之对自己的认知很清晰，定位一直是个不算好相处的人，他知道自己耐心差，脾气大，所以很少主动和人亲近相处。他也因此经常提醒自己忍住别发火，这几年在工作和生活中他已经改变了很多，昨天更是被李婉磨得完全没了脾气，感觉自己整个人从里到外都发生了变化。

但此刻对着袁永，他一瞬间就忍不住了。他倏然站起身，冷眼看着袁永说道："你为什么非要搞什么投资，都被骗几次了？妈和你说了多少遍，你怎么就不听？你根本不懂投资！有好的项目谁找你？"

袁永被儿子骂得面红耳赤，紧紧抿着嘴，说不出话。

"以前是这样，现在还是这样，妈给你填了多少窟窿？你能不能长点儿记性，吃点儿教训？"王观之火气直蹿，仿佛一下回到了青少年时期。他记得袁永第一次搞投资，背着王鹤把自己的钱都投给了他一个所谓好兄弟的好项目，后来亏得血本无归。

王鹤那时候年轻，心气盛，得知后很生气地和袁永大吵了一架，让他以后不要搞什么投资，说他根本不懂投资。他们夫妻俩一直各做各的事业，袁永年轻时在一家公司做财务，后来和王鹤相识，恋爱，结了婚，婚后的他还是在公司做着财务，然后眼看着王鹤在商场上大杀四方。王鹤家一直有家底，她从小跟着父亲在商场耳濡目染，天生有商机洞察力，所以年轻时很骄傲，骂起人来也挺难听的，她说袁永耳根子软，太傻了。

袁永脾气再好也受不了，可亏空需要王鹤去填，他只能忍气吞声。王观之那时候刚要上初中，看到父母这么大吵大闹心里很烦，他那时候认为根源就是父亲搞投资。袁永的确也不争气，那一年投资连亏了两次还不死心。王观之对袁永也是怒其不争，他不知道为什么袁永非要和王鹤对着干，把家里搞得鸡犬不宁。后来他知道了，因为袁永在外面养小三了，这让王观之觉得父亲的形象面目全非。

王观之见袁永坐在那儿又是忍气吞声的窝囊样子，越想越气，冷声说道："我不可能借钱给你，你投资的那什么破公司，要是资金周转不灵就破产吧。妈的钱你也不是第一次还不上，你不用和我说这些。"

袁永的唇抿得越发紧，双手不由得攥拳紧紧按住自己欲起来的双膝，强迫自己继续坐着。他努力撑了好一会儿才调整好情绪，对王观之说道："观之，爸知道你看不起爸，但这家公司不是什么其他人的项目，是……是你弟的心血，他做事很用心。只是这两年行情不好，他时运差，资金链断了，现在放弃太可惜了，只要帮他度过这段时间，公司肯定能做起来——”

“什么我弟？我没有兄弟姐妹。”王观之冷冷地打断袁永道。

“观之，你要是不帮他，对一个年轻人的打击是非常大的，他可能以后都不敢创业了。”袁永说道。

王观之的火气已经压满胸口，他走到门边拉开门，面无表情地说道：“我说了我不会帮，请你现在就离开。”

袁永见状，缓缓地站起身，感到无地自容，举步维艰，可他艰难地挪到了门口还不死心，又对着王观之要求道：“观之，就当爸求——”

“你给我闭嘴，你要是再敢说出那个字，你以后就不是我爸。”王观之沉声说道。听到袁永说“求”字，他感到极度难堪。

袁永只能垂头丧气地走了。

王观之关上了门，回到办公桌，一口气依旧顺不了。最后他给王鹤打了电话，说道：“妈，我和你说过很多次，不要再借钱给爸，你不是帮他，是害他，你到底为什么还要一直借钱给他？”

王鹤听着王观之发火，慢慢地说道：“我不借他，他就会找你或者别人，那还不如我借他。怎么，他今天终于找你借钱了？”

王观之气得没说话。

王鹤停顿片刻，说道：“他要不是你爸，他怎么样我都不会管，偏偏他是你爸，我有什么办法？他要真出事，我们能见死不救？你良心能安？”

亲情有时候就像一张无形的网，勒得人喘不过气。王观之一把挂断了电话，一股气无处撒。他知道这几年，王鹤一直在他前面替他承受这些事，王鹤经常和他说能力越大，承受得就会越多，他觉得这话也是种不公平，可见每个人都活在自己的不公平当中。李婉就是如此，她抗争她忍受的不公平，王观之在明白之后越发能时不时体会到李婉为什么坚持，为什么固执。因为妥协就是没有路，永远会被困在一些既定的怪圈里。

王观之一直很不想面对袁永，一度认为眼不见为净就能避开，事实上他就是在自欺欺人。承认了这点，王观之更气自己了。下班的时候，他沉着一张脸从办公室出来，严明看到他，心知他下午和父亲闹矛盾了，便问：“晚上要不要一起去喝一杯？”

王观之冷冷地看了他一眼，说道：“不去。”

“心情不好就去放松放松，别马上回家，闷在心里，而且你这么早回去有什么事做？”严明宽慰朋友。

王观之冷酷地丢下一句话：“回家做饭。”

严明惊愕，以为自己听错了，回神的时候，王观之已经进了电梯。

“家”是一个很奇妙的词，李婉和王观之之前交往了一年多，同居了大半年，彼此都在对方家里住过，磨合过生活习惯，但也从来没有这两天复合后这种很强烈的家的感觉。王观之在厨房备完菜煲上汤，见李婉还没有回来，独自一人待着心里苦闷，在屋里转了圈，坐下来给 Phoenix 回信。

Phoenix,

我今天上午过得很好，到了下午过得不太好，因为我见到了我爸。我和他吵了一架，或者说我骂了他一顿，我爸那个人的性格一般不会和任何人大吵，他就闷声不响地坐着挨骂，我以前觉得他很窝囊，现在也是，没点儿气性会被人利用。

我爸和我妈离婚后就再婚了，他现在的家庭，妻子和孩子在我看来都不是什么好人，一味地怂恿他做投资，一家人好高骛远。我不明白他为什么完全看不到这里面的风险，我们对他的劝说他都听不进去，反而认为我们在害他，掣肘他。

我们要是真的害他，他已经死在前几次的投资失败里了。他为什么不长教训？

总之，我看到他就烦，今天更是被他的所为烦到，整个下午心情都被他毁了，现在回到家也很郁闷。原本下班想去水产市场买螃蟹，做三个菜，结果螃蟹没买，就做了两个菜，煲了汤。我女朋友也不知道什么时候回来，我不敢催她，她工作起来就不管事，我就自己一个人在家郁闷。

要不你来我家吃饭吧。

W

王观之闷闷地写完信，还认真地在邮件里附上了地址，之后他又觉得自己很幼稚、搞笑，忍不住笑了笑，发送了邮件。

李婉正收拾准备下班，她临下班时被原彦叫住，便帮原彦盘了下卢冬客户的情况，一聊就聊久了。现在原彦走了，她才回办公室收拾东西，看到手机提醒有邮件，一扫过发现是 W，就不由得笑了。

看完信，她心疼王观之，又觉得他可爱、好笑，不过要不是通过邮件去了解这事，估计看到的会是王观之的臭脸，用一副傲慢、不屑的态度说话。她以前总说王观之不了解她，其实她对他的了解也很有限，在他强势、霸道的行为背后也是一颗脆弱、敏感的心。

李婉离开办公室前给王观之回了微信，宽慰他：“你爸的自我认知和你们对他的认知不一样，你们说他没能力，他不这么认为。他可能信奉的是失败乃成功之母，坚持就是胜利。你不要想不通，把自己困进去，他不是不听你们的劝，他是不听任何人的劝吧，他那边的家人刚好和他一个想法，所以他们能相处。抱抱你。

“我对有些人来说也是不长教训，我晚上加班就是为了我一个员工。我能理解他做事的那种动机和想法，很多时候我们自己也不长教训，只是不长教训的点不一样而已。你不要太生气了。气坏了，我会心疼的。

“还有，我马上回家，小王，你不要叫别的女人去我家，不然我回去骂死你。”

李婉的回复让王观之的心情好了很多，他看到她说要回来了，起身去厨房准备炒菜。当他这次走进厨房，心里想到父亲的气愤已经变成一种无奈，他其实小时候很受父亲影响，认为和家人吃饭是很重要的事情，如果有时间应该自己安排自己做。他父亲也是可怜之人必有可恨之处。

李婉回到家，吃饭的时候听王观之又气愤地说了会儿下午的事，她问他想怎么处理，他没说话，显然是还没有想好。她也没说什么，只笑着说道：“我妹的事情，我估计这辈子都解决不了。我现在是不管不顾，以后要是我爸妈走了，她还是一个人，我肯定还是要管。”

王观之依旧没说话，半晌，站起身说道：“你洗碗，我有点儿累了，去洗个澡，躺一会儿。”

李婉被逗笑，认真地点点头，说道：“去吧，小王，辛苦了。”

王观之沉着张脸回房间去了。

李婉收拾完碗筷，把今天刚到的快递拆了，她这段时间因为心境变化给自己换了不少东西，日常用的东西从优雅知性变成可爱风。她也说不出为什么，就是觉得可可爱爱挺好的，生活中轻松些。

拆完快递，李婉把东西归置好，然后便去洗漱了。她洗完澡出来，王观之还躺在床上闷闷地玩手机，她也没打扰他，只管自己坐在梳妆镜前护肤。

王观之无意间扫了眼李婉，愣了下，因为他发现她晚上穿了新睡衣——一件棉质米黄色点缀着可爱胡萝卜的睡衣，衣袖和裤脚还是花边的，这很不符合李婉的风格，但让他眼前一亮，觉得很可爱。

于是，他酸溜溜地说道：“为什么你没有给我买一件？”

“什么？”李婉诧异。

“你为什么没有给我买这么可爱的睡衣？就把自己打扮好，也不管我。”王观之说道。

李婉气笑，威胁道：“少阴阳怪气的，我买睡衣的时候，我们还没复合呢。”

王观之也笑了，丢开手机，过去拉李婉上床，说道：“小胡萝卜，这很适合你。”

李婉见他眼神里闪烁着欲望，抬手搂住他的脖子，凑上去吻了吻他的唇，问道：“心情好点儿了吗？”

王观之道：“还没有，你要不再多亲两下，我看看有没有好点儿。”

李婉闻言干脆把他推倒，骑到他身上。

事后，王观之睡着了，李婉睡不着，爬起来，打开电脑查了袁永的公司，去了解这家公司到底在做什么项目。查完，李婉想起那次和王鹤吃饭的时候，袁永正好打电话在借钱，看情况，王鹤当时是借了他一大笔钱。所以，李婉想知道现在这个局面到底是项目不行还是人不行，于是她打算约见王鹤。

李婉和王鹤两个人这段时间都比较忙，约见的时间磋商下来就到了第三天周五晚上。李婉要去见王鹤这事暂时没有和王观之说，因为还不确定他听到她要去向王鹤了解袁永的事会不会生气。李婉心想和王鹤先聊，心里有了数，有了比较可行的解决方案再和他沟通。

于是，周五早上李婉就和王观之说晚上不回家吃饭，约了朋友。王观之不疑有他，便愉快地给自己晚上安排了打球运动。

李婉这天下了班就去往王鹤家，两人一起吃了晚饭，之后在客厅闲聊，李婉说出了来意。

王鹤闻言微微笑着，望着李婉，问道："你和观之复合了？"

李婉颔首，说道："最近刚复合。"

"哦，"王鹤点头，眼里闪过一丝审视，说道，"这次你觉得能和他交往多久？"

李婉闻言保持笑意，没说话。

"我儿子我了解，他要坚持的事就会掏心掏肺，他这人身上有缺点，也有优点，最大的缺点就是没什么野心，这就让他成长很慢。你确定他这次能跟上你吗？"王鹤笑着问道。

"嗯，我也能跟上他。"李婉回答。

王鹤笑了笑，扭开头，说道："你们两个人的事情，我也管不了，只能提醒一句，缘分不易，年轻的时候就要好好珍惜，不要等老了才知道。"

李婉没应声，只是点头。但王鹤没看她，似乎也不在乎她回应了什么，而是回到正题，问她："你想了解什么？"

"之前您借钱给观之的爸爸，他们有没有给您项目计划书呢？"李婉问道。

"你都说是借钱了，他们怎么会给我项目计划书？又不是做投资。"王鹤回答。

李婉笑了笑，不信，说道："王阿姨，照观之的脾气和个性，这钱他迟早会借，他是个感情用事的人。我只是想帮他先分析一下实际情况，也许项目的情况没有他想象中的差，也许是更差，不管哪种，心里有数，他以后就不会太难过。而且我想，如果项目是好项目，与其借钱，不如投资，投资的话，我们就要掌握点儿主动权、话语权，尽可能避免以后再陷入困境。如果项目本身很差，那这笔钱借出去也算仁至义尽了。”

“如果是好项目，我当初就投资了。”王鹤笑道。

“不会，您会因为观之借钱给前夫，但不会投资他和他现在的妻子，人家夫妻俩肯定也不愿意。不过向您借钱总要说服您，他们应该给您介绍过项目吧？”李婉推测道。

王鹤侧头打量李婉，说道：“李婉，如果这是一个好项目，你会参与吗？”

李婉不假思索地摇了摇头。

王鹤见状，微微一笑，说道：“不是为了你自己，是为了观之呢？”

李婉还是摇头，说道：“王阿姨，我是个很功利的人，但我不急功，我没有那么多资本去做投资，眼下只想做好诚润，而且我的精力和能力都有限。所以，这件事，我只是帮观之参谋，给点儿意见，其余的只能他自己去决定，去解决。其实，我和观之内在是一类人，我们都求安稳，只是表现出来的追求不一样而已。”

王鹤闻言，沉吟片刻，她站起身要去书房，让李婉稍坐片刻，等她再出来的时候，手上拿着一个文件袋，里面是项目计划书。

王鹤把计划书递给李婉，和她说了件令她意外的事：“其实前两天观之来找过我了，他也问我要这个项目计划书，不过他这人没什么耐心，看了十分钟不到就走了。”

李婉接过文件，迟疑着，没有打开，问道：“他走的时候是什么态度？”

“你说呢？就他那脾气。”王鹤不紧不慢地说着话坐回去，眉宇间闪过一丝对王观之的不耐烦和叹息。

李婉嘴角微扯，缓缓地打开项目书，说道：“王阿姨，我先看看，我们再聊。”

王鹤微微点头，但忍不住追问了一句：“他那天回去什么都没有和你说吗？”

“嗯，我今天来也还没有和他说，怕他上火。看起来先不和他说是对的，他来看计划书也没有和我说，估计他还不想做决定。”李婉笑了笑。

王鹤缓缓地靠在沙发上，她一向喜怒不形于色，此刻难得面露凝重地看着李婉。那天，她和王观之聊了一些事情，其实王观之心里有些打算和李婉一样，他也考虑到项目情况，也考虑项目好就投资。而且投资之后，谁去入驻这个项目把控全局，他也有人选了，他希望那人是李婉。

王观之和王鹤坦言自己有很多私心：“她打算离职，下一步就是要去国外读书，我都支持她，她是很有主见的人。但我也想留她。”

刚才王鹤试探李婉的态度，显然李婉没有一丝犹豫，她一向脑子清醒，目标明确，功利又温情。

客厅里越来越安静，李婉看计划书很认真，大半个小时还没有看完，有些地方反复琢磨。王鹤耐心地等着，其间，她起身让保姆换了壶花茶，而后慢慢喝着茶。

大概又过了十分钟，王鹤见李婉抬了抬头，两人眼神相遇的一刻，她抓住时机故作漫不经心地问李婉：“对了，诚润今年怎么样？”

李婉闻言顺势合上了计划书，其实她也想有机会能向王鹤请教一些问题。她没有直接回答王鹤的问题，而是说道：“王阿姨，今年我发现原来用人真的很难，去年我还以为自己有个团队，今年就发现我一点儿也不了解最亲近的那几个员工。我不知道问题到底出在哪儿。”

对此，王鹤笑了笑，说道：“问题不会出在员工身上，肯定在你身上。”

李婉看着王鹤等她的下文。

“你要是一个流氓，那什么人你都可以用，但你不是，你的条条框框就会多。”王鹤笑着说出残忍的事。

这句简单却通透的话让李婉醍醐灌顶，她看到前面那条要自我改变的路其实偶尔悬在悬崖边。

“你想走到哪一步，李婉？”王鹤看到李婉眼神里的了然，和聪明人说话完全不用费劲，而她心里微微盘算着或许李婉自己也会想通放弃。

王鹤停顿片刻，见李婉还不说话，她又说道：“他们说的屠龙少年的故事不准确，屠龙少年变成恶龙了吗？可能也不是，他至少要让自己看起来像恶龙，因为那些需要你救的人可能也会变成恶龙。至于他自己是不是恶龙，只有他自己知道，最终事上见真章。只是这种事情，你熬得住吗？”

李婉有些失神。好一会儿，她深吸一口气，抬了抬手里的计划书，问王鹤：“王阿姨，计划书能先让我带回去吗？”

“你觉得项目怎么样？”王鹤问道。

“很难说，我对这种互联网项目不太熟悉，需要回去做一下调研。”李婉说道。

“嗯，你带回去会和观之商量吗？”王鹤又问道。

“先聊聊看吧，他估计也是想一次性把事情解决得彻底些。这几年，他都躲着他爸，躲着这些事，最终还是躲不开，要他去解决。父子关系是注定的，他没的选。”李婉垂眼说道。

王鹤从李婉的神情中读到了心疼和矛盾，她说道：“你带回去慢慢看吧。项目其实是可行的，那边的人不对、决策不对是造成眼下困局的根本原因。”

李婉颔首，侧身将文件装进包里，也不打算再多打扰王鹤，起身说道：“谢谢您，王阿姨，那我就先告辞了。”

王鹤站起来相送，说道：“改天和观之一起回来吃饭。我一直听说你们俩分手了，之前看你们俩在一起都各自僵着，所以我就很好奇你们俩好起来是什么样。”

李婉被逗笑，说道：“您这好像是想看戏，不是叫我们吃饭。”

“没错，你们挑个日子来给我唱戏。”王鹤不否认。

“行，我回去和观之商量一下曲目。”李婉笑着说道。

王鹤微笑着慈爱地看着李婉，此刻伸手轻轻拉住她的手，说道：“李婉，不急功近利是好事，但是有时候机会就一次，不冒进一次，可能也是错过。”

李婉微微点头，神色却微凝。

王鹤家门前的路灯不是很亮，十月的夜风有点儿凉，但今早出门的时候，太阳很大、很热，李婉便没有穿外套。现在，她感觉有点儿冷，加快脚步，抱了抱手臂，从包里掏出手机给王观之打电话。

“我这边结束了，刚出来，准备回家了。嗯，你也早点儿回来。冷，是有点儿冷。行了，你是对的，我早上没听你的，没穿外套错了，你别念叨了——”李婉和王观之讲着电话往车边走。

不远处有车驶来，打着远光灯，晃到了李婉的眼睛。李婉皱了皱眉，匆匆挂了电话，准备去开车，但那辆车停在了她旁边。她不由得多看了眼，发现是程晋的车。

程晋从车上下来，喊住了开门要上车的李婉，说道：“李婉，你就对我这么避之唯恐不及吗？”

李婉犹豫了三秒，缓缓地转过身说道：“抱歉，我都不知道是你，程总。”

“是吗？”程晋似笑非笑。

“远光灯太亮了。”李婉说道。

“这里的路灯太暗了，我时常看不到路人。”程晋也不痛不痒地说道。

李婉没再说话，礼貌地颔首，准备走，可程晋又叫住了她：“李婉，就你一个人去见鹤姨？观之呢？”

“一起来的，但他中途有事，先走了。”李婉面不改色地撒谎。

程晋笑了笑，知道李婉对他嘴里没有半句真话。他打量李婉，问道：“李婉，我上次和你说的合作，你真的不考虑吗？”

“程总，谢谢你的抬举，我真的没有换平台的打算。”李婉扯起一丝微笑，说道。

“是吗？是因为观之不同意？”程晋语气微微挑衅，皮笑肉不笑。

“和他没有什么关系，程总想事情的角度真是很刁钻。”李婉不由得冷笑了一声。

“嗯，那我就很奇怪了。诚润现在能给你什么？是你拼命推着诚润上了一个台阶，现在却里外不讨好？我听说你身边今年离职的人不少，大家都看到你们于总把女儿派过去了，据说改制还闹出了好大一番动静，到头来，你像个傻子，被人笑话。他们都说你只是于总的傀儡，没有实权，离开你的人只会越来越多，最后公司始终不会姓李。”程晋笑盈盈地说着难听话。

李婉听着这些刺耳的话不会不难受，她脸色渐沉，说道：“正常的公司没有姓。”

程晋像听到了笑话，说道：“李婉，你到底在坚持什么？你真的是什么高尚的人，要为了理想而活吗？”

李婉冷冷地看了眼程晋，没回答，一把拉开自己的车门，上了车，落了锁。

程晋走到她车边敲了敲窗户，见她不为所动，不开窗，发动了车子，他便笑着退到一边，看着她从被他的车半堵着的车位上倒了好几把开出去。

程晋站在原地目送李婉离去，脸上挂着的笑越来越冷。他不是故意为难李婉，只是在试探。他的项目原本已经谈好了投资，前两天却出现变数，有两个投资人忽然犹豫不想给他投资了。在A市的投资圈，王鹤很有威望，程晋虽然还不知道发生了什么事，但他直觉认为这事和王鹤有关。晚上看到李婉出现的那一刻，他直觉又在想是不是和王观之、李婉也有关。

他的人生就像被王鹤和她的资本紧紧捏着，永远欠她一份情，他无法脱离。哪怕他能脱离了，有一天王鹤需要他继续为她效力时，扯一扯资本那条无形的线就能活活把他掐死。

# 第十三章

不管她以后走多远，他都是她心灵上的一个家。

李婉到家的时候，王观之已经准备洗澡。他在浴室里刚脱了上衣，听到李婉回来的动静，想了想，推开门，探头“警告”她：“我在洗澡，你千万不要进来。”

李婉哭笑不得，翻了个白眼，说道：“你赶紧锁门，不然我就冲进去了。”

“那还不得锁两道。”王观之笑着重新关上了门，没落锁。

李婉觉得无奈、好笑地看了眼浴室门，只管自己换了衣服，套了件薄外套，拿上手提电脑，离开了房间。她今晚没什么心情，回到客厅，从包里掏出计划书，打开电脑，开始工作。

王观之在浴室里等了会儿，听到李婉出去的声音，他靠在洗漱台边，没有继续脱衣服。他拿过手机看了看信息，他刚回家的时候就收到了程晋的信息，得知了李婉去找王鹤的事。

程晋的说法很有趣，他问王观之：“晚上在鹤姨这儿见到李婉，你们是不是婚期将近了？”

王观之没有回复程晋，先发了信息问王鹤：“你晚上见过李婉了？项目的事情，我会自己和她谈，你不要插手。”

王鹤还没有回复他，他就有点儿着急上火地打了电话过去。

王鹤好一会儿才接起电话，和他说：“现在正在会客。”

“李婉不是走了吗？”王观之说道。

“程晋刚刚来了。”王鹤说话的语气一向很和缓，但掷地有声。

王观之不想管程晋，他问道：“妈，今晚是你叫李婉去的吗？”

王鹤闻言，想了片刻，说道：“你傻还是我傻？我可没有那么多闲工夫管你爸这个项目的事情，这次是你想解决问题，我不会插手。李婉很关心你，她其实前几天就约我见面了，但我很忙，也不知道她要谈什么，今晚才知道，她也是关心这个项目，关心你。”

“她前几天约你，你怎么没有告诉我？”王观之很惊讶。

“你好好听听你自己说的话，都说了是她约我，她都没有告诉你，我为什么要告诉你？这还没有结婚，她的事你就又要管上了？”王鹤嗤笑一声。

王观之吃瘪，有些愤懑地说道：“你就一天到晚在那儿看我的戏，我是想管着她吗？我只是不知道她在想什么，心里很不安。”

“你要这么没自信，迟早还得被人家甩了。”王鹤没好气地说道。

王观之见她火上浇油，说道：“你能不能想我们一点儿好？”

“行了，我不和你说了，你们两个的事情自己去沟通吧。”王鹤有些不耐烦地说道。

王观之这才讪讪地敛回了火气，问道：“程晋又找你什么事？”

“估计他的项目出问题了。”王鹤说道。

“哦。”王观之淡淡地应了一声。

王鹤见王观之对程晋的态度不知道从什么时候开始变得很冷淡，她思忖片刻，说道：“其实我有个想法，你爸那个项目要是想救活，如果一时没有合适的人接，程晋可以。他的能力不用说。”

王观之闻言，很果断地说道：“我不会用程晋。”

王鹤听笑了，说道：“如果李婉也认为可以用呢？”

王观之怔住。

王鹤先挂断了电话，王观之回神后就进了浴室，心情烦躁地脱了上衣。

王观之看完手机，还是不想回复程晋，便又丢下，脱了长裤，进去淋浴。温热的水冲在头上、身上，王观之若有所思，他感觉李婉刚才回来时心情并不是很好，他也还没有想好要和李婉怎么谈。他最近一段时间都在考虑袁永的事情要怎么解决，尽可能要治本，于是他也去王鹤那儿了解了项目的情况，他还见过他那个没血缘关系的弟弟袁景。袁景大概在三天前找过王观之，也是求他救项目。

在谈话过程中，袁景听出王观之有意向把项目盘走，但不会和他合作，袁景便提出退出股权，只要让他留在项目里工作，项目能继续推进就可以。王观之闻言，打量袁景，皱了皱眉，因为他觉得这个袁景也不是他想的那么没脑子，有几分像做事的人。

王观之还打算一石二鸟，他知道李婉要离职，在想能不能用项目留住李婉。只是他不知道这个口要怎么开，李婉不愿意没兴趣的事情，他一点儿也没有把握能说服她。这些事情还没有想好，王观之脑子里又跳出李婉想去读书的事情，他感到心情更烦躁。他感到人每天都在和自我的私欲做斗争，他嘴上说着支持李婉，却从来不主动提这件事，因为事实上他心里一想到她如果真的离开，他会很难过、舍不得。人心反反复复，善恶永远在一念之间。

想着这些事，王观之胡乱又磨蹭地洗完了澡，抖抖头发，吹了两下，套上睡衣，出去找李婉。他看到李婉坐在沙发上聚精会神地盯着电脑看，走过去坐在她旁边，她都没有抬头。于是他伸手拿起了李婉腿上的电脑，倒头硬是枕在了她腿上，酸溜溜地说道："你把电脑放我脸上吧。"

李婉闻言愣了愣，随即说好，作势就要把电脑放在王观之脸上。王观之见状，忙坐起来，闷闷不乐地说道："你怎么真放？"

李婉打量王观之，见他身上穿着一件过分可爱的睡衣，忍不住笑道："不是你让我放的吗，Bunny？"

Bunny 这个称呼是李婉最近给王观之取的，因为他为了配她的可爱睡衣，真去买了件很可爱的兔子睡衣，说不出地骚气，墨绿色，真丝材质，胸口绣着一只黄澄澄戴着红色领结的兔子。他每次穿这件睡衣，李婉都觉得他很欠，便叫他 Bunny。

王观之没了话，又蹭过去要躺，这次请求地说道：“让我躺一下吧。”

李婉同意了，把电脑合上，放在了一边，又抬手抚摸王观之的头发，说道：“你头发都还没有吹干，发顶还有点儿湿。”

王观之闻言，摸了摸自己的后脑勺，说道：“后脑勺干了，不会把你的裙子弄湿。”

“我是怕你感冒。”李婉笑道。

这句话让王观之很受用，他抬眼看李婉，笑着问道：“你晚上去哪儿吃的饭？”

李婉笑了笑，没回答，伸手拿过一旁的计划书，又看了起来。

王观之见状，又问她：“婉婉，你在看什么？陪我说会儿话，行吗？”

李婉还是笑而不语，只管自己翻过一页文件。

王观之讪讪的，伸手小心地探进李婉外套里，抚摸到她的后腰。

李婉放下手，一把按住了王观之不安分的手，这才问道：“你真不知道我在看什么？”

王观之一脸无辜，说道：“不知道。”他的表情和他衣服上单纯的兔子有几分像。

李婉不吃他这套，把他的手从后腰推出去，徐徐说道：“你这是大灰狼在给我装小白兔呢。”

王观之一听这话，不由得有些想正襟危坐，但他躺着没动，看着李婉垂下眼，神色似乎有几分严肃。最后，他小心翼翼地抬手握住她垂下的一撮长发，柔声问道：“你在生气吗，婉婉？”

“我为什么要生气？”李婉反问。

“你晚上去见我妈了是吧？我之前去没有告诉你，让你替我担心了这么多天。”王观之说道，指尖轻轻揉搓李婉的头发。

“这有什么好生气的？事情你自己能解决，我都不用担心，多好。等你想好要怎么做，告诉我一声就好了。”李婉笑了笑。

王观之见李婉笑了，暗自松了口气，但他还是不放心，又问道：“可你为什么好像不怎么开心的样子？”

李婉低头宽慰地吻了吻王观之的额头，说道："也没什么，我只是忽然有点儿累了，观之，我意识到一件事情，我可能就只能做到这样的程度了，而且真的不是每个人都会很成功。"

王观之闻言呆住了，没想到李婉会说出这样的话，而让他更没有想到的是，他原本以为当李婉累了想停下的时候自己会很高兴，结果心里的难过竟然比开心多。他看到李婉眼里还闪过迷茫、无助，他心里特别疼，一下坐了起来。

王观之坐好，扳过李婉的肩头，看着她认真地问道："婉婉，你为什么忽然这么想？是我妈晚上和你说什么了吗？"

李婉摇摇头，回答："王阿姨没有说什么，其实我一直看得到自己身上的局限性和问题，我的能力现在就到这儿了，跟不上我的想法了。而很多时候能力不是说你想提升就能提升的，可能要不断地突破个人的底线。公司最近的人事让我挺烦的，缓下来的时候，想想，就是没有尽头的无限循环。"

王观之听着李婉悲观的言语，直勾勾地看着她，问道："你现在是Phoenix吗？"

李婉失笑，说道："是吧，我不一直是她吗？"

王观之用力搂住李婉，低头在她头上和脸上、唇上亲吻着，说道："别这么想，婉婉，对我来说你是最优秀的。"

李婉被这算得上劈头盖脸的吻彻底吻笑了，抬手一把捂住王观之的嘴，看着他眼神闪烁地说道："我有件事想问你，观之。"

王观之顺势吻了吻李婉的手心，眼神关切，柔声说道："嗯，你问。"

李婉抿了抿嘴，笑着问道："Phoenix 哪里比不上李婉？"

王观之望着眼前巧笑嫣然，眼神里依旧有淡淡忧伤的李婉，觉得她这个问题不是在开玩笑，而他自己也想知道为什么。他曾经一直希望的就是她会累，能对事业失去一些兴趣，就在她表达出这种意思之前，他都还在纠结要怎么留住她，可当她真的这么说时，他才看到自己心底迷雾深处的答案，他一直爱的李婉就是那个独立、骄傲的李婉，连 Phoenix 都代替不了。他仿佛才知道自己多爱她，迫不及待地一把扯过她让她坐在怀里，搂住她的腰，吻住她的唇。

王观之没有给答案，李婉却在他的亲吻中得到了难以言明的答案和慰藉。他们的吻越来越激烈、缠绵，不由得十指紧扣，身体摩挲，最后他们脱对方的衣服，在沙发上交缠结合。在他们抵达彼此最深处的时候，李婉听到王观之和她说："我爱你，李婉。"

她不由得想哭，捧着他的脸回吻他，说道："我也是，我也爱你，王观之。"

李婉以前觉得在感情中是爱里的情欲给了人短暂的慰藉，而现在感受到的是情欲里的爱让人的心灵彻底为对方打开。

夜还很长，人世间还有很多事和理想等待完成，爱欲竟也是其中之一。李婉一寸寸吻过王观之的眉眼，每一个她都将会以不同的方式爱着他，李婉也好，Phoenix 也好，不管她以后走多远，他都是她心灵上的一个家。

"嫉妒"不是一个好词。

程晋一直不承认自己嫉妒王观之，他认为自己对王观之的审视是一种反抗，是对既得利益者保持清醒的反抗。

程晋第一次见到王观之的时候，两人都还在上大学，那时候他感觉他们之间的差距并不大。王观之有良好的家底，他有不差的能力，到了社会上总会有各自的天地。但仅一次，他的幻想就破灭了。

程晋上大学那会儿，学费和日常生活费都由王鹤资助，但他为了以后能出国留学，继续深造，还是打工存钱，一分一分地省，连日常生活费都算到每一分。所以，他那时候经常感到肚子饿，却不好意思和任何人说，对他来说改善伙食的时候就是王观之请客吃饭的时候。他每次都吃很多，让人以为他一贯食量就那么大，他们都还震惊于他的食量。这种年少时经历过只有自己知道的窘迫，是人刻在骨子里的最喧闹的痛苦，他总觉得全世界其实都知道，都在看戏。

那年，程灵霄上初中，王鹤也资助了她。程晋带着妹妹去王家感谢，那天正好也是程灵霄生日，从王鹤家里出来之后，程晋便打算带程灵霄去过个简单的生日。

他们离开的时候正好在门口遇到王观之，程晋觉得平时吃了王观之不少好东西，便想趁这个机会感谢他一番。于是，他便邀请王观之一起吃个便饭。

王观之当时听说是给程晋妹妹过生日，便不想让他失望，很高兴地答应说一起去。

程晋选了一家地道的小饭馆，坐下后，发现程灵霄不太高兴，他便道："晚点儿回去再给你买个小生日蛋糕。"

程灵霄没搭腔，还是沉着脸。

程晋感觉有点儿尴尬，他一直觉得自己这个妹妹是没有公主命却有公主病，人情世故一点儿也不懂。程晋看了眼王观之，见他没什么反应，就想晾着程灵霄就好了。

结果，程灵霄沉了会儿脸，忽然默默无声地哭了，这让人措手不及。王观之觉得这就是小孩闹脾气，见状，起身说道："我去给她买个蛋糕吧。"

程晋忙拦住他，说道："你别，要去也是我去。而且别惯着她，免得她以后想要什么就要什么。"

王观之听笑了，说道："一个蛋糕而已，生日时的正常诉求，你这说得也太夸张了。"

程晋微怔，他想王观之不知道他过生日就从来没有蛋糕，蛋糕对他们来说是挺奢侈的，与其吃蛋糕，不如吃点儿其他什么有营养能饱腹的东西。

"那，让我去买吧。"程晋勉强笑了笑，说道。

王观之和程灵霄不熟，他可不知道怎么和一个不熟悉还在掉眼泪的孩子相处，便忙转身要走，说道："我去吧，我去吧，你先安慰安慰她。"

出了餐馆，不远处就是商圈，有蛋糕店，王观之没有做太多挑选，进了他熟悉的高档蛋糕店，选了一款六寸的蛋糕，花了四五百块钱。

程晋看到王观之提着蛋糕回来的时候心就跳到了嗓子眼，他知道这个蛋糕不便宜，可能是他大半个月的生活费。

王观之自然没想让程晋付蛋糕钱，纯粹只想把问题解决了，所以很难想象这件事对程晋造成的影响。那天，程晋硬给了王观之蛋糕的钱，他的理由是自己妹妹生日没有让别人买蛋糕的道理。王观之便只能收下，可他不知道这彻底让程晋意识到他们生活得有多卑微，当他说一个蛋糕的钱没必要给时，程晋感到自己被踩在了脚底下。程晋至今都不买蛋糕，也不再给程灵霄过生日，尤其当他发现程灵霄暗恋王观之的时候，就第一时间打破了程灵霄的幻想，让两人的关系越来越差。程晋觉得程灵霄不思进取，程灵霄亦觉得程晋的存在让她难堪，因为他总是无情地打击她，让她觉得自己很差劲。

这两年，程灵霄的工作一直没有稳定，她求职到处碰壁，所学的东西技术含量越来越低，她自己也不够精进，换了三家公司都没有安定下来。现在被迫无奈地借住在程晋家，兄妹俩互相给对方添堵。

程晋晚上从王鹤家回来，整个人都不太好，因为他和王鹤说自己的项目，王鹤不是很认可，反而和他说袁永的项目，问他有没有兴趣。程晋感到王鹤是想让他替王观之收拾残局。程晋对王鹤提出的任何要求都不敢说不，他在现场沉默下来，半晌，笑着说道：“我得先看看项目计划书，鹤姨。”

“等李婉看完，我再给你，这事说急也不急。你那边的事情，我回头帮你问问黄总为什么投资迟疑了。”王鹤说道。

程晋笑而不语，面上不动声色，心里十分难受、压抑。他想起之前王鹤敲打他，让他在一斗行事不要太过了，他仿佛每时每刻都在被人审视、批判。所以，在一斗最后的那段时间，他过得很苦闷，终于离职了，打算创业。可结果不理想，他没高兴两天，还是得过来王家求王鹤，所以他这几年不管赚多少钱，心里总在担心有朝一日依旧会失去。

程晋对王家有感恩，更有一种偏执的无法信任，因为他觉得真正的信任就是服软，于是给自己找了一个词：反抗。他受到的不公和不满混杂在一起，已经不用去分清楚别人的用意，因为不管对方做什么说什么，他都只想反抗。

程灵霄见程晋回来脸色很差，关了客厅的电视，也冷着脸起身往房间走。程晋看到程灵霄在这种天气还穿着短裤和吊带，不由得火气更甚，呵斥道：“你一天到晚都穿的什么衣服？在家这么穿，出去也这么穿，丢人不丢人？”

程灵霄听到“丢人”两个字就想起，她年幼暗恋的秘密被程晋发现，他也是骂她丢人。难堪和愤怒也在程灵霄心头炸开，她不知道自己到底做错了什么，唯一的亲兄长要骂她丢人，出去也总有人开她玩笑，她只是喜欢穿性感的衣服，觉得很漂亮而已。于是，两人吵了起来。

最后，程灵霄套上外套，生气地要出门。程晋喝住她，说道：“大晚上的，你要去哪儿？你又想去王观之家楼下站着是不是？你做这些事到底有没有自尊心？人家根本没有注意到你！而且他有对象了，估计很快就要结婚了，你就别做梦了！”

程灵霄听到这话，浑身颤抖，拉开门跑了出去。她在王观之家楼下站了大半夜，他家靠着小区围墙，她站在那儿可以看到他家整夜没有亮过灯，她知道他已经有段时间没有回来住了。她上一次看到过他的车半夜回来了一趟，副驾驶位还坐着一个有气质、漂亮的女人。今晚，她不知道他又去哪儿了，但她知道他的世界很大，不像她，连个去的地方都没有。

新的一周上班，李婉还是比王观之早出门，她一到公司，就来了一位不速之客——程晋。

程晋会登门拜访，李婉很意外，请他在沙发上坐下，而后关上了办公室的门。

程晋今天看上去有点儿憔悴，眼窝很深，有很重的黑眼圈。李婉观察到这些，给他递了一杯浓茶，问道：“程总来访，不知道有什么事？”

程晋接过茶喝了口，垂眼没说话。

李婉也不急，低头看了看手机。

程晋喝了半杯茶，才开口问：“袁永的项目，你要参与吗？”

“没有。”

李婉的回答很干脆，干脆得让程晋微怔。

“如果鹤姨和观之让你参与呢？”程晋又问道。

李婉觉得程晋这话问得很奇怪，似笑非笑地说道：“那就拒绝。”

程晋看着李婉，想起她之前为了一斗投标项目的隐忍、委曲求全，想到她如今在公司稳不住人心的境地，很难想象她还能这么轻描淡写地说出这四个字。

“你不是和观之复合了吗？你不怕再失去他吗？”程晋冷笑了声，说道。

李婉微微侧头看程晋，她不算了解程晋，但几次交手过程中，她可以感觉到他这个人有抱负、能力，也有怨气、不甘，整个人矛盾、狠戾。现在听到他说出这样的话，她忽然理解他到底是个什么样的人了，褪去外在的光鲜包裹，他只是个自卑、敏感多疑的人。

“我不明白你是什么意思，程总，你是怕我和你抢项目，还是希望我接手？”李婉笑盈盈地问道。

这个问题踩了程晋的尾巴，他倏然站起来，瞪着李婉说道：“李婉，你不要再和我装了，我和你都身不由己，想做一点儿事情都要看别人的眼色，谁比我们有责任心、有能力？你现在以为傍上王观之就好了吗？他根本考虑不到你的想法和处境，他想要什么就要得到什么，你要是现在依附他，以后能对他说不？”

李婉注视着程晋，他现在所说的点和她之前考虑的点一样，不可否认他们身上的确有很多共同点。她忽然想起那年她从刘松浪那儿离职，刘松浪说要在行业内封杀她，让她有订单没人做，她也害怕、担心过，也曾感觉自己很难真正独立、自由，到现在也是，她还很弱小，困在这不上不下的通道里。

“我听出来了，程总，你不想接袁永的项目是吗？但你也不敢拒绝是吗？”李婉微微笑道。

程晋语塞，白皙的脸涨得通红。

李婉得到了答案，她低头又一次看手机，失去了说话的兴致。她觉得程晋的恐惧很可笑，但她悲哀地发现这个社会上到处都存在着这样的恐惧，之前卢冬对她也是，所以没有沟通，没有交流。整个社会已经固化，信任崩塌在每个人身上，私欲也因此扩张。这是个人的问题，也是社会的问题。

“你为什么不和我合作，李婉？以你的手段，可以拉到另外的投资，我们两人合作共赢难道不好吗？”程晋质问道。

“你抬举我了，程总。”李婉不冷不热地敷衍道。

程晋看着刀枪不入的李婉，越发感到齿冷，说道：“看来我看错你了，李婉，看来我现在只能祝你早日嫁入豪门了。”

“谢谢。”李婉笑了笑。

程晋被李婉的反应扎了心，气笑了，说道：“看来你在王观之身上花了不少心思，李婉，欲擒故纵，真有你的，说着靠自己，结果不过是做给人看。我真羡慕你是个女人，嫁对人就能飞越阶级。早知道这样，我应该让我妹也学学你，而不是天天骂她，让她认清现实，要靠自己。”

李婉听着这些话何其耳熟，站起身打开办公室门，请程晋离开，她笑盈盈地说道：“你现在终于看透我了，程总，以后可别来找我了啊。”

程晋冷冷地笑了声，拂袖而去。

原彦的位子离李婉办公室很近，她看到程晋这人就感觉有点儿邪乎，她看到他笑着走，却让人起鸡皮疙瘩，不由得站起身跑进李婉办公室，问李婉：“李婉姐，你没事吧？”

李婉正在收拾会客后的茶杯，回头看了眼原彦，笑道：“为什么这么问？”

“没什么，怕你被人欺负嘛，我看到刚才那人就感觉不太舒服。”原彦说道。

李婉哈哈笑起来，觉得原彦有点儿逗，说道：“我没事，放心吧，在公司里还能被人欺负？”

原彦闻言，心想也是，便笑嘻嘻地走了。

李婉收拾好杯子，给桌上的南天竹喷了点儿水，擦了擦几片积灰的叶子。而后她回到工位上，把每个业务员上周的简报回了，看了人事的汇总情况和财务汇报，做完这些日常工作，她感到内心很踏实。

她忽然想起鲁迅先生的一首诗，读书的时候觉得鲁迅先生的文字很艰涩，现在真懂了骨气和理想，便能懂鲁迅，更懂他诗里的那两句话：横眉冷对千夫指，俯首甘为孺子牛。

袁永的项目在十二月份的时候得到了一个解决方案，王观之没有借钱给袁永，转而投资了袁景，还派了人入驻项目进行管理。那人不是程晋，不管王鹤怎么力荐，王观之都不打算和程晋在事业上合作，他也有自己的用人标准。

这件事情让程晋不知道是该高兴还是难过，他感觉自己的价值感还是抓在别人手里，一面希望被放弃，一面希望被肯定。他就像个病人，怎么也好不了。而他的项目这两个月没有大的进展，这两年经济下滑得厉害，投资风险大大增加，很多投资人都在观望市场。程晋明显感觉力不从心，几次想回头找王鹤帮忙，却已经拉不下脸面。于是，事情就僵着，他整日焦虑、失眠。

李婉这两个月过得相当平静，她接受了眼下的局面，也接受了自己的局限，觉得应对困境最好的方式就是以不变应万变，做好眼前该做的事情。努力了两个月，她也有所得，公司在这段时间走了一部分人，又新进一些人，之前她管理时留下的问题渐渐消失，现在整个公司里的人都喊她李总，没有人再喊她李婉姐，她的办公室不再随便让人进出，她关起门，把有限的精力用在带两三个她看好的业务员上，也积极地在外寻求其他合伙人。

今天是圣诞节，李婉在公司结束了工作，下班前看了看自己的行程表，她的行程已经排到明年二月份。二月份一开年，她就打算带原彦去 M 国拜访一圈客户，带原彦实地学习谈判。同时，她也想去看看学校。

李婉把今天刚打印出来的学校资料卷起来放进背包里，下班的时候摸了摸南天竹，笑着说了声“再见”，关了灯。

李婉回到家的时候，王观之已经在家做饭，他这段时间再忙都不忘回家做晚饭。李婉和他说忙的话就出去吃点儿，他还埋怨李婉不会生活，嘀咕：“外面的饭有什么好吃的？”

李婉也逐渐习惯吃家里的饭，偶尔出去吃都感觉外面的餐厅太过重口，对油盐的把控都不如王观之。

李婉放下包，进厨房洗手帮忙。王观之从洗好的水果盘里拿了一颗草莓，递到李婉嘴边，她侧过脸一口咬下草莓的顶部，低头继续切菜，点点头，说道：“嗯，很好吃。”

王观之笑着把剩余的草莓吃掉，说道：“冬天是草莓的季节，水果和蔬菜只要照时令吃都是最好吃的。”

“嗯嗯，你说得都有道理。”李婉认真地敷衍，笑着回复。

王观之依旧很受用，把备好的菜端到灶台边，准备开火，路过李婉身边的时候，凑到她耳边说了一件事：“婉婉，你发现没有？我们这次复合两个多月了，都没有吵过架。”

李婉闻言，一想还真是，笑着说道：“还不是因为你包容我，都是因为你太好了，王观之。”

王观之没料到李婉会这么说，等他回过味来，气笑道：“我发现你现在很会拿捏我，你就知道我喜欢听你说这些好话是不是？”

“你才发现？”李婉笑着反问。

王观之忍俊不禁，开火往锅里倒油，开始炒菜，他的生活变得热气腾腾。

吃饭的时候，两个人喝了点儿红酒，坐着东拉西扯地聊天，开玩笑。王观之和李婉说，王鹤得知他今年要和李婉回她家过年心里有点儿失落，只是王鹤很要强，不会表现出来。李婉便笑着说道：“我们年后早点儿回来陪陪王阿姨。”

“那她可能已经出去玩了。”王观之说道。

李婉闻言，撑着下巴望着王观之有一会儿没说话，她的脸颊微微泛红，神色温柔如水，谁见了她这副模样都会心神荡漾。她想了半天，认真地笑着感叹道：“王阿姨这么自由真好。”

王观之闻言，端起酒杯喝了口，他看到的是王鹤的孤独感，而李婉在这种孤独感中更看重的是那份自由，于是他把求婚的念头憋回了肚子里。

李婉见王观之独自喝酒，不满地端起酒杯碰了碰他的酒杯，说道：“你怎么不和我干杯？”

“我看你晚上好像已经喝多了。”王观之笑道。

“我的酒量没那么差，只是喝得很舒服而已。”李婉笑盈盈。

王观之站起身，走到客厅，打开了音乐，问李婉：“婉婉，要不要和我跳舞？”

李婉很高兴地放下了酒杯，站起身，迈出脚步的时候才发现自己不知不觉真的喝多了。她摇晃了两步，扑到王观之怀里，笑嘻嘻地说道：“我好像是喝多了，要晕倒了。”

王观之搂住她让她靠在怀里，低头吻了吻她的发顶，说道：“没事，我抱住你了。”

李婉点点头，安心地靠着王观之，随着他起舞微微摇晃。

王观之低头看到李婉头顶的那几根白发，她的白发拔了又长，长了又拔，没有见少只见多，日常看不到，一旦看到了就很难忽视。他有些心疼，不由得搂紧她，安静地和她享受这一刻的时光。

李婉几次想开口和王观之聊一聊自己想后年去读书的打算，因为当前的气氛，不忍心开口，她最近越来越舍不得王观之，他们彼此相爱着，也消磨着斗志。但李婉很了解自己，知道她最终还是要去求学，去精进，去再拼一拼。

屋里的氛围越来越舒适，王观之低头暧昧地吻了吻李婉的头发，又吻她的脸颊，而后吻滑到她的脖颈，她则轻轻地攀着他的肩头，随着他的吻逐渐沉沦。就在他们渐入佳境的时候，李婉的手机在桌面上振动起来，哐当一声掉在了地上，惊得李婉眼皮一跳，松开了王观之。

电话是于传打来的，她希望年终前这两天与李婉见一面。李婉听出了于传声音里的异样，很快答应买明天中午的机票回去。

飞机晚点，李婉到 Y 市已经是傍晚，她来不及吃饭，打车去了于传家。于传这两个月瘦了很多，因为她上个月身体检查查出了胃癌，情况不太好，在这一个月里，她想了很多事情，最终决定把李婉叫过来。

李婉进门就看出了于传的异样，直接问道：“于总，你生病了吗？”

于传点点头，笑着打量李婉，问她：“还没有吃过晚饭吧？我家里有粥有菜，要不我们边吃边聊？”

“好。”李婉应道，伸手挽住了于传的胳膊。

两人坐到餐桌边，桌上已经摆好了饭菜。李婉伸手摸了摸温热的粥，说道："于总，你应该不等我，先吃一点儿。"

"一个人吃饭也没什么意思，你难得回来，不一起吃饭多可惜。"于传笑着说道。

李婉在于传的笑容里看到了沧桑。她想起第一次见到于传时，于传穿着简单，一身飒爽，笑着和她说："未来有很多种可能，你为什么不能当老板？"这两年她跟在于传身边真的学到了很多，最重要的是心胸开阔了。

"于总，你要是需要我，随时可以叫我回来。"李婉拿起勺子，轻轻地放入碗里。

"你在外是做事，为了公司尽心尽力，我叫你只是吃顿饭，多耽误你事情。现在整个公司都靠你掌舵，应该我去找你才是。"于传笑着说道。

李婉几不可闻地叹了口气，调整了心情，抬起头问道："于总，你得了什么病？"

于传笑了笑，让李婉先吃饭。李婉点点头，低头认真地喝粥吃菜。于传的口味清淡，几碟小菜有些寡淡，李婉吃了两口，不觉心里平添萧瑟感。

"你是不是想吃辣？"于传看出了李婉的心思，笑着问道。

"没事。"

李婉两个字没说完，于传已经站起身，从冰箱里给她拿了一包香辣菜，笑道："我也给你准备了。"

李婉见状，无语凝噎，微微笑了笑，道了声谢。

她们坐着吃饭，有一搭没一搭地聊着天。有一会儿话题空当，于传就随口把自己的病情告诉了李婉，说道："也不知道还能活多久，最放不下的是诚润和小宁。"

李婉的勺子舀空了一勺粥，她悬着手，看着于传，问道："医生是怎么说的？"

"医生说有人可以熬一两年。"于传说道。

李婉的勺子放回碗里，她低头陷入了沉默。这个消息对她来说打击非常大，于传是她走向老板之路的领路人，一直走在她前面，让她有路可走。

于传也放下了勺子，停顿片刻，开始了正题："李婉，我的情况还没有告诉陆宁，我先把你叫回来，是因为我更信任你，身后事想和你商量。”

李婉从于传家里离开的时候失魂落魄，她回到家让家里人都很意外。

林素一个劲地问她：“吃饭了吗？你怎么今天忽然回来了？你怎么脸色这么差？工作出问题了？”

“没事，妈。这边工厂有事，我就回来了，可能过两天回去。”李婉回答。

“那你吃饭没有啊？”林素又问道。

“吃了点儿，我有点儿累，先回房间休息。”李婉说着回了房间。

林素见状，进厨房，在灶台上舀了碗热汤，让李乐乐送进去给李婉，说道：“你去看看你姐。”

李乐乐闻言，放下手里正在拼的乐高，起身接过汤，端去李婉房间。她敲门而入，发现李婉眼睛红红的，一时不知所措地站在了那儿。

李婉让李乐乐把汤放在房间的书桌上，而后和她说：“乐乐，你过来，姐姐抱抱你。”

李乐乐有些意外，但很快走上前，李婉便张开手臂紧紧地抱住她。

两姐妹长久相拥，有一刻他们都觉得回到了儿时。李婉很久没松手，和李乐乐说道：“乐乐，你勇敢点儿，你要相信自己，要让自己开心起来，生命就一次，你好好去享受，去努力，不管发生什么事情，姐姐都会给你兜底。你不要害怕。”

李乐乐失神，紧紧地抱住李婉，问：“姐，你以后会结婚，离开我们，有自己的家吗？”

“我的家永远在这里和我自己心里。”李婉回答。

“是吗？”李乐乐呢喃。

“是的，婚姻不一定会给女性一个家，人只要能让自己开心、自信，这辈子有没有婚姻都可以。姐姐会永远是你的姐姐。”李婉说道。

“姐，你怎么了，你为什么忽然和我说这些？”李乐乐难过道。

“姐姐最好的合作伙伴也是最好的老师得癌症了，可能活不了多久了，她告诉我要好好珍惜一切到来的机会。”李婉忍不住又红了眼眶。

李乐乐闻言也忍不住难受，她不知道有多久没有和李婉这么谈心了，她看到自己的姐姐也会脆弱、无助。

李婉在李乐乐出去后独自坐着又想了很久和于传的谈话。她的心情很复杂，很难过，最后打开了电脑，点开邮箱给王观之写信。

但她写到一半忍不住湿了眼眶，默默地躺到床上休息。她的脑袋昏昏沉沉的，还不到睡觉的点就感觉自己要睡着了，在她快要沉入梦乡的时候，手机忽然振动，她便惊醒，坐了起来。

王观之听到李婉在电话里声音低沉，听她说了于传生病的事，心里也不好受，他问："婉婉，你是不是元旦回不来了？"

"嗯，可能要待几天，有些事我还得和于总谈一谈。"李婉倒在枕头上，低声说道。

"你们今天谈得怎么样？都聊了些什么？"

对这个问题，李婉望着天花板想到写到一半的信，忽然有些哽咽地说道："我正在写信告诉你，写到了一半——"

"你哭了？"王观之不由得心疼道。

"没有，就是心里难受，没法说话。"李婉深呼吸，调整情绪说道。

"我能理解你，我这两天正赶上忙，要是你元旦假期不能回来，我就去Y市陪你。"王观之安抚地说道。

"我没事，你忙就不用来了，我也有可能明天就会回去，都说不定。我先把给你的信写完吧。"李婉喃喃地说道。

王观之闻言，说道："嗯，好，我等你的信。"

"观之，我爱你。"李婉在挂电话前说道。

"我也爱你，婉婉。"王观之轻轻地叹息，心里知道这事对李婉可能是很大的打击。

这晚，在收到李婉的来信之后，王观之就买了第二天一早的机票，飞去了Y市。

# 第十四章

我想你了，观之，时时刻刻与你见字如晤，
不管我在哪儿。

观之，

见字如晤。

我记得在我初入职场的时候，刘松浪教了我一件事，他问我："为什么人要上学读书？"

我当时回答："为了未来，为了适应社会的要求。"

他和我说："不对，其实这都是幌子，人要受教育，仅仅是因为人性恶，所以书本里教的都是人身上原来没有、本身不会的事情。人本来会的都在法律里。"

跟着刘松浪那样的领导，我有段时间也相信这样的事情。后来，我遇到了于总。

于总大概是在三十五岁的时候才开始真正创业，将近四十岁才有了诚润，才知道原来她自己可以做这么多事。她今天告诉我，原来一个人是可以过得浑浑噩噩的，如果没有理想。一日三餐，春夏秋冬，和身边的人爱或恨，在大环境的推动下走着设置好的路，以为自己很清醒，直到困难和责任降临，才看到人生背后的另一条路：奋斗和改变。

到今天，她五十八岁了，诚润也马上要二十年了，她明白新的人生也还不到二十年，就得了癌症，看到了人生的尽头。

诚润现在有两百多名员工，从车间到办公人员，正处在蓬勃发展的阶段。它正在积极地转型，想为社会提供更好更多的就业岗位。我就是在这个平台找到了自己的人生新方向，站在于总的肩膀上眺望到远方。

这个社会有很多的不公平和问题，每个人都多少在忍受自己世界里的压迫感，任何事情都可能给一个人造成压力。我在过去的那几年也是如此，但只要和于总在一起，我就能看到辽阔的天空和努力会迎来的好结果。2019 年，我失去重要的客户，也和你分了手，我去找于总，其实心里很怕于总会放弃，但她没有，她信任我，她扛下了最大的损失，给了我喘气的机会。于总是我真正并肩作战的战友，她认真地用了我的才能，相信我的品格，让我有了今天的自信。千里马常有，而伯乐不常有。这是一句让人想哭的话。

观之，有些话我一直没有和你说，我在刘松浪的瑞华时时常因为性别受到无形的歧视和排挤。刘松浪知道我有谈业务的能力，但他不会给我更多的发展空间，他认为我已经得到了最好的工作，因为我是女性。我想你永远不会懂这种感受，他的理由很荒唐，却是社会默认的，甚至无懈可击。社会可以有分工，但应该让人自由地去选择自己要走向哪儿，和性别无关。于总说自己没有那么高尚的理想，但给了我选择，她也曾担心我忽然结婚生孩子，但她选择直接沟通的方式，让我做好规划，不要放弃工作，相信我可以婚姻和工作两手抓，她认为工作是可以等人的，只要那个人不放弃。这是女性领导和男性领导的区别。

现在于总把这些事教给了我，我看到自己努力工作要成为领导者的意义，有能力去制定一些新规则，哪怕现在只能惠及一两个人。于总说我比她幸运，明白得比她早，整整早了十多年，我要努力走得比她更远一点儿。

这是于总今天和我说的话，她让我珍惜已经争取到的机会和不同的人生。她说她看到生命的尽头，没什么可后悔的，只有壮志未酬的伤感，只希望我能走得更稳更长久。

但人也是矛盾的，她信任、关心我，但我们终究要分道扬镳。于总问我是不是愿意一直帮陆宁，我不想欺骗她，我告诉她不会。于是，我打算提早离开诚润，空出这个位子，让于总在有限的时间里再找一个能辅佐陆宁的人，也让陆宁有更多的成长空间。于总怕她走后，我和陆宁会真正闹不和，让诚润没法再发展下去。谈到这些事的时候，我并不会因为她让我离开伤心，只是更舍不得于总，她这样有心胸、有气魄的人在病魔面前也是那么脆弱。即便是这样的于总，她说自己也很难战胜私心，她看到陆宁在努力，她知道我比现在的陆宁更适合掌舵，但不忍心放弃陆宁，让陆宁失望、伤心。

我理解于总，理想和情感及现实一直在让人挣扎、斗争，最终每个选择都没有错，都有它存在的意义，这就是人生有趣的地方。我也在斗争，就像我对你的感情，观之，我爱你，但我没法给你任何承诺，我甚至依旧像之前一样害怕你又提婚姻，又提孩子，我会让你伤心，又想拥抱你。你可以认为我敏感、自私，但我看到的世界和感受到的不安真的和你不一样。

观之，我渴望再进步，于总止步于工厂老板，她推着我上另一个台阶，我也在寻找更好的办法让自己成长。眼下只有读书深造能满足我，我其实已经选好了学校，打算后年去读书，再创业。我们复合后，我一直不敢当面和你提这事，我怕看到你失望、生气，也怕辜负你对我真挚的爱。我知道你一直在用你的方式努力理解我、包容我，但我真的很怕有一天你还是会让我用婚姻去证明爱不爱你。而我怕自己也会一时心软，事后有一天又会恨自己。

观之，我希望你幸福，能照你自己的意愿幸福地生活下去。

书本上教我们的是我们本身就有的，情义、理想、忠诚、勇敢，还有爱。而法律要控制的那些恶，我们也有，自私自利、偏执、无情。

今晚我很想你，观之，世界因为想念越来越小，小到我看到自己的渺小、无力。今晚我也很混乱，我不知道自己应该说些什么，不知道该对世界说什么，也不知道该对你、对自己再说什么。

李婉

李婉在信里写下自己的真名，她的手有点儿颤抖，胸口堆积着满满的伤心，伤心到有些心悸、头晕。她来不及再多想，点了发送，躺到床上，她不知道王观之收到这封信会怎么想。

第二天一早，李婉浑浑噩噩地醒来，看了看手机，发现没有任何王观之的信息，不管是邮箱还是微信。她不由得心口一疼，她的信过于赤裸、坦诚，让他们之间又无处可藏。

但李婉也来不及思考太多，接到工作信息之后，她便又是另一个李婉。

十点多，李婉在家里处理好工作上的事，通知陆宁主持年终会，给陆宁发了年终总结的要点，让陆宁亲自做个 PPT，在开会前和她先过一遍。之后，她收拾一下出了门，去了于传家。

李婉陪于传吃了午饭，两人又聊了昨晚未说尽的事，关于陆宁，关于公司发展，关于李婉的未来。

李婉去意已决，于传见她如此坚决，想了会儿，和她说："小宁其实很服你，李婉。"

李婉扭开了头，没有说话。

于传见状，也没再继续说，换了话题，说道："我打算春节后告诉小宁我的情况。"

"嗯，她应该早点儿知道。"李婉赞同。

"你回去吧，李婉，马上年终了，你应该回去主持公司的年终会。"于传说道。

"我已经让陆宁准备，让她试试看。这一年她成长了不少，也有很多她自己的想法，因为我在没法实施，她可以尝试着慢慢去做。"李婉回答。

于传闻言，许久，缓缓地点了点头，说道："嗯，让她去试试看吧。"

李婉点头附和。

午饭后的时间很难熬，于传坐了会儿，有点儿困，李婉看出了她的疲倦，便起身告别。她走出于传家，低头又刷了刷手机，还是没有收到王观之任何信息，她拿着手机，犹豫良久，给他发了信息："你今天好吗？"

王观之没有回复，李婉将手机收进大衣口袋，走到路边拦了一辆出租车。车子快到家的时候，她的手机开始振动，她掏出来一看，是王观之给她回了电话。

“小王宝”三个字让她红了眼眶，她接起电话，轻轻地“喂”了一声，里面传来王观之的呼吸声。

长久地沉默之后，王观之沉声说道：“把你家的地址发我。”

李婉愣了两秒，回神，问道：“你到Y市了？”

“是，我要是不来，不是你疯就是我疯。”王观之说道。

李婉忽然被逗笑，随即忍不住彻底红了眼眶。她没说话，挂了电话，立马把家里地址发给了他。

王观之则回复她：“等我，我马上到。”

从机场到李婉家要一个多小时，李婉到家后没有上楼，就在小区楼下等王观之。等她终于看到他从车上下来，来不及思考就飞奔过去扑到了他怀里。

他一个踉跄差点儿没站稳，退了一步才紧紧抱住她。他们很用力地抱住对方，从无法呼吸到长长地松了口气。

王观之低头亲吻李婉的头发，安慰她道：“婉婉，都会没事的，我来陪你一起度过。”

李婉再也忍不住，在王观之怀里哭了出来。他们相拥成一个小世界，已经不需要任何人，但强势打断李婉哭泣的是林素的电话。

林素连着给李婉打了三个电话，在第三个电话终于被接起之后，她就忍不住劈头盖脸地埋怨李婉：“你怎么不接我电话？我的伤口都快好了，你这个不孝女。”

李婉一下被拉回现实，对于林素的电话哭笑不得，又有点儿担心，问道：“妈，你怎么了，哪里受伤了？”

林素则敏锐地反问：“你哭了？”

李婉尴尬地吸了吸鼻子，看了眼王观之，一时脑子空白，不知道要和林素说什么。

王观之见状，接过李婉的电话，说道：“阿姨，您好，我是王观之，是李婉的男朋友，我今天不请自来，李婉太惊喜了，一时高兴得哭了。”

林素措手不及，“啊”了一声，随即不敢置信地确认道：“你……是我们婉婉的男朋友？”

“嗯，是的，我今天没打招呼就过来，实在不好意思，不知道能不能上去拜访您和叔叔？”王观之礼貌地问道。

林素彻底蒙了，半晌说道：“那个，没问题啊，不过，你先把手机给我们婉婉，我和她说两句。”她依旧有迟疑。

李婉觉得好笑，嗔怪地看着王观之，夺回他手里的手机，又吸了吸鼻子，说道：“妈，他是我男朋友，你准备一下吧，我们马上就上去了。”

林素叫了声天，忙说：“怎么办？今天家里有点儿乱，你爸都没买什么菜！”

李婉再也忍不住，笑了。她挂了电话，然后又一把紧紧地抱住了王观之。

林素打量王观之，觉得在外形上这个男人配得上李婉，算是俊男靓女了。只是过日子最怕华而不实的人，林素看王观之穿着考究，进门把外套一脱，毛衣上乍一看连一个起球都没有，她心里就保留了点儿看法。虽说她年轻的时候看上李利兵也多少是图了人家美色，但在磨合中调教李利兵从帮忙做家务到主动做家务费了不少精力、时间，更何况有些人教得了，有些人难教。她看王观之这矜贵的样子，估计不太会心疼人。

于是，林素没法对初次见面的王观之太热情，审视之余有些尴尬，问他：“小王，你家里是做什么的？”

王观之告知王鹤是做投资的，他自己有建筑设计公司，林素听了不由得皱了皱眉，她不太懂投资，只觉得做投资都是玩风险投机取巧的事。

“你父母都是做投资的？”林素只听到王观之提母亲，不由得多问了一句。

“我妈和我爸在我初中那会儿就离婚了，我是单亲家庭，阿姨。”王观之坦诚地说道。

林素闻言微微点头，瞥了眼李婉，眼神里都是询问。她在想王观之忽然登门拜访是什么意思，难道两人要结婚了？想到这事，她心里有点儿紧张。

李婉明白林素的意思，插话道："妈，于总生病了，我这两天心情不太好，观之不放心我，才忽然来到 Y 市看我。"

林素很意外，说道："你们于总怎么生病了？"

"平时工作太忙了，压力也太大了，各方面都有原因。"李婉徐徐说道。

林素闻言忍不住拍了拍大腿，说道："所以我平时就很担心你，工作起来没日没夜，什么事做不完，什么钱赚不够？身体是最重要的，你现在年纪也不小了，男朋友也有了，该考虑考虑你自己的事了！"

李婉没作声，低了低头。

李利兵正准备出去买点儿菜，晚上给客人加菜，他换了衣服出来，听到林素说的话，不由得打断，问王观之："小王，你和我们家婉婉交往多久了？"

王观之看了眼李婉，想了想，说道："认识相处三年多了。"

"三年多？你谈男朋友三年多都没和我们说？！"林素大惊小怪，忍不住提高声音问李婉。

"其间分手过，就没和你们说，现在复合两个多月了。"李婉简单地解释道。

林素更激动了，她看向王观之，充满了审视，脱口而出："一会儿恋爱一会儿分手的，那你们离结婚还远，不能着急。"

李利兵这时又插话，问林素："你刚才让我去买什么菜？"

"买点儿排骨回来，婉婉喜欢喝排骨莲藕汤，你看看现在有没有莲藕。"林素说罢，回头问王观之，"小王，你喜欢吃什么？我让你叔叔去买。"

"我不挑食，阿姨，我都可以。"王观之忙说道。

"那就让叔叔做几个他拿手的菜招待你。"林素微笑，礼貌地说道。

"好的，辛苦叔叔阿姨了。"王观之诚恳地笑着颔首。

李乐乐从房间里出来，没有在客厅落座，而是站在墙边偷偷打量王观之。

李婉见状，招呼她过来坐，和王观之介绍："这是我妹乐乐。"

王观之闻言，起身向李乐乐自我介绍道："你好，乐乐，我叫王观之。"

李乐乐抿了抿嘴，做出笑的表情，点了点头，避开了和王观之的眼神对视。她低头看李婉，好像有点儿不好意思，又像是对陌生人的紧张，她低声问：“姐，你们要结婚了吗？”

李婉还没有回答，林素抢答道：“结婚的事不能着急，要一步步来。”

李婉看向林素，心里觉得好笑，又有点儿感动，林素是对她催婚最厉害的一个人，但也可能是最关心她幸福的一个人。林素还没有认可王观之，即便她很希望李婉能早点儿结婚，但也不会推着李婉去结婚。母亲的爱矛盾又纯洁。

王观之听出了林素的意思，认真地说道：“嗯，阿姨说得很对，结婚的事的确不能着急。我和婉婉要是好，能互相理解、尊重，结婚或者不结婚都是一样的，婚姻只是一种形式而已。”

林素觉得王观之这话很听她的话，完全没毛病，却又让她有点儿不高兴，她多少还是会想这小王是不是不想负责任。

李婉却因为王观之的话，感到震惊、意外，还有感动，因为他给出了他的答案，真正的尊重、理解胜过任何一种形式。

李婉伸手握住了王观之的手，笑着对林素说道：“妈，我们会慎重考虑婚姻的事，你放心吧，我们俩一直在磨合，也一直在一起成长、改变，以后肯定会白头到老的。”

林素见不得两人亲密，有些不好意思地侧开了头，说道：“你们自己真的考虑了就好，日子是要平平淡淡过的，每个人都有缺点、优点，都想很完美是不可能的。白头到老说得好听，没有两个人互相忍让可做不到。要是两个人都要当老大，那就一山不能容二虎了。”

李婉笑道：“妈，你眼光太毒了，你是不是一眼就看出我们两个都很要强，都喜欢做老大？”

“你是我女儿，你从小到大什么脾气，我不知道？”林素没好气地说道。

王观之微微笑着不语，紧紧反握住李婉的手。两人相视而笑。

下午离晚饭的时间还很长，在家坐了会儿之后，林素得知王观之第一次到 Y 市，便让两姐妹带他出去逛逛。

李婉便借了李利兵的车，载王观之和李乐乐出去转转。李婉把车开到自己上过学的学校，路过高中时，隔着围墙看到学校的操场和球场，她让坐在副驾驶位的王观之看球场上打球的少男少女，笑着问道："我忽然想起一件事，你高中的时候在信里说经常有女生在球场边给你送水，你当时写这些是什么心理？觉得自己很帅、很受欢迎吗？"

王观之闻言，想起自己以前的臭美，难得有些不好意思，笑着说道："其实就是想让你吃醋，但你根本不在乎，还说什么我省下了买水的钱。"

李婉抿嘴笑，握着方向盘说道："其实我知道，我也是故意的。"

王观之有些惊讶，很快他失笑，想到他们在少年时期书信往来，互有悸动却互相试探的暧昧，青春的美好、纯真历历在目。

李乐乐坐在后排，好奇地问："你们高中就认识了吗？"

王观之回头笑着解释道："我和你姐以前是笔友，一直写邮件联系，没见过，上大学后就断联了，最近我们才知道原来对方是以前的笔友。"

"是吗？竟然有这么巧合的事？"李乐乐难得有兴致，靠到驾驶座椅背上问李婉，"姐，那你们为什么大学失联了？"

王观之一听想起自己也从来没有追问过这件事，便也问："对，你当时为什么忽然不给我回信了，李婉？"

阳光在车内流动，李婉放慢了行驶速度，笑着看着前面的路。她想起自己从大学开始就和李乐乐较劲，错过了那时候的王观之，可惜也不可惜，不可惜是因为她造就了今天的自己，也照顾了过去因为李乐乐极端行为而崩溃的自己。

"没为什么，青春期嘛，总有这样那样的情绪，我自己都忘了为什么没有回信，就是惰性吧，有一天不想回，接着第二天、第三天就渐渐习惯不回了。"李婉撒谎，笑着说道。

"就这样？"王观之不相信。

李婉笑着点点头，侧头看了看他，说道："我们要是那时候真认识，估计完全不可能走到今天，可能早就分手，比之前更恨死对方了。"

王观之想想觉得也对，笑着说道："那也是。"

李乐乐安静地趴在椅背上听着两人说话，这时候小心翼翼地伸手摸了摸李婉的肩膀。李婉从后视镜笑着看了眼李乐乐，她知道李乐乐的问题，她永远解决不了，更没法替李乐乐做任何改变，只能在自己情感允许的时候给李乐乐最纯粹的爱。

Y 市不是一个值得旅游的城市，城建一般，拥挤又浮躁。李婉开车转了一圈之后，三人去商场逛了逛。王观之今天没来得及，一点儿东西都没有准备，两姐妹便给他做参谋，给林素和李利兵各买了礼物：一个发卡、一把剃须刀。

在帮林素试发卡的时候，李乐乐在李婉头顶上看到了白发，便想帮姐姐拔了。李婉笑着说道："算了，别拔了，拔了也还会长，等以后满头白发了再一起染吧。"

"你怎么都有白头发了？"李乐乐难过地说道。

"你迟早也会有的。"李婉笑着逗她。

李乐乐闷闷不乐，说道："你真的太辛苦了，姐。"

"我喜欢这种辛苦。"李婉别好发卡照了照镜子，漫不经心地笑着说道。

一旁的王观之伸手帮她调整了一下发夹的位置，掏出手机给她拍了照，问道："你妈会喜欢这种发卡吗？"

"肯定会喜欢，我妈可臭美了。她经常觉得我妹的东西她都还能用。你记得妈上次拿你的发箍吗？"李婉想到了趣事，兴奋地转头问李乐乐。

李乐乐也想起了那件事，点点头，跟着吐槽起林素还把她的发箍弄坏了，却回头教育她说以后不要买质量那么差的东西，但那发箍她都用两年了。

两姐妹说起林素话题不断，笑料不断，王观之在一旁笑着听着。三人逛累了，买饮料期间，李婉问他："我们两个一直讲，你是不是很无聊？"

"不会啊，我真羡慕你有个姐妹，能一起聊家人。"王观之笑着说道。

李婉笑盈盈地拉住了他的手。

三人逛完商场，傍晚回到家吃饭。餐桌上，李婉张罗喝酒，酒至半酣，气氛活络，李婉一直在说话，逗得大家大笑。饭后，大家又移至客厅，李乐乐从房间里抱出相册，腼腆地递给王观之看。每张照片都有故事，王观之一边看，一边听李婉和她家人说过去的事，而他看到照片上幼时的李婉十分可爱，心里有一瞬间就想到他们以后的孩子会怎么样，但当他抬起头看到李婉和家人说笑的灿烂笑容，又觉得他最想要的还是和李婉在一起，只要她开心、幸福。

大家意犹未尽，到了晚上九点多，李婉看了看时间，就让王观之留下，不要去住酒店了。

林素和李利兵对李婉做的决定一直都是支持、信任，两人便默默地去准备客人的用品。但林素心里还是有些疙瘩，她趁王观之去洗澡的时候，到李婉房间，和她说："小王这个人相处下来没什么架子，感觉还不错。但他似乎没有结婚的打算，你们到底谈到哪一步了？"

李婉正在慢条斯理地叠衣服，闻言，说道："是我没有结婚的打算，妈。"

林素震惊地问道："什么意思？难道小王已经跟你求婚了？但你拒绝了？"

李婉没太多说这事，只说道："我还打算去读书，还有很多事情要做，我不想结婚，结婚只是种形式，我不喜欢。"

"你怎么会有这些奇怪的想法啊？大家都要结婚的啊，结了婚有个人疼你多好啊。"林素说道。

李婉没有争辩，笑着说道："那就让想在婚姻里被疼的人去结婚，不想的人让他们不想呗。"

"还他们？谁还像你一样？要是社会上大家都像你这么想，人不就灭绝了吗？"林素揪心道。

"是啊，所以有人和我一样，也总有人和我不一样，人类灭绝这种事还不用我们操心。"李婉起身把叠好的衣服放进衣柜里，转身又笑道，"活法那么多，怎么相爱的人就一定要结婚了？"

"那你不结婚要做什么？"林素很难理解李婉的想法。

"做很多事情啊，读书深造，创业推动社会发展，又不是只有结婚生孩子才是延续生命。"李婉笑道。

林素则拍腿骂她："疯了，疯了。"

李婉看到林素的样子觉得很好笑，抱住林素，说道："疯了不也是你女儿吗？"

林素没好气地挣开她，说道："我懒得和你说！"

李婉笑嘻嘻。

林素出去后没多久，王观之洗完澡回来，他穿着单衫长裤钻到被窝，向李婉撒娇说："好冷。"

"我去把我爸的豹纹珊瑚绒睡衣拿来给你穿，好吗？"李婉笑着问道。

王观之忙道："那不用了，君子不夺人所爱。"

"那你先躺会儿，换我去洗个澡，回来哄你睡觉。"李婉说道。

"那你抓紧点儿，我一个人会害怕。"王观之认真地说道。

李婉拿了睡衣，笑着离开了房间。

夜里，王观之搂着李婉躺在温暖的被窝里，两人漫无目的地聊了很多。快睡着的时候，李婉发现这一天很漫长，她经历了难过、悲观，还有开心、感动、幸福，一切都让她觉得人生真的值得，时刻充满了勇气。若是这样的人生是疯了，那疯了也快乐。

这一年春节前，李婉才回到 A 市公司处理放假前最后的工作。

她在公司见到陆宁，按照和于传的约定，她什么都没有告诉陆宁，等着于传亲自告诉陆宁。

而陆宁不傻，她已经有所察觉，一直追问李婉怎么回去待了那么久，她一面担心是李婉家里有什么事，一面担心是工厂出事。

李婉找了个理由搪塞陆宁，然后顺便和她说了自己的读书计划："我之前就和你说了要去读书，可能离开的时间会提早。"

陆宁闻言点点头，说道："好啊，你打算什么时候去，学费是多少？公司给你出。"

李婉正在喝茶，听到这话有几分意外，侧头看陆宁，笑道："不用，我自己出，因为我会离职，我已经和于总谈过了。"

"什么？你要离职？不行，我妈肯定不会同意！"陆宁一下有点儿激动。

李婉喝着茶没搭话，隔了会儿才说道：“天下无不散的筵席，以后公司会有更好的人进来。”

“不行，你不能走，你要走了公司怎么办？”陆宁急道。

“你说怎么办？”李婉反问。

陆宁想了想，接不上话。

“是公司真的需要我，还是你自己习惯性地依赖说出了这句话？”李婉继续喝着茶，慢悠悠地笑道。

“都有！”陆宁又不假思索道。

李婉闻言放下茶杯，郑重地看向陆宁，说道：“陆宁，于总经营诚润这么多年很不容易，我看得出来你对做企业做一番事业也很有热情，所以以后这公司很大可能会到你手上，那你就不能依赖任何人。你要做好准备，这条路就是孤独的。”

“你当头，我给你当副手也行。”陆宁脱口而出。

李婉忍不住笑了，她看到陆宁现在的单纯，也能看到未来陆宁成长后肯定会后悔自己现在说的话。

于是，李婉说道：“你是有想法的人，以后你肯定会成长，有你自己的方向和理念，我们要走的路不一样。”

陆宁微微涨红了脸，好像所有的小心思都被李婉看穿了。

李婉没再继续说什么，转头看向落地窗外。她的办公室在二十多层，采光很好，搬到这儿的时候，她就想这是一个新开始，现在她感觉到此刻的新开始和那时候有些不一样。她内心很平静，对未来的期望都已经在自己身上，便能坦然面对远虑近忧。

春节假期，李婉还是回了Y市过年。不过年后，她很早就回来了，因为初三她要和王观之去给王鹤拜年。

王鹤听说李婉已经把读书的事情提上日程，并且在开年后就会去M国出差，顺便看学校，便很积极地给李婉介绍了几个校友。

王观之坐在一旁听两人说读书的事，见自己母亲一个劲地鼓励李婉去读书，一点儿也不顾及自己的感受。李婉对着王鹤更是一副要聊不完天的样子，他不禁酸溜溜地说道："我也要去读书。"

"好啊。"李婉伸手摸了摸王观之的手，安抚地笑道。

王鹤扫了眼王观之，说道："你刚把你爸那破事盘下来，这两年走得开？"

王观之吃瘪，说道："只有一点儿走不开。"

王鹤微微一笑，说道："那等李婉学成归来，你再去读书也差不多。"

王观之怔了一会儿，说道："那我们得异国异地恋至少五年。"

李婉听到这个数字心头跳了一下，真听到分离，她也不是毫无波澜。她看向王观之，心里充满柔情和不舍。

两人从王鹤家出来的时候，阴沉沉的天空下起了雨，他们站在屋檐下等保姆回屋拿伞。

王观之抬头看雨，叹了一声，自言自语："到底什么时候才会放晴？这雨从年底下到年初，真是没完没了。"

李婉听笑了，说道："你还会抱怨天气啊？"

"天气不好，心情就会跟着不好，都不能和你去爬山、徒步。"王观之微微皱眉，一副认真、开心不起来的样子。

李婉微笑着看着他，徐徐伸手握住他的手，安慰地说道："又不急于这几天去做这些事。"

"你开年就要出差了，一去至少半个月吧，等你回来春天都要过去了。"王观之发觉李婉手很冷，赶忙反手握住，嘴上嘟囔。

李婉还想说什么，保姆拿着伞跑出来，递给两人，笑道："给你们找了把大伞，让你们两人撑一把。"

两人闻言都笑了，王观之道谢，接过伞。他撑开伞，李婉挽住他的胳膊，一起走进雨幕中。

大雨砸在伞面，王观之絮絮叨叨地问李婉："我们晚上吃什么？"

"你想吃什么？我都可以。要不去看场电影，在商场里随便吃点儿？"李婉提议。

"看电影可以，吃的话不能随便，现在去超市买菜吧。"王观之说道。

“又做饭？很麻烦啊。”

“麻烦什么？你看你爸都做很多菜，我们两个人吃得已经很简单了，你爸还每天换花样，我要向他学习。”王观之不满李婉的态度，嘀咕道。

“那你做完饭能不能直接把灶台先收拾了，像我爸一样？那吃完饭，我们洗碗就方便很多了。”李婉说道。

“我也想啊，可你不是每次都催我先吃饭吗？”王观之反驳。

李婉笑了笑，说道：“算了，以后家里要装个洗碗机。”

“要不搬我家去住一段时间？”王观之说道。

“也可以。”李婉笑道。她觉得和王观之在一起生活上怎么样都可以，富贵地过可以，平淡地过可以，再辛苦一点儿也可以。

想到这儿，李婉在王观之送她到副驾驶座要拉开车门的瞬间，伸手握住了他搭在门上的左手。

“怎么了？”王观之不解地问道。

“没有，就是忽然感觉很爱你，想跟你表白。”李婉笑着看着王观之，说道，“我爱你，观之，很爱你。不管走到哪儿，我都会一直爱你。”

“你少给我灌迷魂汤。”王观之觉得李婉此刻是因为要去出差而想安慰他，但她考虑到他的感受，他就很高兴了。

李婉觉得这样傲娇的王观之很可爱，凑过去亲了亲他的脸，认真地说道：“我真的很爱你。”

“我知道。”雨伞倾斜，王观之俯身吻向李婉。

深深浅浅缠绵的吻之后，李婉看着王观之鼓起勇气说道：“如果是你，我愿意用你希望的婚姻形式去爱你。”

王观之闻言，眼神明亮，雨还在下，他却感觉天气一下晴朗了，有些雨水打在他的脸上，冰凉又温暖。许久，他温柔地看着李婉说道：“李总一向一诺千金，你的人品和心胸向我做保证会永远爱我了，我不需要那些形式了。”

李婉还没明白为什么内心触动，眼眶已经红了，她的视线变得模糊。她忘了正下着雨，抬手紧紧抱住王观之，想把他完全融入自己的生命里。

雨伞越发倾斜，雨水开始落在他们身上，王观之却毫不在意，越发想笑，他们的理智还在，所以可以这么放松地享受一场雨的快乐很难得。他也紧紧抱着李婉，最后干脆丢开了伞，笑着抱起李婉。

不远处，程晋的车刚倒入车位。他下车打开了伞，这样的天气让他很烦躁，但还是得来拜年，拉王鹤的资本，这让他心情更抑郁。而当他在伞下不期然看到不远处王观之和李婉的自由、快乐，怔住了。

后座的程灵霄也下了车，另外打开了一把伞。她见程晋挡住了她的去路，不耐烦地绕过他，也看到了王观之和李婉两个人。他们淋得湿漉漉的，但很高兴地钻上了车，人生在他们身上显得那么尽兴。

在王观之和李婉的车离开之后，程灵霄先回了神，冷冷地转过头对程晋说："还走不走？"

程晋沉着脸，想了很久，举步往前走。雨在他的伞面似乎砸得特别重，同一片天空下了一场不同的雨。他知道，他以后和那两人的世界不会再有交错。

二月初，草长莺飞，李婉带着原彦去了趟M国，走访客户，她们一起工作带旅游。原彦陪李婉去参观了她未来要读书的学校，认识了很多人。李婉每天给王观之发沿途风景照片，记录有趣的事，发送邮件。这趟行程持续了二十来天，回程的路上，原彦第一次舍不得出差结束，她说以后还要和李婉去出差。

李婉失笑，鼓励她说："那你好好干，以后带别人去出差，一边学习，一边旅行，让别人工作也这么快乐。"

原彦有些动容，点头说："嗯，李婉姐，你就是我的模板和榜样。"

所以原彦知道李婉今年会离开的时候很矛盾，最后经过深思熟虑决定在公司好好做下去。这点让李婉很欣慰，她一直做的就是希望诚润的环境能育人留人。

到了这一年年底，陆宁的成长也让李婉看到了希望，能比较放心地离开诚润。

陆宁在得知于传的病情之后受了很大的打击，她在得知消息的时候曾经给李婉打电话哭，又一次挽留李婉不要走。陆宁没法接受母亲要离开、李婉也要离开的事，她真正看到了自己身上原来没有光环，即将孤立无援。

李婉耐心地听陆宁哭了会儿，鼓励了她半天才安抚好。王观之在一旁听着，在李婉挂了电话后问她："你不会心软吗？"

"心软才是害她，她因为一时的恐惧求助我，我要是给她依赖，她可能就很难站起来了。要做大事的人，哭起来都是情绪而已，等她冷静下来，或者以后成长一点儿，摸到了门道，也就不需要我了。我呢，这辈子不会在工作上让人压我半头，我迟早还是要离开的，再留下去才是不知好歹，枉费于总的用心和信任。"李婉笑着说道。

"我以为以你们于总的胸怀，你们公司会有能者得。"王观之说道。

李婉想了想，说道："那是另一种理想吧。"

对李婉来说现在的理想就是多一点儿机会和公平。

经过李婉一年的打磨，原彦成长了不少，她和陆宁之间也有了一定的默契，陆宁在年底和李婉说想重用原彦，李婉很赞同。但这事还没几天，原彦就煞白着脸来告诉李婉她在结婚后意外怀孕了。

李婉闻言，想了几秒，站起身很高兴地恭喜了原彦："这是好事啊，恭喜你。"

"但我的事业刚开始。"原彦低声说道，"我知道怀孕后很郁闷。我终于知道为什么你坚持不结婚了，李婉姐，因为婚前哪怕说好，婚后生育的压力依旧会骤增。我很后悔今年结婚。"

李婉听到原彦这么说心里挺难过的，她不希望做出婚姻选择的原彦有这种压力。她想了想，把陆宁叫进了办公室，把原彦的情况告诉了陆宁。

陆宁闻言，想了会儿，说道："多大点儿事，你想生就去生好了，生完你自己还有信心和干劲回来就是，公司需要你的才干。但你要是生完孩子后想法不一样了，想过另一种人生也挺好。看到时候你回来是什么状态吧，现在还早呢，担心那么多干吗？"

李婉惊诧于陆宁的觉悟，心里不由得触动，她看到这一年陆宁真的把自己拔到了另一个高度去思考问题。

原彦听完陆宁的话逐渐平静下来，她也有自己要面对的个人问题和现实问题，她想了很久，说道：“我不会放弃的，我肯定还要回来，继续往更高处走。”

“那就好了。这几个月，你自己调节好工作节奏，有事我们多交流。”陆宁说道。她说话还是那种冲冲的语气，这次却让原彦感动。

两人离开后，李婉坐在办公桌前看自己的南天竹，它枝叶茂盛，生机勃勃。她觉得心里有点儿温暖，不由得想分享给王观之，于是点开了邮箱，写了一封简短的邮件：

观之，

见字如晤。

今天有一件喜事，原彦怀孕了。不过她自己很担心没法兼顾家庭和孩子，难受得都要哭了，倒是陆宁对原彦很有信心，安慰了她。陆宁真的有所成长了，而原彦也真的很坚强，今天我在她们俩身上看到一件事：原来理想是需要双向奔赴去实现的。

我相信陆宁会成为一个有共情能力的领导，而原彦会成为一个坚强、上进的员工，我在她们身上看到了女性职场的理想未来。虽然她们身上依然有很多不确定因素，但至少我们已经开始有心有信念去做这件事。

我入职场这么多年，今天竟然是我成就感最足的一天，好像完成了什么无形的传承，一切生机勃勃。我真的能开心、放心地离开诚润了，怀着感恩之心把我从于总那儿得到的东西还给公司，然后走向我更独立、更好的未来。

我想你了，观之，时时刻刻与你见字如晤，不管我在哪儿。

李婉

# 出版番外

在这么一个瞬间，
她很确定自己能和他走完余生。

重返校园，李婉很珍惜这样的机会，她入学后的每一天都很努力。在经历过真正的职场再回学校里学习理论知识，每个知识点都值得她去思考，每天都有所得。而除了学习上有所得，情感上好像也是崭新的，李婉有一次课间去了趟洗手间，回来翻开书发现自己的书本里夹着一张字条，上面用英文写着简单的告白，还问她周末有没有空，能不能有机会见面。

给她写字条的男生坐在教室最后一排，是个白皮肤金发碧眼的外国人，年纪看上去不大，每天穿着干净得体，看上去斯斯文文，上课发言很自信。李婉对这个男人挺有印象的，她折上字条，想了想，站起身走去后排。

李婉微笑着把字条还给了对方，告诉他："其实我已经结婚了。"

男人很惊讶，他说抱歉，因为没有注意到李婉手上戴戒指。

"没事，我没有戴戒指。因为我是个不婚主义者，所以我和男朋友没有真正结婚，但我们认定了对方，也是种婚姻关系。"李婉解释说。

男人了然，收回字条，笑说"那太可惜了"，然后也祝福了李婉和她的男朋友。

这天结束课程是下午，国内时间已经是第二天凌晨，李婉没有给王观之打电话，给他写了封简短的信：

观之，

今天降温了，彻底入秋了。我出门上课路过文具店，买了几支笔，有铅笔，有记号彩笔，感觉自己真的是个在上学的小孩。我还给你买了一张贴纸，是你喜欢的球星Q版，我觉得挺可爱的，看到就想到了你。希望你喜欢哦。

我真的好喜欢秋天，感觉天空特别高，令人心情愉悦，甚至有种莫名的幸福感，感觉每天都能遇到很多好事。希望你在新的一天有好心情，遇见美好的事。

对了，有件事情我忘了问你，你之前给我的戒指现在在哪儿？

李婉

王观之在李婉出国读书后就养成了一个习惯，每天早起睁开眼第一件事情，就是查看邮箱看李婉的来信。

今天他在七点多醒来，看了李婉的信，见她忽然问起戒指，不由得从床上坐了起来。

在李婉出国前一天，他到李婉家帮忙收拾行李，他帮她列了行李清单，整理出不少琐碎的需要带的东西。他很了解李婉，她在工作上干练精明，生活上一些细节就很不在意。她在生活上总是怕麻烦，她想带一些泡面出国，但哪怕路过超市，如果手头上有点事情，她就会放弃。回到家她又安慰自己到了国外也有超市，到时候随便买一些，其实带来带去也很麻烦。

王观之则对这些小事很在意，李婉如果提起过，他就会帮她去做，问她要什么口味的泡面，专门跑去超市采购。两个行李箱塞到满，李婉想精简零食腾些空间放其他东西，他不同意，就不厌其烦地重新规整行李，硬是把行李都塞进去了，他说："零食还是带着吧，真到国外再去买也不一定有，到时候你肯定会很想吃的。"

而那天收完行李，王观之在行李箱前犹豫了片刻，他在想要不要把戒指塞进去。李婉去读书，他有担心，但又怕自己的行为是小气、猜忌，会让李婉不高兴。所以犹豫半晌，他默默地把戒指往口袋更深处塞了塞。

此刻，他不知道为什么李婉忽然提起了戒指。

王观之起床洗漱完给李婉打了视频，李婉正在家吃晚餐。他见她在吃泡面，问她："还有几包泡面？"

"还剩两包。"李婉笑答。

"少吃点泡面。"王观之说。

李婉闻言和他说起今天去超市买了什么食材，两人便讨论了会儿不同食材的食谱。王观之在下厨方面很有心得，他教李婉要怎么把控火候，要怎么处理食材。李婉认真听了会儿，笑说："我想你做的菜了，要不你什么时候有空过来陪读一周吧？"

王观之哼了声，说："不去，我看你就是嘴馋。我之前说陪你去，你还嫌弃我跟着你。"

李婉笑而不语，偏不随他意说其实也想他。

王观之得不到自己想听的答案，闷了会儿气才问："你今天怎么忽然问起了戒指？"

"就是随便问问。"李婉笑说。

"要是随便问问，我就告诉你送人了，你那次不要，我就随便送人了。"王观之答。

"哦，是送 Phoenix 吗？"李婉笑盈盈。

王观之语塞，没好气地说："你到底为什么忽然问戒指？"

李婉这才放下筷子，端坐起来，看着屏幕说："我说了你别生气哦。"

"我哪有那么容易生气。"王观之有点紧张，他感觉李婉的态度有些微妙。

李婉笑着说："今天有个男同学给我递字条，想约我出去玩。"

"谁？中国人还是外国人？"王观之急问。

"外国人，金发碧眼，挺帅的。"李婉实诚地笑答。

王观之脸色微沉，问："你答应了？"

"你说呢？我要是答应了，还在家吃泡面吗？"李婉反问。

王观之闻言这才冷静地思考了会儿，说："那你彻底拒绝他了吗？"

"当然了，我和他说我和你认定了对方，这辈子就是结婚了。所以，我想你把戒指给我吧，我戴上让大家都知道我有你了。"李婉笑说。

王观之看着屏幕里笑意温柔的李婉，良久说："嗯，等你回来，我给你戴上戒指。"

李婉笑着点点头，问："你今天会很忙吗？"

王观之低头看了看手腕上的表，说："还好，今天要早点结束工作，晚上去我妈家吃饭。"

"替我转告王阿姨，我很记挂她。"李婉笑说。

"周末我去趟你家看看你爸妈，顺便去看看于总。"王观之说。

李婉听笑了，说："你是社牛吗？你和于总都不认识，我不在，你跑过去做什么？"

"都是朋友嘛，我就去看看她的情况。你上次不是说她化疗了情况还不错吗，我替你去看看。"王观之理直气壮地说。

李婉彻底笑出声，笑了好一会儿，直笑到眼角有些泪光才停，她说："也是，我不在国内，你是我唯一授权的全面代理人，可以去看我的家人，会见我的朋友。"

"可不就是嘛？不然你还能指望谁？"王观之骄傲地抬了抬下巴。

李婉再次失笑，对着屏幕给王观之比了个大拇指点了个赞，她说："我的小王宝真是棒。"

"你也很棒，婉婉宝，拒绝了别人的追求。"王观之也笑了，同样竖起了大拇指。

李婉笑着重新拿起筷子，叮嘱王观之："记得吃早餐，赶紧上班去吧，不要迟到了。"

王观之隔着屏幕亲了亲李婉，临要挂视频又问她："你给我买的贴纸是什么样的？先给我看看。"

李婉闻言，立马又放下筷子，起身去翻贴纸。她给王观之在镜头前展示贴纸，问他："喜不喜欢？"

“也就那样吧。”王观之笑说。

“我回去给你贴你的笔记本上，还可以贴你的行李箱上。你的行李箱都是黑色的，每次等行李都不好找，有了这个就好找了。”李婉比画起来。

“你想得可真周到。”王观之被逗笑。

挂了视频之后，王观之走进衣帽间换了衣服，他打开衣柜里的首饰抽屉，里面放着戒指盒子。他笑着拿过盒子，打开看了看里面的戒指，当初李婉拒绝他的时候，他曾感到很痛苦，连带着讨厌这枚沉重的戒指。现在他发现这枚戒指的意义只是婚姻，但他和李婉彼此间的信任远比婚姻里所要求的还要多。它已经成为一种锦上添花的点缀，在此刻显得异常轻盈、美丽。

一周后，王观之等不到李婉放假回来，他就飞去国外找她。他在她回家必经的路上等她，给了她一个很大的惊喜。她向他飞奔拥抱住他，问：“你怎么来了？”

“你不是要戒指吗？我就给你送过来了。”王观之笑说。

李婉很激动，再次抱紧王观之，开心地和他说：“我可太想你了，观之。”

王观之听到这句话，长途飞行的疲劳顿消，他一手搂着李婉，一手从口袋里掏出了戒指。

李婉见状就自然地向他伸出了手，他就这么简单，轻轻地给她的左手无名指套上了戒指。

“好看吗？”李婉问。她轻柔地握了握拳头又张开，像扇动的蝴蝶翅膀，让王观之看她手上闪耀的戒指。

“我挑的能不好看吗？”王观之得意地说。

“不应该是我的手好看衬托的吗？”李婉笑说。

王观之笑着握住了李婉的手。李婉这时才发现，他的左手无名指上也戴着一枚戒指。

“我比你早一周告诉所有人，我已经有你了。”王观之再次得意。

“太好了，回家给我做饭。”李婉话峰一转。

王观之愣了半晌，说：“你真是一点都不心疼我。”

李婉还是笑，她挽着王观之回到家，然后给他做了顿牛排。

这天晚上，他们相拥坐在沙发上看电影互相取暖亲吻。临睡前，王观之把李婉抱上床，还给她讲了个故事，是他自己现编的关于一对老头老太太的故事，他说有个老头很爱一个老太太，但老太太很健忘，总是忘了老头爱她。他为了让她记住，就变成了一个啰唆的人。

李婉听着等下文，问他："然后呢？"

"没了，就这样了。"王观之笑说。

李婉回味过来觉得就是个冷笑话，她笑到肚子疼，说："你这个人好无聊，真的是个搞笑男。"

"这个故事不好吗？"

"不好，你要说说那老头到底有多啰唆才会更好笑。"李婉说。

王观之闻言，低头吻了吻李婉，说："好吧，那老头开始啰唆了，他要开始不停地说话了。"

"说什么？"李婉靠在王观之怀里望着他。

王观之也看着李婉，认真地柔声和她说："他说我爱你，余生都会不停地重复我爱你。"

李婉很动容，她能听到他们彼此的心跳，在这么一个瞬间，她很确定自己能和他走完余生。

**图书在版编目（CIP）数据**

见字如晤 / Judy 侠著. -- 北京 : 北京联合出版公司，2024. 10. -- ISBN 978-7-5596-7867-6

Ⅰ. I247.5

中国国家版本馆 CIP 数据核字第 20241C9351 号

## 见字如晤

作　　者：Judy 侠
出 品 人：赵红仕
特约监制：殷　希　穆　晨
责任编辑：李艳芬
营销支持：肖　瑶　祁　悦　陈淑霞
内文排版：芳华思源
出版监制：辛海峰　陈　江
产品经理：谢佳卿
特约编辑：王苏苏　丛龙艳
责任印制：赵　明　赵　聪
封面设计：白砚川（@白砚川）

北京联合出版公司出版
（北京市西城区德外大街 83 号楼 9 层 100088）
北京联合天畅文化传播公司发行
万卷书坊印刷（天津）有限公司印刷　新华书店经销
字数 292 千字　880 毫米 ×1230 毫米　1/32　9.75 印张
2024 年 10 月第 1 版　2024 年 10 月第 1 次印刷
ISBN 978-7-5596-7867-6
定价：49.80 元